좋은 변호사 변설

- 살아 마땅한 사람들 -

김해수 장편소설

좋은 변호사 변설

― 살아 마땅한 사람들 ―

■ 차 례

1부   방어흔은 없다 ──────── 7
　　　회다리 ─────────────── 8
　　　배심원 ───────────── 78

2부   비굴해야 살아가기 쉽다 ──────115
　　　일본인 이주촌 ──────── 116
　　　음모 ───────── 176

3부   봐줄 수 없다 ─────────── 221
　　　주검 ───────── 222
　　　주검들 ──────── 306

■ 작가의 말

삶과 죽음 사이에는 수많은 사연들이 있다. 있기 마련이다.
원인 모를 죽음에는 더욱 그렇다.

삶에 가까운 의지와 기대감이 무너질 때 절망과 억울함, 결핍이 드리운 죽음으로 다가온다. 진실이 왜곡될 때 또한 그렇다.
사람들은 스스로 죽어갔고 누군가에게 죽임을 당하기도 했다. 진실이 밝혀진 죽음들이 있다. 그러나 진실이 밝혀지지 않은 채 존재감만 드러낸 죽음들이 있는가 하면 이름만 새겨 넣은 묘비들이 수두룩하다.
죽음은 사실이다. 진실 없는 사실일 뿐이다. 사실에 법의 잣대를 들이대기에는 맹점이 있다. 진실에 법을 들이댈 때만이 정의는 바로 선다.

진실을 밝히려는 사람들이 있다.
어떠한 경우에도 진실은 밝혀져야 한다. 진실에 가까운 건 진실이라 할 수 없다. 진실을 빙자한 것이다. 완전한 진실이어야 한다.
사실을 놓고 천착을 거듭해야 하는 이유이다.

진실을 밝히려는 사람들에게 이 책을 바친다.

- 본 소설의 무대는 실재하는 곳이다. 인물과 이야기는 허구이며 혹 기시감이 일지라도 우연의 일치일 것이다.

- 컬러링은 로티플스카이의 '웃기네'에서 빌려왔으며, 진안군청 홈페이지 도움을 많이 받았다.

1부
방어흔은 없다

회다리

탐스러운 산과 들에 불어오던 바람이 불현듯 멈췄다. 다만 호젓했다. 세상이 지어지고 태초의 고요가 여기에서 비롯되지 않았나 싶다. 넘지 말아야 할 경계선을 쳐 놓은 듯 전봇대들은 논과 밭에 들어서 우뚝우뚝 솟아 있고 전선줄은 포물선을 그었다. 전봇대에 의지한 전선줄에는 시커먼 새떼가 내려앉아 끄억 꺼억 불길한 소리를 내지르며 마을과 마을 사이를 건너질렀다. 그 소리는 높은 듯 낮았고 낮은 듯 높게 들려와 정적을 짓찢었다. 보이면서 괴상했고 들리면서 아릇했다. 분지에 자리를 잡고 시체처럼 잠을 자던 한 마을이 산자락을 타고 내려오던 뿌연 안개를 헤치며 깨어나고 있었다. 호젓함이 들썩였다.

이날은 그랬다. 한창 모내기철인 5월 중순이었다.

억겁의 세월을 머금은 태양이 동녘 산마루에 걸쳐 마을을 굽어보고 있었다. 밥심이 불끈 치받친 장수댁은 남편 이유광과 집을 나섰다. 봄기운이 온전히 묻어난 살바람이 문득 불어와 우듬지의 이파리를 흔들어댔다. 머리끝까지 올라온 나른함을 털어내야만 하는 어수선한 아침이었다. 논에 물을 대기 위해 삽을 어깨에 얹혀 메고 무릎까지 올라오는 장화를 신은 내외는 부지런을 떨며 걸음을 재촉했다. 해거름에 이를 때까지 호락호락하지 않은 하루를 보내야 할 터였다. 내외는 주천면사무소에서 진안 쪽으로 가다 보면 먹고개 못 미친 도로의 옆 논으로 향했다.

이태 전에 땅뙈기라도 가지고 있어야 든든할 것 같아 갖은 애를 쓰며 신양리 금평마을 김 이장으로부터 사들인 논이었다. 얼추 두 마지기 남짓 되는 이 논은 다른 사람의 힘을 빌리지 않고 애지중지 키워온 덕에 걸쭉한 토양으로 거듭났다.
 앞에는 운일암반일암에서 굽이쳐 흘러 내려오는 물줄기가 천 년의 과거를 품고 있다. 하천은 밑바닥에서 유영하는 송사리 떼들의 수를 헤아릴 정도로 청명하였다. 예전에 도로로 이용하던 다리가 그 하천을 가로질러 둑과 둑을 이어주고 있다. 지금은 그 다리로부터 왼쪽으로 십 미터 떨어진 곳에 새로 난 왕복 2차선 주천교가 시원스레 뻗치고 있다. 예전 다리는 건설 당시 시멘트만을 사용해서 다리를 냈다 해서 '회다리'라 부르고 있다. 장수댁 집에서 회다리까지는 500미터 안짝인 거리였다.
 이즈음에 새로 난 도로를 밟아가며 그 논을 향해 가뿐하게 거닐다 보면, 양 옆에 아름드리 메타세쿼이아에서 쏟아내는 녹음은 내외의 숨결을 간드러지게 했다. 숙주인 몸통의 틈새에서 불거진 그리마처럼 광활한 공간을 향해 나온 수백수천만의 이파리들은 치유의 장막을 쳐놓았다. 가지들이 흔들릴 때마다 설핏 비추는 햇빛은 허리둘레만한 수십 개의 고리 모양을 이루어 아스팔트에 떨어졌다. 이 길을 걷노라면 광휘로운 자연이 쏟아내는 자애로움에 한 쌍의 내외는 절로 숙연해졌다. 가슴 밑바닥에서부터 기형적으로 찬탄하는 소리가 무의식적으로 흘러나왔다. 촌구석에서 농사일만 한다 해도 봄기운이 어린 쿵쿵거리는 가슴을 진정시킬 수 없었다. 이유광은 고개를 둘레둘레 휘저어보고는 펑퍼짐한 장수댁의 엉덩이를 슬쩍 주물렀다. 물컹한 살점이 손에 잡히는가 싶더니 가뭇없이 다리 사이에서 유감스러운 힘이 발끈 일었다.
 "이 냥반이 주책맞게, 허연 대낮에 무슨 짓여, 남살스럽고만."
 눈꼬리를 치켜들며 오른손으로 이유광의 손등을 쳐냈지만, 남편의 의뭉스러운 행동이 하등 싫지만은 않았다.
 "그늘도 서늘하고 저 나무들도 저리 이쁜게 이놈의 손모가지가 가만히 있질 않는구만, 글구 아무도 없는디 어뗘!"
 경망스러운 목소리를 장수댁 귓등에 흘려보내며 눙을 쳤다. 일순 두 사람의 눈빛이 마주치자 떠꺼머리처녀, 총각이 맞선을 본 첫날처럼 얼굴이 불그스름하니 숫저워 했다. 이내 함께 웃어 보였다. 한적한 농촌의 이른 아침에 복덩어리를 머리 위에 이고 가는 중년의 연인을 보는 듯했다.
 내외는 도로가에서 논두렁을 가볍게 밟아 나갔다. 장수댁이 앞서가고 이유광이 바짝 따라붙었다. 장수댁을 눈으로 좇으며 발끝을 예의주시하였다. 회다리를 건너야 그 논을 밟을 수 있을 터였다. 장수댁은 회다리를 보고 왼쪽으로 방향을 틀며 다리 밑으로 시선을 습관적으로 떨구었다. 조심성이 몸에 밴 몸짓이었다. 언뜻 사람 모형을 한 밀랍인형이 희뜩거리며 실루엣처럼 눈에 들어왔다. 하반신에는 팬티가 벗겨져 있었다. '무언가'가 내동댕이쳐져 있었던 것이다. 치마는 훌러덩 뒤집어져 가슴께까지 올라와 있다. 장수댁은 어제까지만 해도 회다리 밑에 없던 그 '무언가'가 눈에 들어오자, 이유광을 핼끔 쳐다보며 말했다.
 "윤철 아부지, 저게 뭐단가요? 거 뭐시냐! 긍게, 거 뭐라고 허던디."
 장수댁은 마네킹이라는 단어가 떠오르지 않아, 애달픔에 말을 잇지 못하고 뒤따라오는 남편 쪽으로 휙 고갤 돌렸다. 다리 밑을 가리키는 손짓과 동시에 이맛살의 핏줄이 팔딱거렸다.
 "뭐 말인디? 싸게 가기나 할 것이지. 그러다 논에 빠져 버리것자녀!"
 "아따, 저기 다리 밑에 자빠져 있는 거 말여요, 어, 맞어. 마침맞게 생각났네. 저기 마네콩처럼 자빠져 있는 게 뭐냥께요?"
 장수댁은 강팍하게 남편을 쳐다보고 다리 밑을 발짓 손짓으로 가리켰다. 그제서야 이유광은 망막에 비치는 '무언가'를 보았다.
 "글씨, 어지끼까지만 해도 못 보던 것인디! 저게 뭐다냐? 어떤 호랭이 물어갈 놈이 쓰레기를 이런 곳에 버렸는가 본디. 아, 싸게 가기나 혀, 신경일랑 쓰지 말고."

대수롭지 않은 예사로운 일로, 일할 시간을 늦추는 아내를 나무라며 다그쳤다. 그러거나 말거나 장수댁은 다리 밑으로 내려가서 확인을 해 봐야 시금떨떨하고 미적지근함이 사라질 거 같았다.

"윤철 아부지, 쬐끔만 기다려 봐요. 내가 싸게 댕겨 올 틴게요."

장수댁은 어깨에 걸친 삽을 논두렁에 절퍼덕 내던지고 내려갔다. 다리 밑으로 내려가는 경사면이 그다지 급경사는 아닌지라 이유광은 아내의 호기심을 눈빛으로만 쏘아붙이고 입을 다물었다. 혼자서 안달을 하는 건 아닌지 이유광의 안구가 자못 돌출되었다.

장수댁은 다리 밑으로 내려가 눈에 띄었던 '무언가'로 다가갔다. 회다리 바깥쪽에 나뒹굴고 있는 '무언가'는 다리 위에서 내려다보면 교각과 교각을 잇는 직선에서 5미터는 벗어나 돌덩이들 위에 누워 있었다. 회다리 밑의 바위는 바닥이 넓고 다소 평평했다. 바짝 다가선 장수댁은 '무언가'의 겉모습을 샛눈으로 쳐다보았다. 섬칫 놀라 뒷걸음을 쳤다. 날카로운 무엇이 장수댁의 가슴을 칼날처럼 그었다. 공포가 엄습했고 목에 파란 핏줄이 불거졌다. 찰나였다.

"으 흐 흐 사 사람··· 아으 아아아아아아아아악···'

소스라치며 벌렁 나자빠졌다. 장수댁이 내지르는 비명은 푸른 하늘을 수직으로 갈랐다. 돌발적으로 이유광은 작은 눈을 길게 찢으며 소리가 난 쪽을 반사적으로 내려다보았다. 아내가 기겁을 하고 후르르 온몸을 떨고 있었다. 삽을 냅다 내팽개치고 아내 쪽으로 질주하듯 내려갔다.

"윤철 엄마, 왜 그려. 뭣 땜시 그러냐고?"

두 발은 경사면을 내려오고 있다지만, 입에서 내뱉는 소리는 하늘에서 직사로 퍼붓는 굉음이었다.

"유유 윤철 아부지 싸싸 싸게 와 봐요. 사사 사람예요. 사 사 사람이 주 죽···"

장수댁 눈이 희번덕거리며 떨리는 가슴을 부여잡은 채 가까스로 입을 열었다. 새된 말끝이 갈기처럼 갈라졌다. 이유광이 섬광처럼 달려와 아내를 제치고 누워있는 '무언가'를 내려다보았다.
 은성한 머리칼이 꼿꼿이 일어서는가 싶더니, 열 손가락이 제각각 파르르 떨려왔다. 내리막길에 들어선 자동차의 브레이크가 파손되어 가속도를 내듯, 이유광의 호흡이 절정을 향해 치달았다. 심장이 흉곽을 뚫고 튀어나올 듯했다. 공포에 가까운 무서움이었다. 떨려오는 양 손바닥을 겹쳐 왼쪽 가슴을 꾹 눌러보았지만, 잦아지기는커녕 심장의 떨림이 튼실한 양 팔뚝까지 들썩였다. 낯빛에 점점 핏기가 없어졌고 백수에 이른 노인네의 지린 속곳처럼 노래졌다. 몸이 휘청했다. 숨을 가다듬었지만 심장은 방망이질을 해댔다. 장수댁은 놀란 가슴을 쥐어뜯으며 할근할근 헐떡거렸고, "우 웅" 소라껍데기에서 울려나오는 듯한 소리를 내었다.

 장수댁과는 두 집 건너 살고 있는 차명희였다.
 얼굴은 처참하게 피범벅이 되어 있었다. 치맛자락은 허리춤에서 한 번 감치고 가슴 밑에까지 올라왔다. 하반신은 뽀얀 맨살을 드러낸 채 다리 사이의 거웃이 햇빛을 받아 물비늘처럼 반짝였다. 눈망울은 파란 하늘을 보고 웃는 듯 누워 있었다.
 누가 봐도 능욕을 당한 게 분명했다. 그렇게 보였다.
 이유광은 아내를 일으켜 세우며 얼굴을 자신의 가슴에 감싸 안았다. 등을 쓸어내리며 진정을 시켰다. 찰나도 못 미치는 순간, 아내의 진정이고 뭐고 간에 해야 할 일이 번뜩 뇌리를 스쳤다. 안광이 번뜩였다.
 "유 윤철 엄마, 내 어 얼른 뛰어갈틴게 처 천천히 따라오드라고. 저저 저그 파출소로 가봐야쓰것고만."
 "유 윤철 아부지, 가 같이 가요! 같이 가잔말여요."
 장수댁은 오른손을 휘휘 저으며 어둠 속 부엉이가 마을 어귀를 향해 포효하듯 울부짖었다. 두 눈에 허둥지둥 비상등을 켠 이유광은 갯벌 같은 논을 가로질러 발정난 말처럼 달렸다. 논 속에 처박혀 있는 잡풀들과 뒤엉켜 다리가 접질리고, 그 탓에 고꾸라져 엎어지기가 여러 번이었다.

도로에 들어서면서 아스팔트를 박차고 달렸다. 힘겹게 주천파출소 앞에 도착한 이유광은 가쁜 숨을 몰아쉬며 출입문을 부숴버릴 듯 왈칵 열어젖혔다. 비상등은 발광하며 껌벅이고 있었다. 김종국 경사는 일순 아연해하며 황소눈 마냥 눈을 똥그랗게 뜨고 짓쳐들어오는 이유광을 얼떨결에 바라보기만 했다. 잘 벼린 칼을 들고 목을 따러 들어오는 불한당이었다면, 김종국 경사는 지금쯤 이 세상 사람이 아니었을 터였다. 늦가을 마지막 잎새가 바르르 흩날리며 길바닥에 내려앉듯 내장까지 떨고 있는 이유광의 팔뚝을 김종국 경사는 붙들었다.

"아저씨! 이 씨 아저씨! 무슨 일이세요?"

김 경사는 출입문을 열고 나자빠진 이유광 팔뚝을 세차게 쥐며 다급하게 물었다. 이유광의 낯은 새파랗게 질려 있었다. 세상에 존재하지 않는 '무언가'를 본 듯 동공이 튀어나오려 했다.

"기기기 김 경사님, 저저저 저그에 사사 사람이 주 주 죽어 뿌렀는디!"

정신줄을 겨우 챙겨 달려오느라 숨이 턱까지 치받쳤고, 죽은 사람을 처음 보는 터라 말문이 삐걱대었다. 왼손 검지만이 회다리를 가리켰다.

"저저 저어그, 저그 저그 저어그⋯."

"아저씨! 여기 의자에 앉으셔서 차근차근 얘기해 보세요. 사람이 죽었다니요? 숨 좀 돌리시고 말씀해 보세요."

'죽음의 무도'

이유광의 말과 행동은 김 경사의 뇌리에 박혔다. 문득 카미유 생상스가 작곡한 교향시가 떠올랐다.

'지그, 지그, 지그 죽음은 계속해서**
끝없이 악기를 할퀴며 연주를 한다

---

* 프랑스 작곡가 '카미유 생상스'가 '앙리 카자리스'가 쓴 시에 영감을 받아 만든 곡.
** 프랑스 시인 '앙리 카자리스'가 쓴 시의 일부분.

베일이 떨어진다! 한 무용수가 나체가 된다
그녀의 파트너가 노엽하게 움켜잡는다'

죽음 주위에서 산 자들의 춤이 시작되려 함인가. 춤은 진실을 파헤치려는 산 자들의 말짓과 몸짓이리라. 출입문을 열고 들어온 이유광이 그렇게 보였다.

김 경사는 육신과 정신이 분리된 이유광을 진정시키려 애를 썼다. 컵을 정수기 꼭지에 대고 물을 따르려는 사이, 장수댁이 뒤미처 들이닥쳤다.

"이 냥반이 혼자 남겨두고 요로코롬 내빼불면 워쩌자는거요!"

무심한 남편을 사정없이 나무랐다. 뛰어온 장수댁은 어깻숨을 몰아쉬며 심장이 고동쳤다.

"아주머니도 일단 이쪽으로 앉으시고 맘 좀 다독이세요. 물 한 잔 드시고요."

김 경사는 연신 시근대고 있는 이유광과 장수댁을 의자에 앉히고, 격한 숨이 고르길 기다렸다. 부러진 말마디가 붙을 수 있는 시간이 필요했다.

"무슨 일인지 천천히 말씀을 해 보세요."

앉아 있는 이유광 쪽으로 바짝 다가간 김 경사는 양손으로 흥분을 가라앉히라는 손짓을 해대며 물었다.

"기 김 경사님! 저 저그 회다리 밑에 사람이 죽었는디, 우 우리집 아래에 사는 태민이 마누란거 가텨. 빨랑 가봐야 할 거 같은디. 으짜쓰까나. 김 경사님! 워쩐대요!"

숨을 마시고 내뱉은 이유광은 소름이 돋는 팔뚝을 떨리는 손바닥으로 쓸어내렸다. 의자에 앉아 동동 구르는 발은 공연한 짓이 아니었다. 마른침을 삼키고 입술을 잘근잘근 깨물었다.

**

 김 경사는 허리춤을 올렸다. 본연의 경찰로 돌아가 매뉴얼을 머릿속에서 빠르게 뒤적였다. '변사체 발견 시 매뉴얼'에 의하면, '어떠한 경우에도 시신이 훼손되지 않도록 주위의 반경 15미터 이내에는 외부인들의 접근을 허용치 말며, 상부에 보고하고 지시에 따르라.'고 되어 있었다. 시계의 시침이 오전 아홉 시를 가리키기엔 일렀지만, 김 경사는 곧장 파출소장이 기거하는 관사로 향했다. 싸가지 없는 개새끼를 후려 패듯, 두 주먹을 사납게 쳐들고 현관문을 쳐댔다.
 "쿵쿵 쾅쾅."
 "소장님, 변사체가 발견 됐다는 신고가 들어왔습니다. 빨리 나와 보세요. 빨리요."
 현관문을 때리는 김 경사의 힘이 여느 때와 다르다는 격정을 느낀 고석찬 소장은, 보고 있던 신문을 방 귀퉁이에 처박아버리고 옷을 갈아입었다. 빠르기가 동이 트기 전 어둠 속을 내달리는 유성과도 같았다.
 "알았어, 임마. 그만 두드려라. 문 부숴지것다. 바로 나갈게."
 덩달아 옆방에서 티브이를 보고 있던 박찬근 경위가 방문을 버럭 열었다. 김 경사를 빤히 쳐다보며 발악스럽게 언성을 높였다.
 "변사체가 발견 됐다고? 어딘데?"
 박차를 가하는 기수처럼 김 경사의 다급한 목소리에 박 경위는 선뜩함이 잔뜩 묻어났다.
 "방금, 이 마을에 사시는 이유광 아저씨하고, 부인되시는 장수댁 아주머니가 정신없이 오셔서 신고를 했습니다. 지금 사무실에 계십니다. 빨리 현장으로 가봐야 할 거 같습니다. 변사체라면 진안경찰서에 빨리 보고를 해야 하고요."
 박차를 가하는 것도 모자라서 김 경사는 채찍질을 해댔다.
 "알았어! 내 바로 사무실로 나갈게! 박 경위님도 빨리 같이 나가지요.

그리고 김 경사! 비번인 직원들 비상 출근하라고 즉시 연락하고, 진안경찰서엔 현장에서 내가 바로 보고할 테니까."
"네, 알겠습니다."
굵은 턱선, 부리부리한 눈매와 절굿공이 같은 콧방울, 초로의 중년답지 않게 다부진 근육질의 몸매인 고석찬 소장은 조용한 시골 파출소에서 책이나 읽으며 보내기에는 인력 배치에 다소 모순이라는 맹점이 들기도 했다. 강력계 팀장이라면 모를까. 촌구석에서 큰 사건이 터질 줄은 몰랐다. '갑작스레' 나른한 봄날에 때 아닌 날벼락을 맞듯, 고석찬 소장은 경찰 특유의 입매와 사냥개 같은 촉수를 한껏 뻗치려 들었다.
언제부터인지는 몰라도 '자연스레'라는 말이 거리낌 없이 흘러나오며 몸이 자동으로 반응을 하던 고석찬이었다. '자연스레' 눈이 감겼고, '자연스레' 소식을 하게 되었고, '자연스레' 걷거나 뛰었다. '자연스레' 자신의 몸을 세월에 내맡겼다.
한데 항상 복병이 숨어있었다. '갑작스레'.
이놈은 부지불식간에 튕겨 나와 해코지를 해대었다. 나이가 들수록 이놈의 복병은 게릴라처럼 불쑥불쑥 튀어나왔다. 징후도 없었다. 언제 나타날지 모르는 놈이었다. 스스로 경계태세를 취할 수밖에 없었다.
'갑작스레' 심박동이 불규칙하게 뛴다든지, '갑작스레' 어질병이 인다든지, '갑작스레' 허리가 삐끗하며 신경이 쓰이기도 했다. 게릴라의 해코지에 병원 신세를 진 적이 한두 번이 아니었다. 또한 오늘과 같이 침샘이 말라가는 듯한 사건이 발생하여 눈알이 '갑작스레' 돌출되기도 했다. 김 경사의 박차와 채찍질에 허벅지 근육이 경련을 일으켰다.
'건강해야 한다. 죄를 지은 연놈보다 더 건강해야 한다. 그래야 그 연놈들을 잡을 수 있다.'
고 소장은 격정적으로 몸을 흔들며 전전긍긍(戰戰兢兢)에 여유를 섞었다.

고 소장과 박 경위는 경찰 제복을 입고 사무실로 들어섰다. 김 경사 오른쪽으로 이유광과 장수댁이 시근덕거리며 발을 떨고 있었다. 창문을 뚫고 쏟아져 들어온 두툼한 햇빛이 구석진 곳으로 스며들었다. 간밤에 일어난 일이 궁금하기도 했을 터였다.
"변사체를 발견하셨다는 겁니까?"
시근거리며 뛰는 가슴을 억누르고 있는 내외에게 고석찬 소장은 경찰 특유의 물음을 던졌다. 차고 건조한 말투였다. 이유광은 동공이 흔들리며 고개를 끄덕거렸다.
"저희와 함께 그곳으로 가봅시다."
고개만 끄덕거린 이유광은 오른손 검지로 회다리를 가리키며 장수댁 손을 잡고 앞섰다. 고 소장과 박 경위는 이유광을 바짝 따라붙어 비장한 각오로 저벅저벅 걸어갔다.
회다리 밑에 도착했다. 역시나 이유광이 신고한 대로 여인네의 얼굴 전체가 피범벅이 되어 있었고 보기 흉하게 거웃을 드러내고 있었다. 감정 없는 푸른 하늘을 올려다보며 처연하게 누워있었다.

오전 아홉 시가 넘어섰다. 마을 사람들은 새로 난 다리 위에 즐비하게 늘어서기 시작했다. 논에서 일을 하던 사람들도 일손을 멈추고 모여들었다. 경찰서에 처음 신고한 사람은 이유광과 장수댁이었지만 마을 사람들은 알고 있었다.
'워매, 사람이 죽었다믄서, 여자라고 허더만.'
'긍게 말여, 어지끼 밤에 죽었다고 허던디, 이적지 이런 적이 없었는디 말여. 살풀이라도 해야 쓰것고만.'

마을 사람들은 평소의 목소리보다 두 옥타브는 올라섰던 장수댁의 비명소리를 들었을 게 분명했다. 고석찬 소장은 변사체 주위 반경 15미터 이내에는 쥐새끼 한 마리 얼씬도 못하게 김 경사와 박 경위에게 단단히

일러두고, 그 주위를 폴리스라인으로 둘러치라 했다. 신원을 확인하기 위해, 마을 이장과 면장을 피의자 소환하듯 불렀다. 마을 이장은 30분 후에 밭일을 하다말고 가쁜 걸음으로 회다리 밑으로 내려왔고, 면장은 회의 도중 끔찍한 기분에 사로잡혀 머리를 숙이고 고석찬 소장 앞으로 다가섰다. 둘 다 방어 자세를 취하는 표정을 감출 순 없었다. 뒤이어 비번이었던 경찰 두 명과, 이제 출근한 한 명이 잔뜩 찡그린 얼굴로 현장에 들어섰다.

"좆도 엿같고만, 좀 쉴려고 하면 사건이 터지니, 경찰 생활 못해 먹것고만."

"그러게 말이다. 여기 파출소는 한가할까 하고 왔는데 그것도 아닌 갑다."

비번인 경찰 두 명이 볼멘소리를 퍼부어댔다.

변사체 신원은 주양리 교회 위쪽, 장수댁이 사는 두 집 건너 밑에 사는 김태민의 아내 차명희로 소소명명하게 밝혀졌다. 이유광은 다방에서 시간을 죽이고 있는 김태민을 회다리 밑으로 데리고 왔다. 고 소장은 김태민에게 변사체가 아내인지 확인을 시켰다.

'좆같은 년, 잘 뒈졌다.'

꽁지를 뜯어내고 흡입을 했지만 빠지지 않는 다슬기 알맹이처럼 김태민은 속내를 털어내지 않았다. 안쓰러운 맘을 담아 얼굴을 일그러트릴 뿐이었다.

"맞구면요. 근디 이게 뭔일이단가요. 어제 저녁 안 들어와서 또 작부년 집에서 자고 오는 갑다 했는디. 요런 좆같은 일이 벌어지다니. 미친년, 죽어도 곱게 죽지. 이런 곳에서 죽어버린다냐!"

늘 꽈배기처럼 꼬여 있는 태민은 입안에서 물고 있는 걸고 험한 욕을 사방에 내뱉었다. 지지리도 못난 자신을 탓하는 거 같기도 했고, 먼저 떠난 아내의 원혼을 달래는 듯하면서 비둘기가 똥을 싸지르듯 찔끔찔끔 눈물을 내보였다. 그렇게 함으로써 자신의 슬픔이 사람들에게 전해지리라 생각했다. 뒤이어 태민 아버지 김용석과 어머니 금산댁이 태민 옆에서 걸쭉한 침을 삼키며 누워 있는 변사체가 며느리라는 걸 확인했다. 허탈감에 가슴을 쓸어내렸다. 금산댁은 죽은 며느리를 보자 뒤채에서 뒷물을 하다 만 아낙처럼 꺼림칙함을 감출 수 없었다. 태민과 다르게 금산댁은 위선을 떨지 않았다.
"자껏! 지랄을 떨더니만 이렇게 가고 마는구만."
금산댁은 푸른 하늘을 올려다보며 흘러내리는 말간 액체를 훔쳤다.

금산댁과 태민은 차명희의 죽음에 슬픔을 겨워하기보다는 시원섭섭하고 덤덤한 표정이었다. 누가 봐도 죽음에 대한 정상적인 말짓과 몸짓이 아니었다. 차명희가 살아왔던 삶이 죽음보다도 못한 삶이었단 말인가. 금산댁과 태민의 표정은 그렇게 보였다. 모든 죽음을 슬퍼해야 하는 건 아니었지만 죽었다고 모든 게 끝나는 건 아니었다. 이전의 삶이 살아 있는 사람들의 가슴에 남아있을 수도 있기 때문이었다.
삶과 죽음은 단절이 아니었다. 이어짐이었다.
김태민은 차명희와 재혼한 사이였다. 본처는 4년 전에 남편과 자식들을 헌신짝처럼 버리고 그녀만의 세상을 탐닉하러 홀연히 떠나버렸다. 본처 박미순과는 3년 전에 호적 정리를 하고 아들 석진이와 딸 가영이는 태민이 데리고 있다.

본처가 떠나기 한 달 전에 태민은 낫을 들고 놈팡이를 찾아갔었다.
"씨벌놈 나와! 할 짓이 없어서 남의 여편네를 꼬드기고 놀아나."
태민은 낫을 치켜들고 놈팡이에게 달려들었다.
"개새끼, 죽여버릴라네. 오늘 너 죽고 나 죽자."
놈팡이는 양말도 신지 않은 채 줄행랑을 쳐버렸다. 그때가 겨울이 막 시작하려는 즈음이었다. 놈팡이는 그 뒤로 살고 있던 집에 발을 들여놓지 않아 볼 수 없었다.

**

17년 전 농사일로 살갗이 새까맣게 타들어가던 완연한 봄이었다.
 태민은 색기가 다분했던 본처 박미순을 금산에서 우연인지 운명인지 모를 연분으로 5일장에서 만났다. 실룩거리는 엉덩이에다 뒤태가 여느 여인과는 다르게 욕정을 불러일으키기에 충분했다. 태민은 야비한 눈매에 능글거리는 살웃음을 지으며 따라붙었다. 훤칠한 키에 갈치처럼 매끈한 몸매로 따지자면 그다지 어디에 내놔도 촌티를 볼 수 없는 태민이었다. 도시풍은 아니더라도 그만큼의 나부대는 생색을 내고도 남았다. 겨울이 서글서글한 봄바람에 돌아치며 물러나고, 아지랑이가 감실감실 피어오르는 5월인 농번기 즈음이었다. 농기구를 사러 금산장에 들른 날이었다.
 미순에게 바짝 다가선 태민은 까무잡잡하고 반들반들한 얼굴을 내밀었다.
 "저기요. 말씀 좀 물어볼려고 하는디요."
 긴장한 탓인지 천연덕스럽게 묻고 나서 입술이 떨려왔다.
 "네, 무슨 일이신지?"
 앞에 선 태민을 미순은 예사롭게 스치는 사람쯤으로 여기며 눈을 마주대했다.
 "이빨 치료 잘 하는 병원이 어디 있다고 들었는디. 혹시 아시는가 해서요. 저는 주천에서 왔고만요."
 오른 손바닥으로 뺨을 배배 문지르며, 앓는 표정을 미순의 눈동자에 사무치도록 오만상을 찌푸렸다. 짐짓 사투리를 쓰지 않으려고 애쓰는 태민의 말본새는 언뜻 보기에 가엾기까지 했다.
 "치과요?"

흔들림 없는 두 눈이 한 곳을 응시했다.
"저쪽 터미널 왼쪽 2층 끄트머리에 잘 하는 치과가 있을 거예요. 그쪽으로 가보세요!"
시들한 말투로 말을 마친 미순이 걸음을 재우치려 하자, 태민은 그녀의 얼굴이 뒤태만큼 예쁘고, 가슴이 봉긋하여 욕정을 담아 추파를 던졌다.
"고맙고만요. 저 저기 다음 장에 터미널 입구에서 열두 시에 기다려도 될까요. 점심이나 살까 해서요. 다음 장에 또 와야 하는데요."
태민은 가슴이 떨려왔다. 찬바람이 쌩 하니 불어재끼며 거절할까 봐서였다. 그녀는 잠시 태민의 행색을 훑어보았다.
"글쎄요. 그때 시간이 될라나 모르겠네요. 아무튼 기다려나 보세요"
샐쭉한 표정을 지으며 미순은 가던 길을 경중경중 걸어갔다.

만남이 이어질수록 눈에 콩깍지가 씌워지는 건 자명한 이치였다. 태민과 미순은 떨어질 수 없는 애정이 뒤섞여 결혼까지 이르렀고 아들, 딸을 낳았다. 과거를 돌이켜 보면, 둘째를 낳고부터 정이라고는 돌아오지 못할 겹겹이 쌓인 산을 넘어 기억하지 못할 골짜기로 쑤셔 박히고 돌아올 줄 몰랐다. 신뢰라곤 모래성 무너지듯 우수수 허물어져 부지기수로 부부싸움을 해 왔다. 둘이 몸을 섞어 본 지도 거짐 3년이 훌쩍 넘어섰다.

'하 아, 미치고 환장하것네.'
미순의 눈 밑에는 노상 그늘이 드리워져 있었고 발밑을 바라보며 땅이 꺼져라 한숨을 내쉬곤 했다. 삶이 우울 속으로 빠져들고 있다는 징조였다. 촌구석의 삶이 지긋지긋해서였다. 의욕이라곤 흐물흐물해지는 순두부처럼 뭉그러졌고, 이파리가 다 떨어진 한 겨울의 졸가리 마냥 눈보라를 고스란히 맞받아치며 한기를 내뿜었다. 어디든 떠나버리고 싶다는 생각이 발끝부터 머리끝까지 짙게 묻어났다.

결국 미순은 4년 전 여름에 온다간다는 말도 없이 주천을 떠나고 말았다. 그 후로부터 태민은 근 한 달간을 어머니인 금산댁과 아버지인 김용석의 속을 갈기갈기 찢어놓으며 술로 밤낮을 지새웠다.

 '엿같은 시상 엿같이 살다가 엿같이 뒈져버려야것다.
 마누라는 도망가버리고 돈도 없고 이런 시상 살아서 뭣하것냐.
 에잇 니미럴 돈벼락이나 맞았으면 원이 없것네.
 나가 말일씨 시상에 태어날 때부터 아무것도 없었지라.
 불알 두 쪽만 차고 나왔지라.
 남들은 태어날 때부팀 뭐라도 손에 쥐고 태어났다는디 말여.
 나는 뭣땀시 지지리도 가난한 엄마 아버지를 만나서 아무것도 없냐고 염병할 엄마 아버지.
 왜 날 낳았냐고 낳지를 말던가.
 시상은 날 원하지 않았는디 엄마 아버지는 왜 날 시상에 내놨냐고.
 아 아 씨발이다 정말로 씨발스런 시상이다.'
 술만 마시면 엄마 아버지를 원망하는 원성곡 1절이 시작되었다. 두 시간이 지나야 원성곡 3절이 끝나고 막을 내렸다. 원성곡은 사흘돌이로 동네 사람들 귀청을 파고들었다. 참으로 대책 없는 태민이었다. 아들, 딸은 내팽겨 놓은 채 허술하고 무책임한 삶을 흐리멍덩한 무의식 속에 가두어 놓았다. 이도저도 아닌 삶이 죽음과도 같은, 어찌 보면 사람 행색의 경계를 넘어선 짐승의 본능이었다.
 '야, 이놈아! 술 좀 작작 마셔라 이놈아. 니 애미 애비 죽는 꼴 볼라고 그러냐? 동네 챙피해서 나다니지도 못허것어. 속창아리 좀 챙기고 집에 처박혀 있든가, 일을 허든가 좀 혀 봐. 이놈아!'
 금산댁과 김용석의 허구한 날 구박과 타박을 견디지 못한 태민은 다방을 출입하기 시작했다. 낭인처럼 일은 뒷전이고, 오전에 한 번 오후에 한 번 드나들었다. 며칠 전에 반반한 다방 레지가 들어왔기 때문이었다.

혜미라는 가명을 썼지만 본명은 차명희였다. 태민은 차명희의 눈웃음에 헤어나질 못하고 오금이 쑤셔 견디질 못했다. 다방이 제 집인 듯 구석에 붙박여 앉아 차명희와 노닥거렸다. 태민의 가슴엔 그녀만이 가득 들어차 있었다. 태민의 뇌리에 미순이 사라진 지는 먼 옛날이 되어 버렸고, 그 자리에 명희라는 여자가 꿰차고 들어앉아 떠날 줄을 몰랐다.

다음 해 3월, 태민은 법원에서 이혼 소송으로 미순과의 호적 정리를 하고 명희를 제 집에 들어 앉혔다. 금산댁과 김용석은 못마땅했지만 아들 성화에 못 이겨 명희와의 재혼에 승낙을 할 수밖에 없었다. 명희가 금산댁 며느리가 된 후, 석 달을 채 넘기지 못하고 고부간의 갈등은 움을 틔우기 시작했다. 그 여파로 태민과의 설전이 이어졌다. 급기야는 명희의 손톱과 태민의 주먹이 오가기도 했다.
그런 나날이 지속되면서 차명희는 변사체로 발견된 것이었다.

**

고석찬 소장은 휴대폰을 귀에 댔다.
"주천면 주양리 회다리 밑에서 발견된 변사체는 차명희라는 여자로 밝혀졌습니다. 자세한 사항은 서면으로 바로 보고하겠습니다."
운장산 호랑이가 죽어가는 제 새끼를 앞에 두고 울부짖듯 쩌렁쩌렁한 목소리로 고석찬 소장은 진안경찰서 수사과장에게 보고를 했다. 목소리는 산을 넘어설 정도였다. 휴대전화를 부여잡고 진안경찰서에 보고하는 파출소장을 본 마을 사람들은 얼결에 긴장감이 감돌며 괴괴하고 스산한 정적 속으로 빠져들었다. 가해자가 희멀겋게 자신을 드러낼 것만 같은 고요 속의 외침이었다. 보고를 받은 이상열 수사과장은 즉시 김효근 진안경찰서장에게 알렸고, 뒤이어 동부권 KCSI(Korea Crime Scene Investigation, 과학수사대)에 '주천면 주양리 회다리 밑에서 변사체 발견'을 상신하고 검시를 의뢰했다. 과학수사대가 도착할 동안 수사과장은 변사체 수사를 할 수사본부를 설치하고 형사 세 명을 차출했다. 팀장은 송승규 형사였고, 나머지 두 명은 김상두 형사와 이철규 형사였다.

하프가 밤 12시를 알리고 바이올린 독주가 연주되면서 이윽고 죽음의 무도는 시작되었다.

한 시간 후.

동부권 KCSI(Korea Crime Scene Investigation, 과학수사대)가 도착했다. 송승규 팀장은 두 형사들과 패트롤카에 올라탔다. 이철규 형사가 운전대를 잡았고, 운전석 옆 좌석에 김상두 형사, 송승규 팀장은 뒷좌석에 앉았다.

"경찰에 몸을 담고 있으면서도 살인사건은 항상 긴장되요. 썩어가는 시체 냄새를 맡아야 한다는 게 제일 곤욕스럽지만, 그건 그렇다치고 수사가 지지부진하면 언론의 뭇매를 맞아야 하는 게 무엇보다도 화가 나더라고요."

내리막길의 코너링에서 브레이크를 밟은 이 형사는 언론을 까댔다.

"이 형사 말이 맞아. 그 자식들 펜대만 굴릴 줄 알았지, 밤잠 못자가며 수사하는 경찰들은 아예 생각지도 않아. 이번 사건도 수사가 장기화되면 우리만 곤욕을 치를 거야. 단서가 나오는 대로 빠른 시일 내에 범인을 잡아들여야 한다는 걸 명심해."

팀장인 송승규가 입술을 지그시 깨물며 말했다. 바람을 가르고 달리는 야생마처럼 용의자를 색출하러 가는 형사들의 번뜩이는 눈빛을 오후의 나른한 태양도 비껴갈 수밖에 없었다. 전신의 피가 일렁이는 듯한 붉고 푸른 저승빛을 희번덕거리며 울려대는 사이렌 소리에, 커질 대로 커진 은방울꽃도 목을 떨구었다. 패트롤카가 앞서서 달렸고 그 뒤를 과학수사대가 바짝 뒤따랐다.

변사체가 발견되고 네 시간이 지난 후 진안경찰서 수사팀과 과학수사대가 현장에 도착했다. 주양리 사람들과 옆마을 신양리 사람들은 일손을 멈추고 현장에 모여들었다. 끔찍한 사건이었다. 한적한 마을에 난데없는 살인 사건이 발생하다보니, 주민들의 눈빛이 살쾡이 눈빛으로 변했다. 누가 죽였는지 의당 그 얼굴을 보고 응징을 해야겠다는 격분이 하늘을 가르고 산을 무너트릴 기세였다.

마스크를 하고 장갑을 낀 과학수사대 다섯 명은 놀라는 기색이나 호기심 어린 눈빛은 전혀 찾아볼 수 없었다. 산마루에서 적의 동태를 부감하는 척후병처럼 변사체로 달려들어 승냥이 눈매와 입매로 오감을 들이댔다. 증거가 될 만한 물체를 수거하여 카메라로 찍고 손가락 끝으로 만져보며 시취를 맡아보곤 하였다. 오감을 통해 현장에서 보고, 듣고, 느끼고, 들은 것들을 고스란히 과학수사대만이 알 수 있는 각진 기계에 적치하고, 변사체 사인을 밝히기 위해 검사의 지휘를 받아 부검을 할 터였다. 그러기 위해선 법원에 압수·수색 영장을 청구해야 했다. 발부받은 압수·수색 영장에 의해 변사체는 전북대병원 부검의에게 인계할 것이었다.

"경위님! 단서가 될 만한 뭐라도 있습니까?"

송승규 팀장이 과학수사대원에게 물었다.

"현장에 바나나 껍질과 우유팩, 빵 봉지가 있긴 한데 피해자와 관련이 있는지는 조사를 해봐야 할 거 같습니다. 그리고 '두 명이 다리에서부터 다리 밑으로 내려온 흔적이 있는 것으로 봐서 피해자와 가해자의 족적이 아닐까,' 라는 의심이 들긴 합니다만 그것도 구체적인 조사를 해봐야 할 거 같습니다."

과학수사대원은 육안으로 보이는 것만 말할 뿐이었다.

"두 명의 족적에서 뭔가 확인할 수 있지요?"

과학수사대원의 육안 안에 도사리고 있는 천리안을 언급했다.

"이 상태로만 봐서는 강제성이 동원되지 않은 정사라 볼 수 있습니다. 강압이 없는 정사에서 여자만 죽었다는 건 흔한 사건이 아니지요. 팀장님도 아시지 않습니까?"

송승규도 알고 있었다. 화간이 발각될 시에는 두 명의 변사체가 발견

되는 게 정설이었다. 그러나 여자 혼자였다.
"검시 조서는 바로 나오지요?"
"빠르면 모레 나올 겁니다."

현장에 도착한 수사팀은 흐드러진 꽃들이 길가에 날리는 정경도 볼 겨를이 없었다. 변사체를 위시한 회다리 주변을 수색하고, 차명희를 알고 있는 사람들을 만나 탐문 수사를 해야 했다.
"팀장님! 변사체를 보니까 팬티가 벗겨져 있고, 정수리 부분이 터져서 뇌손상과 과다출혈로 사망한 거 같은데요. 그러면 이 사건은 뻔한 스토리 아닙니까? 남자가 여자를 다리 밑으로 강제로 끌고 왔던지 아니면 둘이 좋아서 왔던지, 아무튼 둘 중 하난데 가해자인 남자가 여자를 강제로 옷을 벗기고 강간을 시도하려 하자 피해자인 여자는 거부감을 느끼며 격한 반항을 한다. 그럼에도 불구하고 가해자가 강압적으로 강간을 하려 하자 피해자는 소리를 지르고 가해자에게서 벗어나려 한다. 강간의 목적을 달성하지 못한 가해자는 욕정이 분노로 치밀어 올라 무의식적으로 돌을 집어 들어 피해자의 정수리 부분을 친다. 그런데 피해자가 사망한다. 가해자는 죽일 의도는 없었지만 죽은 피해자를 보고 기겁을 하여 달아난다. 결국 가해자의 목적인 강간은 미수로 끝나고. 뭐 이런 거 아닙니까? 둔기충격비산혈흔만 봐도 그렇지 않습니까?"
피해자의 혈흔은 사방으로 흩어져 있었다. 막내인 이철규 형사는 다소 건들거리며 선배 형사들에게 사건의 얼개가 확연히 드러났으니 범인만 잡으면 된다는 식이었다. 비분강개할 수 있고 하중이 있는 사건을 심드렁하게 얘기를 털어놓았다.
"야, 임마! 소설을 써라. 하여간에 주둥이만 살아가지고. 쓰잘데없는 소리 집어치우고 빨리 뒤져봐!"

베테랑인 김상두 형사는 젖은 장작을 태우기라도 하듯 풀무질을 하며 닦달을 해댔다. 성질이 불같고 주먹이 앞서는 김 형사는 광역수사대에서만 3년을 넘게 근무했고, 작년 말에 진안경찰서로 발령을 받은 터였다. 잠복근무를 하면서 조직폭력배들과 난투극을 벌인 일도 허다했다. 와중에 식겁한 칼이 갈비살으로 들어와 병원 응급실로 실려 간 적도 한두 번이 아니었다. 줄곧 운동화에 점퍼 차림이었고 솥뚜껑만한 손바닥과 짙은 눈썹, 살짝 눌린 코에 턱이 둥그스름하고 볼살이 도도록했다. 전체적으로 보면 험상궂게 생긴 얼굴형으로 꼭 소도둑인 양 인상이 도대체 친근한 편이 아니었다.

"김 형사! 관점 나름이겠지만 한편으론 이 형사의 말도 일리가 있긴 한데, 이 사건을 치정 사건으로 치부하기엔 무리가 있지 않나 싶어. 부검 결과가 나와 봐야 정확한 사인을 알 수 있고, 그에 따라 수사 방향을 잡아야 하겠지만, 내 생각으론 음침한 밤에 남녀 둘이 다리 밑으로 왔다는 건 서로 잘 아는 사이가 아닐까 생각하는데. 저 마을에서 여기까지 거리가 500미터는 넘을 거 같은데 말야. 처음부터 강압적으로 끌고 오진 않았을 테고. 조용한 마을이잖아. 안 그런가?"

직관은 사실의 눈을 뛰어넘는다고 하지 않던가. 사건 현장 경험이 많은 송 팀장은 김 형사와 이 형사가 구태여 대꾸해 줄 생각이 없는데도 불구하고 둥그런 질문을 허공 속으로 흘려보냈다. 경감 승진을 눈앞에 둔 송 팀장은 주로 야전에서 개, 강아지 눈 감은 듯한 사건들을 해결해 혁혁한 공을 세웠다.

강인한 턱선, 가느다란 눈썹에 애수에 젖은 듯한 눈망울. 얇은 입술이 날카롭게 보였고 젤리를 발라 넘긴 머리숱은 어딘가 모르게 스포티한 인상을 주기에 충분했다. 검정색 구두를 신고 노타이에 검정색 싱글 정장을 주로 입는 송 팀장은 오늘도 그런 차림이었다. 시크하다고나 할까.

"저도 그런 생각은 드는데요. 왠지 찜찜한 사건 같기도 하고."

송 팀장과 생각이 맞아떨어진 김 형사는 말꼬리에 힘을 주려다 맥없이 풀어버렸다.

수사팀은 변사체가 현장을 떠남과 동시에 차명희와 가깝게 지낸 마을 주민들을 찾아다니며 탐문 수사를 했다. 주천파출소를 찾았다. 고석찬 소장과 직원들은 살인사건으로 인한 수고스러움이 마을을 제대로 챙기지 못한 자신들 탓인 양 겸연쩍게 맞이했다. 차명희 살인사건 수사팀과 고석찬 소장은 소파에 앉았다.

"소장님! 단서가 전혀 없네요. 부검결과하고 현장 조사결과가 나오기 전에 이 사건과 관련 있는 사람들 얘기를 들어봐야겠습니다. 우선 변사체 최초 발견자와 피해자 남편과 가족들 얘기를 들어봐야겠어요. 그 외에 마을 사정에 대해서 소장님 말씀을 들었으면 합니다. 피해자와 관련 있는 얘기라면 더 좋고요."

송 형사는 고석찬 소장이 마을 사정을 잘 알 것이라 여기며 밀어붙였다. 젤리가 덜 묻은 왼쪽 머리카락이 봄바람에 치맛자락이 나풀거리듯 솟아오르는 걸 느꼈다. 왼 손바닥으로 머리카락을 꾸욱 누르며 고 소장의 코끝을 응시했다. 송 형사 옆에 있던 김 형사와 이 형사는 고 소장 앞으로 얼굴을 들이밀었다.

"마을 사정요?"

단서가 전혀 없다는 것과 마을 사정을 자신에게 들어야겠다는 송 형사의 말에, 고 소장은 자신의 말을 들으면 단서가 나올 법도 하다는 말로 들렸다. 그럴 리야 있겠냐마는 아무튼 그렇게 들렸다. 고 소장은 눈꺼풀을 반쯤 내리더니 미간의 세로 주름 두 줄을 곧추세우며 송 팀장의 시선이 머무른 코끝을 실룩거렸다. 생각나는 무엇인가가 마른 목구멍을 올라타고 뇌리를 스쳤다.

"차명희하고 고래고래 소릴 지르고 머리카락을 잡아채면서 자주 싸우던 아낙이 한 명 있었는데. 그때 누가 출동했더라?"

고석찬 소장은 사무실 내에 있는 직원들을 둘러보며 자진해서 어서 나오라는 눈짓을 했다.

"제가 그때 출동했습니다."

무전기 두 대가 놓여있는 책상 끄트머리에 엉덩이를 기대고 서있던 주상현 경위가 고석찬 소장의 말꼬리를 잡고 나왔다.
"보고 있던 주민이 신고해서 즉각 갔지요. 이름이 이근순이라고 하더 군요. 남자들끼리 주먹다짐 하는 싸움은 흔히 있는 일이라 그렇다 치고, 여자들끼리 치고 할퀴고 싸우는데, 태어나서 그런 싸움은 처음 봤습니다. 얼기설기 뒤엉켜서 핏대를 올리고, 얼굴은 서로 할퀴어 가지고 피가 빗줄기처럼 흘러내리더라고요. 면장님과 제가 아무리 뜯어 말려도 소용이 없는 거예요. 결국은 서로 싸우다 지쳐 주저앉아 울고 끝났습니다. 서로 아는 사이고 고소는 하지 않아 사건화 시키지는 않았지만요. 그 전에도 가끔 싸웠는가 보더라고요. 그리고 피해자 차명희 남편 김태민과 이근순 남편 김양호는 친구 사이더라고요."
당시의 싸움이 생생하게 기억이 나는지 이름까지 들먹이고 손톱으로 할퀴는 시늉까지 하며 말했다.
"그런 일이 있었군요."
얼핏 송 형사는 뭔가가 있을 것 같은 기대감이 짙어지며 애수에 젖은 듯한 눈망울이 푸른 형광빛을 드리우고 강하게 빛났다. 고 소장을 비롯한 다섯 명의 직원들을 훑어보았다. 표면에 드러나는 것이 있으면 다 내놓으라는 듯 얇은 입술을 뒤틀면서 송곳 같은 말투를 드러냈다. 돌연 독수리가 먹잇감을 낚아채려 벼락같이 내리꽂는 듯한 눈매를 번뜩였다. 김 형사와 이 형사를 비롯한 파출소 직원들은 그 눈매에 당혹감을 내비쳤다.
"김태민과 차명희가 시도 때도 없이 자주 싸운다는 소문과, 차명희가 시부모하고 이년 저년 하며 싸운다는 소문도 자주 들리고요."
겁결에 김종국 경사가 들은 얘기를 송 형사 앞에 쏟아냈다.
"그럼, 피해자 차명희하고 남편인 김태민과의 사이가 돌이킬 수 없는 관계로 봐도 되겠네요?"
주상현 경위 옆에 서 있던 김종국 경사를 바라보며 송 형사가 물었다.

'돌이킬 수 없는 관계'의 저의를 생각해 보려는 새에 고석찬 소장이 끼어들었다.

"글쎄요. 부부 사이를 우리가 어떻게 알겠습니까마는 들리는 풍문에 의하면 그렇게 봐도 될 겁니다."

"풍문이 그렇군요. 이 형사! 김 형사! 일단 변사체 최초 발견자를 만나보고, 내일 이근순 부부와 김태민을 만나보기로 하지. 부검 결과는 모레쯤 나오니까. 그때 가서 수사 방향을 새롭게 짜고. 최초 발견자 집이 어딥니까?"

송 형사는 주상현 경위를 보고 물었다.

"제가 안내 하지요."

주 경위가 앞서고 수사팀이 뒤를 따랐다. 뒤이어 김종국 경사와 고석찬 소장이 쭈뼛쭈뼛하며 꼬리를 물었다.

저물어가는 주천면 주양리 들녘에는 어스름이 내려앉기 전에 일을 마치려는 농부들로 부산했다. 오렌지빛을 띠고 산마루를 넘어선 태양은 황금가루를 치대어놓고 가슴 철렁한 노을을 서녘 하늘에 착색해 놓았다. 이윽고 들판에 땅거미가 깔렸다. 내일의 태양이 비옥한 땅인 사마리아를 비추듯 주양리 들녘에 맨얼굴을 드러내려 이른 잠을 청하려 하고 있다. 회다리 밑 살인사건 수사팀은 장수댁과 이유광을 만나 본 뒤 진안경찰서로 들어갔다.

**

다음 날.

수사팀은 주천파출소를 들른 뒤 피해자 남편 김태민을 찾았다. 태민은 담배를 꼬나물고 잘근잘근 씹어댔다. 마루턱에 한쪽 엉덩이를 기대고 앉아 담배 연기를 처마 끝으로 날리며 한숨을 내쉬었다.

'푸 우.'
"계십니까?"

대문을 열고 들어오는 낯선 사람들을 태민은 멀뚱히 쳐다보았다.

"안녕하십니까? 진안경찰서에서 나온 송승규 형사입니다. 김태민 씨 되십니까?"

담배를 빤 탓에 양볼이 쏙 들어갔다. 태민은 맞바람을 향해 연기를 뱉어냈다. 담배 연기는 태민의 이마를 핥고 뒤통수로 빠져나갔다.

"네, 그란디요. 워쩐 일로."

빨던 담배를 바닥에 짓이긴 태민은, 물어오는 송승규의 말에 자신의 입매에 방어막을 쳤다. 혹시라도 머리보다 가슴이 앞서는 바람에, 하지 말아야 할 말사태가 입구멍으로 터져 나올까 봐서였다.

"아내분이 갑작스레 변을 당하셔서 상심이 크시겠습니다. 현재 부검을 하고 있을 테니, 부검이 끝나는 대로 유족에게 인계가 될 겁니다."

송 팀장은 여전히 검은색 구두와 싱글 정장을 입은 채, 김태민에게 고개를 숙이고 경찰 신분증을 들이댔다. 옆에 있던 김 형사가 얼떨결에 신분증을 꺼내려고 손을 안주머니에 집어넣으려다 말고 윗옷 먼지만 털어냈다. 이 형사는 상황 보고를 위해 내근을 하고 있는 상태였다.

"그러신가라! 그란디 어떤 쳐죽일 새끼가 내 마누라를 덮치고 죽였는가요? 경찰은 알거 아닌갑네요, 안 그런가라? 잡히기만 하면 요절을 내 버릴 텐디. 좆같은 년, 미친년은 꼭 막판에도 미친 짓을 하며 죽는구만! 에잇, 씨벌. 이도저도 개 같은 인생 그냥 컄 죽어 버릴까 보다."

태민은 여전히 분이 삭이지 않았는지 두 주먹을 불끈 쥐고 오른손 주먹으로 마루를 쾅 내리쳤다. 폐부 깊숙이 가라앉았던 회한과 감당 못할 분기충천을 수사팀과 고석찬 소장을 보자 한꺼번에 뿌려대었다. 보란 듯이 노발대발했다.

디귿자형인 태민의 집은 가운데 대청마루를 사이에 두고 안채 왼쪽

방에선 어머니인 금산댁과 아버지인 김용석이 기거를 했고, 태민은 오른쪽 방에서 지냈다. 진안고등학교 2학년인 아들 석진이 방은 바깥에서 보면 오른쪽 행랑채 방에, 주천중학교 3학년인 딸 가영이는 왼쪽 방을 사용하고 있었다. 둘은 아버지에 대한 불만이 다분히 마음속에 서려 있었고, 사망한 새어머니 차명희에 대한 불만은 증오와 분노로 뒤섞여 치올라 있었던 차였다. 둘에게 새어머니에 대한 슬픔은 없었다.
'잘 죽었다.'는 생각을 가슴에 담고 있었다.

방문을 열고 나온 금산댁과 김용석은 아들 태민과는 달리 혼곤한 표정을 짓고 형사 둘을 경계하며 쳐다보았다. 송 팀장과 김 형사, 김태민은 대청마루 끝에 걸터앉았고, 금산댁과 김용석은 대청마루 안쪽에 앉았다. 고석찬 소장과 주 경위는 송 팀장 옆에서 김태민을 용렬한 룸펜으로 바라보며 앉아 있었다.
"가정사를 들추는 것 같아 난감하긴 합니다만, 수사상 필요해서 묻습니다. 김태민 씨하고 차명희 씨 사이가 그리 좋지는 않았다고 하던데요. 또한 김태민 씨 부모님하고 차명희 씨하고도 썩 좋은 사이도 아니고. 그 부분에 대해서 들어보고 싶습니다."
사적인 일을 들추어내는 것 같아 시금털털한 뒷맛이 개운치 않았지만, 형사 본연의 임무를 처리하자면 감수해야만 하는 일이었다. 금산댁은 태민에게 빨리 얘기하라는 듯 주먹을 발끈 쥐고 눈을 흘겼다. 이 기회에 죽은 차명희의 불상년 짓을 다 까발리라는 눈짓이었다.
"명희하고는 3년 전엔가 만나 재혼을 했지요. 몇 달간은 잘 했단게요. 밭일, 논일도 다른 여편네들 못지않게 빠릿하게 움직이며 힘든 시골 일을 투정부리는 일 없이 했은께요. 후 우."
길게 한숨을 내쉬며 뜸을 들였다. 듣고 있던 금산댁은 말하는 태민의 꼬락서니를 보고 답답해 했다. 가슴을 두세 번 쳐대며 끼어들었다.
"야, 나가 말 할란다. 넌 비끼라."

금산댁은 대청마루 안쪽에서 태민이 앉아 있는 옆으로 바짝 옮겨 앉았다. 김용석 또한 금산댁 옆에 앉아 며느리였던 차명희의 발칙한 짓을 적나라하게 까발릴 기세였다. '이런 천치 같은 놈을 아들이라고', 혼잣말을 하고 목구멍에서 그르렁거리며 끓어오른 침을 마당에다 뱉어냈다. 송 팀장에게 애소하는 눈빛을 던지며 입을 들썩였다.
 "형사님! 이 늙은이 말 좀 들어보소. 그년하고 이 집에서 한 3년 정도를 같이 지낸 것 같은디요. 10년은 지낸 것 같습디다. 이 육시랄 놈이 데리고 온 년인데, 내원 참 살다살다 그런 년은 처음 봅디다."
 금산댁의 걸쭉한 말본새는 듣고 있던 김용석을 진저리치게 했다. 김용석의 양 손은 한이 서리고 분기에 짓눌린 금산댁의 어깨를 다독였다. 그의 손에 기운이 느껴지지 않은 금산댁은 오른손을 어깨에 얹고 그의 손등에 올렸다. 세월이 말해주듯 남편의 손등은 까칠까칠하고 뼈에 가죽만 씌워 놓은 양 쌀가마니를 만지고 있다는 착각이 들었다. 김용석은 일 년 전부터 폐에 염증이 일었고, 당뇨 수치가 높다는 진단을 받고부터는 좋아하던 술, 담배를 가까이 하지 않았다. 시골 일도 금산댁에게 대부분 맡겨 놓은 터였다. 눈자위에 촉촉한 물기가 그렁그렁 맺히면서 금산댁 뒤에서 힘없이 밭은기침을 토해냈다. 금산댁은 김용석을 언뜻 돌아보고 이내 송 팀장에게 눈길을 돌렸다.
 "이 집에 들어오고 나서 석 달간은 며느리같이 행세 합디다. 지 남편 떠받들기도 하고, 이 냥반하고 나를 시부모 대하듯 하면서요. 근디 본디가 천한 년이라 천성이 어디 갑니까. 나하고 이 냥반이 이놈하고 그렇게 합치는 걸 말렸는디, 이 잡것이 구미호한테 홀렸는지 죽으면 죽었지 기어코 같이 살아야겠다는 거지라. 그래서 자식 이기는 부모 없다고 할 수 없이 지 뜻대로 해줬지라."
 금산댁은 연신 싫다는 손짓을 휘휘 저었다. 옆에 앉아 있는 태민이 마루에 불쑥 튀어나온 판때기로 보였다. 왼손을 치켜들곤 등짝을 모래가마니 메치듯 쳐댔다.

"에잇 씨, 왜 때리고 지랄여."
 태민의 말하는 본새가 인간말짜로 보여 송 팀장과 김 형사는 옴씰했다.
 "이런 똥통에 빠져 뒈질 놈 같으니라고."
 태민은 등짝이 따가운지 손바닥으로 문지르려 했으나 닿지 않았다. 인상을 잔뜩 찌푸렸다. 피를 머금은 5월, 차명희가 싸늘한 시신으로 떠나갔지만 태민은 금산댁의 말 마디마디에 토를 달 아무런 명분이 없었다. 사실 태민도 차명희가 그런 허튼계집인 줄은 몰랐던 것이다. 그동안 같이 살아오면서 살의를 느껴본 적이 수십 번이었다.
 "재작년 요맘땐가 그년이 갑자기 돌변합디다. 아침에 일어나지도 않고, 일도 안하고, 눈만 뜨면 암내를 풍기는 화냥년 같이 성깔을 부리면서, 지 서방을 쥐 잡듯 하는 거요. 나중에 알고 봤더니 이놈한테 이천만 원인가를 달라고 혔는디 안 주니께 이 집에 오기 전에 부리던 성깔이라는 성깔은 다 부리면서 오장육부를 찢어 놓는 거예요. 끼니때가 되면 밖에 나가서 들어오지도 않고, 할 수 없이 내가 끼니를 챙기게 됐지요. 해가 떨어지면 느지막이 나타나서, 어디서 마셨는지 고주망태가 되어 들어와선 이놈뿐만 아니라 이 냥반, 나한테까지 주정을 부리는 겁니다. '이천만 원이 그렇게 아깝냐?' '날 며느리로 생각하긴 하는 거냐? 다방에서 놀던 여자라고 무시하는 거냐?' 하면서요. 하도 기가차서 할 말이 없더라고요. '늘그막에 이런 꼴을 볼라고 사는갑다.' 하는 생각이 퍼뜩 드는디, 혀를 그냥 캭 깨물고 죽고 싶더라고요. 이 냥반은 말할 것도 없고요."
 금산댁은 짐짓 혀를 깨무는 시늉을 하며 손등으로 흘러내리는 눈물을 훔쳐냈다. 손등의 살이 발뒤꿈치의 각질처럼 쩍쩍 갈라져 있었다. 눈물을 닦아내며 저 멀리 산자락에 흐드러진 담홍색의 복사꽃을 바라보고 이내 말을 이어갔다.
 "이놈이 지들 방으로 데리고 가서 조곤조곤 얘기하면 잠잠해질 거라

내 딴에 생각했는디요. 웬걸요, 손에 잡히는 대로 살림살이를 던지고 깨부수고, 이놈을 패고 할퀴고, 내 생전 그런 막돼먹은 년은 첨 보느만요. 동네 챙피해서 돌아다닐 수가 없더라고요. 할 수 없이 농사일 바쁠 때 쓸려고 모아둔 돈 천만 원을 이놈을 통해서 줬지라. 그 뒤로 한 이십 일은 며느리 행세를 하는 척 하더라고요. 근디 그건 밑 빠진 독에 물 붓기였지요. 이놈하고 합치기 전에 있던 빚인가 봅디다. 한 달이 가기도 전에 천오백만 원인가를 또 달라는 거예요. 말도 안 나오더라고요. 이 냥반하고 얘기하고선 나올 돈도 없고, 있다 해도 절대 줄 수 없다고 못을 박아버렸지라. 그 뒤론 정말로 미친년같이 행패를 부리는디, 미친년도 그런 미친년은 없더만요. 이놈 얼굴 좀 보세요. 성한 데가 없잖아요. 하도 할퀴어 놔가지고. 술 처먹고 들어오면 나한테도 이년저년 하는디 말 다했지요. 한 번은 이놈이 참다못해 뺨싸데기를 때리는 걸 봤는디요. 그 전에도 때렸는가 어쨌는가는 모르것지만. 맞은 게 그렇게 분했는지 온 동네방네가 떠나갈 만치로 소릴 지르는디요. '나죽네 나죽어 년놈들이 작당을 하고 나죽이네,' 하고선 부엌으로 냅다 달려가서 칼을 들고 나오는 거지라. 그 년이 칼을 든 걸 보곤 이 냥반은 사시나무 떨 듯 떨다가 뒤로 까무라쳤고. 난 '그려 해볼테면 해봐라.' 하고선 이놈이 그년한테 달려드는 걸 잡아끌다시피 해서 밀치고, 그 년 앞에서 대들었지라. '나 죽고 너 죽고 한 번 해보자.' 하면서요. 그런 미친년이나 하는 짓도 이 두 눈으로 똑똑히 봤습지요."

금산댁의 두 눈에서 쏟아져 내리는 눈물은, 여인의 눈물이라기보다는 뇌성을 동반한 폭우요, 분노가 스며 휘몰아치는 폭포수였다. 오월에 부는 바람이 훈풍이라 하지만, 그 바람은 금산댁의 살갗을 베는 삭풍이 되어 온몸을 파고들었다.

**

늘그막에 며느리 수발을 받아가며 손자들 재롱에 주름진 얼굴이 웃음으로 출렁이기를 바랐건만.

　소일거리에 초롱초롱한 별빛을 보고 영감하고 단 둘이서 거칠고 험했던 두 노인네의 과거를 들추어내어 추억이라 생각하며 떠올리고 싶었건만.

　인생 막바지에 언덕길을 오르노라면 가쁘게 숨을 몰아쉬며 올라오는 금산댁에게 김용석이 건네주는 지팡이를 잡고 '내 옆엔 항상 영감이 있어서 행복했어요.', '나도 할멈이 옆에 있어서 행복했어.', 같이 합창을 하며 뒤안길로 사라지고 싶었건만.

　지금은 모든 것이 뒤죽박죽이고 오리무중이었다. 무엇이 처음이고 무엇이 끝인지, 도대체가 꿈속에서 헤매는 시간의 저주였다. 금산댁의 몸 안에서 분기를 태우지 못한 열기가 입을 통해 나오는 바람에 입술이 하얗게 질려 있었고, 말을 하는 사이사이에 과거와 현재가 하나가 되어 손가락 마디마디가 떨려오고 있었다.

　송 팀장과 김 형사는 물론 옆에 있던 고석찬 소장과 주상현 경위는 가슴 속에서 치밀어 오르는 노호를 짓누르고 헛기침을 해댔다. 이마의 주름살이 깊게 파인 송 팀장은 구름 사이로 보이는 오월의 푸른 하늘을 멍하니 쳐다보고, 금산댁과 김태민에게 시선을 돌렸다.

　"힘들었겠습니다. 그리고 김태민 씨 친구인 김양호 아내 이근순 씨하고도 자주 싸웠다고도 하던데요? 맞습니까?"

　차명희에 대한 험담과 비난이 들끓는 금산댁의 격앙을 등에 업은 송 팀장은 다른 질문을 김태민에게 던졌다. 금산댁은 여전히 눈물을 보이고 있었다. 태민은 금산댁을 흘깃 쳐다보고 돼지가 씩씩거리며 앞발로 땅을 파듯 괜스레 성을 내며 질문을 받았다.

　"예, 엄청시리 싸웠지라. 그 잡년이 양호를 꼬리친다고 해서 둘이 머리끄댕이 잡아댕기며 싸우고, 양호하고 양호 마누라 사이를 이간질시킨다고 해서 싸우고, 나허고 양호 사이를 이간질 시킨다고 해서 양호 마누라가 쳐들어와 싸우고. 어찌 됐든 간에 나가 죽일 놈이지요. 그런 년인 줄도 모르고 집 안으로 데리고 왔으니께요."
 어느덧 얘기를 듣다보니 오후 한 시가 지나고 있었다. 고 소장은 송 팀장에게 면사무소 앞 중화요리 식당으로 가서 식사를 하고 김양호 집에 들러보자고 귀띔을 했다. 송 팀장이나 김 형사, 고 소장, 주 경위 모두 사방에서 들려오는 개구리 울음 소리처럼 시장기가 밀물처럼 밀려들었다.

 짜장 곱빼기에다 대(大)짜 탕수육까지 먹은 네 사람은 가게 앞 평상에 퍼질러 앉아 자판기 커피를 홀짝거렸다. 온몸을 감싸는 오후의 봄볕은 영혼까지 느즈러지게 하는 통에 넘실넘실 잠결이 밀려왔다. 졸음에 겨운 네 사람은 꿈속의 여로를 헤매고 싶은 마음이 간절했다.
 "하 아 홉"
 고석찬 소장이 늘쩍지근하게 하품을 늘어놓자, 옆에 있던 주상현 경위도 하마 같은 입을 찢어져라 벌리고 "푸!" 내쉬었다. 얼결에 전염병 걸린 병아리 마냥 송 팀장과 김 형사도 들숨으로 하품을 하고는 길게 날숨을 뱉어냈다. 다들 눈자위에 핏발이 서렸고 눈가에 눈물이 고였다. 야들야들한 봄볕을 받으며 가물가물한 아지랑이를 피워내는 길 건너 주천초등학교 운동장은 휑뎅그렁한 채 국기만 나부끼고 있다. 초등학교 오른쪽 옆 상가를 지나 20미터 떨어진 곳에 면사무소가 자리 잡고 있어, 이 동네가 면소재지임을 확연히 드러내 보이고 있다. 책가방을 멘 초등학생들이 교문 앞에 듬성듬성 보였다. 낯선 얼굴들을 흘깃흘깃 쳐다보았다.
 "저그, 저 아저씨들, 경찰아저씨들이잖아."
 "우리 엄마가 그러는데, 우리 동네 저기 다리 밑에서 사람이 죽었데."
 "언제?"
 "어저껜가."

"그려! 그려서 경찰아저씨들이 돌아댕기는구나. 죽인 사람은 잡았다냐?"
"몰라. 엄마가 그런 말은 안 했거든. 학교 끝나면 바로 집으로 오라고 했어."
"엄마헌티 가서 물어봐야 것구만."
초등학생들은 네 사람이 앉아있는 평상 주위를 벗어나려 휘적휘적 걸었다. 경계하는 눈빛을 하고 실내화 주머니를 뱅글뱅글 돌리며 뛰어갔다.

"팀장님! 피해자 남편 그 자식 수상쩍은 데가 한두 군데가 아닌데요. 싸가지도 없고. 차명희 살인사건의 요주의 인물입니다. 우리가 갔을 때 행동이 다소 오버하면서, 구린 것이 있는지 눈을 제대로 마주치지 못하더라고요."
김 형사는 피 냄새를 맡은 식인상어가 날카로운 이빨을 수면 위에 드러내놓고 달려들 것처럼 송 팀장의 인중을 뚫어져라 쳐다보았다.
"싸가지가 없긴 하더라고. 주관적인 심증은 집어던지고 객관적인 증거를 찾아야지. 싸가지 없다고 범인일 순 없잖아. 김태민을 용의선상에 올려놓고 수사를 진행시키자고. 오늘은 이근순인가 그 여자하고 남편을 만나보고 돌아가자."
주관적 심증을 형성한 후에 증거를 수집하는 방식이 김 형사의 수사였다. 송 팀장은 김 형사의 수사 방식을 배제하지는 않았다. 다만 증거 없이 말만 앞세우는 걸 싫어했다.
"주 경위님! 이근순 집으로 가보지요."
김 형사는 게슴츠레하게 졸린 눈을 평상 밑으로 흘리고 있는 주 경위를 보며 재촉했다. 주 경위의 머리는 간헐적으로 까딱거렸다.
"아, 예. 그러지요."
김 형사의 말은 달콤한 졸음을 쫓아내며 아랫배에 힘을 주게 했다. 방

귀가 터져 나왔지만 아무 일 없었다는 듯 엉덩이를 털어내었다. 덩달아 옆에 있던 고 소장도 늘쩡거리며 졸린 눈에 퍼뜩 힘을 주고 일어났다.

"이근순 씨 집은 여기서 저 위쪽으로 주향교회 아래에 있습니다. 그리 가시지요."

오른손 검지로 주향교회를 가리키며 김 형사의 재촉에 발길을 내디뎠다.

"계십니까?"

마당을 들어서며 주 경위는 조심스럽게 이근순을 찾았다. 아들인가 보이는 아이가 나왔다. 경계하는 모습이 역력했다.

"엄마, 아빠는 일하러 나가셨는데요."

"여기서 가까워?"

"예, 운일암 가는 쪽에 계실 거예요."

"그럼, 같이 가줄 수 있어?"

"예? 예."

내켜하지 않는 듯 하면서도 경찰복에 위압감을 느꼈는지 선뜻 앞으로 나섰다. 주천파출소에서 오른쪽 방향으로 틀어 300미터 정도 걸어가더니, 그 아이는 발걸음을 멈췄다.

"엄마! 경찰아저씨가 찾아왔어. 나와 봐."

아이는 자지러지는 목소리를 한껏 높여 엄마를 애타게 불렀다. 김양호와 이근순은 삽을 들고 씨앗이 뿌리를 가지런히 내리기 좋게 밭이랑을 다지고 있었다. 아들이 부르는 소리가 허공에서 메아리쳐 울렸다. 둘은 구부렸던 허리를 양손으로 무릎을 짚고 구부정하게 세웠다.

"으이구 허리야!"

단전에서 가슴을 타고 올라오는 소리가 무의식적으로 입술을 뚫고 나왔다. 이근순은 눈을 치켜뜨고 아들을 쳐다보았다. 아들 뒤에는 경찰복을 입은 사람 두 명과 사복을 입은 사람 두 명이 선명하게 보였고, 이근순 쪽으로 다가오고 있었다.

"일하고 계시는데 죄송합니다. 진안경찰서에서 나왔습니다. 어제 다리 밑에서 사망한 차명희 사건과 관련해서 물어볼 게 있어서 찾아왔습니다."

이근순 눈빛이 어둠 속에서 빠르게 발광하는 늑대의 동공처럼 커지면서 빛났다. 들고 있던 삽이 자신도 모르게 손바닥을 빠져나와 밭고랑에 처박혔다. 악력이 순간적으로 힘을 잃은 것이었다. 뭐라고 말을 해야 할 것 같은데도 도통 입술이 떨어지지 않았다. 발바닥이 땅에 붙었는지 한 발짝도 내디딜 수 없었다. 별쫑맞게 이편으로 걸어오고 있는 네 명의 경찰들을 혼겁이 되어 바라보고만 있었다. 정신이 아득해졌다. 옆에 있던 김양호가 송 팀장의 말허리를 휘어잡고 물었다.

"그 사건에 대해서 할 말이 없을 거 같은디요. 일단 여기까진 오지 마시고 거기 풀밭에서 기다리세요, 우리가 나갈 테니까요."

이근순의 아들은 할 일을 다 했다는 안도의 쓴웃음을 벙긋거리며 뒤돌아서 집으로 내달렸다. 김양호의 근골은 김태민과 달리 구한말 힘께나 쓰는 돌쇠처럼 어깨가 떡 벌어졌고, 반팔 티셔츠를 입고 있어 드러난 팔뚝은 힘줄과 근육이 순연하게 돋아 있었다. 울림이 있는 목소리에 양 어깨에 쌀 한 가마니씩을 거뜬히 얹고서 성큼성큼 걸어갈 정도로 보였다. 김양호 부부와 네 명의 경찰은 널찍한 잡풀 위에 앉아 따사로운 햇볕을 잔뜩 들쓴 채 대화의 물꼬를 틀었다.

"어제 변사체로 발견된 차명희 씨하고 이근순 씨가 자주 싸웠다고 하던데요. 맞습니까?"

송 팀장은 긴장한 낯빛이 확연히 보이는 이근순을 총총한 눈빛으로 쳐다보고 물었다.

"그거 물어볼려고 여그까지 왔단 말인가요? 참말로 경찰들도 딱하네요. 죽어버린 그년하고 나허고 싸운 것이 뭐 그리 대단한 것이라고 여그까지 찾아왔데요. 그년이 우리 동네에서 하고 다니는 꼬락서니가 하도 눈꼴셔서 몇 번 싸우기는 했고만요."

단발머리에다 얼굴에 잔주름이 가득한 근순은 나이를 가늠할 수 없었다. 입매와 눈매는 고집스러워 보였다. 거무튀튀한 피부는 여느 시골 아낙네와 마찬가지로 땡볕에 온몸을 내맡기고 일을 한 탓이었다. 아침 일찍 일어나 애들 밥 챙겨주고 학교에 보내고, 호미 들고 밭에 나가 억센 잡풀을 뽑아 흙을 골라야 하는 일이었다.

오후엔 남편과 함께 논에 나가 모내기 준비를 하고, 해 떨어질 무렵이면 집에 들어와 저녁 밥상을 챙겨야 하는, 이근순 뿐만 아니라 시골에 사는 여인들이라면 반복되는 일상이었다. 무릇 1년 365일 허리를 제대로 펼 수 있는 날이 열 손가락으로 뽑을 지경이었다. 그렇게 살다보니 늙어서는 허리가 휜 채로 양팔을 몸 뒤에서 흔들고 어기적어기적 걸어가는 애틋하고 야릇한 몸짓이 되어가고 만다. 맘 편한 도시의 여인들은 남편이 퇴직을 하면 도심 주변에 그림 같은 전원주택을 짓고 밭뙈기에서 소일거리나 하며 인생의 황혼을 보내고 싶다는 말을 두고두고 되뇐다.
한데 말이다.
시골 일에 생계가 달린 아낙네들의 마음을, 소일거리나 하면서 여생을 보내야겠다는 여인들이 알 성싶을까? 서울 강남의 유한마담들이 달동네의 생활고에 찌든 여인들의 맘을 모르듯 말이다.

'재수 없는 경찰들 같으니라고. 시간 축내면서 시답잖은 짓거리를 하고 있고만, 에잇 퉤.'
가래침을 톺아내어 길쭉길쭉 올라선 잡풀에 뱉어냈다. 눈에 쌍심지를 켠 이근순은 경찰들에게 어깃장을 부리고 싶은 걸 애써 참아내었다. 그녀는 송 팀장이 자신의 마음을 읽어내려 하는 힘을 느꼈는지 하찮다는 말로 넘겨버렸다. 경찰공무원들의 동선을 비아냥거리듯 능글거리는 미소를 지어보였다. 급기야는 더 이상 입에서 나올 말이 없다는 듯 입술을 앙다물고 박음질을 해버렸다. 김양호는 근순의 눈치를 보며 헝클어진 머리카락만 매만질 뿐, 말 한 마디 하질 못했다. 차명희와 관련된 일을 말했다간 근순에게 된통 날벼락이 떨어질 게 뻔하였기 때문이다. 김양호는 유독 아내인 이근순에게만은 판사 앞에 선 피고인처럼 오금을 펴지 못했다.

송 팀장과 김 형사는 둘 사이에 무언의 장막이 가로막고 있다는 걸 감지했다. 그 장막을 젖히고 얘기를 꺼내고 싶은 생각을 접었다.

"혹시라도 물어볼 게 있으면 경찰서에서 뵙겠습니다."

그들은 그 자리를 떠났다.

"오늘은 해거름 전에 사무실로 들어가지요."

김 형사가 송 팀장의 발길에 뒤축을 맞추며 넌지시 물었다.

"그렇게 하지. 별 소득이 없구만."

송 팀장도 그래야겠다는 표정을 어두운 침묵으로 답을 했다. 탐문수사를 하면서 단서가 나오리라는 건 일찌감치 생각도 하지 않고 있었다. 매번 그래왔기 때문이었다. 모든 상황을 고려하여 얼개를 짜 맞추듯 고뇌를 해야만 사건의 그림이 보이기 시작했다. 탐문수사는 단지 밑그림일 뿐이었다.

**

송 팀장과 김 형사가 패트롤카에 올라타려는 순간, 송 팀장의 안주머니에서 휴대폰이 울렁대며 울어댔다. 휴대폰을 꺼내 액정화면을 들여다보았다. 이철규 형사라고 찍혀선 빨리 받으라고 펄떡거리며 '규'가 튀어나와 뒷발질을 할 기세였다.

"이 형사, 나야! 우리 지금 경찰서로 가려는 중인데."

"팀장님, 과학수사대에서 검시조서가 왔는데요. 변사체 차명희 자궁에서 정액이 검출 됐다네요. 이 사건 너무 싱거운 거 아닙니까? 검출된 정액 DNA와 대조를 해보면 범인은 바로 알 수 있잖아요. 아무튼 빨리

와 보세요."

 일순 송 팀장은 망치로 정수리를 얻어맞은 듯한 현기증을 느꼈다. 경찰차를 향해 휘청거리며 걸어갔다. 어떤 머저리가 정액을 여인의 자궁 속에 남기고 죽인단 말인가? 이제까지 수사 경험상 '날 잡아가세요.', 명백한 증거를 뚜렷이 남겨놓고 달아난 범인은 만에 하나 있을까 말까 한 일이었다. 그것도 한적한 시골 마을에서 말이다.

 송 팀장의 사냥개 같은 직감이 차명희 살해사건에 도사리고 있는 뭔가를 찾으려 촉수를 바투 뻗쳤다.

 "팀장님! 빨리 타세요."

 김 형사의 빨리 타라는 손짓에도 불구하고 머뭇거린 송 팀장은 겨우 뻗치려던 촉수를 홀연히 거두었다. 머리를 절레절레 흔들며 패트롤카에 올라탔다. 대시보드의 계기판이 순식간에 RPM 4,000을 가리켰다. 오후 여섯 시가 다 돼서야 송 팀장과 김 형사는 진안경찰서에 도착했다. 수사과 문을 열자마자 이 형사를 부르고 검시조서를 들여다봤다.

 '이름 : 차명희
 나이 : 43세, 1968년생
 신장 : 161센티미터, 체중: 56킬로그램
 혈액형 : B형
 사망 일시 : 2011년 5월 20일, 21시에서 22시 사이로 추정
 사망 원인 : 과격한 돌에 의한 외상성뇌손상 및 과다 출혈, 돌에는 지문이 없었음
 사망 장소 : 진안군 주천면 주양리 주천파출소에서 500미터 가량 떨어진 회다리 난간 밑
 검출물 및 증거물 :
  1. 자궁에서 다액의 정액 발견
  2. 변사체의 양 허벅지에 강하게 누른 손자국이 있으며 이는 시반으

로 형성되어 암적색을 띠고 있음. 손자국은 있으나 지문은 판명되지 아니함. 방어흔은 발견되지 않음
3. 등과 엉덩이에 시반이 고르게 분포되어 있는 것으로 봐서 사망한 후 누워 있는 것으로 추정. 사체 발견 시에도 역시 누워 있었음
4. 변사체와 남자의 것으로 보이는 족적이 발견 됨. 다리 위에서 다리 밑으로 미끄러지면서 내려온 족적임
5. 다리 위에서 발견된 바나나 껍질 2개와 200㎖ 우유팩, 빵 비닐봉지에서 피해자와 다른 한 명의 지문이 발견됨.

사진이 여러 장 첨부되었다. 그중 정수리 부분 사진을 보았다. 묵직한 돌로 맞아서인지 주전자가 찌그러지듯 함몰되었다. 누워있는 변사체 오른쪽 옆 2미터 떨어진 곳에 차명희 정수리를 친 돌이 혈흔이 묻어 있었고 변사체와 그 돌의 주변에는 혈흔이 흩어져 있었다.

'나를 증인으로 세우시오.', 말하면서 피 묻은 그 돌이 사진 속에서 튀어나올 것만 같았다. 그 돌에는 지문이 없었다.

송 팀장은 검시조서를 왼손에 들고 오른손으로 담배를 피우듯 검지와 중지를 얇은 입술에 갖다 대었다. 올해 들어 끊었던 담배 생각이 간절했다. 이 형사를 불러 담배 한 개비를 얻으려는 말이 혀와 입술 사이에서 발버둥이를 치며 튀어나오려는 걸 애써 목구멍으로 넘겼다. 머릿속에서는 변사체에서 검출된 정액과 정수리 부분의 함몰된 뇌손상이 찍힌 사진이 떠나질 않았다. 방어흔은 없었다. 가해자는 아무런 저항 없는 피해자를 정사가 끝난 뒤 죽였단 말인가.

"김 형사! 정액과 돌, 뇌손상의 인과관계를 추론해봐?"

옆에서 같이 보고 있던 김 형사에게 검시조서를 건네주며 물었다.

"인과관계요? 팀장님! 저도 처음엔 여러 가지 정황을 염두해 뒀었는데요. 이렇게 뻔한 빼도 박도 못하는 증거물이 나왔는데. 이제 속도를 올려야 되지 않을까요!"

김 형사의 말이 끝나자마자 이상열 수사과장이 문을 열고 들어왔다. 퇴근도 못하고 서장에게 다녀오는 것일 게다.
"송 팀장! 검시조서 봤지! 이 사건 DNA 대조해서 범인 체포하고 검찰로 빨리 송치해. 다른 자질구레한 사건도 많은데."
수사과장의 다급함에는 살인사건의 범인을 체포할 수 있다는 확신이 짙게 묻어나 있었다. 그 확신에 송 팀장은 의아함을 감추지 못했다.
"과장님! 검출된 정액의 DNA와 대조한다고 해서 범인이 잡힌다는 보장은 없습니다. 그 정액의 주인이 살인범이 아닐 수도 있다는 얘기지요."
송 팀장은 확신보다는 만약을 염두에 두고 말했다.
"무슨 똥딴지 같은 소리야? 자궁에서 가해자의 정액이 나왔는데. 잔말 말고 빨리 잡아들여!"
송 팀장은 돌차간에 검시조서를 김 형사에게서 뺏다시피 해서 다시 읽어보았다. 특유의 애수에 젖은 듯한 눈망울을 변사체의 함몰된 정수리 부분 사진에 시선을 떨어뜨렸다. 똥딴지 같은 소리가 쏙 들어갔다.

살인사건이 발생하고 사흘이 지났다.
주양리 주민들과 살인사건은 거리감이 있었다. 죽음을 입에 담는 걸 내켜하지 않았지만, 사람들이 모이는 곳이면 회다리 사건으로 시끌시끌했다. 이제까지 살인사건이 발생하지 않았던 데다, 누가 누구를 죽일만큼 인심이 흉흉하지 않았던 터라 더욱 그랬다.
회다리 살인사건은 속도를 내기 시작했다. 수사본부는 주천보건소에 주민들의 DNA 채취 수사협조 공문을 보냈다. 채취한 모근들을 전북대병원에 보내 변사체에서 발견된 정액 DNA와 대조를 해야만 했다. 뒤이어 범인 체포로 이어질 것이고 범인은 피의자 신분이 될 것이었다.
"팀장님! 일단 사건 발생 동네의 주민들과 인근 주민들의 모근을 채취해서 전북대병원에 보내긴 했습니다만, 범인이 꼭 주변의 인물이라고

단언할 수는 없지 않습니까? 벌써 수사망을 뚫고 어디론가 잠적했을 수도 있잖아요?"
 송 팀장, 김 형사, 이 형사는 바쁜 오전을 보낸지라 늦은 점심으로 짬뽕 곱빼기에 군만두를 시켜 먹는 중이었다. 김 형사가 큼지막한 탕수육 알갱이를 소스에 풍덩 넣으면서 송 팀장에게 물었다.
 "그런 생각을 하긴 했는데, 내가 보기엔 그럴 가능성이 적을 거 같아! 내 직감이 맞을 거야."
 과거의 경험상 직감을 벗어난 적이 거의 없었다는 송 팀장은 자신감을 은근히 내비쳤다. 식사 중에는 사건 얘기를 하지 말자고 입을 맞췄지만 귀신 씻나락 까먹는 소리에 불과했다.

 주검이 되어 영구차에 실려 돌아온 차명희는 영정으로나마 집 주위를 둘러보고 진안 장례식장으로 떠났다.
 "누나! 돈 벌어서 집으로 돌아온다고 했잖아. 조카들 보러 온다고 했잖아. 죽어서 어떻게 온다는 거야, 죽으려고 이곳까지 온 거야. 누나!"
 차명희의 죽음을 마주대한 남동생은 처절하고 애절했다.
 "미안해, 찾지 않아서 미안해. 잘 사는 줄 알았어. 좋은 사람 만나서 잘 사는 줄 알았다구. 이렇게 죽을 줄은 몰랐어. 언젠가는 만날 줄 알았지. 만나서 실컷 웃고 떠들고 싶었다구. 누나."
 남동생의 바지는 눈물로 젖어들어 갔다.
 "저기요. 내가 차명희 남편 되는 사람인디요. 죄송하게 됐구만요. 요렇게 죽을 줄은 몰랐고만요. 죄송혀요."
 겨우 명희의 남동생에게 말을 꺼낸 태민은 다가가서 고개를 숙였다.
 "그쪽하고는 볼일 없습니다. 화장을 하고 바로 떠날 겁니다."
 차명희 남동생은 자신의 누나를 죽인 사람 마냥 태민을 차갑게 대했다. 차명희 영정 사진만 볼 뿐이었다.
 '개새끼네. 나는 너하고 볼일 있어서 고개를 숙인 줄 아냐? 보이니까

어쩔 수 없이 죄송하다고 말을 헌거여.'
 태민은 속엣말로 되뇌었다. 장례가 끝날 때까지 둘은 한 마디 말도 섞지 않았다. 남동생을 제외하고는 사고무친의 외로운 빈소였다. 연락이 가닿았지만 떠나는 차명희를 보러 오겠다는 사람이 없었다. 근 20년 가까이 고향인 대전을 떠나 이역을 헤매며 뭇남성들에게 숱하게 버림을 받기도 했고, 버림을 주기도 했던 지난날들이었다. 부모의 사랑이라고는 진드기 눈알만큼도 받지 못하고 자란 차명희였다.
 바라지 않았던 잉태였기에 세상에 나오기 전에도 돌봄이 없었다. 세찬 비바람이 몰아치는 여름엔 방어막 없이 거친 태풍을 고스란히 받아야만 했다. 차디찬 눈바람이 불어대는 겨울엔 그저 견뎌야했다. 열 달을 스스로 버티면서 한 서린 울음을 터트리고 핏덩이로 세상에 나왔다. 아버지가 누군지 모르는 사생아로 태어났다.
 '두고 보라지. 세상을 저주할 거야.'
 그녀는 자라면서 웃음보다는 긴장과 경직을, 희망보다는 절망을, 기쁨보다는 슬픔을, 정신적 사랑보다는 육체적 사랑을 먼저 배웠다. 죽는 날까지 웃음과 희망, 기쁨, 정신적 사랑을 모르고 죽었을 지어다. 사람으로 태어나 희망을 모르고, 사랑을 모르며 살아간다는 자체가 얼마나 잔인한 삶이던가. 인간으로 살아가려 태어난 삶이, 수렁에 빠진 짐승처럼 헤어나려 해도 손잡아 줄 이 없는 삶이었다면 어찌 사람이 숨을 쉴 수 있단 말인가.
 '개새끼들, 다 죽여 버릴 거야.'
 기를 쓰고 암벽 중간까지 올라갔지만, 생명줄을 거두어 가버리는 비열한 사람들에게 어쩔 수 없이 또다시 손을 내밀어야 했던 삶.
 선택되어진 삶이 아닐 지라도, 적어도 그 삶을 살아내기 위해 바동거리는 자에게 서슬 퍼런 비수를 꽂아서는 아니 될 일이었다. 그러나 그녀는 그 비수를 맞아가면서 살아냈다. 갈비뼈가 바스러지면 바스러지는 대로, 이마가 터져 흘러내리는 붉은 피가 땀방울처럼 방울져 떨어지면 떨어지는 대로, 그렇게 세상에 던져진 몸뚱이를 학대하며 살아왔다. 살려달라고 애원도 해봤고, 더러는 죽기 위해 어두운 밤거리를 서성이기도 했다.

입꼬리를 귀에 걸치고 웃음꽃을 피우고 싶었을 것이고, 좋은 남자 만나 천사 같은 아기를 낳을 희망을 품었을 것이리라. 눈물이 펑펑 쏟아질 정도로 기뻐해보고 싶었을 것이고, 가슴이 아려오는 사랑을 해보고 싶었을 것이리라. 이러한 것들을 그녀가 한 가지라도 해보고 떠났다면 원혼이라도 편히 잠들지 않겠는가. 그렇게 죽어간 그녀에게 그 누가 침을 뱉으리오. 뜨겁게 고동을 치며 저승을 향해 허허바다를 건너려는 '아비(阿飛, 발 없는 새로 한없이 날아다니다가 지치면 바람 속에서 쉬는 새. 죽을 때가 되어서야 땅에 내려옴.) 명희'에게 바람을 거두어 가지는 말지어다.

"자껏, 저렇게 가니께 안쓰럽구만 그려."
금산댁은 오른손 엄지로 한쪽 콧구멍을 막고 패앵 코를 풀어재꼈다.
"좆같은 년, 잘 가그라."
태민은 차명희 남동생 뒤를 비칠비칠 따랐다. 차명희 영정 앞에는 남동생만이 어깨를 들먹이며 연신 눈물을 닦아내었고, 누구 하나 눈물을 보이는 사람은 없었다. 그녀는 화장터에서 한 줌의 재로 남겨진 채 남동생 가슴에 안겨 진안을 떠났다.

**

5월 24일 일요일, 사건발생 나흘째였다.
전북대병원에서 DNA 대조 결과가 나왔다. 변사체에서 검출된 정액의 DNA와 일치하는 사람이 없다는 결과였다. 바벨탑이 무너지듯 수사팀은 망연자실했다. 바람이 불길을 흔들 듯 수사팀은 긴장감과 의아함이 뒤섞여 화르르 일었다.

"팀장님! 그럼 범인이 외부인이라는 거잖아요. 이거 이거 난감한데요. 벌써 토꼈을 텐데. 수사 진척이 제자리걸음이잖아요. 앞으로 나가기는커녕 뒷걸음치고 있었잖습니까."

김 형사는 허탈한 표정을 지었다. 풀리지 않는 수수께끼에 맞닥뜨린 듯 송 팀장이라는 아궁이에 풀무질을 하며 불땀을 세차게 질러댔다.

"외부인이라면 너무 큰 구멍이다. 삽으로 막기엔 벅차고 포클레인이 필요한 사건이야."

송 팀장은 김 형사의 다그침에도 아랑곳하지 않고 구시렁댔다. 불땀이 힘을 잃어갔다. 외려 김 형사의 얼굴이 화끈거렸다. 수사과장도 돌연 눈이 화등잔처럼 커지면서 송 팀장을 질책하듯 말했다.

"어떻게 된 거야! 일치하는 사람이 없다니. 이러다가 이 사건 장기화되는 거 아냐?"

속이 타는지 줄곧 냉수를 목구멍에 들이부었다. 머리숱이 헐거운 수사과장은 불안한 감정을 억누르지 못했다. 단정했던 머리카락이 제 성질을 이기지 못하고 널브러졌다. 그러거나 말거나 송 팀장은 쉬이 답하지 못할 물음의 꼬리를 물어뜯으며 시근거렸다. 시니컬한 송 팀장은 책상에 앉아 오른손으로 턱을 괴고 한참을 출입문에 시선을 두더니 서랍으로 향했다. 오른쪽 두 번째 서랍을 열어보았다. 거기엔 주양리와 신양리 주민들의 주민등록 상황 문서가 들어있었다. '혹시'와 '설마' 중에 '혹시'를 입에 담고, 주민등록 상황과 DNA 대조를 위해 모근을 채취한 주민들과 대조를 해보려는 것이었다. 채취한 주민들은 20세 이상의 모든 주민들이었다. 첫 번째 쪽도 이상이 없고, 두 번째 쪽에도 이상이 없었다.

'그럼 미성년자란 말인가?', 미간을 잔뜩 찌푸리며 세 번째 쪽을 보았다.

그 페이지에 분명히 존재하는 세 사람이 빠져 있었다. 70세 후반인 이 노인과 강 노인, 그리고 37살인 아들 이광진.

송 팀장은 쏟아지는 장대비를 피하기 위해 우산을 붙들 듯, 부리나케 수화기를 들고 주천보건소 전화번호를 눌렀다. 네 번째 신호음이 울리자 간호사가 수화기를 들었다.

"여보세요, 주천보건소입니다."

"진안경찰서 송승규 형사입니다. 소장님 계십니까? 급히 물어볼 것이 있는데."

'잔말 말고 빨리 바꿔라.', 하는 말이 잇새를 비집고 나올 순간 꿀떡 삼켰다.

"지금 진료 중인데요. 잠깐만 기다려 보세요."

기다리는 시간이 영겁처럼 느껴졌다. 책상을 오른손 검지 끝으로 톡톡톡톡, 두드렸다.

"여보세요, 보건소장입니다. 송 형사님! 무슨 일이지요?"

"진료 중인데 죄송합니다. 어제 아침에 여기 경찰서로 보내준 주민들 샘플 중에 이 노인과 강 노인, 그분들의 아들은 왜 빠져 있지요?"

"아, 그것 때문에 전화 하셨군요. 그건 두 분이 70대 후반이시고, 아들은 정신지체장애2급이라서 그랬습니다."

수화기 너머의 3초간의 침묵은 전화기를 박살내고도 남는 시간이었다.

"이 사건하고 아무런 연관이 없을 거 같아 채취를 안 했습니다. 무슨 문제라도 있습니까?"

"아, 그랬군요. 그래도 그 두 분하고, 아들 이광진의 샘플을 채취해서 전북대병원으로 보내주시겠습니까? 오늘 중으로 부탁 좀 드립니다."

"네, 그러지요."

처마 끝에 매달린 고드름 두 가닥이 뚝 떨어지듯 동시에 수화기를 내려놓았다.

"팀장님! 그 세 명도 대조하실려고요?"

옆에서 전화 내용을 듣고 있던 김 형사가 괜스레 헛물켜는 건 아닌지 자못 객쩍어 했다.
"해봐야지!"
짧게 대답하곤 책상 앞에 놓인 물컵을 들고 왈칵 들이켰다. 솟구치는 불땀이 무릎 연골을 헤집고 들어와 사타구니를 땀으로 적셔놓고, 육부(六腑)께로 올라왔다. 눈빛이 날카롭게 빛났다. 옆에서 지켜보고 있던 김 형사와 이 형사도 시뻘겋게 타오르는 가슴에 시종 물을 끼얹었다. 객쩍어했던 김 형사의 얼굴빛은 감쪽같이 사라졌다.

5월 끄트머리로 접어들었다. 주양리 주민들과 옆 동네 신양리 주민들은 녹작지근한 봄기운을 듬뿍 받아가며 농사일에 허리 펼 날이 드문드문 하였다. 논농사와 밭농사, 인삼농사에 진땀을 흘려야만 했다. 농사일에 시기를 놓친다는 건, 갓 낳은 아기를 냇가에 놓아두고 집에 가서 젖병을 가져오는 격이었다. 여명이 동편 산마루터기에서 휘황하게 빛살을 치올리려 할 때부터, 서편 산허리에 걸쳐있는 뭉그러진 구름이 여광을 어리고선 황금색으로 타오를 때까지 농부들은 땀을 흘려야 했다. 그래야만 결실을 볼 수 있었다.
그렇게 이곳 주민들은 흙과 함께 살아갔다.
허리를 잔뜩 구부리고 밭을 매는 여인이 힘든 시골 일에 신세 한탄이라도 하는지 '칠갑산' 노래를 부르며 요통을 한동안 죽였다. 애절한 노래 자락이 어찌 그리 자신의 처지와 흡사한지 허리를 펴고 시선을 멀찍이 던졌다. 푸른 하늘과 초록빛을 띤 산등성이의 맞닿은 선 뒤에는 자신이 염원하는 소망이 있을 거라 절실하게 믿으며 허리를 다시 굽혔다.

**

진안군에서 정천면을 지나 직진하면 전주 시민들의 수원지인 용담저수지의 끝자락이 퍼런 하늘을 드리우곤 파광을 쏟아내고 있다. 고졸한 풍치인 구봉산을 뒤로하고 왼쪽으로 비틀어 가다보면 주천면 어귀인 운봉리를 지나 신양리 광석 마을이 나온다. 옆 동네엔 봉소라는 마을이 산발치에 기와를 올리고 골목을 내어 마을 회관을 짓고 들어서 있다. 언덕길을 지나 먹고개를 올라서면 별천지에 다가선 듯 주양리가 망막에 들어오고, 오른쪽으론 발아래 펼쳐진 신양리 금평이 개활지의 마을처럼 한눈에 감겨온다.

300미터 더 가다보면 새로 놓인 다리가 아스팔트를 덮어쓰고 매끈하게 이편과 저편을 이어주고, 왼쪽 옆 10미터 떨어진 곳에 구다리인 회다리가 괴기스럽고 스산한 기운을 서리고 길게 늘어져 있다. 살인사건이 있고 나서 지박령이라도 있을까 봐 마을 주민들은 회다리 가기를 꺼려했다.

새로 난 다리에서부터 운일암반일암으로 들어가는 400미터 남짓의 길가에는 메타세쿼이아가 즐비하게 늘어서 있다. 장수댁과 이유광이 자신들의 논을 가기 위해 매번 거닐었던 도로이다. 주천경찰서를 지나면 바로 주양리 양지 마을이다. 이 마을은 고릿적에 주천장이 열리던 곳으로 운일암반일암으로 들어가려면 이 마을을 지나야했다. 마을 뒤에는 나지막한 산이 둘러싸여 있어 따뜻하고 양지바르기 때문에 백여 년 전부터 '양지마을'이라 불러왔다. 양지마을 끄트머리에는 잘 산다 싶은 기와집이 확연하게 보였다. 솟을대문이 다른 집들과 구별을 지었다.

"이놈에게 오늘 점심은 뭣을 해줄까나."

희수를 훌쩍 넘은 노구에도 불구하고 강 노인은 60노인 못지않은 근력으로 부엌에서 점심상을 차리고 있다.

"일주일 새에 쓰잘데없는 풀들이 엄청 자라뻐렸네."

너른 마당에서는 갈겅갈겅한 이성광 노인이 텃밭에 잡초를 제거하면서 분무기로 물을 주고 있다. 이성광 노인은 1980년대에 주천면장을 10여 년이나 지냈고 지금은 할멈인 강 노인과 세월을 낚으며 허드렛일을 하고 있다. 슬하에 아들 셋에, 딸 둘을 두었다. 막내만 빼고는 외지로 나가 살면서 다달이 용돈에 건강식품, 영양제를 택배로 부치는지라, 이웃들에겐 부러움의 대상이었고 과거의 궤적을 들추어 보면 남을 위하는 애타심이 많아 존경의 대상이기도 했다.

한데 생선을 발라 먹다 목구멍에 컥 걸린 가시처럼 찝찔한 막내아들이 걱정거리로 남아있다. 서른일곱 살인 막내 광진은 여느 자식들과는 사뭇 다른 정신지체장애인이었다. 사십이 다 되어 낳아서 그런지 정신연령이 여섯 살 수준이었다. 두 노인네는 막내만 생각하면 두 눈에 물기가 서리며 자괴감과 자책감이 해일처럼 밀려왔다. 그 놈 앞에 무릎이라도 꿇고서 빌고 싶은 심정이었다. 그런 아들이었지만 광진이는 늘 해맑은 웃음에 부모 속을 자발적으로 썩이는 일은 없었다.

'야들아, 광진이 온다. 광진이하고 놀자. 오늘은 광진이 바지를 벗겨버려야지.'
'이 새끼, 뭐하는 거여. 뒤에서 수레를 밀라니까 걸어오고 있냐? 내 저 자식을 몽둥이로 까버릴라네.'

밖에서 꼬맹이들한테 놀림거리가 된다든지, 방정맞은 동네 청년들한테 맞고 들어오는 날이면 속이 시커멓게 타들어 갔고, 손 마디마디가 우지끈 부러져버리는 듯한 아픔에 뜬 눈으로 밤을 새워야 했다. 늙어가는 세월을 오롯이 광진이 생각에 밥 한 숟갈에도 체증이 일었다. '두 노인이 죽고 나면 저 놈을 누가 거두어 봐줄 것인가?' 하는 응어리를 가슴 밑바닥에 얽어매고 있자면 오장(五臟)이 타들어 갔다.

'아들아! 다 내 잘못이다. 나를 원망해라!', 가슴을 쓸어내리며 자책감을 잠시만이라도 모면해 본다.

줄곧 산과 들을 뻔질나게 돌아다니는 광진이가 며칠 전부터는 방구석에 틀어박혀 두문불출하고 나오지를 않았다. 입이 미어져라 야무지게 밥을 퍼 넣었던 광진은 조류독감에 걸린 병아리인 양 한두 숟갈 뜨고는 '엄마 나 아 아녀, 아니랑께!', 하는 말만 되뇌곤 제 방으로 내처 들어가

버렸다. 이 노인이 아들 방으로 따라 들어가 미주알고주알 캐물어도 돌아오는 대답은 '나 아녀, 아니랑께!', 였다. 아들놈의 속을 들여다 볼 수도 없고, 왜 그런지 속 시원히 말도 안 하니, 이런 혼돈과 착종을 누구한테 하소연 한단 말인가.
　이런 날이 어느덧 일주일이 지나고 있었다.

　오후 일곱 시.
　산자락을 타고 내려온 어둠이 마당에 옅게 깔리고 있었다. 강 노인은 저녁을 차리기 위해 부엌에 있었고, 이 노인은 일을 마치고 안방에서 티브이를 보고 있었다. 광진은 한시도 방안을 떠나지 않았다. 질퍽한 수챗구멍에 빠진 늑대새끼가 울어대며 제 어미에게 도움을 청하듯 울렁대고 있었다. 경찰차 두 대가 귀청을 찢을 듯 사이렌 소리를 울리는가 싶더니, 사복을 입은 형사 세 명이 솟을대문을 들부수듯 들이닥쳤다.
　"이광진 씨 있습니까?"
　몰아쳤다.
　"무슨 일인가라?"
　이 노인이 안방 문을 드르륵 열고 나와, 빛과 어둠의 경계선에서 어슴푸레하게 보이는 세 명의 얼굴을 향해 물었다. 아무런 영문도 모른 채, 육이오 전쟁 당시 군화발로 안방과 사랑채를 발가벗기듯 뒤졌던 빨갱이들을 연상시켰다.
　"2011년 5월 20일, 21시에서 22시 사이에 차명희를 살해한 용의자로 이광진 씨를 체포하겠습니다."
　송 팀장은 법원에서 발부받은 체포영장을 희끄무레하게 비치는 빛발에서 이 노인 눈에 들이댔고, 여차하면 집안을 헤집어서라도 찾겠다는 의지가 다분했다.
　"그럴리가요. 우리 아들은 절대 그럴 애가 아니구만요. 뭔가 오해가 있는 게 분명하지라. 다시 한 번 살피고, 내일 밝은 날에 다시 오시소.

형사 양반! 우리 애는 장애인입니다. 사리분간도 못하는 놈이 어찌 사람을 죽인다요. 잘못 알고 왔으니, 어서들 나가시오. 가란 말이오."
　총칼 앞에서 맨몸으로 대거리를 치듯 대청마루 난간으로 걸어 나오며 호통을 쳤다. 이 노인 다리가 후르르 떨려왔다. 말을 하는 사이에 언뜻 가슴 안쪽이 타는 듯 뜨거워짐을 느꼈다. 송 팀장 앞에서 놀란 가슴을 재우려 하는 이 노인을 보고는 저녁 준비를 하다 말고 강 노인이 부엌에서 나왔다. 상황파악을 뒤늦게 한 강 노인은 강파르게 분류처럼 치솟는 격정을 억누르지 못했다. 광진의 방을 막아섰다. 날 죽이고 잡아가라는 애미의 심정이랄까. 강 노인의 몸이 가늘게 떨리는가 싶더니 온몸이 삭풍에 댓잎 휘날리듯 팔랑거렸다. 심장이 멎을 듯 이따금 쿵쿵거렸다.
　"이러시면 안 됩니다. 시시비비는 검찰이나 법원에서 밝히셔야 합니다. 어르신들의 심정은 이해하지만 증거가 명백한 이상 저희들로서는 어쩔 수가 없습니다."
　송 팀장은 김 형사와 이 형사에게 강 노인이 막아선 방을 들어가 보라고 눈짓을 했다. 두 형사는 광진의 방을 막아선 강 노인의 손끝을 닿을 듯 말 듯 비껴서 미닫이문을 화들짝 열쳤다. 이불을 뒤집어 쓴 광진은 엉덩이를 부르르 떨고 있었다. 김 형사는 광진을 제대로 앉혔다.
　"이광진은 묵비권을 행사할 수 있고…."
　미란다 원칙을 이 노인이 들리게끔 카랑카랑한 목소리로 말하고, 번갯불에 콩 볶아 먹듯 수갑을 채웠다. 두 형사가 광진의 양팔을 부여잡고 밖으로 나왔다. 울먹이는 광진을 패트롤카 뒷좌석 가운데에 태웠다.
　"어무이! 나 아 아녀. 아니랑께. 어무이! 어무이!"
　김 형사와 이 형사의 사이에서 광진은 온몸을 비틀면서 악을 썼다. 두 형사의 얼굴에 광진의 침이 튀겼고 눈물과 콧물이 차 안에 낭자했다. 광진을 태운 경찰차는 내달렸다. 이 노인과 강 노인은 넋이 나간 듯, 심장이 터져버려 살아있는 사람이 아닌 듯 흐무러져 나뒹굴고 고꾸라졌다.
　"이놈들아! 내 아들을 어디로 데리고 가는 거여. 차라리 이 늙은이를 데려가."
 울부짖었다. 주위엔 저녁을 하다말고 튀어나온 주민들로 복닥거렸고, 일부는 두 노인네를 추스르기 위해 안간 힘을 썼다. 뒤에 남은 송 팀장은 실성이 되다시피 한 이 노인에게 아들이 어디로 가는지, 면회는 어떻게 하는지를 자세히 알려주었고, 다른 패트롤카를 타고 어둠이 가라앉은 도로를 미끄러지듯 달렸다.
 두 노인은 비상등을 켜고 어둠속을 헤치며 달려가는 경찰차를, 먹빛의 휘장 안으로 사라질 때까지 땅바닥에 주저앉아 멀거니 쳐다보기만 했다. 눈물이 손등을 흥건히 적셨다. 이성광 노인은 태풍이 휩쓸고 간 마당 한가운데에서 억장이 무너지는 듯한 표정을 짓고, 괴상야릇한 하늘을 쳐다보았다. 달무리는 검은 어둠 속으로 떠내려가고 있었다. 뒤따라 명멸하며 흘러오는 별빛이 생기를 잃은 채 지리멸렬하였다. 언뜻언뜻 희번덕거렸다. 검은 하늘에 촘촘히 박힌 헤아릴 수 없는 별들이 섬뜩섬뜩 빛을 감춰버리고, 이 노인 얼굴을 향해 쏟아질 것만 같았다. 홀연히 어둠이 할퀴고 간 생채기는 불길한 공기에 허술하게 드러내어 하얗게 날선 칼에 베이는 듯한 고통이 밀려왔다. 두 발로 딛고 서 있는 땅바닥이 끝이 어딘지 알 수 없는 나락으로 떨어져, 이 노인의 몸뚱어리를 갈기갈기 쥐어뜯어 놓을 것만 같았다.
 "광진아! 광진아!"
 한 점의 빛도 없는 어둠의 끝에 시선을 둔 강 노인은 냉랭한 땅바닥에 절퍼덕 주저앉았다. 거죽만 남아있는 손바닥으로 땅바닥을 두들기며 통곡을 했다. 통증이 가슴을 때렸다. 터져 나오는 울음소리는 광진의 귓전에 가닿을 만치 처절했다. 이 노인과 강 노인은 헛헛한 생각은 까마득히 잊은 채, 문드러지는 가슴을 집에 둘 수 없어 주천파출소로 허청허청 걸어갔다. 집에서 파출소까지 걸어가는 시간이 15분도 채 걸리지 않는 거리이건만 한 시간은 걸어 온 듯했다. 현관에 이르자, 야간 근무를 하고 있던 김종국 경사가 뛰쳐나와 두 노인을 부추기고 안으로 들였다. 슬몃

의자를 건넸다. 따뜻한 물을 컵에 담아 표정을 살폈다. 두 손으로 두 노인의 떨리는 손에 컵을 쥐어주었다.
"어르신! 광진이는 진안경찰서에 있을 겁니다. 내일 가보시지요."
김 경사는 이 노인의 심기를 눈치껏 살피며 무르춤했다.
"알고 있네. 집으로 쳐들어 왔던 형사가 말 해 주더만. 그나저나 뭔 증거물이 나왔다는가? 아닌 밤중에 서방질이고 자다가 봉창 두드리는 것도 유분수지, 이게 웬 날벼락이랴!"
물을 한 모금 머금으며 바짝 말랐던 입안을 적시고 목구멍으로 넘겼다. 울분이 삭이지 않은 듯 연신 밭은기침을 내뱉었다. 강 노인은 멍하니 김 경사만 쳐다보았다.
"그게 말입니다. 저기 회다리 밑에서 죽은 차명희 있잖아요. 시체를 부검 했는데, 몸속에서 광진이 정액이 나왔다는 거예요. 결국 형사들은 광진이가 차명희하고 성관계를 맺고 죽였다는 혐의를 두고 잡아간 겁니다. 사실 어르신도 그렇겠지만 광진이가 그런 짓을 했다는 게 저로서도 이해가 가질 않습니다."
김 경사는 광진이 정신지체장애인이라는 걸 염두해 두면서 짐짓 태연한 표정으로 말을 늘어놓았다.
"어찌 그런 일이 있을 수 있단 말인가. 김 순사도 내 아들놈을 잘 알거 아녀. 어떻게 태민이 마누라 같은 아낙을 저 회다리까지 데리고 가서 죽일 수 있단 말여. 참 내 알다가도 모를 일이구먼. 조선 천지에 이런 일은 없을 거구먼."
살아오면서 만고풍상(萬古風霜, 아주 오랜 세월 동안 겪어 온 많은 고생)을 다 겪어 온 이 노인이었다. 자식 일에 맞닥트리다보니 있을 수 없는 일이 일어난 듯, 꿈이라 하기에는 너무도 현실적이었다. 무엇인가 자식을 위해 대책을 마련해야 되지 싶었다.
"김 순사! 저그, 그 뭐시냐, 아무래도 변호사를 사야 할 것 같은디. 그 놈이 형사가 묻는 말에 제대로 말도 못하고 정신이 없는 놈이잖아. 누가 옆에 있어야 할 거 아녀! 어디 잘 아는 변호사 없는가?"
"변호사요?"
김 경사는 이 노인 말에 일리가 있다는 듯 눈동자를 이리저리 굴렸다.
"예전에 저 아는 분이 그 변호사한테 도움을 받았는데요. 변호사 이름이 변 뭐라 하던데, 사무장은 오정훈이고, 두 분이서 사건 해결을 잘한다고 들었습니다. 잠깐만요. 전화 좀 해볼게요."
김 경사는 책상으로 돌아가 변 뭐라 하는 변호사의 도움을 받았다는 지인한테 전화를 했다. 메모지에다 끼적끼적 무엇인가를 적더니 '고맙습니다.' 말하고 수화기를 내려놓았다.
"어르신! 그 변호사 이름이 '변설'이라네요. 전주지방법원 앞에서 보면 간판이 보인다네요. 일단 그 사무실로 가셔서 오정훈 사무장을 찾아보세요."
메모지를 건네주었다. 집으로 돌아온 두 노인은 내일 일찍감치 진안경찰서를 들르고 변호사 사무실을 갈 요량으로 늦은 시각에 잠을 청했지만, 아들 생각에 잠이 올 리 만무했다. 뜬 눈으로 밤을 지새우다시피 하며 몸을 뒤척였다. 멀리서 홰를 치며 새벽을 알리는 닭 울음소리가 아련하게 들려왔다.

"변설 변호사라고 했겠다."
이 노인은 나직하게 되뇌었다.

**

변설 변호사 사무실 오정훈 사무장은 사건 의뢰인이 뚝 떨어지기도 했거니와 삭신이 노곤해서 점심식사를 한 후, 휴게실에서 잠깐 쉴까 생각하고 있었다. 어제 저녁 사건 상담 차, 겸사겸사해서 거나하게 술을 마시다보니 자정이 넘어 두 시까지 억병으로 취해서 집으로 들어갔다.

두통이 밀려오고 눈꺼풀을 매번 치올려도 쇠구슬을 달고 있는 듯 눈자위를 덮어씌우려 하고 있다.

'눈꺼풀이 이리 무거울 줄이야.'

근래에 의뢰하는 사건이 줄다 보니, 앞일을 생각하느라 듬성듬성하던 새치가 새끼를 쳐서 멀리서도 확연히 보일 정도였다. 변설 변호사에게서 매달 받아가는 월급이 염치없고, 자기 할 일을 제대로 못한 양 하루하루가 바늘방석이었다. 열두 시 어름에 김 주임이 점심 메뉴를 고르기 위해 손을 번쩍 올리며 수신호를 보냈다. 일주일 중 두세 번은 중국 음식을 시켜 먹는데, 오늘이 그 날이었다. 오 사무장은 수신호로 검지·중지손가락을 세우며 짬뽕을 선택했다. 엄지손가락을 펴면 짜장면, 검지·중지 두 손가락을 펴면 짬뽕, 검지·중지·약지 세 손가락을 펴면 짬뽕밥, 검지·중지·약지·새끼 네 손가락을 펴면 짬짜면으로, 변 변호사 사무실에 있는 다섯 사람들만의 약속된 수신호였다.

열두 시 반이 조금 넘어서자 중국 음식점 배달원이 철가방을 들고 사무실로 들어섰다. 그와 동시에 70을 훌쩍 넘어 보이는 부부인 듯한 두 노인이 수심이 가득한 얼굴로, 울음을 쏟고 왔는지 눈언저리가 촉촉한 채로, 배달원이 활짝 열쳤던 문을 통해 들어 왔다. 오자마자 어르신이 다급한 목소리로 물었다.

"오정훈 사무장님 계십니까?"

동그란 눈에 힘을 주었던 오 사무장은 다정다감한 눈빛을 지으며 두 노인에게 다가갔다. 어르신은 세련된 양복은 아니었지만, 그런대로 잘 차려 입은 시골 유지 정도 되는 분으로 보였다. 인상이 인자해 보이면서 머리칼은 흑백이 고르게 뒤섞였고, 젊었을 때 여자깨나 울렸을 풍골이었다. 노파 또한 어르신 못지않게 단아한 용모에, 한복 저고리와 치마를 곱게 차려입고 고생이라곤 모르고 살아온 그런 모습으로 보였다.

"제가 오정훈 사무장인데요. 저에게 무슨 볼 일이라도 있으신지요?"

"아는 분이 여기 오정훈 사무장님을 찾아가서 상담을 해보라고 해서 이렇게 부랴부랴 찾아 왔습니다."
"아, 예!"
'민사 사건 의뢰인으로 오셨구나', 지레 짐작하고, 점심 식사를 뒤로 미룬 채 상담실로 안내를 했다. 아금받고 맹랑한 성격 탓에 일처리가 꼼꼼한 김 주임이 따끈한 음료 세 잔을 들고 들어와, 두 노인과 오 사무장 앞에 가지런히 놓았다. 어르신은 음료를 한 모금 마시며, 췌장에서 만들어지는 무색의 소화액인 이자액이 새까맣게 타고 남은 시커먼 한숨을 굴뚝처럼 토해냈다. 노파는 옆에서 연방 훌쩍이며 손수건을 눈으로 가져갔다. 오 사무장은 심상치 않다는 생각에, 흐트러져 있던 뇌 속의 정보를 재빨리 정렬시켰다. 어르신은 입술을 열었다.
"혹시, 진안에서 일어난 살인 사건 알고 있는가라?"
"예, 뉴스 보고 알고 있는데요"
재빨리 촉이 발동을 했다. 범인이 이 분들과 관련이 있구나! 민사로 생각했던 짐작이 빗나갔던 터였다.
"어제 진안경찰서 형사들이 들이닥쳐서 아들놈을 잡아 갔구만이라. 저희 아들놈은 장애인이구면요."
호흡을 가다듬으려는 듯 가슴을 들먹이더니, 어르신은 새파랗게 질린 입술을 짓이기며 말을 이어갔다.
"지금 진안경찰서에서 조사를 받고 있습니다. 사실 저희 아들은 정신지체장애2급인 장애인입니다. 누가 뭘 물어봐도 속 시원히 대답을 못하고 정신이 없는 놈이지라. 그래서 이렇게 찾아 왔구만이라."
"그렇군요. 잘 찾아 오셨습니다."
어르신의 말에 맞장구를 치며 동조를 했다. 노부부가 발품을 팔아가며 돌아다니는 상황에 애틋한 감정이 들었다. 다른 자식들은 없는가, 하는 의구심이 들었다. 물어 보려다 말고 삼켜버렸다.
"근데 말입니다, 이 늙은이 아들이 장애인이긴 하지만 누구한테 거짓말하고 그러는 애는 아닙니다. 거짓말이라는 것도 모르고."

주춤하면서 노인은 흐르는 눈물을 닦아냈다. 노파도 연신 어깨를 들썩이며 흐느꼈다.
"금방 면회를 갔다 왔는디, 그 애가 어눌한 말로, 절대 안 죽였다는 거예요. 처음엔 그 애가 무서워서 그러는가 했는디, 시종일관 안 죽였다고 하는데, 애비 입장을 떠나서, 뭔가 있는 거 같기도 하고…."
어르신은 제 자식이 '범인이 아니에요', 말을 하고 싶었으나, 확실한 근거 없이 자식의 말만 듣고 그런 얘기를 꺼낼 수 없음을, 오 사무장은 직감으로 느낄 수 있었다.
"사무장님! 저희 부부는 그 놈을 37년이나 봐 왔습니다. 어린 꼬맹이들한테 놀림도 당하고, 어디서 죽살나게 얻어맞고도 들어오고, 동네 청년들이 죽살나게 일만 시켜먹고 그냥 집으로 보내요. 환장할 일이지만 어쩌겠어요. 그렇게 놀림을 당하고 푼수짓을 해도, 그 놈은 억울함이나 증오 같은 건 찾아볼 수가 없고, 배실배실 웃으면서 사실만 얘기해요. 절대 없는 것을 있다고 거짓말은 안 하지라. 사무장님! 우리 애한테 뭔가가 있어요. 정말로 뭔가가 있는 거 같아요."
노인은 한사코 '뭔가'라는 말을 강조했다. 오 사무장은 어르신이 말을 하는 새에 언뜻 가슴 안쪽이 공허해지면서 긍휼함을 느꼈다.
"사무장님! 변호사님한테 얘기해서, 비록 그 놈이 장애인이지만 그 놈 얘기 좀 듣고…."
어르신은 말을 잇지 못하고 눈물을 안 보이려 고개를 틀었다.

노부부는 위임장을 작성하고 돌아갔다. 하루빨리 유치장에서 나오게 해달라며 수임료를 두둑하게 챙겨주면서 약정을 했다. 오 사무장은 짬뽕을 다시 시켜 늦은 점심을 먹어야 했다. 오후 세 시쯤에 변 변호사가 법원에서 돌아오자, 오 사무장은 정오에 있었던 상담 건을 보고하고, 의견까지 피력하였다. 오 사무장은 이 사건을 며칠 전에 신문을 보고 익히 알고 있었다. 일주일 전에 진안군 주천면에서 43세의 여자가 변사체로 발견되었던 사건이었다. 하의가 벗겨진 채로, 여자의 자궁에서 정액이 발견되었다는데, 아마도 상담했던 노부부의 아들 정액으로 판명이 됐지 않았나 생각했다.

노부부의 얼굴에 핀 검버섯만큼이나, 오 사무장 심장은 애절하게 사무쳐왔다.

301호 사무실에 우두커니 서서 창밖을 보았다. 법원 옥상 난간에, 왼손엔 저울을 들고, 오른손엔 법전을 들고 서 있는 정의의 여신 '디케'가 선명하게 눈에 들어왔다.

**

진안경찰서 차명희 살해사건 수사팀은 피의자 이광진에 대한 수사기록과 함께 구속영장 청구서를 전주검찰청 검사에게 신청했다. 이광진을 5월 27일 19시 20분에 체포하고, 다음 날인 28일 14시에 신청하였다. 그날 오후 내내 민일두 검사는 진안경찰서에서 신청한 구속영장청구서를 비롯한 수사기록을 보고, 검찰 수사관을 통해 저녁 시간에 법원 영장담당 직원에게 보냈다. 그 직원은 20시에 영장당직 판사에게 청구서를 올리고, 두 시간 후인 22시에 구속영장 청구서와 수사기록이 내려왔다. 구속영장 발부 여부를 결정하는 심문기일이 29일 15시 301호 법정에서 열린다는 큼지막한 글씨와 함께였다.

오정훈 사무장은 사무실에서 22시 30분에 법원으로부터 이광진에 대한 심문기일 통지서를 팩스로 받았다. 곧바로 변설 변호사에게 알리고 혼자 있기엔 괴기스러운 사무실을 어둠으로 묶어놓고 집으로 향했다.

'노부부의 아들이 풀려났으면 좋으련만.'

고개를 갸우뚱하며 어정어정 걸어갔다.

29일 금요일인 오후 두 시부터 전주법원 301호 법정 앞에는 이 노인과 강 노인이 의자에 기운 없이 앉아있고, 부산에서 약국을 운영하고 있는 첫째 아들인 이광석이 초조한 기색으로 서성거리고 있다. 강 노인은 두 손을 모아 합장을 하고 연신 '나무아미타불 관세음보살!', '신의 가호가 있으시길!', 되뇌었고, 이 노인은 눈을 지그시 감은 채 황소처럼 거친 숨을 부거거리며 내쉬고 있다. 이광석은 이 노인과 강 노인 앞으로 다가가서 죄인인 양 머리를 숙이고 섰다.

"아버지, 어머니! 죄송합니다. 제가 광진이를 챙겼어야 했는데, 바쁘다는 핑계로 내팽개쳤습니다. 뭐라 드릴 말씀이 없네요."

광석은 집안의 장남 행세를 제대로 하지 못한 책임을 떠안기라도 하듯 무거운 공기 중에 얼굴을 들이밀고 흐느낌이 섞인 표정을 지었다.

"되았다. 니가 무슨 잘못이 있더냐. 다 내가 덕이 없어서 인거지. 그나저나 오늘 풀려났으면 좋으련만! 니 어무이나 잘 챙겨라. 요사이 먹는 것도 시원찮고, 잠도 제대로 못 자드만."

이 노인은 매끈한 콘크리트 바닥이 파일 듯 타고 남은 재를 한꺼번에 토해냈다. 피돌기가 빨라진 광석은 심장이 부레끓으며 터질 듯 쿵쿵거렸다. 소용돌이치는 맥박이 관자놀이에 몰리기 시작했고 이맛살의 주름이 미간에 모이면서 깊게 파인 골짜기를 만들어 놓았다.

오후 두 시 삼십 분이었다. 변설 변호사가 가방을 들고 성큼성큼 걸어왔다. 이 노인과 강 노인은 생사여탈권을 쥐고 있는 천상의 신이 걸어오고 있는 듯, 선뜻 일어나 변 변호사 앞으로 잔걸음을 쳤다.

"변호사 양반! 우리 애는 어떻게 될 것 같으요. 오늘 풀려났으면 좋것는디요. 나가 우리 집 전 재산을 팔아서라도 돈을 델 텐게, 꼭 좀 풀려나게 해 주시오."

강 노인은 통절한 어미의 심정을 가슴 철렁하게 드러내 놓았다. 두 눈에서 하염없이 흘러내리는 눈물을 주체할 수 없어 손등으로 닦고 닦고 또 닦아도 손가락 사이로 비어져 나오는 눈물이 바닥에 떨어졌다. 변 변호사는 앞이 흐릿해지는 걸 느꼈다. 옆에서 광석이 한 마디 거들었다.

"변호사님! 동생 광진이가 오늘 못 나오면 우리 어머니 몸져누우실 것 같습니다. 아들인 저도 차마 눈 뜨고 못 볼 지경입니다."

"가족분들 심정은 저도 충분히 알고 있습니다. 얼마나 힘드시겠습니까! 더군다나 연세도 많으신 어르신 두 분이 식음을 전폐하다시피 하며 걱정하시는데, 몸 상하실까 우려됩니다. 외람되지만 아드님께서 어르신들 뭘 좀 잡수시게 하시고, 쉬셨으면 하는데요. 그리고 오늘 영장실질심사에서 어떻게 될지는 저도 장담을 못하겠습니다. 도망할 염려가 없고 증거인멸 할 여지가 없다는 부분은 판사 앞에서 진술을 하겠지만, 판사의 심증에 어떤 영향을 미칠지는 모르겠습니다. 하지만 한 분도 빠짐없이 동네 분들의 탄원서가 들어갔고, 혐의를 부인하고 있는 점, 장애인이라는 점, 또한 혐의를 부인하고는 있지만 혹시 몰라 어르신께서 유족들을 위해서 형사 공탁을 한 점이 참작이 될지도 모르겠습니다. 살펴보건데 무엇보다도 우리 헌법과 형사소송법은 불구속 수사의 원칙을 고수하고 있고, 무죄 추정의 원칙이 확고부동하게 정립되어 있습니다. 결과는 두고 보지요."

광석에게 조목조목 설명을 했다.

"고맙습니다."

광석은 변 변호사에게 인사를 하고 이 노인과 강 노인 곁으로 가서 안심을 시켰다.

오후 두 시 사십오 분.

진안경찰서 김 형사와 이 형사가 오랏줄로 묶고 수갑을 채운 광진을 법정 앞으로 데리고 왔다. 그 모습은 이 노인과 강 노인의 가슴에 진창으로 빠져드는 절망감을 여지없이 안겨주었다. 광석은 강 노인이 쓰러질지도 무를까 봐 팔짱을 꽉 끼었다. 그럼에도 불구하고 강 노인은 '광진아! 광진아!', 아들 이름을 부른 뒤 목이 메어 털썩 주저앉았다. 광석은 어머니의 밭은소리에 속만 타들어 갈 뿐 달리 어떻게 할 방도가 없었다. 이 노인 또한 애비랍시고 어두운 저승길을 향하는 듯한 아들을 보고, 눈물만 흘려야 하는 처지가 가슴을 치고 머리칼을 쥐어뜯고 싶은 심정이었다. 광진은 지금의 처지가 어떤 상황인지 알기나 하는지, 왜 여기까지 와야만 하는지, 과거의 일을 기억이나 하는지, 혼곤할 뿐이었다.

오후 세 시 오십 분이 되어서야 영장실질심사가 끝났다. 광진은 다시 수갑이 채워졌고 오랏줄에 묶여 진안경찰서로 향했다. 변 변호사는 이 노인과 강 노인, 이광석에게 늦은 저녁 즈음에 결과가 나올 것 같으니, 저녁 식사를 하고 사무실로 오라 했다.
"아버지! 어머니! 뭐라도 드시지요."
광석은 아버지, 어머니가 하여간에 죽이라도 먹어야 할 것 같아 식당으로 모시고 갔다. 두 노인은 가을 천수답 가운데에 힘없이 서 있는 허수아비인 양 얼이 빠져 있었다. 얼굴의 잔주름에 도랑물이 흐를 듯 깊어졌다. 오롯이 자식들만을 위해 살아온 삶이었다. 그 삶에 자식이 올무에 걸려 고통의 굴레로 들어설까봐 좌불안석인 두 노인네를 보고 있자니, 차오르는 회한이 피눈물이 되어 그렁하게 눈두덩에 맺혔다. 자식을 낳고 키워봐야 부모의 심정을 안다지만, 숨만 쉬고 있는 듯한 아버지, 어머니의 자식을 생각하는 격정과 미망을 만분의 일이라도 알 리 만무했다.
'아버지! 어머니! 죄송합니다.'
가슴을 쥐어짜고 후벼 파보지만, 돌아오지 않는 메아리는 폐부를 찌르고 돌아올 줄 몰랐다.

"입맛이 없어도 광진이를 생각해서 억지로라도 드셔야 합니다."
조금이라도 식사를 하길 바랐지만, 내키지 않는 듯 두세 숟갈 입에 대고 수저를 내려놓았다. 결과가 나오려면 어둠이 짙게 깔리는 즈음이어야 하는데도 불구하고, 광석은 두 노인을 데리고 변 변호사 사무실을 향해 발길을 어정어정 옮겼다.

"밖에서 기다리다가 좀이 쑤셔서 사무실로 들어 왔습니다. 아직 결과 안 나왔지요?"

광석은 들어서자마자 오 사무장에게 조급하게 물었다. 퇴근 무렵이라 직원들은 책상을 정리하느라 술렁댔고, 오 사무장이 벌떡 일어나 소파로 안내를 했다.

"이쪽으로 앉으세요. 사안이 좀 난감하다 보니 영장담당 판사가 고민을 하는가 봅니다. 좀 있으면 나오겠지요. 어르신들께서 저녁 식사는 하셨습니까?"

"조금 드셨습니다."

이 노인과 강 노인은 곧 쓰러질 것처럼 보였다. 파리한 모습에 멍하고 시르죽은 표정을 짓고 있었다. 훅하고 불면 날아갈 거 같았고, 부리부리하던 이 노인의 눈은 며칠 사이에 대꾼해졌다.

시계 바늘은 오후 여섯 시 십 분을 치달리고 있었다.

사무실에는 오 사무장만을 남겨두고 모두 퇴근을 했다. 두 노인과 광석은 초췌한 모습으로 마른 침을 삼키며 결과를 기다렸다. 이십 분이 지났다. 사무실 전화벨이 정적을 깨부수고 울려댔다.

"여보세요. 변설 변호사 사무실입니다."

단숨에 수화기를 든 오 사무장은 입에서 나오는 음절들을 몰아쳤다. 이 노인과 강 노인, 광석은 눈을 치뜨고 오 사무장의 쫑긋한 입술과 수화기만을 쳐다보았다.

"네, 알겠습니다. 감사합니다."

수화기를 내려놓은 오 사무장은 이 노인 앞으로 다가가 덥석 손을 잡았다.

"어르신! 청구한 영장이 기각되었다네요. 아드님은 바로 풀려날 겁니다."

"정말인가라. 아이구 사무장님 고맙고만이라. 내 이 은혜는 잊지 않을 것이고만요."
 시무룩했던 강 노인과 이 노인의 얼굴은 햇볕을 들쓰고 빗물을 맞은 꽃처럼 활짝 펴졌다.
 "빨리 진안경찰서로 가셔서 아드님을 데리고 댁으로 가시면 될 겁니다."
 동시에 이 노인의 휴대폰이 요란스럽게 울려댔다. '여보세요.' 휴대폰을 건네기가 무섭게 휴대폰에서 영장이 기각 되었으니 광진을 데려가라는 것이었다. 일순 이 노인과 강 노인은 오 사무장의 손을 다시 덥석 잡고는 '고맙습니다, 감사합니다.' 라는 말이 연방 가슴에서 흘러 나왔다. 깊게 파였던 주름이 도랑물이 넘칠듯 펴졌고, 두 노인의 입가에 머금은 웃음이 볼살에서 출렁였다. 하회탈을 보는 듯했다.
 오 사무장은 얼른 진안경찰서로 가보라고 두 노인을 떠밀다시피 하며 외등빛이 내려앉은 가로까지 나와 배웅을 했다. 사무실로 돌아온 오 사무장은 변 변호사에게 영장 기각 사실을 알렸다. 한동안 체기에 시달렸던 증세도 순식간에 없어지고 후련했다.

**

 광진이 진안경찰서 유치장에서 나온 다음 날.
 주양리 주민들은 이른 아침부터 이 노인 집으로 몰려들었다. 환호성을 지르는 사람도 있었다. 강 노인은 어쨌거나 저쨌거나 철부지인 아들이 곁에 있다는 자체가 봄볕에 얼음이 녹아내리듯, 그간 얼어붙었던 몸뚱어리 마디마디가 한결 가뿐함을 느꼈다. 두 노인네의 시름이 잦아드는 걸 본 광석은 오월을 넘기려는 하늘이 유달리 맑고 곱게 보였다. 한 고비를 넘겼다는 위안이 스르르 손끝을 타고 가슴께로 스며들었다.

 지금부터 시작이었다.

광석의 눈빛이 홀연 밝음과 어둠의 구획을 넘나들며 가슴 한 구석에 풀어내지 못하는 문장들로 쌓여갔다. 광진은 사건이 종료된 걸로 알고 있는지, 예전의 천진난만한 모습으로 되돌아갔다. 아침에 소복하게 쌓인 쌀밥 한 공기, 쇠고기국 한 그릇에 조기 두 마리를 거뜬히 발라 먹었다. 비록 어눌한 동생이지만 해맑은 웃음을 되찾은 광진이 살갑게 보였다. 모래 폭풍이 오기 전의 푸른 하늘과 맑은 공기였다.

광진이 풀려났다는 소문은 주향교회 인근에 사는 김태민과 이근순의 귀에도 들어갔다. 형사들이 광진을 잡아갈 때는 안타까움과 후련함이 뒤섞여, 어디 개가 짖느냐 했지만, 풀려났다는 사실은 당황스러움이 밀려와 짖는 개를 후려 팰 듯했다. 무엇인가 잘못 돼가고 있다는 가시 돋친 생각이 머릿속을 뒤집으며 악다구니를 부려댔다. 아직 끝난 건 아니지만 왠지 칙칙한 마음을 애써 감출 수는 없었다.
"뭐하는 거여! 일 안 나가고, 집에 처박혀 죽치고 있을 거여. 후딱 나가서 땅을 파든 지랄 년들을 만나든 나가라고."
이근순은 남편 양호에게 아침부터 어깃장을 놓고 욕지거리를 해대고 들볶았다. 양호는 지은 죄가 많은지라 일언반구의 말치레도 못하고 삽을 들고 집을 나서야만 했다. 이근순이 양호를 구리게 보는 데에는 그럴 만한 사연이 있어서였다.

일 년 전이었다.
김태민과 차명희가 죽네사네 하며 하루가 멀다 하고 사납게 싸울 때였다. 명희는 둘 곳 없는 마음을 양호에게 돌렸다. 저녁 시간에 튀어 나와 양호를 불러내어 운일암 근처의 가게로 내달려 마른안주에 4홉들이 소주를 병채 들고 마시기 일쑤였다. 연고도 없는 주천에서 아는 사람이라곤 다방 언니밖에 없었기에, 양호라도 옆에 있으면서 말상대를 해 준다는 자체가 여간 다행이 아닐 수 없었다. 이런 날들이 거듭될수록 차명희는 양호의 아내 이근순을 험담하며 둘 사이를 이간질시키기도 했다. 팔불출 같은 양호는 거기에 '얼쑤!' 장단을 맞춰주었다.

 작은 동네에서 일어나는 일들은 입방아 찧기 좋아하는 아낙네들의 건너건너로 부풀려지기 마련이었다. 소문은 음흉한 목소리로 때론 가벼운 놀림으로 길러냈다. 보름달처럼 붕 뜬 말사태는 근순의 귀청에 들이닥쳤다. 차명희가 양호를 꼬드겨 절구질까지 했다는 소문이었다.

 화가 불 일 듯 치민 근순은 눈에 뵈는 건 지게작대기밖에 없었다. 태민의 집으로 쳐들어가 이판사판 김판박판 너죽고 나죽자하며 길길이 날뛰었다.

 "이년 어딨어? 나와! 배운 건 남정네들 후려치는 것밖에 없어 가지고, 남의 남편하고 지랄을 떨어!"

 근순은 살기가 가득 찬 눈을 하고 부엌에서 나오는 명희의 어깻죽지를 작대기로 후려쳤다.

 "아이쿠, 사람 잡네! 이런 미친년이 어디다 작대기를 쳐대는 거여. 너 오늘 나한테 뒈져봐라."

 근순이 다시 작대기를 쳐들어 내리치려는 걸 명희가 냅다 왼손으로 잡아 뺏고, 오른손으론 근순의 머리카락을 한 움큼 잡아 땅바닥에 머리를 내리 꽂았다. 이에 질세라 근순도 양 손을 명희에게 뻗쳐 잡히는 건 뭐든지 쭉쭉 찢어 놓았다. 가슴께로 늘어진 옷이 부욱 찢어져 젖무덤이 들어났다. 태민과 양호가 말리고, 동네 주민들이 나와 말려도 속수무책이었다. 주천파출소 주 경위가 출동해도 어림 반푼어치도 없었다. 결국 둘이 싸우다 지쳐 끝나고 말았지만, 그 뒤로도 싸움은 시시각각 일어났다. 그 탓에 태민과 양호 사이는 소원해질 수밖에 없었다.

 진안경찰서 송승규 팀장은 주양리 양지마을 피해자 차명희, 피의자 이광진에 대한 강간 및 상해치사 사건을 검찰로 송치했다. 사건을 배당받은 민일두 검사는 이광진을 소환하여 조서를 작성하고, 참고인으로 장수댁, 이유광, 금산댁, 김태민, 김양호, 이근순을 불러들여 진술을 듣고 돌려보냈다.
 6월 23일 민일두 검사는 이광진을 상해치사 등으로 법원에 기소했다. 차명희가 변사체로 발견되고 한 달이 넘은 뒤였다.

 이광진은 피의자 신분에서 피고인 신분으로 바뀌었다.
 이 노인과 변 변호사는 6월 30일 이광진에 대한 상해치사 등 사건의 공소장 부본 송달을 받고, 가족들과 의논을 한 결과 국민참여재판을 신청하는데 별다른 의견이 없었다. 그러나 변설 변호사와 오정훈 사무장이 수사기록을 아무리 천착해 봐도 이광진이 범인이라는 잔상은 지워지지 않았다. 이광진은 초지일관 혀짤배기소리로 차명희를 죽이지 않았다는 말만 되풀이 할 뿐, 그 이외의 얘기는 들을 수 없었다. 여하튼 빗장을 질러 놓은 잔상을 풀어버리려면 사건을 떠안은 이편에서 발품을 팔수밖에 없었다. 하여 변 변호사와 오 사무장은 변사체 발견 장소인 회다리 현장을 가보기로 했다.

 7월 3일 금요일 열 시. 전주를 출발해서 진안 읍내를 거쳐 주천파출소로 들어섰다.
 "안녕하십니까?"
 사무실 안에는 직원 한 명만이 의자를 끼고 앉아 엉기정기 풀려 있는 초여름 기운을 겨워하고 있었다.
 "어떻게 오셨습니까?"
 놀란 듯 벌떡 일어난 그 직원은 손등으로 두 눈을 치대며 물었다.
 "지난 5월 20일에 이 마을에서 일어난 상해치사 등 사건을 수임한 변설 변호사입니다. 이쪽은 오정훈 사무장이고요. 실마리가 풀리지 않아 우선 여기부터 찾아왔습니다."
 신분증을 주상현 경위에게 내밀었다. 주 경위는 두 눈을 쫑긋 내밀어 신분증을 알알이 훑어보고 두 사람의 얼굴을 예사롭지 않게 쳐다봤다.

아마도 결론이 뻔한 사건을 변호사라 한들 파헤쳐 봐도 나올 건 없다는 표정이었다.
"저는 주상현 경위입니다. 여기까지 어려운 걸음을 하셨군요. 특별히 저희 파출소에서 도와드릴 거라도 있습니까?"
시쁘둥한 표정을 지으며 주 경위는 내처 말을 이었다.
"그 사건이 뚜렷한 증거물만 있고, 목격자나 반증할 만한 어떠한 증거가 없는 상태 아닌가요. 단지 피고인이 안 죽였다고 부인만 하고 있는 사건이고요."
여기까지 찾아온 두 사람의 의욕을 덜커덕 꺾어버리는 건 아닌지 무안함에 정색을 하고 말끝이 무지러졌다.
"그런 사실 관계는 이미 다 알고 있습니다. 그저 몇 가지 물어볼 게 있어서 왔습니다. 그날, 그러니까 차명희가 사망한 시각이 오후 아홉 시에서 열 시 사이니까, 그 시각에 파출소 근무는 어느 분이 하셨지요?"
"그때, 그 시간이면, 잠깐만요. 근무일지 좀 보고요."
주 경위는 냉큼 뒤쪽 캐비닛을 열고 장부를 뒤적였다. 오른손 검지로 짚어 가면서 두세 장을 넘기다가 그날을 찾았다.
"아! 여기 있네요. 그날 저녁 근무는 박찬근 경위님이 섰네요. 다음날 낮에는 저하고 김종국 경사가 근무했고요. 어제 저녁 근무도 박 경위님이 서고 지금은 관사에서 주무시고 계실 겁니다. 깨우기가 좀 저어한데. 물어보실 거 있으면 이따 점심식사 하시고 두 시쯤 오시면 될 것 같은데요."
"네, 그러지요."
주 경위에게 이광진이 살고 있는 집을 물어 찾아갔다.

솟을대문은 열려있었다. 송아지만한 개하고 나뒹굴고 있는 남자가 이광진이었다.
"이광진 씨!"

오정훈 사무장이 문턱을 넘으며 물었다. 개가 먼저 듣고 달려들었다. 변설 변호사와 오정훈 사무장은 송아지만한 개가 달려오자 잔뜩 겁을 먹고 뒤로 물러났다. 다리 하나를 물고 금방이라도 삼킬 것만 같았다. 비명을 지르기엔 이미 늦은 일이었다.

이광진은 멍하니 바라보기만 했다. 덩치만 컸지 개는 복슬복슬한 꼬리를 흔들며 둘의 주위를 돌며 반기고 있었다. 두 바퀴를 돌며 컹컹 짖어댔다. 그 소리에 방 안에 있던 이 노인이 문을 열고 대청마루 난간으로 나왔다.

"어르신! 안녕하세요. 댁에 계셨네요. 안 계시면 어쩌나 했는데요. 그나저나 이 개 좀 어떻게…."

개는 폴짝 폴짝 뛰면서 변설 변호사 가방을 물으려 했다.

"아이고, 변호사 양반! 어서 오시소. 오 사무장님도요. 광진아, 손님이 오셨으면 저놈의 개를 쫓아야지. 그러고 서있기만 하면 어떡하냐."

이 노인은 슬리퍼를 신고 마당으로 내려와 개의 목줄을 잡아 장작더미가 쌓여있는 옆에 묶어놓았다. 개줄에 묶인 개는 마당으로 달려 나오려 연신 짖어댔다.

"덕구야, 가만히 있어. 우리 덕구 착하지. 앉아, 어서 앉으래도."

개는 이 노인의 말을 알아들었는지 꼬랑지를 내리고 바닥에 앉았다.

"아이고 죄송하게 돼얏고만요. 광진이가 개를 풀어놓는 바람에 그랫고만요. 이쪽으로 올라와 앉소."

볕이 들지 않는 마루의 한 쪽을 가리키며 먼지라도 묻었을까봐 손바닥으로 앉을 자리를 털어내었다. 변 변호사와 오 사무장은 대청마루로 올라와 앉았고 그 옆에 이 노인이 앉았다. 이 노인에게는 다시없는 반가운 손님이었음이 분명했다. 휴대폰을 꺼내 강 노인에게 부리나케 오라고 없던 힘을 쏟아내며 닦달했다.

"어르신! 광진이만 잠깐 보고 갈려고 합니다. 전화 안 하셔도 되는데요."
 변 변호사는 손사래를 쳤다. 돌쩌귀가 삐걱거리는 협문을 열고 강 노인이 들어섰다.
 "안녕하신기라. 변호사님! 사무장님! 잠깐만 기다려 보시게라. 내 얼른 떡이라도 내올 텡게요."
 "어르신! 광진이만 보고 바로 가봐야 됩니다. 내오지 마세요."
 강 노인은 들려오는 말을 귓등으로 흘리고 부엌에서 한동안 부산을 떨었다. 마실 음료와 먹을거리를 쟁반에 가득 담아 내왔다. 변 변호사와 오 사무장은 몸 둘 바를 모르고, 맛깔스럽게 보이는 눈맛도 눈맛이었지만 고소한 냄새가 식욕을 당겼다. 천연색으로 꽃잎이 새겨져 있는 떡을 포크로 찍어 입속으로 집어넣었다. 맛이 여느 떡과 색달랐다. 뒷맛이 그윽하니 깊게 배인 솔잎향이 입속을 맴돌다 콧구멍을 통해 물안개처럼 퍼져 나갔다. 들이켠 식혜는 달큰했다.
 "어르신! 광진이하고 얘기 좀 해볼까 합니다."
 "그라지요. 광진아! 개는 거기 두고 이리 와봐라. 얼른!"
 우는 아이 달래듯 부르자, 뜨악하니 쳐다보고 대청마루 쪽으로 손을 휘적거리며 이 노인 옆에 털썩 앉았다.
 "광진아! 여기 변호사님이 뭘 물어 볼 틴게, 생각나는 거 있으면 얘기 해야 돼. 알았제!"
 이 노인은 자신의 말을 알아듣겠냐는 표정으로 눈썹을 치켜 올렸다. 광진은 고개만 끄덕였다.
 "광진아! 한 달 전에 어떤 여자 죽은 거 기억나?"
 그때 일을 생각해 내려는지 서까래를 올려다보았다. 그 뿐이었다. 변 변호사의 물음에 대꾸라곤 없었다.
 "어무이, 나 안 죽였어. 그냥 죽어 버렸당게."
 히죽거리며 웃음으로 일관했다.
 "그려, 니가 안 죽였어. 암만."

강 노인은 광진이 옆에서 어깨를 토닥였다.
"어무이, 떡 하나만."
"그려, 어서 묵으라."
왼손으로 포크를 들고 꼭 찍어 입에 넣었다.
"변호사님! 광진이하고 대화는 힘들겠지라."
"예, 그런 거 같습니다. 근데 문제는 이대로 광진이가 죽이지 않았다는 반증이 없는 한, 재판에서 법정구속이 될 텐데요."
"어떻게 해야 쓸까라. 지금으로서는 변호사님밖에 믿을 분이 없지라."
이 노인의 애절한 눈빛이 변 변호사의 눈망울에 절절이 녹아들어 갔다.
"아직은 시간이 좀 남아 있으니까, 해 보는 데까지 진력을 다 해보지요. 이만 가보겠습니다. 현장에 한 번 들러 보고 가려 합니다. 아! 아까 보니까 광진이가 왼손으로 포크를 집는 거 같은데, 혹 왼손잡입니까?"
"야, 맞는디요. 뭔 문제라도 있는가요?"
"아니요, 문제라기보다는 하찮은 거라도 새겨놓아야지요. 그럼 이만 가보겠습니다. 안녕히 계십시오."

변 변호사는 광진에게 사건에 대해서 몇 가지라도 캐물으려 했지만 여의치가 않았다. 이 노인 집을 나와 회다리 밑으로 오 사무장과 내려갔다.
"오 사무장님! 아까 보니까 이광진이 왼손잡이던데, 수사기록에 보면 변사체가 하늘을 보고 드러누워 있고, 이광진 쪽에서 보면 오른쪽 2미터쯤에 혈흔이 묻어 있던 돌이 놓여 있었잖아요."
"그랬지요. 근데 그게 이광진한테 유리한 단서라도 될 수 있습니까?"
"아직은 뭐라고 딱 부러지게 말은 못하겠습니다."
변 변호사는 야릇한 웃음을 머금고 내려가던 말꼬리를 다시 올렸다.
"내 추리가 맞아떨어진다면 재밌는 사건이 될 것도 같은데. 오 사무장님! 지금부터 내가 하는 얘기 잘 들어 보고 논리에 모순이 있는지 짚어 봐요."

복사해온 수사기록을 보며, 변사체가 누워 있던 자리로 발길을 옮겼다. 변 변호사와 오 사무장은 회다리 밑에서 기시감이 느껴질 정도로 사건을 재현해보며, 한 시간 반 동안을 매달렸다. 변 변호사의 설명은 자못 명석한 추리였다. 오 사무장은 감탄을 마지않았다. 변 변호사의 추리대로라면 범인이 다른 사람이라는 것이었다. 오 사무장은 생각나는 사람들을 한 명씩 떠올려 봤다.

'김태민, 이근순, 금산댁, 김양호', 떠오르는 사람은 많았지만 범인이 누구라고 명확히 단정할 수 없는 오리무중이었다. 변 변호사는 오 사무장에게 설명했던 추리를 근거 있는 증거들로 보강을 하여 국민참여재판에서 장황하게 풀어놓을 터였다.

오후 두 시 반을 훌쩍 지나고 있다.

둘은 인근 식당에서 라면으로 허출함을 모면하고 주천경찰서를 다시 찾았다. 주 경위가 옆에 앉아 있는 박찬근 경위에게 인사를 시켰다. 나이가 꽤 들어 보였고, 날렵한 경찰관이라기보다는 사무실에서 상황보고나 하는 그런 경찰관으로 보였다. 배도 볼록하니 나온 걸 보니 섭생을 위해 운동은 영 관심이 없는 둔중한 경찰관으로 눈에 들어왔다. 머리카락들은 제각각 뻐죽뻐죽 튀어나왔고, 잠이 덜 깬 사람처럼 늘어지게 하품을 해댔다. 살쩍이 희끗희끗했다.

"밤 근무를 서시고 피곤하시겠습니다만 몇 가지만 여쭤 보고자 합니다."

변 변호사의 시선이 사뭇 박 경위의 배 쪽으로 두는 바람에, 서로 겸연쩍어 헛기침만 해댔다.

"차명희가 사망한 5월 20일 오후 아홉 시에서 열 시 사이에 뭐 이상한 낌새나 소리, 하다못해 파출소 앞을 지나가는 동물이라도 보시거나 들으신 거 없습니까? 너무 조용한 마을이라 그렇습니다."
 '개미라도 기어가는 소리를 들을 수 있는 마을인 거 같습니다.', 말을 이으려다 입술을 닫았다.
 "글쎄요. 밤에는 워낙 조용한 동네라 조금이라도 이상한 낌새가 있으면 기억을 할 텐데. 그날 그 시각에 딱히 기억나는 게 없는 거 같습니다. 가끔 멀리서 김양호하고 처가 싸우는 소리가 들리긴 했지만 그날은 찍 소리도 없었습니다. 도움을 드리지 못해 미안합니다. 멀리까지 오셨는데."
 미안한 마음인지 머리만 긁적였고 머리카락 새에서 허연 비듬이 돋아 팔뚝으로 떨어졌다. 옆에 서있던 주 경위는 무료함을 견딜 수 없는지 손톱에 난 거스러미만 뜯고 있었다.
 "미안할 것까지야 있겠습니까. 저희가 오려 감사해야지요. 아무튼 피곤하신데 고맙습니다. 근데 이 동네 풍치가 좋습니다. 일만 아니라면 둘러보고 싶습니다만 다음으로 미뤄야 할 것 같습니다. 안녕히 계십시오."
 현관을 나와 승용차에 올라탔다.
 오 사무장이 시동을 걸고 가속 페달을 밟으며 달리려는 순간, 승용차 뒤꽁무니를 때리는 소리가 지나치다 싶어 브레이크를 급작스레 밟았다. 두 사람의 머리가 뒤로 건넜다가 앞으로 쏠렸다.

 "잠깐만요. 혹시 참고가 될지는 모르겠지만, 제가 그때 뉴스를 보고 있었으니까, 아홉 시는 넘었을 겁니다. 확실하게 얼굴은 못 봤는데 자전거를 타고 파출소 앞을 지나가는 사람이 있었습니다. 얼핏 김태민 같기도 하고. 장담은 못 하겠습니다."
 "김태민이 자전거를 타고 그 시각에 이 앞을 지나갔다고요?"
 "그런 거 같습니다."
 '차명희가 사망한 시간의 흐름에 김태민이 자전거를 타고 갔다…'
 전주를 향해 달리는 차 안에서 변설은 박찬근 경위가 한 말을 곱씹었다.

 '김태민은 차명희와 이광진의 정사 장면을 보았단 말인가? 보고 나서…'

 핏물이 흩어지는 그림이 그려졌다.

 7월 초의 태양이 뜨겁게 작열하고 있다. 주천면을 벗어나기 전이었다. 로드킬을 당한 고라니 한 마리가 대가리가 으깨진 채 죽어있었다.

배심원

2011년 8월 1일 금요일.

국민참여재판의 공판절차 준비기일이 열렸다. 검사가 증거로 내놓은 수사기록에서 피고인 측은 일부 부인했다. 검사는 증인으로 김태민, 금산댁(박말순), 이근순, 김양호를 신청하였고 재판부는 받아들였다. 공판절차는 8월 17일 열 시부터 개정됨을 알렸다.

8월 17일 오전 아홉 시부터 101호 형사법정 앞엔 문전성시를 이루어, 법정문을 들락날락 하느라 문지방이 닳듯 했다. 주양리 주민들 몇몇은 애잔한 심정에 이 노인과 같이 이른 아침부터 전주지방법원을 찾았다. 평생 살면서 한 번이나 올까말까 한 법원을 얼떨결에 찾은 주민들은 자못 긴장을 했다. 생겁에 생걱정까지 온몸에 스며들어 요의를 느끼기도 했다. 그 틈에 김태민과 이근순은 증인석에 서야 하는 부담감으로 내내 심장이 펄떡펄떡 뛰었다. 거칠게 내리쬐는 태양을 피해 법정 안으로 들어섰다. 이마엔 연신 비지땀을 흘렸다. 어떤 질문이 가슴팍을 파고 들어올지 머릿속 뇌 주름을 홈켜쥐곤 비틀어 짜 봐도, 비 오는 날에 햇볕을 쬐겠다고 나서는 꼴이었다. 마지못해 시적시적 법정에 들어온 김양호와 금산댁은 행티를 부리며 '에이, 지랄 맞고만! 될 대로 되라지.' 자폭을 해 버렸다.

"국민참여재판이라는 게 뭐단가?"

"말 그대로 국민이 참여하는 재판 아닌가? 우리가 이렇게 참여하고 있잖아."
"에그, 무식하기는, 그게 아니라 재판은 비공개로 하지 않는 한 누구나 방청할 수 있는 것이고, 국민참여재판이라는 건, 거 뭐시냐, 미국에서 하는 재판 마냥 국민들 중에 배심원이라는 사람들을 뽑아서 죄인의 유·무죄를 가리는 걸 말하는 거여. 무식한 사람들아. 긍게 신문 좀 보고 그려."
"아따, 그려. 우리는 무식허고 너는 유식해서 좋것다. 배심원은 또 뭐시당가? 내가 죄를 저질러봤어야 이런 것도 알 것인디 말여. 나 같은 사람은 법 없이도 잘만 살아갖게 당최 알 수가 있어야지."
"죄는 짓지 말아야 하는 거여. 죄 짓고는 발 쭉 뻗고 자는 사람 못 봤응께."
주양리 주민 몇몇이 뒤쪽에 앉아 이야기를 주고받았다.

오전 아홉 시 오십 분.
방청석엔 빈 의자 하나 없이 북적댔고, 개중엔 국민참여재판에 관심이 있어 방청을 하는듯한 사람도 있었다. 법대에서 보면, 바로 밑에 법원 사무관과 실무관이 조서 작성과 재판 보조로 앉아있고, 사무관 뒤엔 속기사, 그 뒤에 배심원 일곱 명이 패찰을 달고 부담이 깃든 표정으로 두 줄로 앉아 있다. 배심원들은 자못 재판의 사명감을 드리우곤 눈빛이 밤하늘의 별처럼 영롱하게 빛났다. 사무관 오른쪽 뒤에는 저승사자인 듯 검은 법복에 날카로운 턱선과 눈빛을 하고 있는 민일두 검사가 피고인의 법정구속을 득의만만하게 자신하며 앉아 있고, 검사 정면에는 야릇한 미소를 머금고 있는 변설 변호사와 줄곧 딴청을 피우고 있는 이광진이 나란히 앉아 있다. 검사석과 피고인 및 변호인석 중앙에는 증인석이 재판장과 맞바라보며 놓여 있다.

오전 열 시.
재판장 천권호, 우배석판사 김석천, 좌배석판사 반혜진이 법정으로 들어섰다. 고상호 법원경위는 눈빛이 초롱초롱해졌다.
"자리에서 모두 일어나 주십시오."
재판장과 배석판사 둘은 법대에 놓인 법정의자에 근엄하게 앉았다.
"모두 자리에 앉아 주십시오."
초롱초롱한 눈빛을 거둔 고상호 법원경위는 제 자리로 돌아가 법정을 휘 둘러보았다. 법정에서 소란스런 행위는 보이지 않았다.

"지금부터 제1형사부 2011고합30899 상해치사 등 피고인 이광진에 대한 국민참여재판을 시작하겠습니다."
천권호 재판장은 피고인에게 진술거부권이 있음을 알리고, 피고인이 이광진이 맞는지 확인했다.
"검찰 측 모두진술(검사가 공소장을 읽음으로써 공소를 제기한 요지를 진술하는 일) 해 주십시오."
재판장은 냉랭한 분위기를 이어갔다. 단전에서 올라오는 내공의 목소리에 법정 안을 떠돌던 미적지근한 공기가 치를 떨며 내려앉았다. 민일두 검사는 일어서서 도끼날 같은 콧날을 피고인을 향해 들이대고 진술하기 시작했다.
"피고인은 2011년 5월 20일 21시에서 22시 사이에 진안군 주천면 주양리 양지 마을에서 500미터 떨어진 '회다리' 난간 밑에서, 강압적으로 피해자와 성관계를 시도하고, 약 2킬로그램의 돌로 피해자의 머리 정수리 부분을 쳐서 외상성뇌손상 및 과다출혈로 사망에 이르게 하였습니다. 피해자의 자궁에서는 피고인의 정액과 일치하는 DNA 분석 결과가 나온 상태이고 바나나 껍질과 우유팩, 빵 봉지에는 피해자와 피고인의 지문이 묻어 있었습니다. 따라서 이는 형법 제259조 제1항, 제297조에 해당하는 강간 및 상해치사로 매우 중차대한 범죄 행위라 할 수 있습니다."

"피고인 측 진술해 주십시오."
변설 변호사는 재판부를 향해 고개를 숙이고 진술했다.
"피고인이 피해자와 성관계는 했으나 강압은 없었습니다. 또한 정액의 DNA와 바나나 껍질, 우유팩, 빵 봉지에서의 지문은 피고인의 것이 맞으나 피해자를 죽이진 않았습니다."

"본 사건은 강간 및 상해치사죄로 검찰 측과 피고인 측이 유죄와 무죄를 다투는 사안이라 봅니다. 쌍방의 날 선 공방이 예상되는 만큼, 감정이 격해질 수 있으니 자제를 해 주시길 바라며, 증거조사를 하겠습니다."
재판장은 긴장된 분위기를 적잖이 가라앉히기 위해 목소리를 낮게 깔고 멈칫멈칫하며 이어갔다. 재판장의 오른쪽에 앉아 있는 배심원 일곱 명도 다소 긴장을 하고 있었다. 에어컨의 미세한 바람에 소름이 송골송골 돋았다. 그들은 초롱초롱한 눈을 더욱 동그랗게 뜨고 법정에서 울리는 말 마디마디에 귀를 쫑긋 세우고, 오금에 잔뜩 힘을 주었다. 더군다나 피고인 이광진의 상해치사 등 사건에 대한 국민참여재판은 유·무죄를 다투는 사건이었다. 다반사가 피고인이 어느 정도 공소사실을 인정하고 배심원이 양형에 관한 의견을 개진하는 형국인데, 이광진의 상해치사 등 사건은 의외의 사건이라 볼 수 있었다. 배심원들의 듣는 귀와 보는 눈, 느끼는 마음, 판단하는 머리가 실로 중요한 사건이었다. 일곱 명의 배심원은 다시금 긴장을 늦추지 않았다. 쌍방의 공방은 흥미를 돋울 수도 있었다.
"검찰 측에서 신청한 증인 네 명 중 어느 분부터 증인신문을 하시겠습니까?"
재판장이 검사에게 물었다.
"김양호 증인부터 신문 하겠습니다."
"김양호 증인! 증인석으로 나오시기 바랍니다."

재판장의 말에 방청석에 앉아 있던 김양호가 고상호 법원경위의 안내에 따라 증인석에 섰다. 재판장은 김양호가 증언을 할 동안 다른 증인 세 명은 퇴정을 시켰다. 재판장은 김양호의 신분을 확인하고 위증의 벌의 경고와 증언거부권에 대한 설명을 한 뒤, 선서를 하게 하고, 신청한 검사의 신문으로 이어졌다.

민일두 검사는 일어나서 증인 앞으로 나왔다.
"김양호 증인! 거짓말 하면 위증죄가 성립될 수 있습니다. 기억나는 것만 말씀해 주십시오."
민일두 검사는 사실을 듣기 위해 말에 힘을 주었고 김양호에게 검찰에서 진술한 진술서를 보여주며 신문을 시작했다. 김양호는 겁박을 당하는 듯한 힘을 느꼈다.
"진술서에 보면 피해자가 김태민하고 싸울 때 칼까지 들고 싸웠다는데, 직접 보았습니까."
"아닙니다."
"들어서 알고 있는 사실입니까."
"예."
"누구한테 들었습니까."
"그건 기억이 나지 않는구만요."
"피해자가 사망한 즈음에 술을 마셨다고 했는데, 그 가게하고 회다리까지는 거리가 얼마나 됩니까."
"한 1,500미터쯤 될 거 같은디요"
"걸어가면 몇 분정도 걸립니까."
"한 25분 걸릴 것이고만요."
"걸어서 오가면 4, 50분 걸리겠네요."
"예."
"가게에서 술을 마시면서 김태민이 화장실을 갔다 왔다고 했는데, 50

분 정도 걸렸나요."

"정확히는 모르것습니다."

"피고인 이광진을 잘 알고 있습니까."

"예, 잘 압니다."

"사람들을 잘 따릅니까. 그리고 과격한 행동이나 이와 비슷한 행동들은 없었습니까"

"사람들을 잘 따르긴 허지요. 어디 같이 가자고 허면 같이 가고, 무슨 일을 같이 하자고 허면 같이 허고, 과격하거나 그런 행동은 못 봤습니다. 그래서 어린애들한테 놀림도 많이 당허고 그러지요. 아, 딱 한 번 보기는 했습니다. 오래됐는디, 그때 광진이가 쬐그만 애들을 쥐어패는 걸 본 적이 있습니다. 알고 보니까 그 쬐그만 애들이 하도 광진이를 괴롭혔싸니까, 아마도 광진이 머리가 어떻게 된 거 같습니다. 그렇게 화를 내면서 애들을 쫓아댕기면서 패는 건 그때 처음 봤습니다. 그때 광진이한테 가서 제가 달래긴 했습니다."

"구체적으로 그 애들과 피고인이 어떤 행동을 했습니까."

"그놈들이 꼬챙이를 들고 광진이 똥구녁을 쑤시기도 하고 작은 돌멩이를 들고 던지기도 하고, 광진이가 모자를 썼었는데 모자를 빼앗아서 도망다니기도 하고 그런갑더라고요. 장난치는 줄 알고 처음엔 보고만 있었지요. 근데 갑자기 광진이가 성질이 나가지고는 막대기를 들고 한 놈을 뒈지게 패더라고요. 그놈이 울고불고 난리더라고요. 다른 놈들은 겁이 나서 구경만 하고 있고요. 그때 광진이가 분이 덜 풀렸는지 돌멩이를 들고 다른 놈들에게 던질려고 하더라고요. 그때 제가 가서 말겼습니다."

"돌멩이 크기는 어느 정도였습니까."

"광진이 머리 반절 정도 됐을 겁니다."

"무게로 따지자면 2킬로그램 정도 됩니까."

"그건 모르겠습니다."

"피고인이 성욕을 이기지 못해 자위행위나 유부녀를 겁탈한 장면을 본 적이 있거나 들은 적이 있습니까."

민일두 검사의 질문과 동시에 방청석에 앉아있던 강 노인이 벌떡 일어났다. 법원경위가 말릴 틈도 없었다.
"야 이놈아, 우리 아들이 여자를 겁탈하다니, 그걸 지금 말이라고 허는 거여."
법원경위가 강 노인에게 달려들어
"지금은 증인신문 중입니다."
하면서 강 노인의 정면에 서서 팔을 잡고 앉히려 했다. 법원경위의 제지에도 불구하고 강 노인의 말문은 닫힐 줄을 몰라 했다.
"야, 이놈아. 검은 옷만 입으면 뵈는 게 없냐. 우리 아들이 무슨 여자를 겁탈했다는 거여. 아이고 광진아, 멀쩡하지도 않은 아들을 더 병신으로 만들어 놓으면 죄 받어, 이놈아."
천권호 재판장이 나섰다.
"방청석에서 말씀하시는 분이 피고인 이광진 어머니 되십니까?"
법대에서 울리는 목소리에 강 노인은 적이 다소곳해졌다.
"그렇구만요. 나가 저놈 에미고만요."
강 노인은 광진이를 가리키며 말했다.
"비록 아들이 피고인이지만 피고인 이광진은 죄인이 아닙니다. 피고인 이광진이 죄가 있는지 없는지, 이광진 어머니가 계시는 이 법정에서 가리려고 합니다. 증인을 신문하는 것도 그 중의 하나입니다. 이광진의 어머니께서 재판을 방해하시면 죄가 있는지 없는지를 가리지 못할 수 있습니다. 어머니의 심정은 충분히 이해가 갑니다. 저도 판사이기 전에 아들 딸의 아버지입니다. 이광진의 어머니 마음을 어찌 제가 모르겠습니까. 피고인 이광진은 변호인의 도움을 받고 있으니 진실이 무엇인지는 곧 밝혀질 것입니다. 이광진 어머니! 제가 법정질서에 대해서는 말씀

드리지 않겠습니다. 다만 증인신문을 방해하시면 법원경위에 의해 밖으로 나가실 수 있다는 걸 알려드립니다. 증인신문 계속하시지요."

강 노인은 조곤조곤 얘기하는 천권호 재판장의 말을 알아듣고 의자에 앉았다. 옆에 있던 이 노인이 강 노인의 팔을 잡았고 검사는 증인신문을 계속했다.

"다시 질문하겠습니다. 피고인이 성욕을 이기지 못해 자위행위나 유부녀를 겁탈한 장면을 본 적이 있거나 들은 적이 있습니까."

"겁탈이라면 강제적으로 여자하고 하는 걸 말하는 겁니까?"

일순 방청석에서는 사람들이 끼득거리며 고개를 숙이고 웃음을 참았다.

"다시 말씀드리자면 여자를 강제적으로 안거나 신체적인 접촉을 하거나 하는 행위를 보거나 들은 적이 있는지, 또 이광진 혼자서 성욕을 푸는 장면을 본 적이나 들은 적이 있는지 묻는 것입니다."

"여자를 강제적으로 어떻게 하는 장면이나 그런 건 본 적도 들은 적도 없지만, 자위행위를 하는 장면은 동네 청년들이 알려줘서 몇 번 하는 걸 봤습니다."

"피고인이 증인이나 또는 다른 사람들한테 여자하고 성욕을 채우고 싶다거나 여자 생각이 난다거나 그런 말을 한 적은 없습니까."

"글쎄요. 그런 말을 들어본 적은 없고, 지나가는 여자를 보고 '예쁘다', 소리를 들은 적은 있습니다."

"피고인이 평소에는 순진하다가도 화가 나면 욱하는 성질이 있습니까."

"예, 그런 면이 있긴 합니다요."

"이상 마치겠습니다."

"변호인, 반대신문 하시지요."

천권호 재판장은 변설 변호사를 보면서 말했다. 변설 변호사는 신문사항을 손에 들고 자리에서 일어나 김양호 옆으로 바짝 다가갔다. 김양호는 움찔했다. 카랑카랑한 목소리로 검사의 주신문에 대한 반박과 검사의 진술내용에 대해서 조목조목 물어보기 시작했다.

"김태민과는 친구 사이입니까."
"예."
"친한 사이입니까. 즉 어떠한 일이라도 상의할 수 있는 사이입니까."
"차명희하고 태민이가 결혼하기 전에는 허물없이 지냈지라. 근디 둘이 결혼한 후부터는 나허고 만나는 경우는 거의 없었고, 여럿이 만날 때만 봤습지요."
"김태민과 피해자 차명희와의 사이를 잘 아시지요."
"예, 대충은 알고 있고마요."
"어땠습니까."
"죽이네 살리네 하면서 살았당께요. 그렇게까지 싸울 줄은 정말 몰랐으니까요."
"심하게 싸운 경우는 어땠습니까."
"제가 보지는 않았지만서도 칼까지 들고 싸웠다고 들었지라."
"김태민 어머니인 박말순과 피해자와의 사이는 어땠습니까"
"태민이하고 비슷혔지요. 지가 싸우는 건 못 봤고, 동네 사람들이 다 알고 있으니까, 저도 귀가 있으니까 들었당께요."
"아내인 이근순과도 피해자 때문에 자주 싸웠습니까."
"예. 작은 동네에서 소문이 어찌 이상하게 나가지고 아내가 오해를 해서 좀 싸웠지라."
"피해자와는 자주 만났습니까."
"아니랑께요. 어떻게허다가 차명희가 태민이하고 또 태민이 어머니하고 싸우고선 의지할 곳이 없으니까, 지하고 가게에 가서 술 한 잔하는 그런 거 밖에 없었다니께요. 정말이라니까요."
"김태민이 증인과 피해자와의 사이를 오해했었나요."
"오해지요. 지는 차명희하고는 아무런 관계도 아니고만요. 정말이예요."

김양호는 '정말'을 입에 올리며 방청석을 바라보았지만 이근순은 없었다.

"김태민이 증인을 찾아와서 피해자에 대한 얘기를 한 적은 없습니까."
"지한테 직접 찾아와서 얘기를 한 적은 없고, 여럿이 모여서 술 한 잔 할 때마다 태민이가 지 마누라 얘기를 자주 했습디요."
"주로 무슨 얘기를 했습니까."
"마누라 땜에 집에 들어가기 싫다든가, 마누라를 팍 죽여버리고 저도 죽어버린다든가, 세상 살기 싫다고 자주 그랬는디요."
"그런 말을 듣고 증인은 김태민에게 해 준 말이 있습니까."
"그냥 참고 살라고 했지요. 지가 남의 부부관계에 해줄 말이 있간디요."
"증인은 피해자가 사망한 시각, 2011년 5월 20일 21시에서 22시 사이에 어디에서 무엇을 했습니까."
"지는, 그때 후배들 두 명하고, 그리고 태민이도 있었응께요. 넷이 정류소 옆 가게에서 술을 마시고 있었구만요."
"네 명이서 계속 술만 마셨습니까. 아니면 혹시 누구라도 중간에 나가거나 그런 적은 없었습니까."
"지들이 한 여덟 시 넘어서부텀 마셨으니께, 글씨요, 끝나긴 열한 시 안 되야서 끝났는디. 중간에 화장실 가고 그런 거 밖에 없었던 거 같은디요."
"김태민도 화장실을 갔다 왔습니까."
"갔다 왔지요. 저도 갔다 왔고만요. 이 말은 지가 한 거 같은디요. 너는 오줌을 니네 집에 가서 싸고 오냐고. 좀 오래 싸고 오더랑께요."

"오줌을 싸고 온 시간이 얼마나 걸렸습니까."
"글씨요. 정확히 시간은 모르것고 다른 애들보다 오래 걸렸으니께요."
"주신문에서 답을 했듯이 피고인이 화를 내는 걸 자주 봤습니까."
"아니요, 가끔 봤습니다."
"증인과 같은 나이의 사람들하고는 잘 어울렸습니까."
"지들이야 광진이를 같은 동네 동생이라 생각혀고 먹을 거 있으면 같이 나눠먹고 그러면서 지냈으니까, 지들을 광진이가 잘 따랐지요. 별 불만 없이 어디 같이 가자고 허면 같이 가고요. 뭐라고 혀야 되나. 광진이가 좀 그렇긴 허지만 애가 굉장히 착해요. 약간 모질게 혀도 참을 줄도 알고, 그란디 너무 심하게 괴롭히면 광진이가 욱하면서 화가 나는 경우도 있지요. 광진이도 사람인디요."
"피고인에게 심부름같은 거 시키면 잘 합니까."
"예, 그런 건 잘해요. 뭐 같은 거 가져달라면 가져다주고, 촌에 살면서 이 것 저 것 따질 것이 뭐 있는가요. 같이 어울리면서 재미나게 지내면 되는 거지요."
"피고인이 밤에도 나와서 돌아다니거나 어울립니까."
"밤에는 광진이하고 있어본 적이 없는 거 같은디요."
"이상 마치겠습니다."

"검찰 측, 변호인 더 신문할 사항 있습니까?"
"없습니다."
방청석의 이 노인과 강 노인, 이광석은 명치께에 주먹만한 돌덩이가 올라앉아 있는 듯했고, 질척질척한 진흙창에 빠져버려 헤어나올 수 없는 파국에 이르려는 불길함이 화르르 일었다. 변설 변호사와 검사, 김양호의 오고가는 질문과 대답 사이에, 한숨이 가슴속을 제집 드나들듯 들락날락 했다. 머리를 두 손으로 감싸기도 하면서, 희로애락의 인생역정을 그 짧은 눈결에 보는 듯했다. 호흡지간에 생사가 갈린다고 하지 않던

가. 숨 한 번 들이쉬고 내쉬는 동안에 검사의 세 치 혀에 목이 베어질 것만 같았다.

형사사건은 무엇보다도 실체적 진실이 중요했다.

배심원들은 사건의 실체를 보기 위하여, 사건의 내밀한 부분을 놓치지 않기 위하여, 증인의 자디잔 잔주름까지 셀 듯 고개를 증인 쪽으로 쭈욱 내민 채 듣고 있었다. 이어진 금산댁의 증언은 30분에 걸쳐 신문이 마무리 되었다.

"이상 오전 재판을 마치고 오후 두 시에 재판을 속행하겠습니다."

오전 재판을 12시 20분에 마치고, 오후 2시에 재판을 속행하기로 하면서 천권호 재판장과 김석천, 반혜진 판사는 법정문을 나섰다. 마치 저승사자 세 명이 피고인을 죽음으로 데리고 갈지, 간을 보고 나가는 듯했다.

"변호사님! 우리 아들놈은 어떻게 될 거 같으요? 저기 앉아있는디 살이 떨려 죽것고만요."

이 노인이 강 노인과 이광석보다 한 발 앞서 변설 변호사 앞으로 달려나와 물었다.

"이 사건은 김양호 증인에게 기댈 건 별로 없습니다. 오후에 김태민 씨가 증인석으로 나와 증언하는 내용에 따라서 판가름이 날 거 같습니다. 아직은 속단할 수 없습니다. 배심원들의 평결과 재판부의 심증형성이 중요하니까요. 이광석 씨! 어르신들 점심 드셔야지요. 재판이 저녁까지 이어질 거 같으니까 뭐좀 드셔야 됩니다. 그럼 두 시에 뵙겠습니다."

"예, 그렇게 하도록 하겠습니다. 아버지 어머니! 나가서 뭐라도 드시고 오시지요. 광진이도 먹어야 하니까요."

이광석은 광진이 손을 잡고 법정 밖으로 나갔고 주양리 주민들도 따라 나섰다. 김양호와 이근순은 법원에서 가까운 식당으로 들어갔다. 김태민은 법정에 앉아 일어설 기미가 없었다. 어머니 금산댁은 증인신문이 끝난 상태라 일찌감치 주천으로 돌려보냈다. 법정 방청석 의자에 우두커니 앉아 법대 위 정면에 있는 법원 마크를 바라봤다.

여신이 달려 나와 저울로 후려칠 것만 같았고, 법전의 낱장을 갈기갈기 찢어 입속으로 처넣어 질식시킬 것만 같았다. 여름의 한가운데였지만 몸에서는 한속을 느꼈다.

"에이 씨발. 죽일려면 죽여라. 한 번 죽지 두 번 죽냐."

발을 구르며 분연히 외치듯 말했다. 그 말은 법정 안에서 메아리로 울려 태민의 귀청에서 되울렸다. 우당탕탕 일어나며 법정 밖으로 나왔다. 배가 고픈 줄 몰랐고 줄담배를 피우며 시간을 죽였다.

**

오후 두 시였다.

국민참여재판은 속행되었다. 법정 안의 분위기는 숙연하다기보다는 분분히 수런수런 했다. 방청석에 앉아 있는 사람들의 생각이 피차간에 엇갈리기 때문일 터였다. 대형 에어컨 두 대를 가동하고 있었지만 사람들이 내품는 열기를 감당하기에는 벅찼다. 간간히 손바람을 일으키는 사람도 보였고, 손수건을 꺼내 이마에 맺힌 땀을 닦아내는 사람도 보였다. 앞에서 두 번째 줄에 앉아 있는 김태민과 이근순은 얇은 얼음막이 감싼 듯 긴장감이 감돌았고, 주먹 쥔 손에 힘이 잔뜩 들어갔는지 땀이 흠씬 배어 있었다. 겨드랑이에 맺힌 땀이 셔츠에 스며들어 소변을 지린 듯 젖어 있었다.

변설 변호사 옆에 앉아 있는 이광진은 좁은 의자가 성이 차지 않았는지, 앉았다 일어서기를 반복하였고, 간헐적으로 괴성을 지르기도 하여 법정 안의 사람들을 아연케 했다. 그런 아들을 보고 있는 이 노인과 강 노인은 좌불안석이었다.

천권호 재판장은 검사에게 다음 증인은 누구로 할 것인지 물었다.
"김태민 증인을 신문하겠습니다."
이근순은 김태민의 증인신문이 끝날 때까지 퇴정을 해야 했다. 태민은 증인석에서 겨울바람에 한닥거리는 나뭇가지 마냥 떨리는 오른손을 어깨 위로 올리고 선서를 했다.
'양심에 따라 숨기거나 보태지 아니하고 사실 그대로 말하며, 만일 거짓말을 하면 위증의 벌을 받기로 맹세합니다. 증인 김태민.'
선서를 하는 동안 흐리마리하게 뇌리를 스치는 분노와 가슴에 사무치는 회한이 교차되는가 싶더니, 눈자위에 핏줄이 뒤엉켰다. 목젖을 넘은 침이 방향을 잃어 기도를 타고 들어갔다. 태민의 눈과 코와 입에서 희멀건 액체를 쏟아냈다.
"켁 켁."
붉게 달아오른 태민의 얼굴이 살색으로 돌아설 때까지 시간을 벌고 검사는 질문을 던졌다. 민일두 검사는 검찰에서 작성한 김태민의 진술서를 보여주고, 진술할 당시 본인이 읽어보고 무인을 찍은 게 맞는지 확인을 했다.
"피해자와 심하게 다툴 때 피해자가 칼을 들었다는데 증인을 해칠려고 칼을 들었습니까."
"그건 아닐 것이고만요. 단지 저에게 위협을 주려고 했던 것 같은디요."
"그렇게 심하게 다투고 나서 증인은 피해자에게 어떤 감정을 느꼈습니까."
"처음엔 부아가 났지만, 제가 잘못한 것도 있기도 혀서 금방 그런 감정이 없어졌고만요."
"피해자가 증인의 집에서 없어졌으면 하는 그런 감정이 있었습니까."
"한두 번 그런 감정이 들기도 혔는디, 명희를 남처럼 취급하지는 안 했지라."

"피해자를 아내로서 정이 있었다는 겁니까."
"예."
"증인은 피고인과 같이 어울린 적이 있습니까."
"광진이하고 단 둘이 어울린 적은 없고, 동네 사람들하고 같이 어울린 적은 많이 있습니다."
"피고인이 동네 사람들과 다투는 것을 본 적이 있습니까."
"광진이가 다투는 걸 보지는 못했습니다. 항시 동네 사람들이 잘해 주고 또 광진이도 좀 모자라기는 하지만 잘 했으니까요."
"이상 마치겠습니다."
"변호인, 반대신문 하시지요."

천권호 재판장이 변호인에게 말했다. 변설 변호사는 역시나 일어서서 반박을 하기 시작했다.
"증인은 피해자와 언제부터 사이가 멀어졌습니까."
"3년 전에 결혼허고 4, 5개월 지나서부터일 거고만요."
"그때부터 심하게 다투었습니까."
"그럴 겁니다요."
"일주일에 몇 번이나 다투었습니까."
"몇 번이라기보다는 매일 다투다시피 했지요."
"칼을 들고 다투기도 했습니까."
태민, 변호사의 질문에 칼이라는 단어가 나오자 미간이 종잇장처럼 구겨지면서 관자놀이에 핏줄이 솟아올랐다. 앞에 놓여 있는 마이크를 날려버릴 듯 태풍같은 한숨을 댓바람에 토해내곤 무르춤하다 답을 했다.
"그런 것 같은디요."
"칼을 증인과 피해자 중 누가 들었지요."
"명희가 들고 지한테 달려 들었지요."

"증인이 칼을 손에 쥔 적은 없습니까."
"없었당께요."
"그런 다툼, 즉 칼을 들고 다투는 경우가 자주 있었습니까."
"그렇지는 않고, 두 번인가 있었지라."
"증인은 심하게 다투고 난 후, 피해자에 대한 살의를 느낀 적도 있었습니까."
돌연 민일두 검사가 일어났다.
"재판장님! 변호인의 질문이 너무 노골적이고 직설적입니다. 제지를 요청합니다."
"검사의 요청을 받아들입니다. 변호인은 피고인에게 살인에 대한 노골적이고 직설적인 질문을 삼가시기 바랍니다."
"금방 한 질문은 하지 않은 걸로 하겠습니다. 사건 당일 증인은 후배 두 명을 포함해서 친구인 김양호와 함께 술을 마셨지요."
"예."
"술을 마시다가 중간에 화장실을 다녀온다고 나간 적이 있습니까."
태민은 순간 살이 찢기는 고통스러운 표정을 지으며, 섬찟 놀라다가도 속기사의 귀에 들릴 듯 말 듯 죽어가는 소리로 답을 했다.
"예."
"밖에 오래 있었습니까."
"글씨요. 그땐 시간 개념이 없어놔서요."
"가게에서 회다리까지 어른 걸음으로 오가면 4, 50분 정도 걸리지요."
"아마 그럴 겁니다."
"자전거를 타고 오가면 15분도 안 걸리지요."
"그럴 거고만요."
"검찰 측에서 김양호 증인을 신문할 때, 증인이 가게에서 화장실을 갔다 오는 시간이 50분 정도 걸렸냐고 물었습니다. 김양호 증인은 정확히 모른다고 답했습니다. 검찰 측 질문과 김양호 증인의 답에서 알 수 있는 건, 증인이 가게에서 회다리까지 갔다 오는데 40분 이상이 걸렸다고 보는데, 증인은 어떻습니까."

"그 그 그게 저 정확히는 모르것습니다. 시간을 본 건 아니니까요."

김태민 증인신문을 듣고 있던 민일두 검사는 변설 변호사 질문을 '말장난에 불과하다.'는 눈빛을 내비쳤다.

"증인은 술을 마시다가 화장실을 간다고 나와서 자전거를 타고 주천파출소 앞을 지나간 적이 있지요."

태민은 온몸이 부르르 떨려 왔다. 변 변호사의 질문이 자신을 막다른 골목으로 몰아넣으려 채찍질을 해대는 것 같았고, 맨발로 화톳불에 올라 서있는 사람처럼 육신이 찢겨지고 정신이 아뜩해졌다. 조갈증을 느꼈다. 바짝 마른 목구멍으로 침을 삼키려 했지만 껄떡대기만 했다. 외려 침까지 마르고 가뭄에 논바닥이 갈라지듯 입술이 타들어갔다. 입꼬리에서 줄기차게 혀를 당기는 걸 느꼈다.

"그 그런 적은 어 없는디요."

말소리가 가늘게 떨리며 힘겹게 대답을 했다.

"증인! 5월 20일 21시에서 22시 사이에 증인이 주천파출소 앞을 지나가는 걸 본 사람이 있는데도 위증을 할 겁니까. 대질을 시킬까요."

가까스로 정신을 차리고 또박또박 답을 했다.

"기억이 나질 않네요."

"피고인이 동네 사람들하고 다투거나 해코지를 한 걸 본 적이 없지요."

"예, 없습니다요."

"증인도 피고인과 마찬가지로 평소에는 순진하다가도 화가 나면 욱하는 성질이 있습니까."

"예."

"이상 마치겠습니다."

증인으로 나온 김태민의 신문을 마친 변설 변호사는 방청석에 앉아 있는 오정훈 사무장 곁으로 다가가 귀엣말로 소곤대며 변호인석으로 돌아왔다. 오정훈 사무장은 바람처럼 법정문을 열고 나갔다.
"변호인, 검찰 측, 더 신문할 사항 있습니까."
"없습니다."
"그럼 마지막으로 이근순 증인을 신문하겠습니다."
고상호 법원경위는 퇴정했던 이근순을 입정시켜 증인석으로 안내를 했다. 천권호 재판장은 바로 검사에게 신문을 시작하게 했다. 민일두 검사는 이근순에게는 신문사항이 없다 했고, 변설 변호사는 차명희와 자주 다툰 사항에서부터 차명희가 사망하던 시각의 알리바이를 물었다. 이근순은 의연하게 차명희와 짐승 싸우듯 다툰 일이며, 차명희가 사망하던 시각에는 집에서 티브이를 보고 있었다고 답했다. 변설 변호사는 이근순의 거침없이 대답하는 말본새에 하등의 의심 없이 믿으며 신문을 마무리 했다. 이상 네 명의 증인신문을 모두 마치고 증인들은 돌아갔다.

변호인석에 앉아 있는 변설 변호사가 왠지 조바심을 내고 있다. 무엇인가 결락이 있는 듯 방청석만 쳐다봤다. 진동으로 돌려놓은 휴대폰이 진저리를 치며 '위이윙' 살결을 떨리게 했다. 문자가 들어온 것이었다. 5분 이내에 도착한다는 오 사무장의 문자였다. 변설 변호사는 의자를 뒤로 밀치며 일어섰다.
"재판장님! 대동증인을 신청합니다. 5분만 기다려 주십시오. 지금 오고 있습니다."
"……."
5분이 지나자, 법정문을 열고 오정훈 사무장이 주천파출소의 박찬근 경위를 대동하고 들어섰다. 변설 변호사는 다시 일어나 재판장을 향해 카랑카랑한 목소리를 내지르며 말했다.
"재판장님! 대동한 증인은 김태민 증인이 피해자가 사망한 시각에 주천파출소 앞을 자전거를 타고 지나갔다는 걸 목격한 중요한 증인입니다. 이에 박찬근 증인을 신청합니다."
　천권호 재판장은 주심인 김석천 우배석 판사에게 의견을 물은 뒤, 채택을 하고 신문을 시작하라 했다. 이어진 박찬근 증인의 신문에서 차명희가 사망하던 시각에 김태민으로 보이는 사람이 주천파출소 앞을 지나가는 걸 똑똑히 봤다고 증언했다. 민일두 검사는 박찬근 증인에게 으름장을 놓는 눈빛을 하곤 김태민이 확실하게 맞냐고 질문했다. 민 검사의 눈빛에 주눅이 들었는지 확실하게 본 것은 아니라고 한 발 물러섰다.

　오후 네 시가 되어 증인신문은 종료 됐다.
　재판장 오른쪽에서 증거조사를 지켜보던 배심원들의 눈빛은, 판사 세 명이 보는 눈빛과 별반 다름없이, 사진기로 찍어내듯 눈을 들이댔고, 녹음기로 녹음을 하듯 귀뿌리를 쫑긋 세우고 있었다. 배심원 박범수는 오전 열 시부터 검사의 진술과 변호인의 진술, 증거조사까지, 한 마디의 말도 흘려듣지 않고 눈여겨보고 귀여겨듣고 있었다.
　나름 분석을 해 본다. 정신지체 장애인인 피고인이 피해자와 성관계를 맺다 상해를 입히고 사망에 이르게 했다. 한데 피고인은 어눌한 말로 절대 죽이지 않았다고 부인하고 있다. 피고인의 말이 거짓이거나 아니면 진범이 따로 있다는, 양 갈래로 나뉠 수밖에 없다. 현장 사진을 보면 피해자가 옆으로 굴러서 약간 경사진 곳에 비껴 누워 사망한 걸로 찍혀 있다.
　추측컨대, 이런 경우 성관계를 할 때 피해자가 피고인의 위에서 요분질을 하다가 옆으로 굴렀다는 결론에 도달할 수 있다. 피해자 정수리 부분이 심하게 함몰된 상처는, 누워있는 피고인이 돌을 들어 올려쳤다는 가상인데, 피해자의 푹 들어간 정수리 부분이 밑에서 올려쳐서 생길 수 있을까라는 의문이 든다. 피고인이 범인이 아닐 수도 있다는 얘기다. 또한, 여자가 남자 위에서 성행위를 하며 요분질을 할 시, 통상적 경험 측으로 볼 때, 엎드려서 하기 보다는 앉은 자세에서 성관계를 맺는다는 것이 배심원 박범수의 일반적 견해이다.

피해자가 피고인의 위에서 엎드릴 경우에는 돌로 정수리 부분을 칠 수 있겠지만, 앉아 있을 경우에는 아마도 피해자의 이마나 머리 양 옆의 관자놀이 부분을 쳤을 게 분명했을 것이다. 그렇다면, 돌은 피고인이 밑에서 올려친 게 아니라, 다리 위에서 누군가가 피해자의 정수리 부분에 강하게 떨어뜨렸다는 결론인데.

누가 그런 짓을 했단 말인가?

한 가지 더, 정사가 끝난 뒤 가해자가 피해자의 정수리를 돌로 쳤을 경우를 생각해 볼 수 있다. 차명희가 온전한 상태에서 이광진이 살해를 할 수 있을까, 라는 의문은 가당치 않다는 결론을 내리기에 충분했다.

증인 김태민의 증언이 자못 의심스러웠다. 차명희가 사망한 즈음에 자전거를 타고 파출소 앞을 지나갔다는 대동 증인의 증언이 사실일까.

변호인이 어떤 식으로 진실을 들춰낼지, 얼음 조각 하나가 등허리를 타고 미끄러지듯 서늘하면서 짜릿함이 밀려왔다. 배심원 박범수가 이러한 추론에 도달하고 있는 사이, 피고인신문이 이어졌다. 증인석에 앉은 이광진은 뒤에 앉아 있는 이 노인과 강 노인을 쳐다보며, 변호인과 검사의 질문에 대답을 하기 보다는 무섭다는 말과 집에 가고 싶다는 말만 되풀이 할 뿐, 질문에 대한 답변이 제대로 이루어지지 않았다.

**

국민참여재판이 끄트머리로 치닫고 있다. 천권호 재판장은 변 변호사와 민 검사를 바라보았다.

"검찰 측 최후진술 해 주십시오."

그때였다. 변설 변호사가 의자를 밀치고 벌떡 일어났다.

"재판장님! 피고인의 상해치사 등 사건은 무죄냐 유죄냐의 중대한 사건입니다. 이에 본 변호인은 재판부에 현장검증을 신청하는 바입니다."
"……."
 천권호 재판장은 즉답을 피하고 배석판사들과 얘기를 나누었다. 마이크는 돌려놓은 상태였다. 현장검증의 채택 여부는 10여 분이 걸렸다. 이윽고 천권호 재판장이 입을 열었다.
 "변호인의 현장검증을 받아들입니다. 검증기일은 2주 후 8월 31일 오후 두시부터 시작하겠습니다."
 민일두 검사가 일어섰다.
 "재판장님! 증거가 명백한데 굳이 현장검증을 해야 할 필요가 있습니까?"
 순간 천권호 재판장의 얼굴이 일그러졌고 눈빛이 화톳불처럼 타올랐다.
 "그 증거는 검찰 측만의 증거입니다. 그 증거만 가지고 피고인의 유·무죄를 가린다는 건 무리가 있지 않을까요. 검사는 그러한 걸 알고 있으면서도 재판부의 현장검증 채택이 무의미한 증거조사라 하며 필요성이 없다고 하는 겁니까? 피고인의 유·무죄는 여러 각도에서 보고 만져보면서 증거조사를 해야 한다는 게 재판부의 판단입니다. 검찰 측의 진술은 무시하는 걸로 하겠습니다."
 민일두 검사의 자존감이, 아니 검찰의 자존감이 뭉개지는 순간이었다.
"……."
 민 검사의 얼굴에 발끈하는 기색이 스치고 지나갔다. 그뿐이었다. 타당성 있는 재판장의 말에 일언반구도 할 수 없었다.
 "본 사건의 국민참여재판은 2주 후에 현장검증을 하고 선고를 하겠습니다. 2주 후에 뵙겠습니다. 이상 8월 17일 재판을 마치겠습니다."
 법원경위가 일어섰다.
 "모두 일어서 주십시오."
 천권호 재판장과 배석판사들은 법정을 나갔다.

"모두 앉아주십시오."
 8월 17일 재판은 끝났다. 어떻게 보면 변설 변호사의 판정승이었다. 민일두 검사는 서류를 주섬주섬 챙기더니 법정을 나갔다.

 8월 31일 아침부터 오정훈 사무장은 부산을 떨었다. 죽은 차명희와 피고인 이광진의 몸피에 맞춰 특수 제작한 마네킹을 자동차에 싣고, 줄자와 사건상황도를 챙겨야 했기 때문이다. 변설 변호사도 이른 아침에 나와 사건상황에 대한 브리핑을 검토하고 있었다. 만반의 준비를 한 변설 변호사와 오정훈 사무장은 오전 열한 시에 진안으로 출발했다. 거기서 점심을 먹고 주천 회다리로 갈 참이다.
 오후 한 시 십 분에 변설 변호사와 오정훈 사무장은 회다리에 도착했다. 이광진의 상해치사 등 사건에 대한 현장검증이 있다는 소문은 삽시에 주천면에 퍼져 주민들로 장사진을 이루었다.

 회다리에 도착하자마자 변설 변호사는 회다리 난간에서 밑을 내려다보며 오정훈 사무장에게 마네킹이 있어야 할 자리를 알려주었다. 그 장면을 주민들은 하천 둑에서 지켜보고 있었다. 주천파출소 직원들도 나와 있었고 김태민과 이근순, 금산댁도 지켜보고 있었다.
 "사무장님! 마네킹을 조금 오른쪽으로 옮겨 봐요. 여기에서 두 사람이 보여야 하거든요. 특히 차명희 머리가 보여야 합니다."
 오정훈 사무장은 변설 변호사가 차명희의 죽을 때의 상황을 추론한 장면을 알고 있었다. 이광진이 누워 있고 차명희가 다리를 벌리고 이광진 사타구니에 올라타고 있는 형상을 만들어 놓아야 했다. 야릇한 장면이었다.
 "에그머니나, 저런 걸 허연 대낮에 검증을 한다는 거여."
 "망측하기도 허지."
 "어떻게 혀, 그럼. 진실을 밝혀야 허는디. 이보다 더한 것이라도 혀야지. 죄도 안 지은 억울한 사람을 살릴 수 있는 제도인디, 저런 게 대수여."

비록 사람이 아닌 마네킹이었지만 성행위 장면을 적나라하게 보는 게 쑥스러운 것일 터였다. 주민들의 말은 분분했고 분연했다. 햇볕은 뜨거웠다. 변설 변호사와 오정훈 사무장은 뺨을 타고 흘러내리는 땀을 훔치며 재판부의 판사들이 오기 전에 검증할 상황을 마련해 놓느라 분주했다.

"변호사님! 파출소에서 도와줄 거라도 있습니까?"

고 소장이 회다리로 올라와 변설 변호사에게 말했다.

"거짐 다 했습니다. 재판부에서 현장검증신청을 안 받아주면 어쩌나 했는데, 받아줘서 이광진에게 재판이 유리하게 진행될 수도 있을 거 같습니다."

"그럼, 무죄도 가능하다는 얘긴가요?"

"……아직 모르겠습니다. 해볼 건 다 해봐야지요."

회다리 밑에 있는 오정훈 사무장에게 오른손 엄지와 검지로 동그라미를 만들어 보여준 변설 변호사는, 사건은 자신의 손에 달려있다는 자신감을 한껏 내비쳤다. 이윽고 승용차 세 대와 승합차 한 대가 도착했다. 오후 두 시였다.

재판장과 배석판사 두 명, 법원사무관과 실무관, 배심원 일곱 명, 민일두 검사와 수사관, 피고인 이광진과 변설 변호사, 오정훈 사무장.

이들은 변설 변호사가 가리키는 곳으로 내려갔다. 회다리 밑이었다. 이 노인과 강 노인은 차명희가 죽었던 현장 밖에서 가슴을 졸이며 바라보고 있었다.

"지금부터 2011고합30899 상해치사 등 사건 현장검증을 시작하겠습니다."

천권호 재판장의 목소리였다. 그 목소리에 주양리 산천초목은 떨림을 멈췄고 적막감만이 감돌았다. 변설 변호사가 마네킹 옆으로 나섰다.

"본 사건은 치정사건이 아닙니다. 피해자 차명희와 피고인 이광진이 500미터 거리인 이곳까지 오게 된 연유는 현재 목격자가 없고, 유일하게 그 연유를 알 수 있는 방법이 피고인 이광진이 진술하는 것인데, 피고인은 기억을 못하는지 말이 없습니다."

변설 변호사는 이광진을 바라보았다. 오정훈 사무장이 이광진 팔을 붙들고 있었다.

"피해자 차명희가 변사체로 발견되었던 그 당시 현장의 사진들과 주변의 자연이나 인공물에 의한 정황을 보면 이광진이 차명희를 죽이지 않았다는 결론에 도달할 수 있습니다."

변설 변호사는 야릇하게 엉겨있는 마네킹에 시선을 두었다.

"사람 형체인 마네킹 두 개를 보시기 바랍니다. 모든 정황에 따라 설정해 놓은 상황입니다. 마을과는 500미터 떨어진 이곳에서 둘은 이런 자세로 성행위를 하고 있었습니다."

변설 변호사는 그 당시 성행위의 자세를 목격한 사람처럼 단정 짓고 있었다.

"즉 피고인 이광진이 누워 있고 피해자 차명희가 올라와서 요분질을 했습니다. 피해자 차명희는 극도의 흥분에 도달했고 요분질은 더욱 격렬하지 않았나 싶습니다. 기록에 첨부되어 있는 사진을 보시기 바랍니다. 둘이서 성행위를 했던 곳은 바로 이곳입니다."

변설 변호사가 가리킨 곳은 경사가 거의 없는 납작한 바위였고, 주위에 돌멩이는 많았어도 2킬로그램이 넘는 돌덩이는 없었다. 사진에도 그렇게 찍혀 있었다. 차명희의 피가 묻어 있는 돌덩이는 차명희의 정수리를 치고 굴러가 다른 돌덩이와 섞여 있었을 뿐이었다.

"성행위로 인한 흥분으로 이광진이 사정을 하면서 돌덩이를 집어 들고 차명희의 정수리를 쳤다는 건 정황상 있을 수 없는 일입니다. 설사 피고인 이광진이 돌덩이를 들어 피해자 차명희 머리를 쳤다 해도, 앉아서 요분질을 하고 있는데 정수리를 칠 수는 없습니다. 그리고……."

변설 변호사는 혀를 내밀어 입술을 적셨고, 몽글몽글 맺혀 있는 이마의 땀방울을 손등으로 스윽 닦아냈다.

"피고인 이광진은 왼손잡이입니다. 차명희 정수리를 친 돌덩이는 피고인의 오른쪽으로 굴렀습니다. 아무리 괴력의 남자라도 2킬로그램인 돌덩이를 누워 있는 상태에서 앉아 있는 차명희의 정수리를 칠 수는 없습니다."

오정훈 사무장이 누워 있는 마네킹의 왼손에 돌 모양의 공을 쥐어주고, 앉아 있는 마네킹의 정수리를 치는 시늉을 해 보였다. 앉아 있는 마네킹의 정수리에 왼손이 가닿기는 했지만 함몰까지 되지는 않을 듯싶었다.

"보신 바와 같이 피고인이 돌덩이를 들어 피해자의 정수리를 친다는 건 힘듭니다. 그럼에도 불구하고 피해자는 정수리가 웅덩이처럼 함몰되어 죽었습니다. 이는 돌덩이가 저 위, 다리 난간에서 떨어진 돌덩이에 맞아 죽었다고 볼 수 있습니다. 저의 견해로는 그렇게밖에 판단되지 않습니다."

변설 변호사는 재판장을 보며 말했다.

"……."

천권호 재판장은 은근 눈웃음만 지어보였다. 민일두 검사가 변설 변호사의 정황 추론에 가만히 있을 리가 없었다. 마네킹 옆으로 나와, 앉아 있는 자세의 여자 마네킹의 머리를 눌러 엎드려놓았다.

"이러면 어떻습니까? 요분질을 왜 앉아서만 합니까? 둘이서 키스를 하면서 요분질을 하는 게 섹스의 기본 아닙니까?"

변설 변호사의 정황 추론을 뭉개버리며 민일두 검사가 반박했다.

"이런 자세라면 사진과 같은 정수리 함몰이 충분합니다. 그 당시 피고인 이광진과 피해자 차명희의 주위에 돌덩이가 없는 걸로 사진에 나와 있지만, 그건 사진 상 찍혀 있는 것이고 돌덩이 하나가 옆에 있었을 수도 있습니다. 우연은 때나 장소를 가리지 않고 존재합니다. 고의가 아닌 우발적 범죄가 그래서 생겨나고 있습니다."

민일두 검사는 짐짓 얼굴을 찌푸린 채 계속 도발적 음성을 내밀었다.

배심원 박범수의 추론이 복잡해졌다. 검사가 말한 섹스의 기본에서 추론이 엇갈렸다. 돌덩이가 이광진의 손에 잡혔을 수도 있다. 왼손잡이라지만 오른쪽에 돌덩이가 있어서 오른손으로 정수리를 칠 수도 있다. 차명희의 요분질에 흥분하고 격정을 참지 못한 피고인이 사정을 하면서 돌덩이를 집어 들어 올려칠 수도 있다.

'하, 아. 이거 맹랑한 사건이네.'

배심원 박범수는 미궁 속으로 빠져들었다. 뜨거운 숨이 거칠게 몰아쳤다.

재판장은 피고인 이광진을 쳐다봤다. 어리숙하게 서 있었다.

"피고인!"

이광진은 아무런 반응이 없다.

"이광진 씨!"

그제서야 천권호 재판장을 뜨악하니 쳐다봤다. 오정훈 사무장은 여전히 이광진의 팔을 잡고 있었다.

"여기에서 여자 한 명이 죽은 거 기억나지요?"

천권호 재판장은 이광진에게 사실을 물어보고자 했다.

"아 아 아녀. 나 나는 아 안 죽였당께. 누 누나가 그냥 주 죽었어. 나 나 아녀."

이광진은 재판장의 질문에 온몸을 뿌리치며 아니라는 동작을 해 보였다. 마치 공황증을 앓고 있는 환자처럼 초점 없는 흐릿한 눈동자가 줄곧 허공을 향해 있었고, 꼬여 있는 현실 속에 녹아 있는 저주스런 영혼을 나무라는 듯했다.
'저 몸짓이 진실일까? 인간의 본능일까? 영혼이 지휘하는 몸짓일까?'
천권호 재판장은 이광진을 보며 처연하다기보다는 인간 본연의 순연함을 보았다.
"저 다리 위로 올라가 똑같은 크기의 돌을 마네킹에 떨어뜨려 보지요."
김석천 우배석 판사가 말했다.
"그래요. 그렇게 해봅시다."
재판장은 동의했다. 오정훈 사무장이 다리 위로 올라갔다.
"사무장님! 거기에서 여자 마네킹이 앉아 있을 때와 엎드려 있을 때, 돌덩이를 떨어뜨려 봐요."
변설 변호사는 다리 위를 쳐다보며 말했다. 서쪽으로 기울어가는 햇볕이 눈속으로 파고들었다.
"네, 그렇게 해보겠습니다."

[피해자 차명희가 요분질을 앉아서 했을 때- 다리 위에서 떨어뜨린 돌덩이는 정확히 여자 마네킹의 정수리에 떨어져 물이 고일만큼 함몰되었다.
피해자 차명희가 요분질을 엎드려서 했을 때- 다리 위에서 떨어뜨린 돌덩이는 여자 마네킹의 뒤통수에 떨어져 역시나 함몰되었다.]
[피해자 차명희가 요분질을 앉아서 했을 때- 피고인 이광진이 돌덩이를 들어(왼손인지 오른손인지 정확히 모름) 여자 마네킹을 친다면 얼굴에 맞을 가능성이 많음.
피해자 차명희가 요분질을 엎드려서 했을 때- 피고인 이광진이 돌덩이를 들어(왼손인지 오른손인지 정확히 모름) 여자 마네킹을 친다면 정수리에서부터 이마까지의 부분을 맞을 가능성이 많음.]

우배석 김석천 판사 옆에 있던 법원사무관은 메모를 해나갔다. 검증조서를 작성하기 위해선 녹음은 필수였고 상황마다 메모를 해둬야 했다.

"변호인 측, 살인 현장에서 더 검증할 것이 있습니까?"
천권호 재판장이 변설 변호사를 보고 말했다.
"없습니다."
"검찰 측은 어떻습니까?"
"없습니다."

"이왕 여기까지 왔으니, 증인으로 나왔던 김태민과 김양호가 동네사람들하고 술을 마셨던 술집에서 여기까지 거리가 1,500미터 정도 된다고 했잖습니까?"
"……."
"……."
천권호 재판장이 변설 변호사와 민일두 검사를 번갈아 보며 말했다. 갑작스런 진행에 둘은 주춤했다.
"그 술집에서 여기까지, 어른의 보통걸음으로 걸리는 시간과 자전거를 타고 걸리는 시간을 재 봅시다."
변설 변호사는 천권호 재판장이 알고자 하는 것을 짐작했다. 김태민이 차명희가 죽은 시각 즈음에 자전거를 타고 주천파출소 앞을 지나갔다는 증언 때문일 터였다.
오정훈 사무장이 나섰다.

[증인 김태민과 김양호가 동네사람들하고 술을 마신 주양식당에서 범죄현장 회다리까지는 어른의 보통걸음으로 20여 분이 걸리고, 자전거를 타고 주양식당에서 회다리까지는 5분 여가 걸림.]

법원사무관은 메모를 해나갔다.

"범죄 현장인 회다리에서 더 이상 검증할 것이 없는 걸로 알고, 이상 여기서 현장검증을 마치겠습니다."
천권호 재판장은 주변을 휘이 둘러보았다. 풍치가 장관이었다.
"이상으로 2011고합30899 상해치사 등 사건 현장검증을 마치겠습니다. 다음 공판기일은 9월 7일 오전 10시부터 시작하겠습니다. 모두들 수고하셨습니다."
승용차 세 대와 승합차 한 대는 저물어가는 햇볕을 이고, 주양리 산바람을 싣고 회다리를 떠났다.

"오 사무장님! 수고하셨습니다. 더운 날씨에 돌덩이 들고, 걷고, 자전거 타고."
"수고는요, 당연히 제가 할 일지요. 변호사님이 보기에 현장검증은 어떻게 우리에게 유리하게 끝난 거 같습니까?"
"…… 글쎄요. 유리하게 진행된 거 같기도 한데, 결과는 봐야 알지요. 아무튼 해볼 건 다 했으니까 속은 시원하네요."
"변호사님도 수고하셨습니다."
"……"
이 노인과 강 노인, 이광석이 변설 변호사 옆으로 바짝 다가왔다.
"변호사님! 사무장님! 수고하셨구만요. 하이고매, 이 땀 좀 봐. 야, 광석아, 수건하고 시원한 음료수 좀 가져와라."
이 노인이 이광석을 보며 말했고, 이광석은 미리 준비해둔 시원한 물수건과 음료수를 변설 변호사와 오정훈 사무장 앞으로 내밀었다.
"고맙습니다."
"고맙습니다."
이 노인과 강 노인이 궁금한 것이 많으리라 생각한 변설 변호사는 먼저 입을 떼었다.

"현장검증으로 광진이가 차명희를 죽이지 않았다는 정황증거를 재판부에 알렸습니다. 그러니까 재판부에서는 현장검증을 토대로 판단을 할 것입니다. 어르신들께서는 너무 걱정하지 마시고, 9월 7일에 아마도 종결을 하고 선고를 할 것입니다. 그때 결과를 봅시다. 지금으로선 어떻게 선고가 나올지 모르겠습니다. 저희는 이만 가보겠습니다."

변설 변호사와 오정훈 사무장은 마네킹과 상황도를 챙기고 자동차에 올라탔다. 운전대를 잡은 오정훈 사무장은 에어컨을 3단으로 올리고 두 노인에게 고개를 숙이고 내달렸다.

**

아침 저녁으로 선선한 바람이 살갗에 닿으며 9월 7일이 다가왔다. 오전 10시부터 전주지방법원 101호 법정은 2011고합30899 상해치사사건이 진행되었다.

"검찰 측 최후진술 해 주십시오."

천권호 재판장이 말했고, 민일두 검사가 일어서서 좌우를 살피더니 의기양양하며 진술해 나갔다.

"본 사건의 증거는 명백합니다. 과학수사대에서의 부검 결과, 변사체의 체내에서 피고인의 것으로 판명이 된 정액이 검출되었고, 사건 현장에 버려졌던 바나나 껍질 두 개와 200㎖ 우유팩, 빵을 먹고 난 뒤의 비닐봉지에서는 피해자와 피고인의 지문이 묻어 있었습니다. 족적 또한 피고인의 것으로 판명이 됐습니다. 피고인이 비록 지적장애가 있긴 하나 범행 당시 사물을 변별하거나 의사를 결정할 능력이 없었다거나 미약한 상태에 있었다고는 볼 수 없습니다. 정신지체장애2급인 피고인이 격렬한 흥분 상태에 이르면 본 사건과 같은 행태, 즉 사정에 이르는 순간 극도의 정신분열이 일어나 돌을 들어올려 칠 수 있다는 대한의사협회의 촉탁 회신도 있습니다. 비록 피고인이 살인의 고의가 없다 할 수 있으나, 귀중한 한 생명을 앗아갔습니다. 피고인의 가족들이 피해자의 유족들을 위해 형사 공탁을 한 점, 피고인이 정신지체장애2급인 점을 감안해 피고인에게 징역 5년의 형에 처해 주시길 바랍니다."

바늘을 뱉어내는 듯한 민일두 검사의 목소리는 방청석에 앉아 있는 이 노인과 강 노인, 이광석의 가슴을 사정없이 콕콕 찔러왔다. 눈에서는 폭포수 같은 눈물이 하염없이 흘러내렸고, 아침부터 식음을 전폐한 채 재판 과정을 지켜보고 있는, 머리칼이 희끗한 이 노인과 강 노인은 10년의 세월을 앞당겨 줄달음을 치는 듯했다.

"피고인 측 최후진술 해 주십시오"

변설 변호사가 결연한 표정을 지으며 일어섰다.

"본 사건을 위해 장시간 애쓰시는 재판부 및 배심원 여러분들의 노고에 감사를 드립니다. 본 사건은 많은 의문점을 남기고 있습니다. 그전에 피고인의 심신에 대해 말씀드리겠습니다.

피고인은 정신지체장애2급 판정을 받은 상태입니다. 의사의 소견에 의하면 피고인의 사회적 나이는 여섯 살에 불과하며, IQ는 62점 정도라고 했습니다. 이런 상태라면 피고인은 사물에 대한 변별능력과 그에 따른 행위통제능력이 결여되어 있다고 볼 수 있습니다. 따라서 피고인이 설령 본 사건에 연루돼 있다 하더라도, 형법 제10조 1항에 해당되어 죄를 물을 수 없다 할 것입니다. 재판부에서는 이점을 살펴주시기 바랍니다.

수사기록과 현장검증, 재판과정에서 드러난 의문점을 변론하겠습니다.

첫째, 검찰 측에서는 피고인이 정사 중 사정을 하는 순간의 격렬한 흥분 상태에 이르면 살인 현장에서와 같이, 피해자에게 깔려있는 피고인이 돌을 들어 피해자를 올려칠 수 있다는 논리로 일관하고 있습니다. 하지만 여기엔 맹점이 있습니다. 검찰 측에서도 밝혔다시피, 피고인과 피해자가 성관계 시, 피고인이 아래에 있었고 피해자가 위에 있었습니다.
　상식선에서 보았을 때, 밑에 있는 피고인이 위에 있는 피해자에게 돌을 들어올려 칠 경우, 사진에서 보는 바와 같은 피해자의 정수리 부분에 움푹 파인 뇌손상은 생기지 않을 것입니다. 일단 스크린에 비친 사진을 보시기 바랍니다.
　배심원 여러분! 저 사진을 보면 마치 거대한 망치로 피해자의 정수리 부분을 내려친 것으로 착각을 할 정도입니다. 1미터도 안 되는 거리에서 아무리 팔 힘이 강하다 한들 저 정도의 상처가 나지는 않으리라 봅니다. 또한, 대부분의 성인 여자들이 남자와의 성행위를 할 경우, 즉 남자가 밑에 있고 여자가 위에서 요분질을 할 경우, 엎드려서 하기보다는 앉아서 하는 걸로 조사되었습니다.
　재판장님! 여기 조사한 걸 참고자료로 제출하겠습니다. 제출한 참고자료는 무작위로 30대에서 40대 사이의 여성분들에게 사연을 말하고, 설문조사를 한 자료입니다. 거기 보면 100명 중에 91명은 여자가 남자 위에서 성행위를 할 경우, 앉아서 하는 걸로 조사 되었습니다.
　조사된 바에 의하면, 누워 있던 피고인이 흥분된 상태에서 돌을 들어 올려칠 경우, 피해자의 머리 어느 부분을 올려칠 수 있겠습니까? 머리 정수리는 아니라고 봅니다. 이마나 머리 양 옆의 귀 있는 부분이 아닐까요!
　따라서, 돌은 밑에서 올라온 것이 아니라, 다리 위에서 떨어뜨린 것이라 할 수 있습니다.
　둘째, 당시의 현장 사진을 보면 혈흔이 남아 있는 돌이 피해자로부터 왼쪽으로 2미터 가량 떨어져 있고, 피해자의 팬티가 시신 밑에 깔려 있는 걸로 나와 있습니다. 즉 살인 당시에 오른손을 이용하여 돌을 주워들고 올려쳤다는 상황인데, 이는 피고인이 오른손잡이가 아니라 왼손잡이라는 신체상의 본능 감각에 어긋나는 모순일 수 있습니다. 피고인이 왼손잡이라는 건 분명히 밝혀졌습니다. 사람은 대부분 극도의 흥분 상태나 놀랄 경우 본능이 우선한다고 봅니다. 피고인이 그 순간에 돌을 주웠다면 왼손을 썼을 것입니다. 즉 혈흔이 남아있는 돌은 피해자의 오른쪽에 나뒹굴어 있어야 맞지 않을까요! 그리고 피고인이 돌을 들고 피해자를 올려쳤다면 피고인의 지문이 남아있어야 할 것입니다. 그러나 그 돌은 깨끗했습니다.

"더불어,"

변 변호사는 배심원들을 뚫어져라 바라보며, 하나하나의 단어에 강한 악센트를 주며 말을 이어갔다. 입술이 마르고 목이 탔다. 침샘을 분비시켜 입술을 적시고 목에 물기를 흘렸다. 울대뼈가 울툭불툭 튀어나오며 방청석과 배심원들의 긴장감을 고조시켰다.

그 틈에 배심원 박범수는 변호인의 진술에 쾌재의 박수를 보냈다.

"피해자의 나신을 보면 양 허벅지 바깥쪽에 피고인이 손으로 강하게 쥔 흔적이 보이는바, 이는 극도의 흥분 상태에서 본능적으로 그러지 않았나 봅니다. 즉 큰 돌을 쥘 겨를이 없었다는 겁니다. 피해자의 몸에서는 방어흔이 보이지 않았습니다. 이는 강압에 의한 정사가 아니었음을 방증하는 것입니다. 즉 피해자가 정사를 주도했을 거라는 변호인의 추측입니다. 강간이 아니라는 거지요.

셋째, 증인으로 나온 피해자 남편 김태민은 피해자 사망 당시 가게에서 술을 마시다가 화장실을 간다고 나와서, 자전거를 타고 주천파출소 앞을 지나갔습니다. 피해자가 사망한 현장인 회다리를 가려면 주천파출소를 지나쳐야 합니다. 물론, 증인 김태민은 기억이 나지 않는다고 증언했지만, 증인 박찬근이 어렴풋이 김태민인 듯하다고 증언을 했습니다. 자전거를 타고 가게에서 회다리까지 오가는 데는 10분 정도 걸린다는 걸 현장검증에서 밝혔습니다. 김양호 증인이 5월 20일 20시 이후에 가게에서 술을 마실 때 김태민 증인이 오줌을 싸고 오는데, '너는 오줌을 집에 가서 싸고 오냐고 말했습니다. 이는 김태민이 가게에서 나갔다 들어오는 데 30분 이상이 걸렸다는 걸 말해 줍니다. 가게에서 김태민 증인의 집까지는 걸어서 2, 30분 정도 걸리는 시간이니까, 그렇게 볼 수 있습니다. 10분을 제외하고 20분 이상을 김태민은 무엇을 했을까요. 그건 김태민 증인만이 알 것입니다. 그리고 피해자 시어머니인 박말순 증언에 의하면 피해자와 증인 김태민은 하루가 멀다하고 싸우는, 부부관계가 파탄지경까지 이르렀고, 시부모와의 관계 또한 극복할 수 없는 지경에 이르고 있었다고 증언하고 있습니다. 따라서, 본 변호인은 피고인의 무죄를 주장하는 바입니다."

섬광이 스치고 천둥이 울려 법정이 무너지듯, 방청석에 앉아 있는 사람들과 배심원들은 아연 긴장감이 굽이치기 시작했다. 민일두 검사와 천권호 재판장도 평정심을 유지하려 애를 썼으나, 마음 한 구석에서 처적처적 비를 맞으며 걸어오는 피해자 차명희의 발길을 외면할 수 없었다.

천권호 재판장은 호흡을 간신히 가다듬고 변론의 종결됨과 판결선고가 오후 두 시에 있음을 알렸다.

변론종결 후, 천권호 재판장은 배심원들에게 공소사실의 요지와 적용법조, 피고인과 변호인 주장의 요지, 증거능력에 대해 설명을 하고, 배심원들은 유·무죄에 관하여 평의에 들어갔다. 평의 결과 유·무죄에 관하여 배심원 전원이 일치하지 아니하여 우배석인 김석천 판사의 의견을 듣고, 배심원 일곱 명 중 세 명은 유죄로 평결했고 네 명은 무죄로 평결했다.

오후 두 시.
101호 법정 안은 에어컨이 내품는 음산한 바람소리와 바닥에 깔려있는 덥고 습한 공기가 조금이라도 공간을 더 차지하려고 패싸움을 하는 듯했다. 패싸움은 고요한 9월 초순의 전주지방법원을 괴기스럽고 앙칼지게 쏘아붙이고 있었다. 방청석에 앉아 있는 사람들은 천권호 재판장의 입술이 떨어진다면 시커멓고 시뻘건 화염을 쏟아낼 것 같아 머리를 무릎으로 가져갔다. 첫 공판에 증인으로 나왔던 네 사람 중 금산댁을 제외하고 세 사람은 선고를 듣기 위해 기를 쓰고 101호 법정으로 나왔다.
　태연한 척 앉아 있는 김태민은 울어대는 북의 소가죽처럼 왼발을 사뭇 바들바들 떨었고, 무심한 척 앉아있는 이근순은 양 손으로 머리를 감싼 채 앞에 있는 의자 등받이를 통통 머리로 들이받았다. 타오르는 격정이 그녀의 몸을 매섭게 채찍질을 했기 때문이다. 김양호는 다소곳이 앉아 있었다.
　천권호 재판장은 검은자위를 고정한 채 천근같은 입술을 열었다.
　"지금부터 2011고합30899 피고인 이광진 상해치사 등 사건의 판결을 선고하겠습니다.
　피고인이 수사기관에서 이 사건 범행으로 조사받을 당시에 담당 경찰관이나 검사의 질문을 전혀 이해하지 못하고, 그에 맞는 대답도 제대로 하지 못하였으며(피고인의 이름만 명확하게 대답할 뿐이었다.), 피해자 차명희와 관련된 진술은 '안 죽였어요. 그냥 죽었어요.', 정도가 전부였다.
　피고인의 당심 공판과정에서의 진술 및 태도 등을 종합하면, 피고인은 자신이 재판을 받고 있다는 상황을 전혀 인식하지 못하고 있는 것으로 보이고, 재판장의 질문내용을 전혀 이해하지 못한 채 자리에서 이탈하려는 모습을 보였다.
　또한 변호인의 주장과 현장검증, 증인 김양호, 김태민, 박찬근 증언에 따르면 피고인 이광진이 피해자 차명희를 살해했다는 진실에 의심이 갈 수밖에 없다.
　따라서 이 사건 범행을 피고인이 범하였다 하더라도 사물을 변별할 능력이나 의사를 결정할 능력이 없는 심신상실의 상태에서 이루어진 것으로서 형법 제10조 제1항에 의하여 벌할 수 없는 경우에 해당한다고 볼 것이다.
　또한, 형사재판에 있어 유죄의 인정은 법관으로 하여금 합리적인 의심을 할 여지가 없을 정도로 공소사실이 진실한 것이라는 확신을 가지게 할 수 있는 증명력을 가진 증거에 의하여야 하고, 이러한 정도의 심증을 형성하는 증거가 없다면 피고인이 유죄라는 의심이 간다 하더라도 피고인의 이익으로 판단할 수밖에 없다.

　주문.
　피고인은 무죄.
　이상 2011고합30899 상해치사 등 사건의 국민참여재판을 모두 마치겠습니다."

　무죄라는 천권호 재판장의 주문은 이 노인과 강 노인, 이광석, 주양리 마을 주민들을 자리에서 펄떡 일어나게 하기에 충분했다. 그만큼 가슴을 졸이면서 재판과정을 지켜보던 이들은 긴장감에 짓눌렸던 명치께의 기대감이 용수철처럼 튀어 올랐던 것이었다. 독립투사가 무죄를 받기라도 한 듯 만세를 불러댔다. 이광진도 덩달아 일어나서 만세를 부르며 법정 안을 뛰어다녔다. 이 노인과 강 노인, 이광석은 변설 변호사에게 다가가 연신 머리를 조아리며 '고맙습니다.'를 되뇌었다. 중견 변호사라 할 만한 변설 변호사는 이렇게까지 청신하고 가슴 한편이 찡하게 스며오는 오묘한 감정을 느껴본 지가 언제인가 싶었다.

　방청석에 앉아 있던 사람 중 유독 김태민만이 핏기 없는 얼굴로 변설 변호사를 바라보았다. 무죄를 이끌어낼 줄 몰랐던 것이다. 이근순이 앉아 있는 곳으로 눈길을 돌렸다. 그 자리가 비어있다.
　'방금까지 있었는데!'

부리나케 법정문 쪽으로 눈꼬리를 잡아당겼다. 어깨가 축 늘어진 이근순은 어칠비칠 법정문을 향하고 있었다. 법정을 벗어난다고 해결될 일이 아니었다.
'대글빡이 터질 거 같은디 너는 오죽하겄냐. 모르긴 몰라도 죽고 싶은 심정일 것이다.'
태민은 크게 심호흡을 했다. 말이 나오지 않았다. 허탈감이 솟구쳤고 타는 듯한 불기운이 전신을 덮쳤다.
'이근순!'
밖으로 향하는 근순을 부르려 했으나 입안에서만 맴돌 뿐이었다.

2부
비굴해야 살아가기 쉽다

일본인 이주촌

더블 정장 슈트 차림인 변설은 2층 바로 들어섰다. 2012년 3월 둘째 주 금요일 저녁 10시 어름이었지만, 집에 들어가기에는 느닷없이 밀려드는 어둠만큼이나 낯설었다.
왜 그런 거 있지 않은가? 혼자 사는 비애감과 외로움.

네온사인이 휘황한 거리와는 별나게, 바의 실내는 거무스름한 어두운 빛이 감도는 조도였다. 눅눅한 실내등이 바의 바닥을 어스름히 비추고 있다. 그 빛에 바닥의 나뭇결이 달빛을 받은 밤바다의 수면처럼 잔잔하게 흔들리고 있었다.
퀸의 메인보컬 프레디머큐리 목소리인 '보헤미안 랩소디'가 벽면을 헤집고 나와 애잔하게 흐르는가 싶더니 광란으로 치닫고 있다. 주먹을 쥔 양손에 힘이 불끈 들어갔다. 프레디머큐리의 목소리를 들을 때마다 변설은 묘하게 가슴이 뭉클해지고 머리끝에서 발끝까지 세포들이 살아 움직이는 걸 느낄 수 있었다. 삶이 공허해질 때면 변설은 가끔 프레디머큐리가 부르는 노래를 듣곤 했다. 이곳의 바를 자주 들르는 이유 중의 하나가 그의 목소리를 들을 수 있어서이기도 했다.
저녁 10시 즈음이면 변설의 가슴 밑바닥은 2층 바의 분위기와 전혀 다를 바가 없었다. 어둠 속 마음이 그저 흐무러지고 싶어서일 터였다. 이 바를 들어서기만 하면 까무룩 분위기에 빠져들고 만다. 그렇게 변설의 가슴은 두 갈래로 단층을 이루고 있었다. 빛이 가득한 낮의 가슴과 어둠이 가득한 밤의 가슴으로.

변설은 두 자리가 비어 있는 스툴의 한 자리에 앉아 실내를 한 바퀴 휘 둘러보았다. 손님으로 가득 차 있고, 빈자리는 드물었다. 빈 테이블이 없었다. 빈 의자만 덩그마니 서너 개 있을 뿐이었다. 데스크 너머로 바텐더 두 명이 위스키를 컵에 따르느라 분주했다.

변설 앞으로 다가온 바텐더에게 라프로익 19년산을 스트레이트로 주문했다. 낮에 떠올라 지금은 지구 반대편으로 가라앉은 태양이 변설에게 드리웠던 피곤함을 독주로 달래야만 편안한 밤이 찾아오리라 늘 생각했고 마셔왔다. 라프로익은 변설이 즐겨 마시는 일종의 수면제라 할 수 있다. 그것도 19년산을 고집했다. 스트레이트로.

온더록스는 밍밍해서 체질에 맞지 않았다. 변설의 위는 오랜 세월을 그렇게 독주에 단련되어 있었다. 바텐더가 스트레이트와 다크 초콜릿을 내밀었다. 단숨에 스트레이트 한 잔을 입에 털어 넣었다. 목을 타고 내려가는 라프로익은 어둠 속에서 졸고 있는 내장을 불현듯 눈을 뜨게 하기에 적절했다. 가슴을 타고 내려가는 순간 몸 안의 모든 것들은 화들짝 놀랐을 것이리라. 라프로익은 비처럼 몸 안으로 잘도 스며들었다.

또 시작이군. 도대체가 쉴 틈이 없구만. 이놈의 몸뚱어리는.

내장의 촉수들이 벽을 박박 긁어대는 소리가 멱통을 타고 올라오는 듯했다.

몸 안의 촉수들과 몸 밖의 솜털들이 빳빳하게 일어설 즈음, 라프로익 스트레이트 한 잔을 더 시켰다. 바텐더의 손을 거쳐 변설의 가슴께로 놓인 잔을, 처녀의 앙증맞은 젖가슴을 움켜쥐듯 오른손으로 잡아채고 반을 들이켰다. 접시에 담아 놓은 다크 초콜릿을 입에 넣었다. 달콤하고 씁싸래하면서도 오묘한 맛이 감도는 검지 손톱만한 초콜릿은 독주의 안주로는 그만이었다.

반 남은 잔을 받치고 마시려는 순간, 가지런한 다섯 손가락이 변설의 손을 감쌌다. 손은 따뜻하게 느껴졌다. 변설은 슬몃 손을 빼냈다. 그 틈을 타 파스텔 톤의 손가락들은 잔을 들고 입으로 가져갔다. 빈 잔이 내려졌다. 빨간 립스틱이 잔의 가두리에 연하게 묻어났다. 오른쪽 옆을 보고 아래 위를 훑어봤다. 풍만한 가슴에 타이트한 민소매를 입고 있는 여인이 머쓱하게 서 있었다. 눈을 내리뜨고 말이다.

머리카락은 어깨 밑까지 늘어져 찰랑거렸고, 전등에 비춰진 얼굴은 이목구비가 시원스러웠다. '다크 나이트 라이즈' 영화를 보면서 팬이 된 '앤 해서웨이'를 보는 듯했다. 변설을 느린 속도로 연주하듯 내려다보며 얄따랗게 뜬 눈은, 설핏 반짝이는 사슴 같은 검은 눈동자였다. 잠깐 잠깐 감기는 눈꺼풀이 어둑새벽에 퍼져나가는 물안개와 흡사했다. 눈자위가 눈처럼 맑았다.

"여기 앉아도 괜찮을까요? 그쪽 뒷모습의 분위기가 애잔합니다. 같이 한 잔 하고 싶습니다만⋯⋯."

매일 들르다시피 하는 바였지만, 이런 적은 처음이었다. 혼자 마시고 빠져나갔던 바였다. 혼자 생각하고, 변설 안의 다른 변설과 미친 듯이 말을 섞는 시간들이 더없이 좋았던 바였다.

왜? 무엇을? 어떻게? 이젠? 그래 맞아!

자신과의 대화는 늘 이런 식이었다. 매듭이 풀려지지 않는 그런 대화를 변설은 즐겼다. 다음날 다시 이런 식의 대화를 할 수 있으니 말이다. 아니 변설 안의 변설이 끝을 보지 않으려는 듯했다. 끝은 떠남을 의미하는 것인지도 모르기 때문일 터였다.

"그쪽이 좋다면야, 그렇게 하시지요."

주춤하며 그녀가 앉을 스툴을 매만졌다. 여인은 다리를 꼬고 스툴에 앉았다. 돌고래의 비늘처럼 매끈한 무릎 위의 허벅지가 길게 드러났다. 눈이 혼겁할 정도의 미니스커트를 입고 있었..

"한 잔 시키시지요. 전 한 잔 더 마셔야겠습니다. 아직 취기가 오르지 않아서요."

"여기, 글렌리벳 16년산 온더록스로 한 잔 주세요."
 여인은 초롱초롱한 새벽이슬을 머금은 듯 촉촉하고 얇은 입술을 쫑긋 내밀며 바텐더에게 말했다. 변설은 라프로익을 스트레이트로 시켰다.
 "스트레이트는 독하지 않나요? 목줄기가 알싸하던데요. 전 온더록스가 제격입니다만, 목넘김도 부드럽고요."
 위스키에 흠뻑 빠진 양 여인은 주저리주저리 말을 늘어놓았다.
 "하루 일을 마치고, 여기에 들러서 독주를 넘기는 맛이 그만입니다. 피로도 풀리고 잠자리도 편하고요. 헌데 여기에서 그 쪽을 보는 건 처음인 듯 합니다만. 전 하루가 멀다하고 자주 들르는 편입니다."

 토실토실한 여인의 팔뚝을 움켜쥐고 싶은 충동을 느끼며, 변설은 의아함과 설렘이 뒤엉킨 말투를 보통빠르기로 건넸다. 늘어진 머리카락들이 젖가슴께로 쏠린 여인은 변설에게 바짝 다가섰다. 그녀가 머리를 움직일 때마다 머리카락에서 풍기는 향내는 가슴보다는 양 허벅지에 힘을 쓰게 했다. 변설은 여인의 잘록한 허리를 옆구리께로 끌어당기고 싶은 욕정을 애써 참았다.
 "전 여기가 처음입니다. 단도직입적으로 말씀드리면 변설 변호사님을 기다리고 있었습니다. 10시가 넘어서면 들르리라 생각하고요. 역시나 제 예상은 틀리지가 않더군요. 여기에 앉아서 라프로익 19년산을 스트레이트로 시켜서 서너 잔 마시고 댁으로 들어가시잖습니까?"
 '나를 기다렸단다. 이 여인이! 사람 죽이는군!'

 여인은 변설의 모든 동선을 알고 있다는 듯 거침없이 말했다. 말본새가 다소 위압감이 느껴지기도 했다. 변설은 불쾌하기 짝이 없다는 듯 미간을 잔뜩 찌푸렸다. 미간 사이의 살두덩이 불룩하게 솟아오르고 날카로운 코끝이 그녀의 가슴을 여무지게 찌를 듯했다. 콧구멍을 실룩거렸다.
 "저의 사생활을 다 알고 있다는 얘기로 들리는데요. 스토커는 아닐 테고 저의 사생활을 파고드는 저의가 무엇입니까?"

　변설이 내뱉는 말 마디마디는 암향의 화살이 되어 그녀의 볼록한 가슴에 꽂히고 허벅지에 꽂혔다. 한 순간 움찔하던 그녀는 이내 덤덤한 표정을 지었다.

　"불쾌하셨다면 사과드립니다. 저라도 불쾌했을 겁니다. 우선 제 소개를 하지요. 저는 전주지방검찰청 검사 아고라입니다. 제가 변호사님을 따라 붙은 이유는, 아, 그리고 제 얘기를 듣고 나면 변호사님도 납득이 가리라 생각합니다. 단시일 내에 사건이 종결됐던 무릉리 방화사건에 대해서 변호사님이 면면이 알고 있다는 얘기를 듣고 제가 접근한 것입니다. 제가 그 사건 담당검사였습니다. 한 마을에 사는 44명이나 되는 생명이 아무런 흔적도 남겨 놓지 않고 종결되었습니다. 이 사건에 대해서 제가 판단하건대, 국가적으로나 사회적으로나 아주 중차대한 사건으로 보입니다. 조기에 매듭을 지어버린 그 사건은, 어찌 보면 죽음을 방조한 권력의 폭력이라 할 수 있습니다. 산 자의 외침보다 죽은 자의 망령이 되살아난다면 이 사회는 걷잡을 수 없는 혼란으로 치달을 것이라 생각합니다. 윗선에서 왜? 이토록 빨리 사건을 종결한 이유가 무엇인지 내내 궁금했습니다. 지금도 그 사건은 막막하고 내밀한 미궁의 공간에서 미망에 빠져있습니다. 입 무겁기로 둘 째 가라면 서러워할 변호사님이, 처음부터 무릉리 방화사건에 대해서 제일 잘 알고 있다는 판단 하에, 제가 불쾌함을 무릅쓰고 접근한 것입니다. 그 점은 이해해 주시기 바랍니다."

　아고라는 변설에게서 사건의 해답을 찾으려는 듯 따박따박 어조에 힘을 주며, 피아노 건반의 해머가 현을 때리듯 말자루를 내려쳤다.

　"자세히도 제 뒷조사를 하셨군요. 방화사건이 2월 초에 일어났으니, 정확히는 구정 지나고 2012년 2월 2일 목요일이었습니다. 1개월이 넘어섰군요. 그 기간 동안, 저는 대한민국이라는 나라가 내가 알지 못하는 것들이 숱하게 존재하는 나라라는 것을 새삼스레 느꼈고, 보았고, 들었습니다. 사건은 이미 마무리 되었습니다. 확인되지 않은 진실은 대중의 망각 속에서 잠들기를 기다리고 있습니다. 그 사건은 온갖 재앙과 분노가 뛰쳐나올 수 있는 판도라 상자입니다. 그 점만 말해 두겠습니다. 그럼 이만 일어나겠습니다."

변설은 스툴에서 일어나 터벅터벅 계산대로 걸어갔다. 아고라는 걸어가는 변설의 뒷모습에 눈길을 두고 꼬인 다리를 풀고 일어섰다. 바텐더에게 맡겼던 마린 블루의 핸드백과 연노란 재킷을 재빨리 챙기더니 변설을 따라 나섰다.

**

중형 태풍 하나가 한반도에 순한 바람을 일으키고, 거친 바람과 폭우는 다행히도 동해상으로 빠져나갔다. 갈바람이 선선히 불어오는 2011년 9월 하순이었다. 힘을 잃지 않은 한낮의 폭양은 들녘에 온전히 내리비쳤고, 물이 빠져나간 논에선 벼들이 그 폭양을 받아가며 영글어가고 있다.

"뜨겁던 여름도 지나가번지고 이젠 슬슬 벼를 베야쓰것고만 그려."
"그러라, 그려야지. 60평생을 농사일을 혔지만서도 계절은 사람처럼 배신을 하는 법이 없당께. 봄에 뿌린 씨앗들이 말여, 여름에 뜨거운 햇볕을 받아가며 이제 나온 아그처럼 겁나게 커번지고, 가을이면 요로코롬 실하게 영글어서 고개를 숙이고 있자녀. 그러고 보면 벼가 사람보다 낫고만 그려, 고개를 숙일 줄도 알고."
"그렇게 생각허지 말더라고. 워찌 벼가 사람보다 나을 수가 있는가? 아무리 그려도 사람이 낫지."
"난 말여, 사람보다 내가 키운 벼가 좋다네. 밥 처먹듯이 등을 돌리는 사람들헌티 이골이 나버렷웅께. 5월인가 그때도 우리 마을에 사람이 죽어나갔자녀. 참말로 무서운 세상여."
"근디, 그 사건은 끝났자녀. 이 노인 댁의 아들이 아무 죄도 없다고 하면서 말여."
"광진이 재판은 끝났지. 근디 말여, 범인을 못 잡았자녀. 죽은 사람은 있는디, 죽인 사람이 없자녀. 그러니께 사건이 끝났다고 볼 수 없는 거지라."
"참말로, 귀신이 곡할 노릇이고만 그려. 어떤 놈이 태민이 마누라를 죽였다는 거여. 경찰은 뭐하는 거여, 범인도 못 잡고. 나랏돈 먹어가면서 하는 일이 범인 잡는 일 아닌갑네."
"그러게 말일씨. 작년엔가도 우리 인삼밭을 어떤 호리아들 놈의 새끼가 한 도랑이나 캐갔잖아."
"그랬지."
"여그 파출소에다 신고하고 기다렸더니 범인을 잡을 수 없다는 거여. 그래서 워찌 하것는가. 한바탕 난리만 치고 끝나버렷지라. 경찰이 있으면 뭐하는가, 할 일을 못하는디."

난데없는 참담한 사건으로 회오리바람에 사지가 휘청거리듯 몸을 떨었던 양지마을 사람들은 일상으로 돌아갔다. 그러나 여운은 남아있었다. 벼를 베고 탈곡을 하는 콤바인 소리만이 들려올 뿐, 여타의 소리는 적요 속에 파묻혀 겉으론 시골다운 모습 그대로였다. 먹고개를 지나 마을 입구의 회다리 끄트머리 논에서는 장수댁과 남편 이유광이 히잡을 쓴 무슬림 여성들처럼 얼굴을 가린 채, 챙이 넓은 모자를 눌러 쓰고 쓰러진 벼를 일으켜 세웠다.
여름 내내 바지런을 떨며 자식처럼 가꿔온 벼들이 한반도를 비껴가는 태풍으로 군데군데 넘어져 있었기 때문이다. 그 벼들의 낟알들이 썩어가기 전에 일으켜 주어야 실팍한 알갱이를 손에 쥘 수 있었다. 그간 장수댁과 이유광은 생각만 해도 내장이 소용돌이치며 휘도는 살인사건으로, 맘이 싱숭생숭하여 일할 때를 놓치기도 했거니와 마을 인심이 예전 같지 않아 당최 일이 손에 잡히질 않았다. 더군다나 자신들의 논 옆에서 일어난 살인사건이라 찝찔한 마음이 이를 데 없었다. 다행이 그 사건이 재판과정에서 마무리되긴 했지만, 아직 진범이 잡히지 않은 상태라 께름칙하기는 마찬가지였다. 어느 순간 뜬금없이 자신들 앞에 '내가 차명희를 돌로 쳐 죽였구만!' 하고 나타날 것 같아 괜스레 마음을 졸이며 일을 하고 있었다.

평화롭고 한갓지던 시골의 곰살맞음이 살인사건으로 인하여 시골다운 정체성을 잃어가고 있다. 마을 사람들의 가슴마다에는 의심의 눈초리가 보푸라기처럼 뭉쳐져 체증을 일으키기 일쑤였고, 주고받는 말들이 말사태가 되어 마을에 짙은 안개로 내려앉아 사람들 사이를 뚫지 못할 장막으로 드리워 놓고 있었다. 마을 사람들은 그런 낌새를 느낄 새도 없이 농사일에 여념이 없다지만, 배출되지 않는 숙변은 요망스럽게 쌓여가기만 했다. 그 사건이 머릿속에서 떠나지 않은 마을 사람들은 께름칙한 표정을 내내 짓고 있었다.

그즈음 태민은 하는 일 없이 동네 여기저기를 휘젓고 다녔다. 가끔은 동공이 풀린 채 휘우뚱거리기도 했다. 세상의 모든 고민을 어깨에 들쑨 채, 갸름한 얼굴을 일그러트리고 사념에 잠기곤 하였다. 금산댁과 김용석은 태민의 시커먼 속을 도대체가 알 수 없어, 몸뚱이가 숯검댕이 마냥 타들어갔다. 이광진이 무죄가 선고된 이후부터 태민은 말수가 사뭇 적어졌고, 방에서 독수공방하며 지내는 날이 갈수록 쌓여만 갔다. 끼니 거르기를 오줌 싸듯 했고, 내뱉는 말수가 똥 싸듯 하였다.

금산댁은 가슴을 치며 태민이 누워 있는 방문을 화들짝 열어젖혔다. 땀 비린내에다 고린내가 새끼 꼬이듯 비틀어져 금산댁의 코끝을 싸하게 내리쳤다. 금산댁은 오른손 검지와 엄지로 코를 잡고 소리소리 질렀다.
"야, 이놈아! 죽기로 작정을 한 것이더냐? 니 새끼들 생각해서라도 살아야 할 것 아녀. 이놈아! 뭐라도 먹고 기운 좀 차리자. 아이고, 이놈아! 목에 땟국물 흐르는 것 좀 봐라. 한여름에 방문 닫고 누워 있으니 거렁뱅이가 따로 없구만. 일어나서 냇가에 가서 깨끗이 씻고 정신 좀 챙기자."
퀭한 눈을 뜨고 한동안 금산댁을 물끄러미 쳐다본 태민은, '당신 누구요?' 하는 눈빛이 역력했다. 슬며시 오른손을 들어 나가라는 손짓만 할 뿐이었다. 개기름이 질질 흐르는 얼굴에 누런 이빨이 드러나도록 입을 크게 벌려 하품을 해댔다.
금산댁의 두 눈에는 눈물이 그렁그렁 맺혔고, 뜨거운 숨결에 가슴이 타들어갔다. 태민의 발등을 팡팡 쳤다.
"그려 이놈아! 너 죽고 나 죽고 다 죽자. 이런 시상 살아서 뭐 하겟냐! 금은보화가 잔뜩 쌓여 있는 것도 아니고 남들처럼 땅뙈기가 널려 있는 것도 아니고, 그냥 양잿물 퍼 마시고 캭 죽어번지자."
태민의 발바닥을 발끝에 힘을 실어 쳐대면서 금산댁은 울부짖었다. 이를 보고 있던 김용석은 태민이 방으로 들어와 금산댁의 손을 잡고 나왔다.
"나같이 박복한 년이 살아서 뭐하것소. 태민 아버지! 우리 그냥 캭 죽어버립시다. 저런 자식 볼라고 이적지 살았는가 본디. 저런 자식, 지 새끼하고 알아서 살라하고 우린 먼저 죽어번지드라고요."
금산댁은 마루 바닥을 찰싹찰싹 쳐대며 저승사자를 부르듯 우우 울고 또 울었다. 김용석도 눈가에 눈물이 방울방울 부풀더니 뺨을 타고 두 줄기가 흘러내렸다.

금산댁이 나가자 무거운 눈꺼풀을 밀어올린 태민은 쥐가 싸 놓은 오줌에 곳곳에 곰팡이가 슬은 천장을 우두커니 쳐다봤다. 쿰쿰하고 비릿

한 냄새가 나는 천장에서 쥐가 살고 곰팡이가 살아가고 있다. 저 곰팡이와 자신의 인생이 다를 바가 무엇인지 뇌의 세포를 꿈틀거려 봤다. 스스로 자생하지 못하는 인생. 남들이 쌓아 놓은 터전에 엉거주춤 곁가지로 질러 앉아 내 몫이라 여기며 살아온 인생이 아니던가. 저 곰팡이 역시 홀로 서지 못하고 뭇생물들이 터 잡은 곳에서 삶을 살아내고 잉태하는 그런 놈이 아니던가.
 나이 40이 넘어서도 여전히 눅눅한 방구석에 퍼질러 누워, 지나온 비루한 삶의 뒤안길을 되짚어 본다한들 가슴이 찡하게 울려오는 삶의 순간은 없었을 터. 그저 태어난 삶이기에 부모의 품에서 길러졌고, 부모의 등골이 휘어지는 줄도 모르고 망나니짓에 낭인으로 지내지 않았던가. 참으로 미욱한 삶이리라.

 '지랄같은 인생이고만.'
 숨만 쉬고 있는 버러지만도 못한 이놈의 인생. 그럴 바엔 차라리 뭐라도 한 번 저지르고 생을 마감하고 싶은 간절함이 턱밑을 바짝 치올랐다. 창졸간에 뇌를 타고 전율처럼 뻗쳐오는 시신경이 긴장을 했는지 눈빛이 살아났다. 성난 파도처럼 눈에 힘이 들어갔다. 손끝과 발끝이 꼼지락거렸다. 창밖에서 성큼성큼 건너오는 햇빛으로 한껏 열을 받은 숨구멍은 구린내 나는 땀방울을 연신 쏟아냈다. 얼굴과 등판이 땀으로 흥건했다. 상반신을 일으키더니 좀비가 활동할 시간이 된 양 벌떡 일어섰다. 여닫이문을 슬며시 열며 문지방을 딛고 문설주에 기댄 채 금산댁을 쳐다보았다.
 "엄마, 밥좀 줘."
 "그려 이놈아. 밥 챙겨먹고 정신 좀 챙기고 힘을 내야지."
 금산댁이 맞받아쳤다. 태민의 생각은 너울거리는 깊은 강물 속으로 다가가고 있었다.

**

　그늘에서 자라는 인삼은 농사일 중에서 꽤나 정성을 들이고 손이 자주 가는 농산물이다. 차광망을 씌운 밭에 모종을 심고 나서 4, 5년은 자식 키우듯 애지중지 보살펴줘야만 굵고 튼실한 인삼을 수확할 수 있었다. 이근순은 남편 김양호와 함께 3년째 자라온 인삼밭에 농약을 치기 위해 아침부터 땀깨나 흘리고 있다. 200평이 채 안 되는 인삼밭에 김양호가 허리를 구부리고 농약을 치면 이근순은 고랑을 따라 줄을 잡고 당겨주어야 양호의 일이 수월했다. 시골에서 농사일이라는 게 협업이 잘 이루어져야 힘도 덜 들이고 빨리 끝날 수 있었다.

　한데 근순은 허구한 날 시시때때로 양호에게 잔소리를 늘어놓았다. 이 노인과 강 노인의 아들 이광진이 법원에서 무죄를 선고 받은 이후로 강도가 더욱 심해졌다. 오늘만 해도 이른 아침부터 밑두리콧두리 물어보며 잔소리였다.
　"뱃속에 거지가 들어차 있기라도 하다냐? 뭔 밥을 두 그릇씩이나 퍼질러 먹는다냐? 오늘 인삼밭에 농약을 쳐야 하는디 왜 이리 꾸물대느냐?"
　"그놈의 똥구녁은 금가루를 씌웠길래 통창에 들어가면 나올 줄을 모른다냐?" "저놈의 해는 산삼을 삶아 먹었는지 수그러들 줄을 모른다냐?"
　틈만 나면 거친 말본새로 입을 나불거리니 양호는 그러려니 하고 제 할 일만 할 뿐이었다. 선뜻 말대답을 해봤자 싸움밖에 날 일이 없었.

　이광진이 무죄가 선고되었던 그날 밤이었다.
　부엌에서 4홉들이 소주 강술을 들이켠 근순은 먼저 잠든 양호를 닦달하기 시작했다. 팬티만 걸친 채 코를 골며 자고 있는 양호의 사타구니를 오른발로 툭 쳤다. 달빛을 받은 방안은 희끄무레하게 달무리가 어리었다. 비트적거리는 몸뚱어리는 근순의 육신이 아닌 듯했고 이성은 가뭇

없이 줄달음질을 쳤다. 겨우 몸을 가누고 꿈쩍도 하지 않는 양호의 허벅지를 발끝으로 문대며 화를 돋웠다. 근순은 야릇하게 배시시 웃기만 했다. 쌀쌀한 눈빛에 능글거리는 살웃음이었다.

"이 새끼 뭐하는 새끼여! 지 마누라는 천당과 지옥을 하루에도 수십 번을 왔다갔다 하는디. 이 썩어 문들어질 놈! 일어나 이 씨발것아! 일어나란 말여!"

술김에 양호의 허벅지를 꽉 밟아버렸다. 양호는 기겁을 하더니 허벅지를 두 손으로 쥐며 일어섰다. 어둑하니 비치는 근순이 빈정거리며 서 있었다.

"푸 흐 흐."

산발을 한 모습이 흡사 무덤에서 뛰쳐나온 핏기 없는 시신처럼 보였다. 자신을 잡아먹을 듯 서 있는 근순을 보고 주뼛거리며 뒤로 물러난 양호는 미친 귀신을 쫓아내듯 소리쳤다.

"이 마누라쟁이가 미쳤나! 이게 무슨 지랄여. 술 처먹었으면 고이 잠이나 잘 것이지. 곤하게 자고 있는 사람을 건들고 지랄여. 에이 씨발, 마누라라고 있는 게 서글서글한 맛이 있나, 착 안기는 맛이 있나. 니미럴, 맨날 지 남편 달달 볶질 못해서 안달이니. 내가 내 명에 제대로 살란가 모르것네. 좆도 엿같고만."

한 대 갈기고픈 욕구를 욕지거리를 해대며 꾹꾹 눌러 참았다. 양호는 반바지와 반팔 티셔츠를 꾸무럭꾸무럭 꽤 입더니 담뱃갑을 들고 문지방을 넘었다.

"이 새끼야! 어디 나가는 거여. 넌 니 마누라가 이 촌구석에서 무슨 짓을 했는지 알기나 하는 거여? 너라는 놈을 만나서 이제껏 나한테 해준 게 뭐여. 맨날 들판에서 소처럼 일이나 시키고. 내가 개, 돼지만도 못한 인간으로 보이냐? 이 새끼야! 니가 나한테 이날 이때까정 따뜻한 말 한 마디를 해줘봤어? 가까운 디로 여행이라도 같이 가봤어? 이 열 손가락 중에 하나라도 가락지를 껴 줘봤어? 망나니 같으니라고. 지 마누라 귀한 줄 모르고 일만 시키는 밥통 같은 새끼. 좆은 뭐하러 달고 다니냐! 이 새끼야! 이리 들어와서 앉아! 어서 안 들어와! 나 죽는 꼴 볼라면 나가든가. 개새끼!"

양호는 주춤했다. 아무리 취중이라지만 내뱉는 말이 가슴을 콕콕 찔러왔기 때문이다. 말마따나 그동안 살아오면서 해준 게 아무것도 없었다. 자신만을 믿고 살 맞댈 땐 '저 푸른 하늘 아래에서 그림 같은 집을 짓고 알콩달콩 살아보자'고 굳게 맹세를 했건만, 절퍼덕 방바닥에 주저앉은 마누라를 보니 처연하기 그지없었다. 과거야 어찌됐든 어쩌겠는가. 아무리 바동거려 보아도 오보를 나가다보면 육보는 뒤돌아와야 하거늘. 돈다발을 안겨 주지도 못 하고, 사랑을 와락 쏟아 주지도 못하는 자신이 앙칼지게 바락바락 대드는 마누라의 발치에 납작 엎드리는 수밖에.

밖으로 나가려던 양호는 근순 앞으로 돌아와 앉았다. 맞잡은 두 손이 멋쩍어서인지 살가운 말은 차마 해주질 못하고 얇은 이불 위에 우악스럽게 누이는가 싶더니 한여름의 불같은 밤을 땀으로 범벅이 되어 보냈다. 그 뒤로 근순과 양호는 잔잔한 호수 위를 건너는 돛단배와 같이 며칠을 게눈 감추듯 지냈다.

차명희를 살해한 진범이 밝혀지지 않고 영영 묻혀버리는 것이 아닌가 하고 양호가 말을 꺼내기 전까지는 말이다.

"차명희를 죽인 놈은 영영 잡지 못하는 가벼. 경찰들도 손을 놨는 갑만. 이젠 찾아오지도 않는 거 보니께."

이 말을 꺼내기가 무섭게 근순은 전투기가 이륙을 하려 폭음을 내곤 활주로를 튕겨나가듯, 중뿔나게 안방과 마루를 서성이며 귀청이 찢어질 듯 소리를 질렀다. 양호에게 입에 담지 못할 육두문자를 쏟아내었다. 순항하던 돛단배가 뒤집힐 위기에 처하게 된 것이다. 근순의 멱따는 소리와 양호의 가재도구를 패대기치는 소리가 이틀거리로 담을 넘어섰다. 마을 사람들은 근순과 양호의 싸우는 소리에 이골이 났다. 자고나면 싸움으로 하루가 시작되었으니 지겨울 만도 했을 터다.

　남자나 여자나 노소를 불문하고, 사람은 말이다. 안에서 자족을 하지 못하면 밖으로 도는 법. 이근순이 그랬다. 모든 사람은 제가끔의 독특한 성질머리를 가지고 있다고는 하지만 이근순은 유별났다.
　"야, 이새끼야! 너 뒈질래, 똑바로 하란 말야. 한 근이나 되는 불알을 차고 다니면서 그거 하나 들지도 못하면 그 불알 떼버려라. 어이쿠, 저것도 남자라고."
　40킬로그램의 쌀가마니를 들지 못해 이리 휘청 저리 휘청거리는 동네 청년들을 못마땅하게 쳐다보며 내뱉는 말은 이근순에게는 상투적이고 일상적인 말이었다. 이근순의 걸쭉한 말에 동네 청년들은 원래 그러려니 하며 넘어갔다.
　"저리 비껴라, 내가 들고 갈틴게."
　이근순은 40킬로그램의 쌀가마니를 등에 업고 논에서 나와 수레에 차곡차곡 쌓았다.

　남자 못지않은 괄괄한 성격에 나대기 좋아하고 울분이 조금이라도 쌓이면 그 자리에서 터트리고 마는 이근순! 나쁜 일이든 좋은 일이든 일단 행동으로 옮기고 나서 뒤도 돌아보지 않는 그녀는 뒷말이 없는 왈패였다. 불같은 성격, 제어불능의 몽니가 겨울 왕국의 암벽 같은 빙무의 세상으로 그녀를 잡아당겼다.
　가학과 고통을 함께 즐긴다고나 할까. 근순은 넌더리나는 양호의 육체와 정신을 가끔씩 내팽개쳐버리고 홀로 너른 벌판을 돌아쳤다. 오랫동안의 권태가 그녀의 주변을 맴돌았던 탓에, 돌연 될 대로 되라는 식의 방종이 솟구쳤다. 새로운 세상이 찾아오지 않는 한 그녀의 히스테리는 멈추지 않을 것이었다.
　새로운 세상이라.

그녀가 원하는 세상은 어떠한 세상을 말함인가.
자신의 파괴를 바람일까. 타인의 파괴를 바람일까.

**

주천면에는 2008년 중반부터 일본 열도에서 이주해 온 일본인들이 거주하는 곳이 있었다. 운일암반일암을 지나 대불삼거리에서 무릉천을 따라 가다보면 무릉리라는 마을이 나온다. 첩첩산중에 자리잡은 이 마을은 90세대에 170여 명이 살고 있는 곳이었다. 거짐 노인들이 거주하고 있는 이곳에 정부와 진안군의 허가를 받아 일본인 44명 22세대가 이주를 해왔다. 본토의 잦은 지진으로 인하여 생활환경에 불안을 느끼고 있던 일본인들이 한국으로 '환경이주'라는 명목으로 건너온 사람들이었다.

"일본인들은 물러가라. 무릉리에 일본인들이 웬 말이냐. 정부와 진안군은 일본인들 이주를 취소하라."
주천면민들은 진안군청 앞에서 피켓을 들고 모여 일본인들 이주를 취소하라고 성토하였다. 일본인들이 무릉리에 이주하기 전부터 시위는 계속되었다. 하나 정부와 진안군은 아랑곳하지 않았다. 정부와 진안군은 일본인들을 주천면에 정착시키면서 미래에 대한 계획이 있었고, 일본 정부는 일본 정부대로 계획이 따로 있었다.
그런데 말이다. 일본 정부의 계획을 정부와 진안군은 간파하지 못하고 있었다.

"시상 말세구먼. 나가 말일씨 시상을 너무 오래 산거 가벼. 저 왜놈들 낯빤대기 바라보면서 산다고 생각혀니께 토악질이 나올려고 허는구만. 벌씨 죽어버렷어야 혔는디, 지금까장 살아있는 나가 한스럽구먼 그려. 니미럴."

"그렁께 말여. 저 왜놈들 이주를 취소하지 안 하면 나가 말여, 여그서 혀를 깨물고 죽어번질라네."

일제 강점기를 겪어왔던 80이 다 된 노인들은 일본인들의 무릉리 정착을 결사반대하고 나섰다. 정부와 진안군은 주천면을 돌며 설득에 나섰다.

"주천면민 여러분! 과거의 일본 제국주의를 우리는 결코 잊지 않고 있습니다. 과거의 일본 기성세대들이 저질렀던 만행을 어떻게 잊을 수 있겠습니까. 천인공노할 만행은 일본의 과거고 우리의 과거입니다. 그 과거를 잊지는 않되 그 과거로 인해 현재와 미래를 가둘 수는 없습니다. 정부와 진안군에서 받아들이는 일본 이주자들은 우리를 이해하고 우리와 같이 살기 위해 무릉리에 정착하려는 사람들입니다. 태어나기만 일본에서 태어났지, 대한민국을 선망하며 주천면에 도움이 되기 위해 들어오는 일본인들입니다. 한 국가는 한 민족으로만 구성될 수 없다는 게 21세기의 국가입니다. 주천면이 다문화시대, 글로벌시대의 선봉이 될 수 있도록 면민 여러분들의 적극적인 협조 부탁드립니다."

정부와 진안군의 설득은 주천면민들의 귀청이 닳도록 이어졌다. 극도의 반일감정을 가진 사람들을 따로 불러 하소연을 하였고, 과격한 청년들에게는 협박과 간청을 하였다. 1년여 동안 이어진 정부와 진안군의 설득과 협박은 효과가 있었다. 주천면민들의 시위는 수그러지기 시작했고 정부와 진안군, 일본정부는 일본인들의 이주를 강행하기에 이르렀다.

대한민국의 풍광 좋은 곳에 일본인들을 이주시킨다는 큰 틀은 정해졌지만, 최초의 이주촌을 정하는 문제를 두고 일본 외무성에서는 옥신각신 티격태격 하며 삿대질을 하고 눈살을 찌푸리기도 했다. 일본에서 가까운 강원도와 경상도의 산세 좋은 곳에 정착을 하고, 왔다 갔다 하면 좋을 터였다.

굳이 외무성 외무대신이 서쪽으로 자리를 잡으려 하는지, 그 밴댕이

속을 알 수 없었다.

　명목은 그랬다.

　"한국에 최초로 정착하는 일본인들은 일본에서 가까운 동쪽이 아닌 서쪽으로 더 들어가야 합니다. 동쪽과 서쪽 가운데에 풍치 좋고 일본인들이 살기 좋은 곳이 있다고 들었습니다. 외무성에서는 일단 그곳으로 정착 이주민들을 보내기로 결정을 했으니, 이 결정에 따라주셨으면 합니다."

　일본 외무성 외무대신은 최후통첩을 하듯 양원의 국회의원들에게 전달했고 입막음을 했다. 일본에서 큰 지진이 일어날수록 일본에 근접한 대한민국의 동해 쪽에 응축되어 있던 지각판이 풀어지면서 강원도와 경상도 안전지대가 될 수 없다는 게, 서쪽으로 들어가 일본인들을 정착시키자는 근거였다. 외무성의 근거는 양원의 국회의원들에게 먹혀들어 갔다. 대전을 지나 금산에서 잠깐 머물다가 전라북도 진안군 주천면이라는 곳을 주시했다.

　동쪽은 용담면, 서쪽은 완주군 운주면과 동상면, 남쪽은 운장산을 경계로 하여 정천면, 북쪽은 충청남도 금산군 남이면에 접했다. 운장산에서 발원한 금강의 상류 주자천이 주천면의 남서부에서 북류하다 중앙부를 동류하고 주변은 해발 고도 300미터 정도의 평지가 있었을 뿐, 400~800미터 고도의 산지가 주천면의 대부분을 차지했다.

　쌀, 보리 등 주곡을 산출하며, 그 밖에 약초, 인삼도 재배했다. 주천면의 중심지인 주양리에서 대불리를 지나 운장산까지 12킬로미터의 주자천을 중심으로 한 연변의 계곡과 바위로 된 산지가 아름다운 경치를 이루어 운일암반일암이 관광지로써 유명했다.

　내친김에 운일암반일암을 따라 진안군에서 가장 오지에 속하는 무릉리라는 마을을 가보자.

　동쪽으로는 선봉(699미터), 남쪽으로는 갓모봉(741미터), 서쪽으로는 봉화산(803미터) 줄기가 사방을 둘러싸고 있어 분지를 형성하고 있다. 서쪽은 봉화산에서 금남 정맥을 따라 북진하는 곳을 경계로 하여 전라북도 완주군 운주면 고당리와 접경했고, 북쪽은 전라북도와 충청남도의 도계 지점인 게목재에서 도계 산등성이를 경계로 하여 충청남도 금산군 남일면 대양리와 접경했다. 선봉에서 산등성이를 경계로 하여 진안군 주천면 용덕리와 접경하여 명덕봉(845미터)에 이르러 싸리재골 옆으로 내려가다가 갓모봉으로 올라 무릉천으로 내려와 다시 봉화산에 오르는 산등성이를 경계로 주천면 대불리와 남북으로 접경했다.

마을 중심은 분지형으로 사방의 골짜기에서 발원한 무릉천이 어자 마을, 선봉 마을, 강촌 마을을 적시고 남동류하여 무릉천을 이루며, 무릉리 남동쪽 싸리재골에서 발원한 물이 대불리 삼거리에서 합수하여 주자천을 이루었다.

무릉리 마을 부근에는 제법 큰 들판이 형성되어 있다.

풍취가 이러하기에, 앞으로 10년, 20년이 지나면 무릉리를 위시해서 주천면 일대에 인프라를 형성하고, 위락시설을 세울 계획에, 일본 외무성과 대한민국 정부와 진안군 관계자는 부푼 기대를 안고 주천면을 예의주시하고 있던 터였다. 사전에 일본 외무성과 대한민국 고위 관료의 암약으로 일본인들의 정착지로 점지해 둔 이곳은 그 누가 반발을 해도 움직일 수 없는 맹약이었다. 그리하여 2007년 초부터 무릉리 마을 위쪽 산자락에 터파기가 시작되었던 것이고, 그 이듬해에 이주를 시작하였다.

**

일본인 중에 양지 마을로 자주 장을 보러 오는 사토 레이카(佐藤玲香)라는 여인이 있었다. 근순이 먼저 알은체를 했다. 시간은 그녀들 사이의 서먹서먹함을 없애주었고 허물없이 지내게 되었다. 어찌보면 쏘울메이트(Soulmate)라 할 수도 있을 터였다.
"언니! 요즘 수확기라 바쁘지요?"
주양리로 장을 보러 온 레이카가 근순을 불러내어 논두렁에 앉아 물었다.
"조금 바쁘긴 하지. 근디 우리집은 땅떼기라고 해봐야 손바닥만 해서 별로 바쁘진 않어."
"땅떼기요?"
처음 들어보는 단어에 레이카는 고개를 갸우뚱하였다.
"긍께, 논이나 밭을 말하는 거여."
"내가 사는 마을이나 언니가 사는 마을이나 사람들이 벼를 수확하느라 아침부터 바쁘더라고요. 인삼을 캐는 사람들도 많이 보이고요."
"그럴 거여. 논이나 인삼밭이 많은 사람들은 지금이 겁나게 바쁜 때니까. 아침부터 저녁 늦게까지 허리 펼 시간이 없을 거고만."
근순은 사투리를 안 쓰려고 애를 쓰며 말을 이어갔다.
"언니네는 재배하는 작물이 몇 가지예요? 우리 마을 사람들 보면 한 집에서 재배하는 작물이 엄청 많던데요. 그걸 다 수확하려면 나이 드신 분들이 굉장히 힘들 거 같아요."
"그럴 거고만. 나야 본디부터 이것저것 재배할 땅이 없었으니까, 그 사람들처럼 바쁜 것도 없고 땀 흘릴 일도 별로 없구만."
근순은 없이 사는 형편에 부아가 치밀어 올랐지만 꾹꾹 눌러 참았다. 구름 한 점 없는 하늘을 향해 욕이라도 해주고 싶었다.
"저 놈의 하늘은 뭣 땜시 저리도 푸르러 가지고, 내 맴을 열 받게 하는지 모르것고만."
넋두리를 풀어재꼈다.

30대 초반인 레이카는 접근하는 근순이 싫지는 않았던지 앙증맞은 미소를 지어주고, 장을 보러 오는 날이면 투박한 한국말일지언정 반나절 동안 수다를 떨다 가곤 하였다. 밖으로 드러난 피부가 희멀끔한 레이카는 마을 사람들 누가 봐도 이곳 사람이 아닌 외지에서 온 사람으로 금세 눈에 띄었다. 목을 감싸고 있는 단발머리의 반들반들한 머릿결 덕에 레이카의 얼굴이 매초롬하게 빛나 보였다. 봉긋한 가슴은 근순의 죽 늘어진 볼품없는 가슴과는 대조적이었다. 척 봐도 농촌에서 일할 여인으로는 보이지 않았다. 해사한 여인이었다

이근순이 알고 있는 바는 이랬다.

무릉리의 이주촌은 2, 30대의 젊은 부부들만이 건너 온 일본인들로, 자연 재앙이 없는 대한민국에서 정착할 산골을 찾던 중, 이곳 무릉리를 알게 되어 눌러앉게 되었다는 것이다. 넉넉한 살림인 그들은 한국이 좋아, 더욱이 이곳이 좋아, 아예 뿌리를 내릴까도 생각 중이라 하였다. 아니 그렇게 할 것이라 44명의 의중이 모아지고 있다 하였다. 아무리 그렇다 하더라도 근순의 입장에서는 전혀 이해가 가질 않았다. 제 나라를 놔두고 이역만리 떨어진, 그것도 산골짜기에 터를 잡고 살아간다는 자체가 머리를 싸매고 생각을 해봐도 알 수 없는 노릇이었다. 아무려나 자기네들이 좋아서 하는 일인데 이래라저래라 하며 술덤벙물덤벙(경거망동하여 함부로 날뛰는 모양) 설치다가 입방정에 불과할 거 같아, 그예 그들에 대한 생각을 그만두었다. 외지인인 레이카와 지내는 것으로 만족할밖에 없었다.

근순은 일이 없는 날이면 스쿠터를 타고 일본인들이 거주하고 있는 무릉리를 배회하곤 하였다. 간혹 일본인을 보면 먼저 다가가 그들의 생활상의 면면을 물어보기도 하였고, 일본은 어떤 곳인지 궁금해 하며 또한 물어보았다. 한국말을 모를 줄 알았던 그들은 한국에 정착하기 위하여 무릉리에 오기 전부터 한국말을 배운 탓에 의사소통을 하는 데에는 전혀 무리가 없었다. 어설프지만 일본인들이라 볼 수 있는 외양은 찾아

볼 수 없었고, 한옥 집에서 무릉리 마을 사람들과 어슷비슷하게 행세를 하였다. 동네 주민들에게 이것저것 속속들이 물어보며 농사일을 배우기도 한 일본인들은 특히나 인삼재배에 관심이 많아 마을 이장의 애틋하고 다붓한 가르침으로 인삼이 제법 실하게 자라나고 있었다. 무릉리에 정착한 일본인들은 마을 주민들과 위화감을 조성하는 행위는 일체 하질 안 했을 뿐더러, 외려 원주민들의 생활상에 차근차근 동화되어 살포시 즐거움에 젖어들고 있었다.

바쁜 나날들이 지난 10월 4일, 오후 세 시가 지난 즈음이었다.
근순은 스쿠터를 타고 레이카를 찾았다. 무릉리 마을 입구를 지나 산자락에 위치한 일본인 이주촌으로 매캐한 매연을 바삭바삭한 대기에 뿜어내며 올라갔다. 레이카 집에 들렀지만 텅 비어 있었다. 옆집을 기웃거려 보았지만 역시나 아무도 없었다. 집단으로 어딜 갔나 생각하고 있던 중, 산기슭에서 44명의 일본인들이 허위허위 내려오고 있었다. 몇몇의 여인들은 이제 갓 태어난 아기들을 안고 있었다.
"근순 언니!"
레이카가 근순을 알아보고 무리에서 빠져나와 잰걸음을 치며 다가왔다.
"우리 산에 좀 올라갔다 오는 길인데, 여기에 온 지는 오래되었나요?"
레이카는 스쿠터의 손잡이를 만지작거리며 근순에게 물었다.
"지금 오는 길이야. 집들이 텅 비었길래, 다들 어디 간 줄 알았지. 아랫마을로 내려가서 물어보려고 할 참이었는데. 산은 무슨 일로?"
근순의 질문은 일순 주위를 얼어붙게 만들었다. 알아서는 안 되는 질문을 근순은 하고 있었다. 일본인들의 시선에서 느끼는 두려움과 경계의 무게를 근순은 감당해내지 못해 줄행랑을 치고 싶다는 생각이 문득 들었다. 분위기가 심상치 않았다. 그 있잖은가. 어줍고 낯선 분위기. 들떠서 모임에 나갔지만 자신을 싸늘하게 바라보는 눈들로 주눅이 들어

한쪽 구석에서 말 한 마디 못하고 음식만 깨지락거려야 하는 분위기. 스쿠터 옆에 서 있는 근순, 그 옆에서 근순을 끈끈하고 감치는 언니로 여기며 말을 걸고 있는 레이카, 쭈뼛쭈뼛 주위의 몸짓을 살피는 레이카의 남편, 근순과 레이카의 친근함이 탐탁지 않은 눈빛으로 쳐다보는 42명의 일본인들.

이 분위기! 근순의 성깔로써는 못 견디는 분위기였다. 레이카만을 남겨두고 그들은 각자 집으로 흩어졌다. 레이카는 자신의 집으로 근순을 이끌었다. 하는 수 없이 따라가긴 하는데도 오늘따라 유난스레 레이카와 마주하기가 어색했다. 알 수 없는 불안감과 그들과의 거리감이 볼썽사납게 레이카의 등짝에서 뒤엉켰다.

"언니 왜 그래요. 여기까지 왔으면 시원한 음료라도 한 잔 마시고 놀다 가야지요."

스쿠터를 끌고 가면서도 자신을 버리고 스쿠터가 내달릴 것만 같았다.

"어, 그 그래. 그래야지."

얼떨결 살떨결에 대답을 하고 레이카를 따라갔다. 레이카의 집에는 남편 사토 쇼타(佐藤翔太)가 먼저 와 있었다.

"어서 오세요, 이근순 씨! 난 우리 집에 안 들르고 돌아간 줄 알았지요. 레이카한테 이근순 씨 얘기는 많이 들었습니다. 아주 절친한 언니라고 하더라고요. 앞으로 레이카 잘 부탁드립니다. 이쪽으로 앉으세요. 여보! 차하고 과일 좀 내오지요."

마루를 가리킨 쇼타는 훈훈하고 돈독하게 레이카를 부르며, '이근순 씨'를 극진히 위하듯 접대를 청했다.

이근순 씨라.

간만에 들어보는 자신의 이름이었다. 노상 '석범 엄마!'나 '어이!'로 통했던 근순이었다.

"그렇잖아도 준비하고 있어요. 조금만 기다리세요."

근순은 마루턱에 걸터앉아 시선을 산마루로 옮겼다. 우뚝 솟은 산마루가 태양 볕에 타오르듯 이글거리고 있었다. 초가을 가을볕이 발치에 내려앉아 불을 댕기려 조급히 건너오자 근순은 신발을 섬돌에 가지런히 내려놓고 마루에 올라앉았다. 이따금씩 오는 레이카의 집이지만 쇼타와 말을 섞기는 오늘이 처음이었다. 하여 머릿속이 벙벙할 뿐만 아니라 말문이 제대로 열리지가 않았다.

레이카가 사과와 차를 내왔다.

"언니, 햇사관데 들어봐요. 맛있을 거예요."

"이근순 씨! 드셔보세요."

사토 부부는 수더분한 한국인처럼 근순을 살뜰히 챙겼다.

"으 응, 그래."

근순의 말끝이 흐리멍덩했다. 항시 딱 부러지게 말을 하던 근순이었건만 이상하리만치 기가 죽은 듯 말발이 서질 않았다.

"오늘 이근순 씨 이상하네요. 재밌게 말도 잘 하신다고 들었는데. 오늘은 얼버무리기만 하고. 뭐 안 좋은 일이라도 있는가요?"

쇼타가 사과 한 조각을 입에 물며 근순의 요모조모를 살폈다.

"아니에요. 스쿠터를 타고 가을 바람 좀 씌었더니 그런가 봐요. 가을을 타는 것 같기도 하고, 속이 자꾸 매스껍네요. 오늘은 얼굴만 보고 돌아가야 할 것 같네요."

마루에서 내려와 신발을 꿰신고 스쿠터에 앉은 근순은 달달달 시동을 걸었다. 레이카는 아쉬운 듯 근순의 팔을 잡았지만 내키지 않는 걸 어찌하랴. 레이카의 손을 엉겁결에 떼어내고, 잡고 있던 브레이크 손잡이를 놓았다.

"언니, 그럼 조심해서 가세요. 제가 시간 봐서 주양리로 나갈게요."

"그래, 그때 보자."

이근순과 레이카는 보자고 한다. 보고 또 보고.

이근순과 레이카의 만남이 어떠한 결과를 낳을지 둘은 알 수 없었다. 그저 만남 자체가 좋았을 뿐, 원인을 제공한다는 건 있을 수 없는 일이었고, 결과를 바라는 건 아무것도 없었다. 혹여 둘 중의 한 명이 토라질 수 있는 계기가 있어 계속적인 만남이 없었다면, 일본인 이주촌 무릉리는 조용했을 것이다.
그러나…….
앞으로의 일을 알 수 없는 게 인간이 아니던가.
이근순과 레이카의 만남은 불행의 징조였다.

**

서산으로 넘어가고 있는 둥그런 해가 한낮의 열기를 그득 품고서 품 안에서 삭이고 있다. 그 열기는 노을을 피워내며 마치 가슴을 태우는 사랑처럼 붉게 타오르고 있다. 스쿠터 앞에서 휘휘 불어오는 산바람이 시원스레 뺨을 여미고 귓불을 어루핥고 지나갔다. 찰나에 근순의 머리엔 '왜? 일본인들이 집단으로 산에 올라갔다 왔을까. 그리고 자신을 보았을 때 몸을 움츠리며 경계하는 눈빛을 보였을까.', 하는 알 수 없는 의구심이 불 일 듯 일었다. 참견 말자, 하면서도 가슴 한편에서는 먼지처럼 참견이 쌓여갔다. 왼쪽에서 불어오는 강한 산바람을 피하려다 오른쪽으로 고갤 돌리다보니 저 먼 곳에 어렴풋이 보이는 회다리가 망막으로 들어왔다.
근순은 '에이, 지랄같고만.', 지청구를 해댔다.
양지마을에 다 와갈 무렵이었다.
근순이 타고 오는 스쿠터 소리를 듣고 태민은 뒤축이 구겨진 신발을 꿰신은 채 아스팔트길로 나왔다. 지나가려는 스쿠터를 양손을 벌리며 막아섰다.
"저 자식이, 뒈질려고 환장을 했나. 야, 이 자식아! 그렇게 급작스럽게 달려와서 막아서면 어쩌자는 거여. 죽고 나서 개값 물어 돌라는 거여 뭐여. 재수 없게."

삐뚜름한 입매에서 나오는 소리가 불량하다지만, 그다지 태민이 당황할 하등의 이유가 없었다. 둘이 만나면 흘레붙는 개들처럼 씩씩거리며 욕지거리를 해대니, 태민도 그에 대한 화답을 해야 할 터였다. 둘은 그랬다.

"야, 이년아. 내가 개로 밖에 안 보이냐? 너하고 지랄 떨며 싸우고 싶은 마음은 없응께, 이따 저녁 먹고 저그 새로 난 다리로 여덟 시까지 나오드라고. 내가 할 말이 있응께. 알았지!"

태민은 근순을 쏘아보며 야박하게 말했다. 당연히 '알았다'는 답을 기다렸지만, 더운밥 먹고 식은 소리 그만하라는 고달픈 소리였다.

"나가 너를 왜 만나야 하는디. 이유를 말해야 할 거 아녀. 너하고 만날 이유가 아무것도 없는디. 뭔 지랄한다고 너를 만나야 한다냐? 썩을 놈이 걸레가 행주가 되겄다고 우기는 소리 하고 자빠졌네. 난 바쁜 게 기다리든가 말든가 알아서 하드라고. 비켜! 안 비키면 확 갈아버릴틴게."

자못 말하는 어조가 앞에 서 있는 태민을 밀고 나갈 듯했다.

"너 안 나오면, 팔딱 선 좆을 본 아줌마처럼 엄청 안달을 할 거다. 회다리 살인사건 알지? 그것 좀 상의 할려고 헌게, 꼭 나오드라고. 나 들어간다."

태민은 막아섰던 길을 터주고 정말로 불만 댕겨 놓고 휑하니 집으로 들어갔다. 스쿠터 안장에 앉아 있던 근순은 순간 몸뚱이가 옴쭉옴쭉 경련을 일으키며 돌덩이로 정수리를 얻어맞은 마냥 시야가 희미했다. 지나가는 몇 초의 시간이 영원처럼 스쿠터에 앉아 나아가질 못했다. 목덜미가 따끔거리는 느낌을 받았다. 감전을 당한 사람처럼 등줄기가 찌릿찌릿했다. 늑골 사이에선 차가운 얼음덩어리가 치고 올라왔다. 흔히들 꼭지가 돌아버린다고 표현하는 증세였다.

'회다리 살인사건이라니. 저놈의 새끼가 뭘 알기나 하고 지껄이는 걸

까!'

 그 얘기를 꺼내는 저의가 뭔지 알 수 없었지만, '회다리 살인사건'을 듣는 순간 근순은 가슴이 널처럼 뛰었고 불길함이 노도처럼 밀려들었다. 스쿠터 오른 손잡이의 가속기를 당겼다. 왱 왱 근순의 성질머리만큼이나 스쿠터 또한 악다구니를 쓰며 질주했다.
 '에이, 양아치 같은 새끼. 그래 어디 한 번 만나보기나 하자.'

**

 해가 지면서 땅거미가 밀려들었고 이내 사방에 짙어진 어둠이 빗물처럼 고여 들었다. 무릉리의 일본인 이주촌에 연노란 외등빛이 하나 둘 켜지며 별빛에 가닿을 듯 허공에서 빛나고 있다. 청정 마을인지라 별들은 총총히 돋아나 가쁘게 마을을 비추었고, 북쪽 하늘 끝진 곳에선 길쓸별 하나가 긴 꼬리를 늘어트리고 산마루에 떨어졌다. 적요만이 마을을 듬직하니 짓누르고 있다.

 일본인들이 거주하는 집들은 외관상 한옥 구조일지언정 안으로 들어가 보면 세간이 엉기정기 놓여 있고, 입식 구조로 되어 있어 한옥과 양옥이 겸비되어 있는 집들이었다. 침대가 들어앉은 안방과 건넌방, 싱크대에 식탁, 냉장고, 세탁기, 가스레인지, 오븐이 들어차 있는 주방, 변기가 있는 욕실, 소파가 있는 거실, 정원과 주차장이 구비되어 있는 널찍하지도 좁지도 않은 살기에 암팡스런 집들이었다. 레이카와 쇼타는 된장찌개와 계란말이, 시금치 무침, 연뿌리 조림, 고등어 조림이 차려진 식탁에 마주 앉아 저녁을 먹고 있다.
 "레이카! 오늘 우리 집에 들른 이근순 씨 있잖아. 이상하지 않았어? 표정이 어둡더라고. 우리한테 무슨 서운한 게 있는 거 같기도 하고. 우리들에 대한 안 좋은 감정이 있는 것 같기도 하고."

밥 한 숟가락을 입에 떠 넣고 된장찌개에 숟가락을 바닥까지 담그더니 호박 한 덩이를 건져 입으로 가져간 쇼타는 근순의 얘기를 꺼냈다. 갈수록 레이카의 된장찌개 맛이 담백하고 맛깔스러워 쇼타는 왼손 엄지를 척 들어 올리며 추켜세웠다. 레이카 또한 어깨를 으쓱했다. 한국사람 다 됐다는 듯 산드러운 미소를 지었다.

"글쎄요. 내가 아는 근순 언니는 속에 담고 있는 성격이 아닌 걸로 알고 있는데. 뭔가를 담고 있으면 폭발하거든요. 근데 또 모르지요. '열 길 물속은 알아도 사람 한 길 속은 모른다.'는 한국 속담이 있잖아요. 아무튼 근순 언니는 내가 여기 와서 김장김치 익어가듯 사귄 언닌데. 아무 일 없을 거예요."

타국에 와서 허심탄회하게 말을 트고 지낼 수 있는 사람이 있다는 게 레이카로서는 흡족하게 생각하고 있던 차였다. 그런 근순을 남편 쇼타가 갑갑한 표정을 하고 있었기에 레이카는 짐짓 밝은 웃음을 지어보였다.

"우리에게 해를 끼칠 언니는 결코 아니에요. 나한테 얼마나 잘해 주는데요."

레이카는 근순 편을 들며 추켜세웠고, 근순과 가깝게 지내야 외로운 타국 생활을 즐겁게 지낼 수 있을 터였다.

"그리고 레이카! 주양리 살인사건 범인은 잡았는가 모르겠네. 들리는 말이 없어서."

이 노인의 아들 이광진이 무죄판결을 받았다는 얘기는 들었지만 범인이 누구인지는 아직 밝혀지지 않아, 궁금한 쇼타는 물었다.

"모르겠는데요. 근순 언니 만나면 물어봐야겠네."

레이카도 차명희를 죽인 사람이 누구인지 궁금하긴 마찬가지였다.

"근데, 요시다 류헤이(吉田龍平)하고 하야시 타케루(林健)한테서는 뭔 연락이 없는가? 우리가 여기에 정착한 지가 벌써 4년이 되어가고 있는데, 아직까지 감감무소식이니. 어떨 땐 답답도 하고 일본이 그립기도 하고,

마음이 심란하네. 이런 산골 구석에 처박혀 있으려니 머리하고 가슴이 옹졸해 지는 것 같은 게, 사람이 사람 사는 게 아닌 거 같아. 레이카는 안 그런가?"

"후유." 한 숨을 뱉어내고 심산한 마음을 어디에 둘 줄 몰라 하며 레이카만 멀거니 쳐다보았다.

"그런 소리 하려고 이제까지 여기에서 지냈단 말예요? 우리에겐 우리의 길이 있잖아요. 재앙 없는 곳에서 살 수 있다는 길. 무작정 여기에서 지내자는 게 아니잖아요. 조만간 위에서 무슨 수를 내면서 우리를 밖으로 이끌 것이에요. 조금만 참고 기다려 봐요. 내가 보니까 류헤이하고 타케루가 윗선하고 가끔 내통하고 있다는 얘기를 듣고 있으니까요. 둘이 무슨 수를 내긴 낼 거예요."

레이카 또한 정통한 소식을 몰라 말끝을 조심스레 물렸다.

**

무릉리 마을에 정착한 일본인 44명은 일본 정부에서 철두철미하게 선발한 재일교포 3세들이었다. 그들의 할아버지 할머니들이 일제 36년 동안 친일파로서 뿌리 깊게 활동을 해 온, 뼈까지 친일로 무장한 사람들이었다. 한반도가 영원히 일본의 군국주의에 잠식되어 일본국으로 둔갑할 줄 알았던 친일파들은, 자진해서 일본명으로 개명을 하고, 일본 여인과 결혼을 하여 피와 살과 뼈가 일본인이 되기를 오매불망 바랐던 그들이었다. 그들은 돈 많은 지주들이었다.

일본의 대동아권 장악을 위해 총칼을 들고 앞장서라는 포스터를 그린 대한민국의 화가들, 이를 뒷받침할 호기로운 행진곡을 만든 대한민국의 음악가들, 일본군을 찬양하는 가사와 시를 쓴 작가들. 일본 제국주의는 이러한 친일파들을 앞세워 우리 민족의 얼과 문화를 말살하기 위해 '황국신민'이나 '내선일체' 같은 기만적인 정책을 폈었다.

개중에 잃을 게 많았던 지주들은 손수 일제의 앞잡이가 되어 사비를 털어가며 무기를 사들여 일제에게 헌납하고, 대한민국의 젊은이들에게 대동아전쟁에 나아가 젊음을 불사르라 추동하였다. 자신들의 자식들은 고이고이 숨긴 채.
이 얼마나 비열한 처사인가.

1945년 8월 15일, 일본으로부터 해방이 된 후, 일본인들에게 빌붙어 살아온 친일파들은 살기 위해 대한민국을 떠났고, 떠나지 못한 사람들은 미군들의 가랑이를 기며 군홧발을 핥았다. 현해탄을 건넌 친일파들은 다시금 한반도에 일제 36년이라는 세월이 곧 올 것이라는 사악한 생각을 머릿속에 잔뜩 쑤셔 넣고 일본 땅을 밟았다.
민족을 배반한 그들.
동족을 살상했던 그들.
살아남은 동족에게 조리돌림을 당해도 시원치 않은 그들이, 후일을 기약하며 시시때때로 기회만 엿보고 있던 터였다.

전화위복(轉禍爲福).
재앙과 근심, 걱정이 바뀌어 오히려 복이 된다고 하지 않던가.
친일파는 그렇게 생각했다.

"이대로 일본이 무너지지는 않을 것이야. 지금은 물러나지만 36년 동안 이 땅에 쏟아놓은 열정을 일본인들은 쉬이 잊지는 않을 것이야. 일단은 부산으로 내려가서 배를 타자."
일제로부터 백작의 작위를 받았던 이기승은 가족들에게 다급하게 말했다. 8월 13일 새벽이었다. 이기승은 총독부 총무부 국장으로부터 15일 정오에, 천황이 무조건 항복한다는 방송을 내보낼 것이라는 소식을 미리 알고 있던 터였다. 총무부 국장은 부산으로 내려가 배를 타고 일본으로 건너가라 알려 주었고, 그는 이미 부산항에 도착한 상태였다. 이기승에게 연락하지 않고 떠나려 했던 총무부 국장은 받은 게 많았기에 양심상 알려준 것이었다. 죽지 않으려면 알아서 일본으로 건너오라는 무심한 소리로 들렸지만, 이기승에게는 목숨이 달린 천금과도 같은 소리였다.

가족이래야 아내와 아들, 딸이 전부였고, 일가친지는 이기승의 친일 행적에 등을 돌리고 왕래조차 하지 않았다.

"아버지! 일본으로 가면 거기서 아예 사는 건가요?"

아버지 이기승 덕에 귀족의 자식으로 태어나 18년을 자란 아들 이우석은 일본의 패망을 못내 아쉬워하며 물었다. 귀족의 가문이 무너질 위기에 처했던 것이다. 아니다. 일본의 패망과 동시에 귀족은 없어졌고 목숨이라도 부지해야만 하는 절체절명의 위기에 처하고 만 것이다.

"일단은 이 나라에서 빨리 벗어나야 한다. 그렇지 않으면 우리 가족이 어떤 수모를 당할지 모를 일이다. 죽을 지도 모른다. 집이나 땅, 가지고 갈 수 없는 것들은 다 버리고 돈과 금붙이만 가지고 떠나야 한다. 빨리 챙겨라."

이기승은 자신이 저지른 짓을 알고 있었기에, 한국을 떠나지 않으면 곧 죽음이라는 걸 뚜렷이 알고 있었다. 이기승은 아내와 아들, 딸에게 빨리 빨리 짐을 챙기라고 다그쳤다. 아버지를 죽이려 드는 사람들이 수없이 많다는 걸 가족은 알고 있었다. 그 죽음을 일본이 지켜줬지만 지금은 일본이 옆에 없었다. 아내와 아들, 딸을 데리고 부산으로 내려가 가족을 지켜줄 일본으로 건너가야만 했다. 야반도주를 하듯 이기승과 가족은 허름한 옷으로 갈아입고, 금방이라도 시동이 꺼질 것 같은 트럭을 운전하고 열다섯 시간 이상을 달려 부산으로 내려갔다. 배에만 올라타면 이기승과 가족을 지켜줄 사람들이 있었다. 부산항에 도착한 이기승은 총무부 국장을 찾았지만, 그는 일본으로 가는 배의 특실에 편히 누워 천황의 항복을 아쉬워하고 있었다. 그의 머릿속에 이기승은 없었다. 죽든 살든 알 바가 아니었다. 이기승은 다음 배를 기다려야 했다. 15일 오후 늦은 시각에 일본으로 떠나는 배가 있었다. 15일 그 시각이면 천황이 항복을 선언한 후였다. 삶과 죽음의 기로에 선 이기승은 속이 타들어갔다. 이틀을 숨어 지내야 하는 상황이 된 처지에 이기승은 숨을 곳을 찾았다.

"여보! 어떻게 해요. 여기서 사람들이 당신을 알아보기라도 하면 끝장이잖아요. 당신과 나야 죽더라도, 이 애들은 살려야만 해요. 어떻게 해서라도 이 애들은 일본으로 보내야만 한다고요."

짙은 어둠이 내려앉은 부산항은 파도소리만 들려왔고, 검은 바다는 이기승과 가족을 삼켜버릴 것만 같았다.

"알았네, 알았다고. 내가 누군가. 일본이 인정한 귀족이라고. 어떻게든 배를 타고 일본으로 들어갈 테니까, 나를 믿으라고. 개놈의 새끼! 서울에서 연락해서 같이 내려왔으면 될 걸, 저 혼자 배를 타고 떠나."

이기승은 총무부 국장에게 분기가 가득 찬 얼굴이었다. 두 눈에서 불길이 일었다. 그뿐이었다. 일본으로 간다한들 총무부 국장을 만날 수도 없었다. 목숨만 부지할 뿐이었다.

"여보! 허름한 여인숙이라도 들어가서 사람들 눈을 피합시다. 내일하고 모레 오전을 여인숙에서 보내고, 모레 오후에 일본으로 가는 배를 타고 이 땅을 떠나자고. 후 우 우."

이기승은 깊고 낮은 한숨을 흘려내며 탄식을 했다.

"아빠! 일본은 이제 어떻게 되는 거예요? 이 땅에서 모든 일본인들이 철수하는 거예요? 그동안 아빠가 이루어놓은 공적은 어떻게 하고요?"

"……."

딸 이연희는 지금의 처지가 불안하고 두려웠다. 연희 곁에는 항상 일본인 또래들이 있었고 그들과 어울려 지냈다. 한국 학생들을 멸시했고 자신은 일본인이라고 자부하고 있던 터였다. 으르렁대는 파도소리를 들으며 이기승은 입을 열었다.

"연희야! 일본이 항복한 마당에 이 아빠가 이루어 놓은 공적이고 뭐고 간에 모든 게 무너지고 말았다. 모래 위에 쌓은 성이었어. 우선은 우리 가족이 살아야 한다. 그래야만 후일에 아빠의 위대한 공적을 찾을 수 있을 거야. 귀족이라는 지위는 모두 잊고, 이 땅을 떠나는 게 중요해."

이기승은 부모로부터 물려받은 재산과 그 재산으로 불린 재산을 일본 제국을 위해 썼고 일본을 찬양했다. 그 공적을 인정받아 이기승은 작위를 받았던 것이다. 기모노를 입고 나막신을 신은 모습은 영락없는 일본인 행색이었다.

"아빠! 여기서 한국 애들하고 지내는 건 싫어요. 난 일본으로 갈 거예요. 일본 애들이 나하고 맞아요. 빨리 가요. 일본으로."

연희는 이기승 팔을 잡으며 투정을 부렸다.

"알았다, 연희야. 여기서 한 이틀만 있으면 일본으로 가는 배가 올 거다. 그 배를 타고 일본으로 갈 거야. 조금만 참아라."

이기승과 가족은 철저하게 일본으로 살아가기를 바랐다. 15일 늦은 오후, 일본으로 가는 배는 부산항에 정박하여 손님들을 태웠다. 개중에 이기승과 가족도 포함되었다. 백작의 작위는 일본으로 가는 배를 타는 데 효험이 있었다. 특실로 안내되었고 이기승과 가족은 그제서야 안도의 숨을 쉬었다.

레이카는 이기승의 증손녀였다. 아버지는 야마시타 아키라, 엄마는 야마시타 미츠키, 이기승의 아들 이우석은 레이카의 할아버지였다. 이기승은 일본이 한국을 먹어치우기를 기다렸지만 있을 수 없는 일을 기대하고 있는 망상이었고, 그 망상은 영혼을 갉아먹으며 죽어갔다. 일본인으로 행색을 하며 일본 땅에 묻힌 것이었다. 이기승의 아들, 딸은 몸과 정신이 일본인으로 무장되어 일본인으로 살아갔다. 그 속에서 레이카는 태어난 것이다.

65년이 지난 후에도 친일파들의 후예들은 생각으로만 남아 있던 관념을 행동으로 옮기려 하고 있다. 대한민국이 해방되자 일본으로 건너갔던 그들은, 이미 용서를 받을 수 없는 탓에 지옥불 속으로 사라졌다지만, 그들의 자식들이 피와 살과 뼈를 이어받아 동족을 등지는 작태를 빈번히 횡행하고 있었다.
  해방이 된 후, 무늬만 '반민족행위 처벌법'의 위상은 말 그대로 형식적으로 흉내만 내는 법이었다. 실질적인 반민족행위자를 척결하질 못했다. 그러기에 65년이 지난 지금도 친일 행적을 한 그들의 자손들이 버젓이 대한민국의 하늘 아래에서 떵떵거리고 살아가고 있잖은가. 친일 행적에 대하여 단죄를 하지 않은 탓에, 그들은 고스란히 일제강점기의 부와 권력을 승계하고 피눈물이 배어 있는 대한민국의 땅을 스스럼없이 딛고 있었다. 하늘 부끄러운 줄 모르고 그 하늘을 쳐다보며 '아름답다' 하였다. 한 웅덩이에 65년이나 고여 있던 구정물이 어찌 썩지 않을 수 있었겠는가. 추깃물이 고여 있는 듯한 그 냄새에 대한민국의 산하가 썩어문드러지지 않았는가 말이다. 그런 줄도 모르고 그들의 자손들은 의기양양 거리를 활보하고 다녔다. 차마 눈뜨고는 못 볼 지경이었다.

  무릉리에 정착한 일본인 44명이 친일파의 자손들이었다.
  일본 정부에서는 일본인이면서도 기상천회하게 한국인으로 행세할 수 있는 재일교포 3세들로 구성된 스물두 쌍을 엄별해서 무릉리에 정착시킨 것이다. 물론 지원금도 만만치 않았다. 주택은 물론이고 승용차에 기타 생활비를 쓰고도 남을 만치 정착금을 다달이 보내고 있었다. 44명은 이곳에 일본의 새로운 소국, 즉 일본국을 세우려는 의도가 다분히 숨어 있었다. 일본을 위해 소임을 맡은 이들은 한 치의 망설임도 없이 지원을 하였으며, 자신들의 아버지 할아버지의 위엄을 다시 만끽하려 사뭇 들떠 있었다고나 할까. 그런 일본인들이었다.

2008년 5월부터 이 마을에 들어와서 그들은 원주민들과 극진하게 친근감을 내비치며 낯을 익혔다. 농사일을 배우기 시작했고 무릉리의 자연환경에 지극한 관심을 보였다. 이른 아침부터 땅거미가 질 때까지 도움을 주고받으며 정겨운 노동의 달큰함을 머금었다. 저녁이면 마을 회관에 모여 원주민들의 살아온 이야기며 자식들 이야기, 일본인들이 이 마을에 정착하게 된 계기, 일본인들의 문화, 두루두루 이야기를 나누며 정을 쌓아갔다.

처녀 총각들이 모두 도시로 나간 이 마을은 근 7년간이나 아기 울음소리를 듣지 못하였으나, 일본인들이 거주한 이후부터는 1년에 서너 명의 아기 울음소리를 들을 수 있었다. 연로하신 어르신들은 처음엔 일본인들의 이주를 반대했지만 시간이 흐를수록 사람 사는 세상 같다며 연방 웃음꽃을 피웠다. 갓 태어난 아기들을 보기 위하여 힘겨운 걸음을 마다않고 일본인들의 집을 들르기 일쑤였다.

이 마을에 정착하자마자 일본인들은 뒷산 산정에 올라 조상들을 모시기 위한 신사를 짓기 시작했다. 정성스레 돌멩이를 들어올려 44명이 참배를 할 수 있게 터를 닦고 벽을 둘러치고 지붕을 쌓아 올렸다. 조상들의 영전사진을 단상에 죽 늘어놓으며 마무리를 지었다. 이기승과 이우석의 영정 사진도 있었다. 44명의 리더격인 류헤이와 타케루는 신사가 완성된 후, 한 달에 한 번씩 산정에 올라와 참배를 하자고 의견을 모았다. 류헤이의 어조에는 비장함이 감돌았다. 자신들이 이 마을에 온 목적을 잠시라도 잊지 않겠다는 분연한 마음을 되새기는 쇼비니즘이었다.

근순이 스쿠터를 타고 레이카를 만나러 왔던 날. 그날도 이들은 뒷산 산마루에 올라 신사에서 참배를 하고 내려오던 길이었다. 다들 의연한 기운이 휘돌았던지 근순의 눈에는 그들의 눈빛이 자신을 쏘아보는 눈빛으로 보였던 것이다. 대한민국 내에서 일본의 굴기를 바라며, 그들은 소임의 완수를 위해 한 걸음 한 걸음 나아가고 있던 터였다.
 한데 44명 중에 레이카만이 이들의 내밀하고 농밀한 운신을 모른 채, 단지 환경이주로 이곳으로 온 줄 알고 있었다. 누구 하나 검은 속을 드러내놓지 않았다. 쇼타마저도 말을 하지 않았다. 사랑했던 전 남편과 헤어지고 난 이후 레이카는 지금의 남편 쇼타를 만나 무작정 일본이라는 곳을 떠나고 싶어서 온 곳이 이곳이었다. 이곳으로 올 당시 레이카의 머릿속은 줄곧 어디로든 떠나고 싶다는 생각밖에 없었다. 일본에 계속 남아 있다가는 죽음의 주위를 맴돌며 미쳐버리든지, 눈알 두 개를 파내어 귓구멍을 막아버리든지, 무슨 짓을 저지를 것만 같았다. 부모님이 싫어졌고, 일본 땅에 발을 딛고 있다는 자체가 무저갱으로 가라앉는 기분이었다. 허울뿐인 쇼타라 할지라도 일본의 하늘을 이고, 그 아래의 공기로 호흡하는 삶보다는 낫지 않나 싶었다.
 이곳에 와서 만난 근순은 레이카에게 질펀한 광야 한가운데에 서 있는 물푸레나무였고, 땡볕을 가린 구름이었다. 절망의 늪으로 빠지려는 순간 근순이라는 희망이 손을 내민 것이었다. 창극과 가부키가 어우러져 레이카의 눈앞에 펼쳐졌음이 아니고 무엇이겠는가.
 레이카는 근순을 그렇게 생각했다.

**

 '회다리 살인사건 알지? 그것좀 상의할려고 헌께, 꼭 나오드라고.'
 모래알 씹듯 저녁을 해치운 근순은 태민이 말한 '회다리 살인사건'이 내내 귓전을 맴돌았다.
 그런들 어찌 하리, 이런들 어찌 하리.
 이미 차명희는 죽고 없었다. 양아치의 구지레하고 어리석은 행태로 치부해버릴밖에. 그렇게 무덤덤하게 생각하려고 내장을 박박 긁어대며 근순은 애를 썼다. 무덤덤함을 가장했지만, 태민의 말은 늑골 밑을 파고

들며 깐족깐족 변죽을 울렸고, 히들거리는 차명희의 얼굴이 눈앞에서 어른거렸다. 나쁜 일은 언제고 뜻하지 않게 일어난다고 하지 않던가. 그게 현실이었다. 눈살을 모으고 입술을 실그러뜨린 근순은 소리 없이 자꾸 웃었다. 현실을 넘어서고 싶었지만 지워지지 않는 기억이 머릿속에서 똬리를 틀고 있는 탓에 현실을 넘기엔 버거웠다.

'으음 후 우, 하 아.'
소리 없이 웃던 근순은 몸부림치며 신음했고 장탄식이 흘러나왔다. 여덟 시까지 나오라 했으니 20분이 남아 있는 터였다.
"석범 아빠! 설거지 좀 해놔. 나 마실 좀 갔다 올랑게."
근순은 양호에게 저녁 뒤치다꺼리를 하라 이르고 밖으로 나갔다. 나가는 근순에게 양호는 눈을 흘기며 아니꼬운 표정을 지었지만, 딱 거기까지였다. 근순에게 염장 지르는 말을 했다가는 먹었던 밥이 역류할 터였다.

어둠이 눅진하게 길바닥에 깔려 있었다. 가등빛이 없다면 여전히 옛날 촌구석이라 할 수 있는 그런 날들이 될 수도 있을 터인데. 여름이면 조무래기 머시마들하고 계집애들 몇몇이 떼를 지어 수박서리에, 닭서리, 겨울이면 산토끼 몰이를 하고 다니며 어지간히 개구쟁이 짓을 하고 다녔었는데. 어둠을 뚫고 튕겨져 나오는 빛에 어색함이 묻어난 근순은 이젠 그런 낭만이라 할 수 있는 추억도, 장가가려는 노총각이 상투 틀던 시절이라 여기며 되새김질을 할 수밖에 없었다.
현실의 고단함을 과거의 추억이 상쇄시켜줄 리 없었다.
그러할 지라도…….
그러할 지라도, 근순은 잠깐이나마 현실을 잊고자, 과거의 줄을 힘껏 잡아당겨 상투 틀던 시절로 들이쳤다.

**

그때가 아마도 초등학교 5학년이지 않나 싶다.
장작불에 데워져 뜨끈뜨끈한 아랫목을 차지한 근순은, 천근같은 눈꺼풀을 이불 속에서 슬쩍 올려본 뒤 작정하고 내렸다. 몸을 감싸고 있는 이불을 젖히자마자 방 안 가득 꿈틀거리며 노려보고 있는 외풍을 대면하기가 끔찍했기 때문이다. 오전 내내 이불 속에서 어둠 속을 헤매며 꿈속의 여로를 돌아다니고 싶은 마음뿐이었다. 이런 달콤한 생각은 찰나에 깨져버려 덜미를 잡아당겼다.
"근순아! 그만 일어나라! 간밤에 눈이 억수로 내려 엄청시리 쌓였다. 오빠들하고 눈 치워야지! 쇠죽도 끓여서 소 먹이고. 얼른 일어나!"
이른 아침부터 일어나서 눈을 치우고 있던 아버지의 카랑카랑한 목소리는 근순이 누워 있는 아랫목을 흠씬 냉기로 돌변시키기에 충분했다. 더 지체하다간 불호령이 떨어질 것 같아 이불을 박차고 일어나, 꾸무럭꾸무럭 양말을 정강이까지 돌돌돌 말아 올리고 겉옷을 걸치며 마루로 나왔다.
"뭔 눈이 이렇게나 많이 온대요?"
"잔말 말고 빨랑 눈이나 치워."
큰오빠가 넉가래를 밀며 근순에게 퉁을 놓았다.
검은 빛이 바래져 잿빛으로 변한 구름이 아직도 하얀 솜털을 황량한 산과 들에 뿌려대고 있었다. 아버지와 오빠들은 넉가래로 마당에 잔뜩 쌓인 눈사태를 절반쯤 집 밖으로 퍼내고 있었다. 엄마는 부엌에서 아침을 준비하고 있었다. 들기름을 발라 석쇠 사이에 끼워 넣은 김이 숯불에 바삭바삭하게 굽는 냄새가 입 안 가득 침을 고이게 했다.

근순은 장화를 신고 넉가래를 들고선 어기적거리며 쌓인 눈을 집 바깥으로 뭉그적대며 퍼냈다. 장갑 속으로 스며드는 하얗게 서린 싸늘한 한기를 들쓰고, 한 시간쯤을 치우다보니 마당의 바닥이 드러났다. 살짝 땀이 이마에 맺히려다 이내 땀구멍으로 스며들었다.

"하 아, 손 시려. 손이 얼어붙을 것만 같고만 그려."

근순에겐 할 일이 또 남아있었다. 소한테 아침을 먹여야 하는 일이었다. 아궁이 앞에 앉아 손을 녹인 근순은 여물을 끓이고 있는 솥단지로 가서 솥뚜껑을 열었다. 안개처럼 모락모락 올라오는 김 속에 얼굴을 파묻고 들여다보니, 여물이 알맞게 익어가는 뽀드득뽀드득 대는 소리가 귓바퀴를 훑고 지나갔다. 바가지로 네 번을 함지박에 얹고 여물통에 부어 주었다. 듬직한 소는 배가 주렸는지 워낭 소리를 내며 허겁지겁 먹었고, 근순을 힐끔힐끔 쳐다봤다. 고맙다는 표시인가 보다. 넉 달 전까지만 해도 소가 두 마리였는데, 한 마린 아버지의 도박 빚으로 우시장에서 팔려나갔다. 근순이 아침을 먹이고 있는 이 소가 언제 또 팔려나갈지는 아버지만 알고 있을 것이리라

엄마는 밥상을 들고 안방으로 들어갔다. 아버지, 큰오빠, 작은오빠, 근순은 차가운 물에 대충 손을 씻고 밥상에 앉았다. 집에서 기른 콩나물로 국을 끓이고, 조기와 김을 굽느라 엄마도 바쁜 아침이었다.

오전 열 시쯤에 오빠 친구들과 근순이 친구들 여남은 명이 뒷산 기슭에 모였다. 광주 민주화 운동이 일어나고 이듬해 1월 중순, 하늘 아래 존재하는 모든 생물들은 하얀 색으로 착색되었고, 삼엄한 태양빛이 눈빛에 반사되어 빛의 입자들이 흩날리던 날. 진안군 주천면 주양리 양지 마을의 그치들이 토끼몰이를 하자고 벼르던 날이었다.

온 산이 눈으로 뒤덮이는 날은 산토끼가 먹이를 얻기 위해 산기슭으로 내려오곤 했다. 이때를 틈타 그치들은 토끼를 잡을 심산이었다. 산기슭에서부터 가로로 길게 늘어선 채 저인망식으로 산마루를 향해 눈을 부릅뜨고, 흡사 산 정상 고지를 탈환하려는 일개 소대처럼 비장한 결의를 가득 머금은 채 서서히 올라갔다. 산허리에는 이미 올무를 여러 곳에

쳐두었다.
 그치들이 산허리에 거의 올라설 때쯤, 오른쪽 끝에서 "토끼다!", 하는 소리가 산속의 정적을 깨고 사방으로 흩어졌다. 왼쪽에서도 "토끼다!", 하는 소리가 들렸다. 큰오빠 친구들 중에 대장인 듯한 그치가 말했다.
 "절대 이 진형에서 벗어나면 안 돼! 그대로 유지한 채 천천히 올라가!"
 소대장의 역할을 톡톡히 해내고 있었다. 진형을 사수하라는 지엄한 소리로 들렸다. 삼십 분쯤을 대장의 말에 따라 그대로 올라갔다. 토끼는 도망갈 때, 내려가기보다는 올라가는 길을 택한다. 뒷발이 앞발보다 더 길어, 올라가는 쪽이 더 빠르기 때문이다. 두 마리 토끼는 그치들 밑으로는 내려가지 않았을 터였다. 분명 위쪽에서 좌충우돌하고 있을 것이 틀림없었다.
 돌연 대장이 진형을 바꾸라는 소리를 해댔다.
 "전부 올무가 쳐진 위로 올라가서, 산 정상에서 포위하듯이 올무가 있는 쪽으로 몰아간다. 알았지!"
 "알았어요", "알았어".
 여기저기서 두 손을 동그랗게 만들어 연결하고선 입에 대고 신호를 보냈다. 그렇게 한 시간 정도 지났을까. 양 옆과 위에서 내려오다 보니 토끼 세 마리가 위쪽으로 올라오려다가 그치들을 보고는 밑으로 내려가는 것이었다. 한 마리는 내처 내려가다가 뭘 보았는지 방향을 바꿔, 위에서 내려오고 있는 그치들을 향해 총알같이 달려오는 것이었다. 당황한 그치들은 토끼를 놓치지 않으려고 우왕좌왕하는 사이에, 가운데 빈 틈을 비집고 잽싸게 빠져 나갔다. 대장은 아쉬워했다.
 "야, 이 자식들아! 흩어지지 말랬잖아! 흩어지면 다 빠져나간단 말야!"
 성을 버럭 내며 양 손에 눈덩이를 쥐고선 발치에다 흠칫 패대기를 쳤다. 그치들은 진형을 다시 가다듬고 두 마리 토끼를 몰았다. 근순이 친구들의 몇몇은 대장의 눈빛을 슬금슬금 힐긋 쳐다보며 긴장을 늦추지 않았다. 종아리까지 푹푹 빠지는 눈 속에서 양말이 젖어가는 줄도 모르고, 양 손가락 끝이 얼얼하게 굳어가는 줄도 모르고, 토끼를 잡겠다는 일념으로 그렇게 점심을 거르고 토끼몰이를 계속 했다.
 그 날, 그치들은 결국 두 마리 토끼를 올무에서 건져 올렸다. 대단한 수확이었다. 대장의 노련한 리더십과 전술의 성과라고 해도 과언이 아니었다.
 근순이 친구들과 오빠들 친구들은 잡은 토끼 두 마리를 의기양양하게 어깨에 둘러치고 근순 엄마에게 토끼 매운탕을 끓여 달랬다. 엄마는 흔쾌히 '그러마.', 하고 아버지 엄마도 같이 먹었다. 그치들은 토끼 매운탕에 머슴밥 두 그릇을 거뜬히 비우고선, 눈 오는 날을 또 기대하였다.
 근순은 눈 오는 날의 토끼잡이 추억에 젖어 피식 웃음을 지었다.

**

 근순은 아스팔트길을 따라 새로 난 다리 쪽을 향해 허청허청 걸어갔다. 짙은 어둠 속에서 둥그런 불빛이 유별나게 눈에 띄며 움직거렸다. 태민이 다리 난간에 서서 담배를 꼬나물고 빨아들이고 있음이 분명했다. 구름에 자리를 내준 하늘은 별빛조차 드러내질 않았다.
 '개새끼, 벌써 나와 있네. 저 자식이 뭘 알고서 나를 만나자고 하는 거지! 그날 나를 본 사람은 아무도 없었을 텐디 말여.'
 어둠 속의 독백은 근순의 뒷덜미를 부여잡고 차명희가 죽었던 그날로 끌고 갔다.

 그날, 그러니까 차명희가 죽은 5월 20일!

 근순은 저녁을 먹고 마실이나 갈까하고 밖으로 나왔다.
 그 순간만, 차명희가 근순의 눈에 띄지 않았어야 했다.
 그러나······.

우연치고는 너무나 운명으로 치닫고 있었다. 눈엣가시처럼 못마땅하게 여기고 있던 차명희가 파출소 쪽으로 가고 있었다.
'저년이 이 밤중에 어딜 가는 거지? 새서방이라도 숨겨놨나!'
구시렁대며 뒤를 밟았다. 완연한 봄이라지만 몸 안으로 스며드는 밤바람은 차갑기만 했다. 뽀로록뽀로록, 개구리 울어대는 소리가 살 떨리게 들려왔다. 옷깃을 바짝 여미고 어둠과 연인이 되어 차명희를 주시했다. 차명희는 경찰서를 지나 먹고개 쪽으로 보속이 빨라지며 상큼상큼 걸어가고 있었다. 모르긴 몰라도 누군가가 기다리고 있는가 보다 생각했다. 역시나 새로 난 다리 옆 회다리에서 남자로 보이는 어둠살이 펄쩍펄쩍 뛰며 기다리는 모습이 흐릿하게 보였다.

'그럼 그렇지! 개 버릇 남 못준다고, 네 년의 행색이 어딜 가것냐! 화냥년 같으니라고. 하기사, 니 서방을 쥐잡듯 달달 볶아데는디 밤중에 그 짓거리도 못할 것이다. 몸뚱이는 달아오르는데 하늘을 봐야 별을 따지. 요년이 어찌어찌해서 하늘을 봤는가 보구나.'
재밌는 광경이 연출되리라 생각한 근순은 한 순간이라도 놓칠 세라, 눈을 부릅뜨고 차명희의 행동거지를 눈으로 쫓았다. 이윽고 차명희의 목소리가 들려왔다.
"광진아! 나왔냐? 광진이 맞지!"
'광진이!!! 광진이라면 아랫마을 이 노인 아들 아닌가. 광진이는 좀 모자라는 애인데. 저년이 환장을 했구만. 아무리 남자가 궁하다 해도 가려서 놀아야 할 거 아닌가. 완전 미친년이로구만.'
근순은 기가 막힐 노릇이라며 한탄을 하고, 논두렁을 바리케이드 삼아 시선을 떼지 않았다.
"누 누 누나야! 어 어 어 어쩌서 여리 오 오 오라고 혀 혔어?"
광진은 어눌한 말투로 차명희에게 물었다.
"어, 다른 게 아니고 너한테 맛있는 거 줄려고 불렀지."

차명희는 바스락거리는 비닐봉지에서 빵과 우유, 바나나를 꺼냈다. 빵을 광진에게 내밀었다. 광진은 차명희가 내미는 빵을 덥석 받았다.
"누 누 누나야! 이 이 이거 마 마 맛있것다."
 빵을 감싸고 있는 비닐을 벗긴 광진은 게걸스럽게 우적우적 먹어치웠다. 옆에서 차명희는 우유 주둥이를 벌리고 광진의 손에 쥐어 주었다.
"광진아! 우유도 마시면서 먹어. 그러다 체하것다. 바나나도 먹고."
 껍질을 벗긴 바나나를 광진의 손에 소곳이 쥐어 주었다.

 근순은 이 광경을 단막극처럼 보고 있었다.
'잘들 논다. 저년이 무슨 짓을 할려고 저렇게 먹인다냐. 하여튼 우리 마을에 있어서는 안 될 망할 년여. 어떻게 저런 년이 우리 마을에 들어 와서 개박살을 내는지 참말로 알다가도 모를 일이고만. 태민이 그 새끼가 눈이 멀어가지곤 반반한 얼굴만 보고 데려온 거겠지만. 그 새끼가 망조가 들어도 단단히 들은 거지.'
"다 먹었냐?"
 차명희가 묻자 광진은 고개만 끄덕였다.
"맛있게 먹었어?"
 역시 고개를 끄덕였다.
"광진아! 다리 밑으로 내려가 보자. 뭐가 있는지 이 누나랑 같이 가보자."
 광진의 손을 잡자 뻣뻣하게 맞서며 뒷걸음을 쳤다.
"저 저 저그는 무 무 무서워. 귀 귀 귀신이 나 나 나와."
"광진아! 이 누나하고 같이 가면 하나도 안 무서워. 귀신 나오면 이 누나가 이 손톱으로 꽉 할켜줄 거야. 누나 손톱 봐라. 무섭지! 이 손톱으로 할퀴면 아무리 무서운 귀신이라도 힘을 못 쓰고 도망칠 거야."
 색색이 매니큐어를 칠했건만 어둠이 깔려서인지 흑빛만 보일 뿐이었다. 몇 달은 깎지 않은 손톱인지라 국을 퍼 먹을 듯도 하다만, 그 또한 보이지 않을 터. 그런데도 차명희는 열 손가락을 광진의 눈앞에 들이대며 무섬증을 가라앉히려 애를 썼다.
"이제 내려가 보자."
억지로 광진의 손을 잡고 이끌자, 마지못해 차명희를 따라 내려갔다. 회다리 난간에서 내려다보면 곧바로 보이는 그곳에 널따란 바위가 모난 데가 없이 깔려있었다. 그곳에 둘은 절퍼덕 앉았다.
"광진아! 여기서 이 누나가 광진이 재밌게 해 줄 테니까. 가만히 있어야 돼. 알았지? 소리를 지르거나 도망가면 안 되는 거야."
어둠을 가르는 목소리가 마을에 가닿을까 봐, 차명희는 마을에서 내쏟는 불빛을 응시하고 광진이를 다독였다.
"으 으응."
입술을 다문 채 고양이가 목울림으로 그르렁대듯 대답을 한 광진은 어둠살을 살폈다. 회다리 밑 어둠은 짙었고 차명희의 형체만 앞에서 어른거렸다. 발정난 말처럼 안달을 하고 있는 표정은 보이지 않았다.
차명희의 안달은 자신의 온몸을 후끈거리게 했다.
우악스럽게 광진에게 달려들어 바지 벨트를 풀더니 지퍼를 내리고 사타구니로 자신의 손을 급작스레 넣었다. 광진이는 기겁을 했다.
"워메."
들었던 소문 그대로였다. 놀람과 동시에 온몸의 살속에 스며든 희열이 말초신경을 더욱 자극했다.
"으 으 누 누 누나, 우 우 소 소 손이 차 차 차가워."
"아니야, 조금 있으면 따뜻해 질 거야. 우리 광진이 착하지. 누나가 재밌게 해 줄 테니까. 가만히 있어. 가만히 있어야 돼."
차명희는 광진의 사타구니에 얼굴을 들이밀었다. 광진도 엄연히 펄펄 끓는 남자가 아니던가. 고개를 잔뜩 잦뜨리며 허벅지에 힘을 주었다. 불쏘시개인 마른 낙엽이 장작에 옮겨 붙자, 걷잡을 수 없는 불길이 활활 타오르듯 둘의 몸에서 솟구치는 열기는 어둠을 사르고도 남았다. 차명희는 광진의 하의를 내리더니 그의 상채를 바위 바닥에 누였다. 자신도 치마를 허리께에 감친 채 팬티를 발끝까지 내리고 광진의 사타구니에 올라탔다. 차명희의 숨이 끊어질 듯 끊어질 듯 이어지며 요분질은 시작되었고 한동안 지속되었다.

이를 멀찍이서 지켜보던 근순은 살금살금 회다리 난간으로 올라가서 아래를 내려다보았다. 여전히 차명희는 용을 쓰며 몽환 속을 헤매고 있었다. 광진이 또한 허벅지에 잔뜩 힘을 주며 방언을 쏟아내듯 중얼대고 있기는 마찬가지였다.

언뜻 근순의 머릿속을 휘젓고 지나가는 무엇이 있었다. 이 난간에서 큰 돌덩이를 떨어트리면 차명희 정수리를 부숴버리고 저년이 죽어버릴지도 모른다는 생각이 섬광처럼 번득였다. 그럴 수도 있겠다 싶었다.

살인의 미필적 고의,
이는 살인에 대한 고의가 있다고 봐서 살인범으로 처벌받게 돼있다.
'저 웬수같은 년을 이 기회에 죽여 버릴까.' 하는 생각이 지워지질 않았다. 정사가 끝나기 전에 죽여야 할 텐데. 다시 밑을 내려다보았다. 둘은 절정에 이르고 있는지 알지 못할 말을 시부렁대고 있었다.

겉옷을 벗은 근순은 주위에서 머리통보다 큰 돌덩이를, 벗은 옷으로 에워싸서 들고 왔다. 돌덩이에 자신의 지문이 남겨져 있을지도 모른다는 생각에서 옷으로 감싼 것이었다. 다시 내려봤다. 자신이 차명희를 죽인 것이 아니라 이광진이 정사를 하다가 차명희를 죽인 걸로 하자면 사정하는 때를 기다려야 한다는 생각이 소슬바람이 되어 스쳤다. 근순은 옷으로 싼 돌덩이를 들고 그때를 기다렸다. 그때가 오는 듯 했다.

"누 누 누 누나."
광진의 신음 소리가 돼지 멱따듯 들려왔다.
"그 그려, 광진아."
발정난 여우의 울음소리가 새벽어둠을 들쑤시듯 차명희의 신음소리는 산마루에 가닿아 통째로 산을 무너트리듯 울려댔다. 돌덩이를 들고 있는 근순은 이광진과 차명희가 연출하는 단막극을 보면서 몸이 달아올랐고 다리에 힘이 들어갔다. 달아오름은 순간이었다.
 드디어 그때가 왔다.
 근순은 들고 있던 돌덩이를 어깨까지 들어 올리곤 힘을 실어 정확하게 차명희의 정수리에 내리꽂았다. 퍽, 둔탁한 소리와 함께 차명희는 서서히 나자빠졌다. 근순은 그 순간만을 보고 재빨리 겉옷을 걸치고 회다리를 벗어났다.

**

 "근순이냐? 안 나올 줄 알았는디 어찌 나오네. 나를 보러 나오지는 않았을 테고. 뭔가 구린 데가 있응 게 나온 거 같은디 말여."
 비트적거리며 걸어오는 근순을 보고 빈정대듯 말을 내뱉었다. 어둠속이라 보이지는 않을지라도 비웃는 웃음을 입가에 와짝 머금고 있으리라, 근순은 느꼈고 생각했다. 태민의 혀를 뿌리까지 잡아 빼내고 싶은 마음이 근순의 가슴을 치고 올라왔다.
 "그려 나왔다. 할 말 있다면서 후딱 해봐."
 자신도 모르게 주눅이 들고 있다는 생각이 머리를 쳐댔다.
 '에이, 니미럴! 내가 왜 이러지. 지은 죄가 있긴 하지만. 아직은 주눅 들 필요가 없잖아!'
 "빨랑 말해봐. 양아치같은 놈아! 나 들어가봐야 혀. 내가 너같이 한가한 줄 아냐. 양아치 같은 새끼. 니 낯반데기 보기도 싫응께 어서 말혀."
 짐짓 욕지기를 해가며 선방을 날렸다.
 "야, 이근순. 여전하구나. 전혀 기세가 꺾이지도 않고, 남자 앞에서도 기죽지도 않고. 암 그래야지. 그래야 이근순이지. 난 그런 이근순이 좋아. 어쨌든 친구 마누라지만 너를 생각혀면서 요망한 짓도 많이 혔는디 말여. 흐 흐 흐."

근순은 주먹을 움켜쥐었다. 부르르 떨려왔다.
"이근순! 뭔가 켕기는 거 없냐? 지난 5월 20일 아홉 시쯤, 생각나는 게 있을 텐디 말여. 생각이 안 나면 내가 말해 줄까?"
근순은 머리카락이 송곳처럼 서는 듯했다. 온 몸의 살들이 제각각 진동을 하며, 일종의 전율을 느꼈고 심장이 터질 듯했다.
'결국 저 자식이 하고자 하는 말은 이거였던가. 한데 저 자식이 어떻게 알았단 말이지. 태연한 척 하자.'
"니가 아는 게 뭔디 그려? 5월 20일이 뭐 어쨌다는 거여? 그날이 무슨 날인디? 죽은 니 마누라하고 밑구녁이라도 판 날이냐?"
일단 오리발을 내밀었다. 어둠 속에서 태민이 음흉한 미소를 짓는 듯했다. 언질을 줘도 오리발을 내미는 이근순이 가엽게 느껴졌을 것이리라.
"기억이 없는 거냐? 멍청한 거냐? 난 올 봄에 일어난 일을 다 알고 있는디 말여. 크 크, 흐 흐 흐."
한바탕 궁색하고 구역이 치미는 웃음을 쏟고는, 태민은 짙은 어둠속으로 말을 내뱉었다. 태민의 말은 어둠살로 흩어지지 않고 근순의 귀청으로 고스란히 파고들었다.

"5월 20일 아홉 시!
그날 점드락 마누라탱이가 하도 이상혀서, 으음 그러니까 뭐라고 할까나. 미친년처럼 실실 웃지를 않나, 평소와는 다르게 조신한 척을 하지를 않나. 왠지 예감상 그년이 어디로 튈 거 같더라고. 그랴서 그날은 엄마한테 마누라탱이가 집을 나서면 나한테 연락하라 하고 가게에서 술을 마시고 있었지. 아니나 다를까, 그년이 아홉 시가 되기도 전에 먹고개 쪽으로 갔다고 하더라고. 썩을년이! 죽을라고 지랄을 떤거지. 몸이 근질근질해서 환장을 한 거겠지만 말여.
넌 내 두 번째 마누라 차명희를 죽였어. 이렇게 말하면 또 오리발을 내밀 거지만. 목격한 바를 얘기해 줄틴게 잘 들어라. 넌 그날 광진이 하고 차명희가 씹하는 장면을 보고 저기 회다리 난간에 가서, 니 머리보다 큰 돌덩이를 들고 내리쳤어. 그 장면을 내가 목격했지. 이래도 오리발을 내밀거냐?"

둘 사이에 시간을 타고 적막이 흘렀고, 고요 속의 어둠이 둘 사이를 가로막고 있었다. 그때의 그 일을 김태민이 목격했다는 저주스런 말에 근순의 오리발은 어느덧 사라지고 자멸만이 악의 구렁텅이로 빠져들고 있었다.

그랬다. 근순이가 차명희를 돌로 쳐 죽이는 걸 저 양아치라는 놈은 두 눈 부릅뜨고 보고 있었던 것이다. 터질 듯하던 심장이 잦아들며 체념의 기운에 녹아들었다. 근순은 휴우, 길게 숨을 몰아 내쉬며 깃발이 나부끼듯 말했다.

"그려, 내가 니 마누라 죽였다. 죽일만치 미워서, 이 마을에 같이 있을 수가 없어서 죽였단 말이다. 미꾸라지 한 마리가 온 마을을 들쑤시고 다니니까, 그 꼴을 볼 수가 없어서 죽였단 말여 개새끼야. 니가 죽은 차명희에게 조금이라도 미련이 있다면, 내가 말해주지! 일단은 그 당시에 난 차명희를 죽일 의도는 없었고, 하는 짓이 하도 인간 같지 않아서 돌로 내리쳤는데 죽었을 뿐여. 넌 그 당시 차명희가 죽었으면 하고 바랬던 거 같은디. 안 그려? 그걸 내가 대신 해준 거잖아. 나한테 고맙다고 해줘야 할 거 같은디! 이 머저리 같은 자식아!"

체념을 하고 나니, 되레 근순은 태민에게 화풀이를 해대며, 머리를 쳐들고 생트집을 잡았다.

"아하, 그런가. 아무튼 고맙구만. 내가 할 일을 이근순이 대신 해줘서. 헌데 이건 살인사건여. 내가 경찰서에 가서 신고만하면 아마 10년 이짝 저짝은 콩밥을 먹어야 할 것 같은디. 10년! 말이 10년이지 옛날 같으면 강산이 변한다는 세월 아닌갑네. 하기사 억척스런 니가 10년은 아무것도 아닐 수도 있겠다만은, 나같으면 탈옥을 하고 말지 10년이라는 세월을 깜방에서 보낼 수야 없지."
 저 자식이 무엇인가 바라는 게 있다는 생각이 근순의 머리를 때렸다. 배배 꼬면서 애기하는 꼬락서니가 저잣거리의 시정잡배나 하는 짓과 어상반했다.
 "그래서, 니가 바라는 게 뭔디? 나한테 협박을 하면서 바라는 게 있을 듯헌디. 안 그러냐! 이 개같은 자식아!"
 성깔이 턱밑까지 치받쳐 올랐다.
 "그려, 그려야지. 그려야 이근순이 아닌갑네. 단도직입적으로 말할틴게 잘 들어라. 이번 달 내로 오천 만원을 줘라. 그것도 현금으로. 그럼 이 사건은 무덤까지 가지고 갈틴게. 어뗘, 거래가 될 만하지 않냐? 이 사건의 합의금만 해도 삼천만 원은 넘을 텐디. 거기에다 옥살이를 면해주는데, 오천 만원은 싼 거 아니냐!"
 "개새끼! 결국 돈이었구만."
 근순은 '오천만 원'을 되뇌며, 그만한 돈이 집에 있기라도 한 것일까 하며 넌더리를 쳤다. 집 팔고 논뙈기, 밭뙈기 다 팔아봐야 오천 만원이 나올까 말까 했다.
 "양아치 같은 새끼! 죽은 마누라 싸돌고 돈 지랄 하고 있구만. 더러운 새끼. 에이, 재수 없어! 똥통에나 빠져 뒈져버려라."
 근순은 더 이상 태민과 대거리를 하지 않고 돌아서서 총총히 걸어갔다. 그 이상의 대화는 시간 낭비였고 헛심만 빼는 요분질이었다. 축전기에 채워진 에너지가 태민이라는 구정물에 빠져들어 방전되는 기분이었다. 태민은 담배 한 개비를 꺼내 불을 댕기더니 폐부 깊숙이 연기를 빨아대곤 허공으로 불어제쳤다. 어둠을 헤치며 걸어가는 근순의 등짝을 보고 외쳤다.
 "근순아! 이번 달 말까지다. 알아서 혀!"
 '아니면 깜방으로 갈 거다', 라는 말은 담배연기를 빨아들이면서 삼켜버렸다.

**

그즈음.
무릉리 일본인 이주촌에 낯선 사람 한 명이 찾아왔다. 비서관도 대동하지 않은 채 낡은 승용차를 직접 운전하고 허름한 점퍼차림으로 방문한 그는 청와대 민정수석 허민국이었다.

허민국이 누구이던가!
일제 강점기 이전으로 거슬러 올라가 보자. 김제에서 나고 자란 허민국의 조부 허만득!
그는 조선 사대부 집안의 사노비로 있었다. 노비로 지내면서도 그는 항시 기회를 엿보고 있었다. 즉 여느 노비들보다 애바르다고나 할까. 자신의 이익을 좇는데 일가견이 있었고 시대 흐름을 읽는 데에도 현격하였다. 일본이 조선땅을 자주 침범하고 그에 대해 조선이 일본에 항의하는 모양새나 맞받아치는 형국이 당랑거철이었을 뿐이니. 허만득이 생각하기에 '언젠가는 조선이라는 나라가 일본에게 먹히겠구나,' 하는 조마조마한 마음에 내켜 하지 않으면서도, 한편으로는 '차라리 일본의 속국이 되어 이놈의 팔자 좀 펴보자.', 하는 맘보를 지니고 있었다.

1894년 갑오개혁.
허만득이 바랐던 사노비가 혁파되었다. 그는 면천이 되었고 한 가족의 가장이 되어 식솔을 거느릴 수 있는 어엿한 자유의 몸이 된 것이다. 재산을 맘껏 가질 수 있게 되었고, 자손을 대대손손 뻗칠 수 있게 되었다. 그 후로 허만득은 황소가 이기나 자신이 이기나 줄곧 일만 하면서 땅을 넓혀 나갔다. 그렇게 10여 년을 논에서 지내다시피 하더니, 종내 천석꾼이 되었다. 자린고비라는 소문이 천리 길을 달렸고, 억척스럽다는 말이 하늘에 가닿았다. '바늘로 찔러도 피 한 방울 나오지 않을 것'이라는 말은 허만득을 두고 하는 말이었다. 허만득의 저택 한편에 지어진 곳간들에는 오곡의 곡식들이 곳간 문짝을 바술 정도로 그득하였고, 방 안의 반닫이, 문갑들에는 온갖 금은보화가 빛을 보지 못하고 있었다.

1910년 8월 29일.
대한제국이 일본의 식민지로 전락하는 국권피탈의 경술국치에 이르게 되면서, 36년간의 일제강점기 시작을 알리는 격정의 막이 오르게 되었다. 이때를 틈타 허만득은 일제에 빌붙으면서 일본인들의 환심을 사기에 이르렀다. 정미소와 양조장을 운영하면서 재산을 기하급수적으로 늘려갔다. 불어난 돈들의 일부는 일제의 군국주의에 앞장서는 군비로 충당이 되었고, 일제 고위관료들의 수중으로 흘러 들어갔다. 그러니 돈이 될 만한 모든 이권은 허만득의 주위에서 놀아날 수밖에 없었다. 토지조사사업의 일환인 기한부신고제로 신고를 기피한 토지를 허만득이 불하받는 편법을 통해 그의 토지는 갈수록 늘어났다. 김제의 모든 땅을 허만득이 가진 듯, 허만득의 땅을 밟지 않고서는 김제를 들어설 수 없다는 말이 괜히 생긴 말이 아니었다. 1925년에 들어서 허만득의 자산가치는 만석꾼을 넘어서고 있었다. '천석꾼은 사람의 힘으로 될 수 있을지 모르나, 만석꾼은 하늘이 도와야 이룰 수 있다.'는 그 꿈을 허만득은 근 30년 만에 이룬 것이었다.

1930년에는 '황금광 시대'라는 말이 유행했다. 최창학(일본식 이름: 마쓰야마 마사가쿠(1891~1959). 일제강점기 및 광복 후 대한민국의 광공업 분야 대표적 친일 기업인. 일제강점기에 금광을 개발하여 부를 축척했고, 광복 뒤에는 대한민국 임시정부 주석을 지낸 김구에게 자신의 별장인 죽첨장을 제공하기도 했다. 평안북도 구성군 출신이며, 본적은 평안북도 정주군 곽산면이다.)이 금광 개발로 대한민국의 갑부로 올라서자 금광 개발 열풍이 일었다. 이에 뒤질세라 허만득 또한 함경도에 사람을 파견하여 금광권을 따낸 후 금광개발에 열을 올리기 시작하더니, 근 2년 만에 대한민국의 갑부다운 갑부로 올라서게 되었다. 주체할 수 없는 돈들이 허만득을 에워싸고 있었다. 일본은 갈수록 전쟁에 광분하더니, 그 여파가 한국인들에게 해일처럼 밀어닥쳤다. 중일전쟁과 대동아전쟁으로 한국땅은 피폐해졌고, 갖은 동원령에 한국인들의 삶은 그야말로 일본의 개, 돼지로 살아 지낼 수밖에 없게 되었다. 그런 가운데서도 허만득은 한국인들을 위한 배려라고는 눈곱만큼도 자비를 베풀지 않았고, 일본 제국주의에 협심하여 가진 재산들을 털어가며 군비를 대기 일쑤였다. 재산이 반조각이 난들 상관없었다. 일본의 후광은 휘황하게 허만득을 비춰주고 있었다. 대동아전쟁이 한창 반발할 당시 허만득은 일본으로부터 백작 작위를 받고 그 이듬해 노환으로 죽음을 맞이하였다. 천수를 살았다 할 것이다.

퍼내도 퍼내도 줄지 않는 허만득의 재산은 자손들에게 고스란히 넘겨졌다.

허만득의 장남 허일도가 있었다. 허만득이 육체적으로 고생고생하며 재산을 일궜다면, 허일도는 머리를 굴려가며 일본인들과 유착하여 돈을 모으기 시작했고, 그 돈을 일본으로 빼돌리기 시작했다. 뒷일을 생각한 것이다. 전쟁의 상황을 보니 일본이 결코 이길 수 없는 싸움에 휘말려 있다는 생각을 하고 있었다. 그쯤 되면 허일도의 머리에서는 대한민국을 버리고 일본으로 떠나자는 작심이 서있었다.

그러나 어찌하랴. 1945년 대한민국이 해방이 되고 난 후, 허일도는 백성들의 저항에 막혀 한국을 떠나지 못하고 한국인들의 뭇매를 맞아야 했다. 조림돌림을 당하며 인민재판을 받고 결국은 참형에 처해지고 말았다. 이런 사실들을 허일도의 자식, 지금의 민정수석 허민국은 일가친척들을 통하여 귀가 따갑도록 들어왔다. 할아버지와 아버지가 일궈온 모든 재산은 국가에서 환수해 갔고, 친일파라는 주홍글씨를 각인시켜 놓았다.

그것도 잠시, 대한민국의 제1공화국은 친일파들에게 우호적이었다. 철저한 척결이 아니라 겉만 번지르르하니 법을 제정해 놓고 실질적인 반민주 행위자 척결은 솜방망이로 어깨 한 번 쳐대는 걸로 끝이 났다. 그러니 허만득과 허일도의 직계인 허민국이 고개를 들어도 무난한 세상이 되어갔다. 그는 서울대 법대를 다니면서 사법고시를 패스하고 탄탄대로 검사의 요직을 거치며 검찰총장을 끝으로 검사의 옷을 벗었던 것이다.

그런 후 2008년부터 청와대 민정수석으로 눌러 앉게 되었다.

중요한 건, 그가 할아버지, 아버지의 친일 행적을 우호적으로 보고 있었다. 조상들을 부끄러워하기는커녕 자랑스럽게 여기고 있었다는 것이다. 대한민국의 요직에 앉아있는지라, 대놓고 지인들에게 얘기는 못할지라도 속내는 살과 피와 뼈가 친일로 배어 있었다.

2006년 그가 검찰총장으로 재직 시, 일본에서 외무성 스즈키 타이요우(鈴木太陽) 외무대신과 대담을 할 당시였다.

"우리 일본 외무성에서 조사한 바에 의하면 젊은이들이 대한민국으로 이주할 마음이 있다는 조사 결과가 나왔습니다. 그것도 다수의 젊은이들이 이주 신청을 했습니다. 환경이주지요. 그런데 이주라는 게 대한민국의 협조 없이는 이루어질 수 없는 것이잖아요. 총장께서는 어떻게 생각하십니까?"

타이요우 외무대신이 대한민국으로의 환경이주에 대해 물었다.

"저에게 그런 걸 묻는다는 게 뜻밖인데요. 저는 검찰총장이지 외교부 소속 직원도 아니고 외교와 관련된 일로 여기에 온 것도 아닙니다. 적절한 질문이 아니라 생각합니다만."

허민국 검찰총장은 검찰총장으로서의 그러한 질문에 대답할 성질의 것이 아니라고 회피했다. 입국을 하고나서 일본 타이요우 외무대신의 질문이 항시 떠나질 않았다. 결코 어렵지만은 않은 도출이라 무게를 둔 허민국은, 아직 때가 아니라며 머릿속에 임시저장을 해 놓았을 뿐이다.

'허민국을 청와대 민정수석비서관에 보한다.'

정권이 바뀐 뒤 허민국은 청와대 민정수석비서관으로 발탁되어 검찰총장직을 그만두었고, 대통령 곁에서 인사권과 사정권을 행사하게 되었다. 정책 입안을 하면서 그는 과거에 눈으로 보고 귀로 듣던 일들을 하나씩 전두엽으로 끄집어내었다. 그 안에 검찰총장으로 재직할 당시 일본 스즈키 타이요우 외무대신과 한 얘기가 K-9자주포처럼 불을 뿜으며 튀어나왔다. 일본인들을 한국으로 이주시키는 그 일 말이다.

현재의 민정수석 자리에서는 여론을 수렴하여 추진할 만한 현안이었다. 곧바로 입안 작성에 들어갔고, 그가 생각하기에 외교적 교류에도 적잖이 도움이 될 듯하였다. 구체적으로 작성된 입안을 대통령에게 보고를 하고 재가를 받게 되었고 국회의 동의를 받았다. 미적거릴 틈도 없이 타이요우 외무대신에게 타전을 하자, 속전속결로 일본인들의 한국으로의 이주 정책을 추진하기에 이르렀다.

『대한민국으로 이주할 수 있는 길이 일본인들에게 활짝 열렸다. 갈 수 있는 사람들은 신청을 하라』

일본 외무성은 분주해지기 시작했다.

"자, 대한민국으로 가자고. 정착할 수 있는 길이 열렸다는데 정착하지 못하면 우리 일본인들을 '줘도 못 먹는다'는 소릴 들을 거야."

"그래 가보자. 대한민국으로 가서 내 땅을 소유하고 자자손손 뿌리를 내리자. 과거 36년을 생각해봐라. 그 당시 대한민국은 우리 일본 땅이었잖아."

이런! 일본인들의 입에서 나오는 말이 무슨 막말이란 말인가. 어찌 대한민국이 일본 땅이었단 말인가. 강탈한 땅이 아니더란 말인가.

2007년 초부터 일본 외무성은 대한민국 무릉리 마을에 이주시킬 일본인들을 선발했다. 홋카이도, 규슈, 시코쿠의 세 개의 섬에서 다섯 쌍씩을 선발했고 본섬인 혼슈에서는 일곱 쌍을 선발했다. 레이카와 쇼타는 혼슈 도쿄도에서 선발되었다.

그 중심에는 레이카의 아버지 야마시타 아키라가 있었다. 그는 외무성의 실무진 부대신이었다. 일제강점기의 백작 이기승이 할아버지였고 이우석이 아버지인 그였다. 그는 대한민국의 일제강점기 36년을 아버지와 할아버지로부터 세뇌가 되도록 들어온 터였고, 해야 할 일들을 알고 있었다. 그때의 그 시절로 회귀하는 것이었다.

2002년 한·일 월드컵이 끝나고, 그해 10월부터 야마시타 아키라는 대한민국의 국력이 더 커지기 전에 해야 할 일을 밖으로 표출하기 시작했다. 그 당시 그는 외무성 심의관으로 재직하고 있었다.

"대신님! 이번 월드컵에서 대한민국이 4강에 올랐습니다. 이게 가능한 일이라고 보십니까?"

아키라는 대한민국이 일본 국력을 앞서기라도 하면 하늘이 무너지고 땅이 꺼질 것 같은 표정을 짓고 스즈키 타이요우 외무대신에게 물었다.

"가능하니까 4강까지 올라가지 않았나. 대한민국이 4강까지 올라갔다는 사실을 폄훼하지 말고 차라리 일본이 왜 대한민국보다 뒤처졌는가를 생각해야지. 대한민국은 이제 예전의 조선이 아니야. 세계가 대한민국을 주목하고 있단 말이야. 경제적으로나 외교적으로나 스포츠, 문화면에서나 세계 어느 나라에 내놔도 어깨를 나란히 하고 있단 말일세. 거기에 우리 일본이 뒷짐만 지고 가만히 있다가는 큰 코 다칠 것일세. 으 음, 끄 응."

외무대신의 불통은 아키라에게 튀었다. 그렇잖아도 대한민국의 굴기가 가슴을 치고 머리통을 욱신거리게 하고 있던 참인데, 아키라의 말은 불난 집에 부채질하는 격이었다. 쓸모없는 말은 똥으로 다스려야 했다.

"죄송합니다."
"……."
똥으로 다스린 말은 고개를 숙이게 했고 의욕적인 말로 돌변했다.
"대한민국이 우리 일본을 따라올 수 없다는 걸, 우리 외무성에서 보여드리겠습니다. 곧 기획안을 올리도록 하겠습니다."
이때다 싶어, 아키라는 그동안 생각해왔던 일들을 적나라하게 펼쳐보이려 했다.
'두고 봐라, 조생진놈들. 우리 일본이 얼마나 위대한가를 보여줄 것이니.'

아키라의 얼굴에서는 웃음기라고는 찾아볼 수 없었고, 결연한 의지만 엿보였다. 마치 맨몸으로 대한해협을 건널 것처럼 보였다. 그가 작성한 기획안은 외무대신을 거쳐 총리에게 올라갔다. 추진해 보라는 엄명이 아키라에게 떨어졌다. 그때부터 아키라는 일본인들이 대한민국에 이주하여 정착할 수 있는 이민법을 통과시켰고, 1차 선발대로 이제 갓 결혼한 친일파의 후손들 스물두 쌍을 모집하기에 이르렀다.
최종 심사에서 스물두 쌍 44명의 구성원들이 추려졌고, 2008년 5월에 최적의 적임지인 무릉리 마을로 이주를 하게 되었다. 44명의 한국이주는 이렇듯 일본 스즈키 타이요우 외무성 외무대신과 대한민국 허민국 청와대 민정수석의 합작품이었다.

**

허민국 민정수석은 승용차에서 내리자마자 이주촌의 리더격인 류헤이를 찾았다. 류헤이는 마루에서 앉은뱅이책상을 끼고 책을 보고 있었다. 아내 요시다 나오코(吉田直子) 역시 옆에서 책을 보고 있었다.
"요시다 류헤이! 나 왔네."

류헤이는 대문쪽으로 고갤 돌렸다. 낯익은 얼굴이 손바닥을 눈썹 위에 얹고서 여름 햇볕을 가리고 대문을 넘어섰다.
"시원한 마루에서 책 보고 있나? 마을에 들어서자마자 산바람이 시원하고만 그려. 밤에는 한기라도 찾아오겠고만. 안 그런가? "
대문을 들어서며 류헤이와 나오코가 책읽는 모습을 보고 신선이 따로 없구만 하는 생각이 문득 떠오르다 이내 사라졌다.
"아니, 허 수석님 아니십니까. 허 수석님 어서 오세요. 연락이라도 하고 오시지. 이렇게 불쑥 찾아오시면 어쩌라는 겁니까."
류헤이는 부리나케 책을 덮고 맨발로 마당까지 나와 마중을 했다. 나오코 또한 고갤 조아리며 어쩔 줄을 몰라 했다. 서로 대면을 한 적이 한 번밖에 없었고 전화로만 수시로 연락을 해 온 터라, 이렇듯 산골까지 찾아올 줄은 생각도 못하였던 터였다.
"여보! 가서 하야시 타케루(林健) 좀 오라고 해요. 그리고 하야시 토모미(林朋美)하고 다과상 좀 봐오고요."
류헤이는 가만히 있질 못하고 부스대며 허민국을 안방으로 안내를 했다.
"어찌, 여기서 지낼 만은 합니까? 여름은 시원하게 보내겠습니다만."
이마에 솟은 땀을 손등으로 닦아내며 허민국은 안방 구석구석을 눈으로 살폈다. 새집이라 세간들이 정갈하게 정렬되어 있었다. 책장에는 책들이 빼곡히 쌓여 있고, 티브이 위에는 한복을 입고 찍은 결혼사진이 단란하게 보였다. 이제 갓 낳은 아기는 건넌방에서 자고 있는 듯했다.
"가끔은 적적하지만 지낼 만합니다. 공기 좋고 물 좋고 마을 사람들 인심 좋고, 이 정도면 괜찮은 곳이지요. 수양하기에는 더없이 좋은 곳입니다. 허 수석님도 며칠 쉬었다 가시면 몸도 마음도 한결 여유로워 질 겁니다. 이왕 온 김에 그렇게 하시지요."
이윽고 하야시 부부가 나오코와 함께 대문으로 들어섰다. 토모미는 허민국에게 인사를 하고 나오코와 주방으로 들어갔고 타케루는 안방으로 들어갔다.

"허 수석님 그간 안녕하셨습니까? 정말 오랜만에 뵙는 거 같습니다. 이렇게 허 수석님을 뵈니 오랜 가뭄에 단비 내리는 듯 반갑습니다."

타케루는 반가움을 온몸으로 표현을 하며 웃음이 가시질 않았다. 그만큼 이 마을에 찾아온 허 수석이야말로 류헤이와 타케루에게는 태양의 기운에 삼투되어 쭉쭉 뻗어나가는 굵은 가지였다. 그 가지에서 푸릇푸릇한 이파리가 주저리주저리 나올 것이었다. 얘기하는 사이에 다과상을 들고 나오코와 토모미가 들어와 앉았다.

"허 수석님! 들어보시지요. 여기서 재배한 사과에다 인삼주, 감자, 고구마예요. 이거 드시고 저녁 드시지요. 여기서 주무시고 가실 거지요?"

나오코는 다과상에 내놓은 먹을 것들을 짚어가며, 이곳에서 자신들이 직접 손으로 재배한 것이라며, 기꺼움을 감추지 못했다. '우리 이렇게 살아가고 있어요.', 하며 무릉리에서의 삶을 은근히 얼비추었다.

"예, 오늘은 여기서 신세 좀 지겠습니다. 그리고 상차림이 아주 훌륭한데요. 보기만해도 먹음직스럽습니다."

허민국은 감자 하나를 들어 반쪽을 베어 물었다.

"실한 게 참 맛있습니다. 같이 드시지요. 그리고 오늘 제가 이렇게 찾아온 이유는 이따 저녁 먹고 말씀드리겠습니다. 좋은 소식도 있고, 노파심에 드릴 말씀도 있으니, 저녁 먹고 이야기하는 게 나을 것 같아서요."

허민국은 남은 감자 반쪽을 입에 넣으며 이야기를 잡아나가더니, 저녁 이후로 말머리를 돌렸다.

느끼한 서울 음식 맛에 찌들은 허 수석은 나오코와 토모미가 차려온 저녁에 공깃밥 두 그릇을 비우고 수저를 내려놓았다.

"이런 식사 정말 오랜만입니다. 어렸을 적 어머니와 할머니가 해 준 그 맛이에요. 어떻게 이렇게 한국 음식을 잘할 수 있습니까? 한국사람 다 됐네요."

칭찬 일색이었다. 저녁상을 치우고 요시다 부부와 하야시 부부 그리고 허민국 다섯 사람이 방 안에 둥그렇게 앉았다. 앞에는 쟁반에 담겨진 녹차 잔이 탁자에 놓여 있다. 잔을 들은 허민국은 녹차 한 모금을 입안에 머금고 목으로 넘겼다. 네 사람은 그런 그를 전아하면서도 호걸스럽다는 듯 바라보았다. 아니 입매를 바라보고 있었다.

"여러분도 아시다시피 현재 대한민국의 굵직한 요소요소에는 일본을 동경하고 있는 자들이 포진해 있다고 봐도 맞을 듯합니다. 저 또한 대통령 옆에서 나라 일을 보좌하고 있잖습니까. 저를 정점으로 '삼육회'는 과거의 군국주의로 돌아가 일본을 세상의 중심으로 바꿔놓고자 합니다. 그들과는 한 달에 두세 번은 전화로 연락을 취하고 있는 상태입니다. 여러분도 이미 보내드린 사진을 통해서 알고 있는 분들이지요. '삼육회'는 정계와 재계, 언론계 그리고 종교계, 법조계에도 점조직처럼 퍼져 있습니다. 서로서로 만남 자체는 자제를 하고 있지만, 조만간 세미나 형태로 모임을 가져 볼까 추진하고 있습니다. 그땐 여기 있는 여러분들도 물론 초청을 할 것입니다.

타이요우 외무성 외무대신이 저하고 두 번째 비공식 대담을 가지면서 그랬지요. 이미 대한민국에 와 있는 44명의 포석을 시작으로 해서 이 주거지 일대, 즉 주천면을 일본인들의 터전으로 만들자고요. 이곳이 산세도 좋고 해서 일본인들이 살기에는 적지로 판단했습니다. 이곳에 일본인들이 늘어나면 인프라가 끊임없이 형성이 될 테고, 그러면 일본인들은 더욱더 늘어날 것일 터. 그러다보면 시너지 효과가 상당할 것이라고 타이요우 외무대신이 예견하고 있습니다. 그러니 처음에 정착한 사람들이 희생이랄 것도 없지만 상당히 중요한 역할을 해야 된다고 신신당부를 하셨습니다. 외무성에서 여러분들에 대한 지원은 아낌없이 할 테니 염려하지 말라고 하시면서요.

요지는 여러분들이 이곳에서 지내시면서 주천면민들과 두루두루 친근감을 내비치면서 자극적인 말은 삼가고, 원주민들과 동화되어 살아나가야 한다는 것입니다. 여기 주천면에 일본의 소국이 세워지는 날, 여러분들은 아마도 입지전적인 인물들로 기억될 것입니다. 타이요우 외무대신과 제가 그렇게 만들 것입니다.
　그리고 한 가지 더 제가 드릴 말씀은, 아직까지는 주천면민들 뿐만 아니라 대한민국의 국민들이 일본에 대한 반일 감정이 어느 순간 불 일 듯 일어날 수 있다는 얘기입니다. 대한민국과 일본 사이에는 아직도 과거사가 명확하게 해결 되지도 않은 상태이다 보니, 부지불식간에 국민들 사이에 농밀하게 배어 있는 반일 감정이 치밀어 오를지도 모릅니다. 여러분들께서는 항상 '가깝고도 먼 나라가 바로 대한민국과 일본'이라는 사실을 상기하시고 유념해 주시기 바랍니다. 이 넓은 땅에 일본의 소국이 세워지는 날에는 대한민국에서도 함부로 간섭을 하지는 못할 것입니다. 그때가 되면 정치, 경제적으로 대한민국에 끼치는 반향이 상당할 것이니까요. 그때까지 여러분들이 후세들을 위해서 힘을 써줘야 할 것입니다."
　결연한 어조를 담아 말하는 허민국은 금세라도 위대한 일본의 소국이 이 땅 위에 세워질 것이라 의심치 않으며, 자못 눈빛이 번득거리며 열변을 토해냈다. 그때가 되면 허민국은 이 소국으로 돌아오리라 굳은 결심을 하고 있는 것이었다.
　"제가 알기로는 후진들이 곧 이곳으로 온다는 얘기가 있던데요. 그때가 언제입니까?"
　콧방울을 손톱으로 갉작거리던 류헤이가 초롱초롱한 눈빛을 하고 허민국에게 물었다. 잔을 들어 녹차를 바닥까지 비웠다. 옆에 있던 타케루도 물어 보고 싶었던지 허민국 앞으로 엉덩이를 바짝 당겼다.
　"거기까지는 아직 정확히 모르겠습니다. 타이요우 외무대신께서 언뜻 나에게 언질을 해 주기는 했는데, '조만간에 진행이 되지 않을까.' 하는 생각입니다. 지금쯤이면 외무성에서 선별을 하고 있을 겁니다. 구성원은 여러분들과 비슷할 겁니다. 더 궁금한 점이 있으면 기탄없이 물어보세요. 내가 아는 한도 내에서는 뭐든지 답변해 드리겠습니다."
 네 명은 불그스레하게 상기된 얼굴을 하고 서로를 바라볼 뿐이었다. 허민국의 말을 듣고 가슴 밑바닥에 쌓여졌던 답답증이 한꺼번에 녹아들어 항문을 통해 배설될 듯도 했지만, 무엇인가 깊게 뿌리를 박고 빠져나오지 않는 듯도 했다. 그 뿌리가 무엇인지 감을 잡을 수가 없었다.
 "허 수석님 말을 듣다보니 답답했던 가슴이 뻥 뚫리는 것도 같은데, 아직까지도 우리에게 다가올 미래가 불확실하잖습니까. 그 불확실성에 우리의 인생을 바친다는 게 조금은 허망하기만 합니다. 아무튼 허 수석님하고 타이요우 외무대신님만 믿고 따르겠습니다."
 나머지 세 사람도 고개를 끄덕였다. 류헤이와 별 다른 의견이 없다는 표정이었다.
 "여보, 술상 좀 내오지요. 허 수석님 오셨는데 낮에 인삼 넣고 걸쭉하게 푹 끓여 놓은 백숙하고 인삼주 좀 내오지 그래요. 술상이 빠질 수가 없잖아요."
 "예, 그리 하겠습니다."
 나오코와 토모미는 일어서서 부엌으로 종종걸음을 치며 걸어갔다. 발걸음이 가벼웠다. 끓고 있는 냄비 뚜껑을 열자 인삼 냄새가 화산이 폭발하듯 허민국의 코끝을 강타했다.

 '삼육회'는 허민국과 스즈키 타이요우가 세 번째 만남에서 결성한 단체였다. 암암리에 대한민국과 일본의 정치, 경제, 사회, 문화계의 핵심 인물들을 포섭하면서 커나갔다. 공식적으로 언급된 적도 없었고, 그들만이 점 조직으로 알고 있는 모임이었다.
 일제 36년의 잔재는 대한민국 요소요소에 침투하고 있었던 것이다.
 '삼육회'가 '삼백육십회'가 될 수도 있는 상황이었다.
 대통령의 최측근 민정수석 허민국! 나라를 팔아먹을 수도 있는 자였다. 대통령은 그걸 몰랐다.

음모

 태양이 빛을 잃을 수 있을까.
 '고양이가 풀 뜯어 먹는 개소리고, 호랑이 새끼가 눋은밥 먹는 개새끼 소리다.' 식을 줄 모르던 한낮의 태양이 대지의 기운에 흐느적거리며 뙤약볕을 잃어갔다. 정말로 고양이가 개소리를 내고 호랑이 새끼가 개새끼 소리를 내는, 웃기는 소리가 들릴 수도 있음이었다.

 10월의 태양은 하늘을 향해 솟아있는 만물의 곳곳에 볕을 내려주며 결실을 맺게 했다. 갈맷빛을 띠며 한닥거리던 들녘의 벼들이 가을의 문턱에 걸터앉아 누르스름하게 변색되며 고갤 숙이고 있다. 전봇대 사이의 전깃줄에 앉아 있던 참새 떼는 양팔을 활짝 벌린 허수아비의 험악한 낯빛이 사그라지면, 단단하게 영근 벼들의 목에 내려앉아 알맹이를 쪼아 먹었다. 농군들의 땀이 배어 있는 자식 같은 벼들의 결실을 참새라는 놈들은 불로소득을 얻고 있는 것이었다.
 '썩을 것들!'
 참새들과 허수아비의 싸움이 허수아비의 패배로 끝나자 농군들은 자식들을 지키기 위해 강수를 두었다. 결실이 가까워오는 시기에 널따란 논에 그물을 덮어씌우고 빈 깡통을 여기저기 매달았다. 떼로 덤벼드는 참새들이 벼에 앉을라치면 벼를 지키고 있는 어린아이가 팔뚝만한 막대기로 빈 깡통을 마구 쳐댔다. 그 소리에 참새 떼는 벼에 앉으려다 말고 아쉬움을 뒤로한 채 허공으로 날아들었다. 빈 깡통의 승리로 끝났다. 알알이 맺힌 살팍한 벼들의 알맹이가 고스란히 사람들 곁으로 다가올 날이 그리 멀지 않았다.

근순의 아들 석범은 어제와 마찬가지로 학교 수업이 끝난 뒤 막대기를 들고 논으로 줄달음을 쳤다.
"이 새끼들아!! 저리 가, 저리 가란 말여."
어둑해지는 해질녘까지 졸린 눈을 하고 참새 떼를 쫓아내기 위해 깡통을 쳐대며 지켜 서있어야 했다. 근순과 양호는 뒷산 산자락의 조그마한 밭에서 조막만한 돌멩이들을 걸러내고 겨울에 먹을 김장배추 파종을 하고 있었다. 늦은 감이 있기는 했으나 지금 파종을 해도 그렇게 늦다고는 할 수 없었다.

태민과의 거래 아닌 거래로 몇 날 며칠을 벼룩잠을 자다시피 한 근순은 초췌한 낯빛에 비영비영한 몸뚱이가 애처롭게 보였다. 편집증 환자처럼 명희와 태민의 얼굴이 근순의 머릿속에서 한시도 떠나질 않았다. 양호에게 말을 할 수도 없고 참으로 난감할 뿐이었다.
'오천만 원'
바람결처럼 스치는 환청에 '쓰러지겠구나.' 자각이 일었다. 휘뚝거릴 뿐 쓰러지진 않았다.
'오천만 원이 어디에서 생긴단 말인가! 오천만 원이 동네 똥강아지 이름도 아닌데 말여. 썩어 문드러질 놈한테 걸려가지고 미치것고만.'
10월 안으로 마련하라는 태민의 성화에 겨우겨우 달래서 11월 중순까지만 기다려 달라 했다. 시간이 흘러 갈수록 근순의 머리는 두 조각이 날 듯 저며 왔고, 태민에 대한 분노로 가득했다. 태민에게 가서 빌어 볼까도 생각을 해 봤지만, 이제껏 겪어왔던 바로는 어림 반푼어치도 없는 처사라 생각했다. 가끔은 먼 산을 바라보았지만 나오느니 한숨이요, 들리느니 '오천만 원.'이라는 환청이었다. 그런 근순을 양호가 하루 이틀 정도는 고양이 닭 쳐다보듯 하다가도, 매일 한숨을 짓고 있으니 지나칠 수 없었다.
"석범 엄마! 뭔 일 있다냐? 요사이 뭔 한숨을 그리 자주 뱉어낸다냐."

제2부 비굴해야 사릭 쉽다. 음모 177

내가 모르는 뭔 걱정거리라도 있는 거여? 있으면 싸게싸게 야그하고. 걱정은 나눠야 한다고 허잖아. 혼자 그렇게 한숨만 쉬지 말고."
 밭이랑에다 파종을 하다 말고 먼 산을 바라보며 한숨을 쉬고 있는 근순에게 양호는 정이 물씬 풍기는 말을 꺼냈다. 산자락에서 올려다보는 파란 하늘은 형형색색 물들어가는 낙엽들과 어우러져 근순의 눈자위에 무턱대고 내려앉았다. 푸른 눈물을 흘려보낼 것만 같았다.
 "아무것도 아녀. 그냥 맴이 심난해서 그러는 구만. 그 뭐시냐. 여자들이 자주 겪는다고 하더만."
 "갱년기?"
 "어, 맞어. 갱년기. 나도 갱년긴가벼. 괜스럽게 맴이 우울하고 그러는 구만. 돈이라도 몽창 있다면야 이놈의 갱년기가 달아날 거 같은디. 아무리 쥐어짜봐도 돈 나올 구녁은 애당초 없을 거고. 맘만 가시밭길이지. 에휴."
 배추씨를 파종하고 있는 밭뙈기가 꺼져라 하며 시커먼 한숨을 내뱉었다. 근순의 돈타령에 양호는 할 말이 없었다. 허리를 구부리고 배추씨 뿌리기에 바빴다. 근순도 허리와 눈을 밭이랑으로 돌렸다. 애먼 땅을 파대 봤자 나오는 건 밤톨만한 돌멩이들뿐이었다.
 11월 중순으로 접어들자, 근순의 휴대전화 연락처에 양아치라고 이름을 저장해 놓은 태민이 뻔질나게 전화질을 해댔다.

♪♪이번에는 널 용서할 수 없어
나와의 약속을 어겼어
자꾸 이런 식으로 속이면
내가 넘어갈 줄 알았지
웃기네 웃기는 소리 하네♪♪

 컬러링을 로티플 스카이의 '웃기네'로 저장해 놓은 터라, 정말 웃기듯 휴대폰이 울어댔다. 받으나마나 '오천만 원 마련 됐냐?'고 물어볼 게 뻔할 터였다. 양아치의 전화질이 끊기기만을 바랄 뿐, 휴대전화 울음에 근순은 몸을 떨었다.

'아! 이 상황을 어찌 벗어나야 한단 말인가. 돈, 돈, 돈이 웬수고, 김태민 양아치가 저주스럽다. 양아치에게 바칠 오천만 원이 어디 있냔 말이다.'

근순은 분울한 마음을 가눌 길이 없었다. 어떻게든 풀어내야만 했다. 차명희 살해와 오천만 원, 김태민과 이근순. 풀 수 없는 고차원 방정식도 아니었고 미·적분도 아니었다. 아무리 생각을 해봐도 단순하면서도 복잡 미묘하기만 했다.

'후 아, 개새끼.'

입에서 나오는 건 한 숨이고 욕지거리였다. 나올 돈은 어디에도 없으니, 근순은 가장 단순하게 생각해야만 했다.

가장 단순한 생각이라.

그것은 분노였고, 분노는 자생력을 가지고 돌이킬 수 없는 살상력을 키워낼 수 있는 그것이었다. 차명희를 살해한 사실을 알고 있는 사람은 자신과 태민 밖에 없지 않은가. 그러하다면 곰팡이 같은 삶을 살아가는 태민이, 그 양아치만 없어지면 되지 않는가. 의외로 간단하지 않은가. 양아치에게 갖다 바칠 돈이 없으면, 그 자식을 없애버리면 되는 단순한 일이 아니던가. 차명희를 죽여버리듯, 그 자식을 없애버리면 되는 단순 무식한 일이 아니냔 말이다.

근순의 눈빛이 먹잇감을 앞에 두고 기회만 엿보고 있는 야수의 눈빛처럼 섬뜩했다. 인삼밭의 고랑에서 막바지 잡초를 뽑고 있는 근순의 호미 손놀림이 의식적으로 빨라졌다. 호미를 쥔 손잡이에 땀이 배어들었다. 양아치를 죽여야 한다는 결연한 의지가 분연히 가슴 밑바닥에서 휘젓고 있었다. 기회를 만들어 보고자 눈을 부라렸다.

**

 인삼밭의 쓰잘머리 없는 잡풀들을 죄다 뽑은 근순은 허리를 꼿꼿이 세우더니, 허리춤에 양손을 짚고 골반을 뱅글뱅글 돌렸다. 통증이 일었던 허리께와 허벅지가 한결 가뿐함이 느껴졌다.
 태민을 죽여야겠다는 올차고 야무진 의지!
 그 의지는 느물느물하던 석고가 단단하게 굳어가듯, 가슴 한편에 자리를 잡고 박제되어 갔다. 이젠 돌이킬 수 없듯 온몸에 살기가 돋았다. 태민에게 오천만 원을 줘야할 기한이 일주일하고 하루가 남았다. 그 안에 어떻게든지 해결을 봐야 했다.
 옷을 갈아입은 근순은 저녁 준비를 위해 마트에 들렀다. 쇠고기는 못 먹을지라도 돼지고기라도 먹어야 했다. 녹슨 톱니바퀴처럼 빡빡하게 돌아가는 머릿속에 기름칠이라도 해 둬야, 태민이고 돈이고 아무튼지 간에 해결이 될 것 같았다. 눈에 익은 여인이 바구니를 들고 찬거리를 고르고 있었다. 레이카였다.
 "레이카! 오랜만이야! 그간 잘 지냈어?"
 근순은 레이카 옆으로 바짝 다가서며 바구니 안을 들여다봤다. 소시지에 쇠고기, 화장지, 계란, 마늘, 파, 락스가 들어 있다.
 "어, 언니! 오랜만이에요. 그렇잖아도 전화하려고 하던 참인데. 언니, 보고 싶었어요!"
 레이카는 한껏 흐뭇한 표정을 지으며 근순 앞으로 다가섰다. 무릉리 마을에 갔다가 스쿠터를 타고 도망치듯 오고 나서 레이카를 처음 만나는 것이었다.
 "언니! 커피 한 잔 어때요?"
 근순을 보는 눈이 총총히 빛났고 볼살이 아느작거렸다.
 "좋아부러, 레이카하고 마시는 커피가 기가막히게 맛있당께. 저그 운일암 쪽으로 가자."

달뜬 기분을 여실히 드러내 보인 근순은 냉큼 대답을 했다. 냉커피 두 캔을 사든 둘은 승용차를 운일암 주차장에 주차를 해 놓고 계곡물에 발을 담그고 앉았다. 차란차란 흘러가는 계곡물 소리를 들으며 옛이야기 지절대던 고향마을 계곡이었다.

"레이카는 일본에서 뭐하다가 여그로 온 거여?"

근순은 내내 궁금하던 차에 빨대로 다디단 라떼 커피를 빨아대며 물었다. 계곡물이 몸에 스며드니 한기가 일었다.

"도쿄에서 대학을 졸업하고 조그마한 컴퓨터 벤처 회사에서 일을 했어요. 첫 번째 남편은 그 회사에서 만난 남자였어요. 근데 1년 만에 부득이하게 이혼을 해야만 했지요. 그 남자를 정말 사랑했었는데."

푸른 페인트를 칠해 놓은 듯한 가을 하늘을 레이카는 한동안 올려다보았다. 푸른 하늘은 하염없이 슬픈 자태를 뿜어내고 있었다.

"그러고 나서 부모님이 찍어 놓은 지금의 쇼타하고 두 번째 결혼을 하게 된 거지요. 그때가 2007년 말이었어요. 그 후로 정부에서 대한민국으로 이주할 사람들을 모집하는데 지원을 한 거지요. 엄마 아빠의 권유도 있고 해서요. 엄격한 심사였는데, 나하고 쇼타가 다행히 통과한 거예요. 지금 이곳에 거주하는 나머지 사람들도 거의 나하고 비슷할 겁니다. 일본을 떠날 당시 모두 신혼 초였고 아기는 아직 없었지요. 그러니까 이곳에 와서 출산을 하게 되는 거였어요. 목적은 환경이주였지요. 여기 와서 지내보니까 한국 사람들 굉장히 친절해요. 물론 언니는 말할 것도 없고, 여기 올 때는 기대 반 걱정 반으로 왔었는데, 괜한 걱정을 하지 않았나 쑥스럽더라고요. 언니! 앞으로 언니하고 자주 만나고 친자매처럼 지내고 싶어요."

근순은 물에 담근 발을 첨벙거리며, 집채만 한 바위를 돌아 굽이치며 내려오는 물줄기를 바라보았다. 그리고 레이카를 보았다. 일본에서 근심을 안고 이곳으로 왔다는 레이카! 운장산을 따라 수풀을 헤치고 바위에 맞닥트리며 굽이굽이 물길을 이루어 근순의 발끝에 닿은 청정한 운장산 계곡물!
어찌 보면 비스무리하다 싶었다.
"그려, 나도 레이카하고 친자매처럼 지내고 싶당께. 레이카하고 나하고는 친자매가 되는 거여. 알것지?"
"정말로? 나야 좋지요. 언니만 옆에 있으면 외롭지도 두렵지도 않아요. 내가 가진 모든 걸 언니한테 줘도 아깝지가 않아요. 언니 정말 고마워요. 나를 동생으로 받아줘서."
눈가에 눈물이 맺힌 레이카는 근순을 그윽하게 바라보았다. 의지할 수 있는 사람이 있다는 게 마냥 좋았다.
"야가 울긴 왜 운다냐. 니가 이런 촌구석에 와서 많이 외로웠는가 보구나. 이제부텀 외로워하지 말어. 나가 항상 니 옆에 있어 줄틴게. 예쁜 동생 생겨서 나도 기분이 겁나게 좋아부지네 그려. 레이카 기분 좋다."
"언니."
바다를 건너고 산을 넘어 들판을 지나온 인연 하나가 슬프게 영글어 가고 있었다.

둘은 다정한 눈빛을 담아 손을 마주 잡았다.
"언니, 고마워."
"고맙긴, 뭐가 고맙다냐. 니가 나를 언니로 대해 주니께 내가 고맙지."
둘은 하얀 이를 드러내며 가을 햇살처럼 따사롭게 웃었다.
까르르 까르르, 호 호 호.
"그리고, 언니! 물어볼 게 있는데."
레이카는 주춤했다.
"어, 뭔데?"
마주잡았던 손을 놓고 근순은 레이카를 빤히 바라보았다.
"몇 달 전에 있었던 살인사건 있잖아. 그 사건 범인은 잡혔어?"
근순의 눈앞에서 푸른빛이 번쩍 일었다. 친자매로 지내자고 했던 레이카의 입에서 범인이 잡혔냐는 소리를 들으니 문득 거리감이 느껴지기도 했지만 문득 좁혀졌다. 짐짓 모른 체 하며 딴청을 부렸다.
"글쎄, 나도 잘 모르것는디."
자신이 범인이었지만 레이카는 그 사실을 몰라야 했다. 레이카가 알기라도 한다면 근순의 머리통이 어떻게 변할지 모를 일이었다.
"아, 그렇구나. 난 또 언니가 알고 있는가 해서 물어보는 거야. 모르면 말고."
운일암반일암 계곡물에 담근 근순과 레이카의 발짓이 더욱 거세게 첨벙거렸다.

근순과 레이카가 계곡물에 발을 담그고 발길질을 하고 있는 운일암반일암.
반일암은 전라북도 진안군 주천면 대불리에 소재한 바위의 이름이지만, 주천면 주양리에서 무릉리를 거쳐 대불리까지 걸쳐 있는 계곡을 지칭하기도 한다. 이 계곡은 운장산(1,126미터)과 동북쪽의 명덕봉(845.5미터)과 명도봉(863미터) 사이에 발달한 계곡으로 길이는 5킬로미터 남짓에 이르며, 주자천 계곡이나 대불천 계곡, 운일암반일암이라고도 불린다. 70여 년 전에는 양 옆은 깎아지른 절벽이고, 따로 길이 없어 오로지 하늘과 돌과 나무와 오가는 구름뿐이어서 운일암이라는 이름이 붙여졌다. 또한 깊은 계곡이라 햇빛을 하루에 반나절밖에 볼 수 없어 반일암이라 불렸다.
이렇듯 주천면은 운일암반일암을 품어 안은 채 올올하게 솟아 있다. 레이카는 승용차에 근순을 태우고 집까지 데려다 준 뒤 무릉리 마을로 달렸다.

이근순이 집에 들어서자 양호는 씻고 있고, 애들은 안방에서 티브이를 보고 있다. 양호를 보자 태민이 생각에 부아가 치밀었다.

"오늘 아침부터 나가더니만 뭐하느라 이제 들어온겨? 또 양아치들하고 한바탕 놀자판 벌리고 들어왔구만. 일거리가 없으니 그럴만도 허것네. 남들은 책도 보고 어디서 정보도 얻어가지고선 이것저것 심어보고 허드만. 어째 그놈의 친구들은 맨날 놀자판여! 으이구 지겨워."
 들끓는 가래를 목구멍까지 끓어 올려 양호 보란 듯이 퉤, 뱉어냈다. 양호가 눈을 흘겼다.
 "뭘, 내가 틀린 말 했는감? 그건 그렇고 태민이 그 자식 허튼소리 안하던가?"
 수돗가에서 씻고 마루로 올라서는 양호에게 말했다. 빨랫줄에 걸쳐 있는 수건을 낚아채어 얼굴부터 목을 닦으며 내려오던 양호는 뜨악하니 근순을 바라보았다.
 "무슨 말? 아무런 말도 없었는디. 둘이 뭔 일 있었는겨?"
 고갤 갸웃하며 되물었다.
 "뭔 일은, 그런 자식하고 뭔 일이 있것어. 하도 양아치 같은 짓을 하고 다니길래 그냥 물어봤지. 저녁이나 차려야것네."
 부엌으로 냅다 들어갔다.

 **

 무릉리 마을로 돌아온 레이카는 찬거리를 들고 부엌으로 들어갔다.
 '아직 안 왔나 보네.'
 쇼타는 익은 벼를 베기 위해 콤바인 운전을 배우고 있으리라 능히 알 수 있었다. 이곳에 처음 정착할 당시에는 논농사를 어떻게 지어야 할지 망막하기만 하더니만, 이젠 무릉리 마을 사람들의 도움을 받아 시기에 적절하게 볍씨를 뿌리고 모종을 옮기고 농약을 제때제때 치는 일정을 죄다 꿰고 있었다. 혼자서도 땀을 흘리며 농사일을 하고 있었.
 '이젠 이곳이 정이 들었나 보네.'

한 가지 일이 몸에 배어버리니, 이젠 쇼타를 비롯한 다른 일본인들도 인삼뿐만 아니라 다른 특용 작물의 재배법을 알고자 바지런을 떨었다. 3년 전부터 인삼재배에 팔을 걷고 나선 일본인들은 정달승 이장을 어지간히 성가시게 했다. 묻고 또 묻고, 질문이 끊이질 않았다. 그러할 지라도 알려주는 재미가 쏠쏠한 정달승 이장은 싫은 내색을 하지 않았고, 외려 차근차근 인삼 재배법을 일본인들에게 알려주었다.

정달승 이장의 쉼 없이 일하는 모습을 보고 있자면, 일본인들은 경의를 표하며 주위로 모여들어 배우려 들었다. 올해는 복분자 재배를 한다고 했다. 이미 100평 규모의 밭에다 복분자 나무를 심어 놓았고, 수확한 복분자로 술을 담아 한 순배씩 돌리자고 약속까지 해 놓았다. 일본인들은 그날이 어서 오기를 바랐다.

굶주린 호랑이가 무릉리 마을 입구로 성큼성큼 다가오듯 그날은 찾아왔다.

가을이 흘리는 낙엽들을 뒤로하고, 그날 오후부터 무릉리 마을 회관에서는 일본인들이 돼지 한 마리를 내고, 정달승 이장이 시루떡과 1.5리터 패트병에 담긴 복분자 술을 다섯 병이나 내었고, 어르신들이 막걸리 또한 거하게 내었다. 무릉리에 거주하고 있는 모든 주민들 중 대부분이 마을 회관으로 모여들었다. 120명은 넘는 듯하였다. 일본인들은 모두 참석을 했다. 정달승 이장이 모처럼 마이크를 잡고 흠 흠, 헛기침을 했다.

"오늘 이렇게 우리 무릉리에 거주하는 많은 분들이 모여 좋은 한때를 보내게 되었습니다. 저로서는 기쁘기 그지없습니다. 더욱이 일본 분들께서도 돼지 한 마리를 선뜻 내 놓으시고, 모두 참석을 해 주셔서 고마울 뿐입니다. 앞으로도 계속 우리와 같이 이곳에서 살아가게 될 일본 분들이 무탈하기를 빌겠습니다. 아무쪼록 오늘 함께 허물없이 이야기도 나누시고 흥겹게 노시기 바랍니다. 부족한 거 있으시면 저한테 말씀하시고요."

11월 초순의 따사로운 햇볕 아래에서 무릉리 주민들을 비롯한 일본인들은 서로 정을 나누며 즐거운 날을 보내고 있다. 턱주가리 사발에 가득 부은 막걸리를 주거니 받거니 하며 얇은 웃음이 연신 입가에서 멈출 줄을 몰라 했다. 정달승 이장이 내온 복분자 술과 어르신들이 내온 막걸리가 바닥을 드러내고 있다. 주민들 몇몇은 취기에 비트적거리며 혀꼬부라진 소리로 고래고래 소리를 지르기도 했다. 아랫마을 끝진 곳에 살고 있는 김춘배가 곤죽이 되도록 취해선 한껏 고무돼 있다. 눈자위에 핏발이 서고 초점이 가물가물 하였다. 자리에서 문득 일어난 춘배는 입 주위를 손등으로 쓱 닦더니 술김에 아니꼽던 생각들이 뇌에서 거르지를 못하고 쏟아져 나왔다.

"하이고매, 우리 마을도 이젠 오사리잡놈들이 날아들었은께롱 한민족 핏줄은 옛말이 되것으라. 이놈 저년들이 얽히고설키다보면 우리나라 사람도 아니고, 쪽바리 년도 아니고 반쪽짜리 무릉리 사람이 되것고만 그려. 어쩌다가 쪽바리 년놈들이 우리 마을에 들어와서 죽도 밥도 아닌 개밥을 만들어 놨구만 그려. 이 동네를 떠나든지 해야지 원. 내 평생에 이런 일은 없을 줄 알았건만 어쩐다냐. 조상들 보기가 죄스럽구만."

술냄새와 엉겁이 되어 내뱉는 춘배의 말에 마을 회관은 서릿발이 내려앉은 마냥 냉기로 가득 찼다. 일본인들은 먹고 마시던 음식과 술을 내려놓은 채, 넋을 잃고 서로의 눈빛만 바라보고 있었다. 난감한 기색이 역력했다. 마을 사람들 모두가 자신들을 환영만 할 줄 알았던지, 아무리 술김에 나온 말이라지만 황망하기 이를 데 없었다.

류헤이의 눈빛을 본 일본인들은 집으로 가자는 눈짓으로 재빨리 읽었다. 주섬주섬 주위 눈치를 보며 마을회관을 벗어날 기회를 보고 있었다. 춘배가 느닷없이 말을 뱉어내긴 했지만 무릉리 마을 사람들 중에는 춘배와 같은 생각을 하고 있는 사람들이 꽤나 있었다. 겉으로는 반가움에 웃음을 지었지만 속으로는 꿍 하고 있었던 것이다. 일본인들이 무릉리 주민들과 살갑게 어울릴지라도 그들은 소위 교활하고 약삭빠른 족속이라 여겼던 것이다. 특히나 일제강점기에 자신들의 조상들이 전쟁에 강제로 동원되어 주검조차 보지 못한 후손들은 더더욱 그러했다. 세상이 급변하다보니 원수의 나라도 얼싸안고 반가워 어울리게 되었다지만, 간간히 가슴을 쥐어짜는 앙금은 녹아들지 않았다.

오늘 춘배가 그러했다.

정달승 이장은 마을 사람들에게 춘배를 집으로 데리고 가라는 눈길을 주었다. 춘배 아내 이경자에게 강하게 눈길이 갔다.

"아이고, 이 화상아!",

춘배의 팔을 이끌었다.

"이 여편내가 왜 지랄이야! 내가 못할 말이라도 한 거여! 말이야 바른 말이지. 우리나라가 36년 동안 당한 걸 생각을 해 봐. 이가 갈릴 일이지. 허허, 세상 망할 징조여. 웬수를 외나무 다리에서 만난 게 아니라 술자리에서 만난겨."

화상은 진상으로 바뀌어갔다. 경자는 얼굴이 화끈거려 이도저도 감당을 못하자, 혼자서 집으로 꽁무니를 빼버렸다.

다음날 일본인들은 아침 식사 후 신사로 참배를 가기 위해 집을 나섰다. 전날 춘배의 말사태로 착잡하던 차였다. 류헤이와 타케루는 잠을 설치기도 했다.

'이 마을 사람들은 과거를 가슴에 묻고 있었구나.'

눈자위가 벌겋게 충혈돼 있다. 빠진 사람은 없었다. 그들은 정갈하게 옷을 받쳐 입고 산을 오르기 시작했다. 앞서가던 류헤이와 타케루는 오늘따라 오르는 산길이 의연하기만 했다. 신사에 가서 다시 한 번 의기를 충전하리라 마음을 다잡았다. 뒤에 따라오는 여인들은 어린아기를 안고 가쁜 숨을 내쉬며 바짝 따라오고 있었다. 우는 아이들도 있었다. 신사를 세워둔 산마루에 다다랐다. 그리 높지 않은 산정에 지어 놓은 신사는 단단한 자물통이 채워져 있었다.

'철커덩 키이익.'

류헤이가 자물통을 풀고 육중한 문을 열어젖히자, 이빨을 으깨는 돌쩌귀 소리가 소름끼치게 들려왔다. 안은 어두웠다. 어둠에 순응하는 동안 사물이 보이질 않았다. 촛불에 의지한 눈동자는 어둠을 금세 벗기고 조상들의 영정이 선명하게 눈에 들어왔다. 신사 안으로 들어온 일본인들은 경건한 마음으로 소곳이 사진 앞에 섰다. 참배에 필요한 과일들을 접시에 담아 제단에 정연하게 늘어놓았다. 영정 앞에서 재배를 한 일본인들은 한동안 무릎을 꿇고 각자 생각에 잠겼다.

부름에 받자왔기에 여기까지 온 일본인들은 김춘배가 곤드레만드레 취해서 나온 어제의 말에 적잖이 울분의 그림자를 드리우고 있었다. 예기치 않은 일이었고 생각할수록 살의가 돋는 말이었다. 44명의 일본인들은 조상들의 영정 앞에 결연히 무릎을 꿇고 결속의 다짐을 했다. 이들은 피와 살, 뼈의 마디마디까지 천황을 받드는 대일본인들이 아니던가.

어찌보면 이들은 국가의 중대한 임무를 띠고 이곳에 정착을 했음직한 사람들일 수 있었다.

미래의 환경재앙에 미래의 아이들을 위해 선구자 역할을 할 수 있을 터였다. 이 어찌 희생을 무릅쓴 기백이 아닐 수 있겠는가. 갸륵하다 할밖에.

류헤이는 고개를 떨구더니 눈자위에 맺힌 눈물방울이 핏방울처럼 손등 위로 떨어지는 걸 느꼈다. 그 눈물을 입가로 가져가 혀끝으로 핥았다. 씁쓸한 맛이었다. 류헤이는 일어나서 뒤돌아섰다.

"여러분! 우리는 어떠한 역경이 있어도 이곳에서 뿌리를 내려야 합니다. 결코 물러설 수 없습니다. 지난 36년 동안 우리 조상들은 이 땅에서 대한민국을 지배하며 살아왔습니다. 영원히 이 땅이 우리에게 물려줄 땅이라 여기며 어떠한 악조건 속에서도 굴하지 않고 굳건히 견뎌왔습니다. 이제 우리는 그 뜻을 받들어 이곳을 시작으로, 깊고 넓게 뿌리를 내리고 줄기를 치올리며 가지를 뻗쳐야 할 것입니다. 그러한 세월이 오기까지에는 어제와 같은 일들은 우리 곁에 비일비재하게 다가올 것입니다. 하지만 우리가 누구입니까. 아시다시피 일본을 내 살과 같이 사랑하고 내 피와 같이 부둥켜안을 수 있는 우리가 아닙니까. 나는 오늘 이 자리에서 여러분과 같이 뼈를 깎는 심정으로 다짐을 할 것입니다. 이 땅에, 내 나라 일본의 소국이 들어서는 날까지 분연히 일어설 것이라고. 여러분 또한 나와 같은 생각이라 믿습니다."

옆에서 이맛살을 잔뜩 찌푸리며 듣고 있던 타케루가 눈알이 튀어나올 듯 하며 열렬히 박수를 쳐댔다.

"류헤이 말이 맞습니다. 비록 아직은 우리가 초라할 지라도, 시간이 흐를수록 막강한 재력과 힘이 주어질 것입니다. 그때까지 여러분! 다같이 흐트러지지 말고 의기투합해서 소기의 목적, 아니 창대한 목적을 이루어 봅시다. 우리 44명은 대일본제국이 조선을 36년 동안 지배한 과거를 잊지 말아야 합니다."

"덴노헤이카 반자이! 반자이! 반자이!(천황폐하 만세! 만세! 만세!)

닛뽄노 다메니!(일본을 위하여!)"

무릎을 꿇고 있던 모든 일본인들은 일어서서 떼창을 해댔다.

뒤에 서 있던 레이카는 류헤이의 말을 귀담아 들으면서 가슴이 떨려왔고, 타케루의 얘기를 듣고 오줌을 찔끔 지릴 뻔 했다. '환경이주'와는 딴판이었던 것이다. 일본의 대지진이라는 환경재앙에 맞서 대한민국으로 이주를 하는 게 어떻겠냐는 부모의 말에 선뜻 응했던 레이카가 아니었던가. 그토록 사랑했던 전 남편과의 이혼이 어쩌면 부모의 계획된 것인지도 모를 일이라는 황망한 생각이 머리를 스치고 지나갔다.

아니야. 그럴 리가 없어!

레이카는 지난날의 증조할아버지 궤적을 되돌아보지 않을 수 없었다. 증조할아버지는 일본이 대한민국을 약탈하던 시절에 총독부에 빌붙어 갖은 악행을 일삼았고 한국인들을 괴롭혔다고 들었다. 친일파 중에서도 악독한 사람으로 이름을 떨쳐, 증조할아버지 이름만 들어도 한국인들은 치를 떨었다고 했다. 그런 이야기를 일본에서 알근하게 취기가 오른 할머니에게 들음들음으로 들었던 터였다. 알려 들면 들수록 혼란만 커져갔다.

여기에 있는 44명은 그들의 조상들이 지난 36년 동안 한국인들을 괴롭혔던 그 악랄한 친일파였단 말인가. 그 당시를 또다시 재현하려 이곳에 단초를 마련하려 함인가. 지난날의 일본 군국주의를 여기에서부터 시작하려 한단 말인가.

얼토당토않은 일이라고 레이카는 양손으로 머리를 감싼 채 체머리를 흔들었다. 설사 그런 일이 발생하려 한다 해도 누군가는 기를 쓰고 말려야 할 일이었다. 있어서도 안 될 일이 지금 버젓이 벌어지려 함이 아닌가.

43명이 무섭게 느껴졌다. 몸뚱이에 시한폭탄을 두르고 뛰어드는 자살 테러 대원으로 보였다. 쇼타도 이런 사실을 알고 자신과 결혼을 했단 말인가. 갈수록 머리가 깨질 듯 아파왔다. 자신만 이러한 사실을 몰랐다는 게 원통하고 한스러웠다. 몸이 하염없이 떨리고 배신감에 자신의 몸이 내팽겨지는 것을 느꼈다.

아, 이를 어찌한단 말인가.

"이제 그만 내려갑시다. 절대 마을 사람들에게는 내색하지 말고 그전처럼 가깝게 지내시기 바랍니다."

류헤이와 타케루가 앞장서고 나머지 사람들이 신사를 빠져나와 휘적휘적 내려왔다. 맨 뒤를 따르던 레이카는 돌부리에 걸려 무릎을 뭉개고 말았다. 시뻘건 피가 찢겨진 바지에 배어들어 응고되어 갔다. 쇼타가 레이카를 돌아보더니 부축을 하고 비칠비칠 내려왔다.

**

근순과의 약속 날짜가 다가오자, 태민은 내심 평정심을 잃지 않으려 안간 힘을 쓰고 있다지만, 가슴께에서 두방망이질을 해대는 심박동을 감출 수는 없었다. 근순이 오천만 원을 해 온다 치면 자식들은 나 몰라라 하고 멀리 떠날 참이었다. 자식들이야 할아버지 할머니 밑에서 천방지축 알아서 커 나갈 테고, 자신의 앞가림만 해 나가면 되겠다 싶었다. '자신에게 씌워진 죄악은 아예 집에서 없어지는 게 낫지 않나', 하는 생각을 하고 있던 터였다.

'오호라, 우라질!'

몸뚱이로 먹은 건 나이 뿐이고, 고작 흘러가는 세월에서 찾아낸 꼼수가 자식을 버리고 줄행랑이라니. 그것도 여인의 약점을 들추어내어, 한 건 한다는 작태가 여하간 파렴치한 짓이라니. 짐승과 다를 바가 무엇이 있으랴.

태민은 생각하고 있던 바를 비굴하게 실행에 옮기고자, 근순에게 신경질적으로 통화버튼을 눌렀다. 후끈후끈 달아오르는 심사를 뭉근하게 기다리질 못한 터였다. 전파를 탄 휴대폰에서 로티플스카이의 '웃기네'가 흘러나왔다.

♪♪지금 너 또한 변했듯이
나도 변할 걸 알고는 있니
내가 떠나려 준비한 걸
넌 모르고 있었던 거야
웃기네 웃기는 소리하네♪♪

흥겨운 노랫가락에 어깨를 들썩이면서도 머릿속에서는 '빨리 받아라. 이년아!', 하고 다그쳤다. 한 소절이 끝나갈 즈음 저편에서 전화를 받았다.

"양아치 같은 새끼야! 자꾸 전화질여. 아직 매칠 남았구만. 병신 같은 새끼가 진득하니 기다릴 줄을 몰라. 앞으로 또 전화질 하면 죽여버릴 거여. 알았어! 그니까 전화질 하지 말어."

태민은 한 마디도 못하고 끊긴 휴대전화를 멍하니 쳐다봤다. 해머로 옆머리통을 얻어맞은 듯 왼쪽으로 기우뚱 머리통을 기울이고 콧바람만 내쉬었다. 칼자루를 쥐고 있는 자신이 오히려 칼끝을 마주하고 있는 듯 했다.

'그래 기다려 보자. 쌍년이 어떻게 나오는지 내 똑똑히 보리라.'

불끈 치받치는 분기를 그답지 않게 눌러 밟고, 하루 종일 노닥거리기에 좋은 다방으로 발길을 돌렸다.

산 너머에서 해가 뜨고 산 너머로 해가 지는 주양리 양지 마을.

서쪽 산 너머로 해가 지려면 두 시간은 있어야 했다.

근순은 휴대전화 종료 버튼을 누르고 심장이 오그라드는 전율이 온몸에 감돌았다. 짐짓 태민의 성깔을 돋우려 핏덩이 같은 말을 해대고 통화를 끊긴 했지만, 왜 이리 가슴이 떨려오는지 도통 진정이 되질 않았다. 휴대전화를 방바닥에 내려놓고 옥죄는 가슴을 더욱 쥐어쌌다. 차라리 터져버려라. 갈기갈기 찢겨져 드러난 심장이 들고양이 먹이가 되도록 말이다.

양호는 마당에서 사부작대며 허드렛일을 하고 있었다. 가을걷이를 하고 햇볕 좋은 마당에 널브러져 있는 고추며 깨, 콩, 나락을 갈무리하였다.

근순은 가을걷이엔 신경 쓸 여력이 없었다. 온통 태민과 오천만 원이 그녀의 잠과 미각을 빼앗고 끊임없이 생각에 젖게 했다. 손톱이 부러져 나가는지도 모른 채, 근순은 방바닥을 박박 긁어댔다. 살쾡이가 생나무를 긁어대듯 말이다.

불현듯 입꼬리가 귓불까지 찢어지며 음흉한 웃음을 지어 보였다. 방바닥에 내려놓았던 휴대전화를 들었다. 연락처에서 양아치를 찾아 통화 버튼을 꾸욱 눌렀다. 벨소리가 한 번 울리기가 무섭게 저편에서 냉큼 받았다.

"어이, 근순이! 전화질 하지 말라며 웬 전화질여. 갑자기 서방질이 하고 싶어 전화한 건 아닐 테고. 근순아! 일주일 남았다. 일주일 지나면 난 진안경찰서로 곧바로 갈틴게 그렇게 알드라고. 이만 끊자. 전화질 하기 싫은게."

태민은 커피 잔을 들고 깐족대며 휴대전화를 내려놓으려 했다.

"야, 이 새끼야, 김태민! 잠깐만, 전화 끊지마. 돈 마련됐어. 오천만 원, 그것도 현금으로."

오밤중에 홍두깨질 소리가 울려 퍼져나가듯, 근순의 심장이 펌프질하는 소리가 문지방을 넘어서려 했다. 그 소리가 태민의 귀에 박히지 않도록 휴대전화를 귀에서 멀찍이 들고 분절음을 토해내듯 또박또박 내질렀다. 태민은 다방을 나와 외진 구석으로 가서 휴대전화를 귀속으로 틀어박듯 쑤셔 박더니 나직이 말했다.

"정말여! 참말이냐고! 쉽게 마련될 돈이 아닐 텐디. 어떻게 마련했다냐? 들어나 보자."

다방 주인 박경자는 커피값도 안 내고 나가는 태민을 괘씸하게 여기며 문을 열고 다그쳤다. 태민은 한창 통화를 하고 있었다.

"김태민 씨! 커피값 안 낼 거야. 외상만 벌써 오만 원이 넘는구만. 이번 주 내로 외상값 갚으라고. 누군 땅 파서 장사하는 줄 아나."

매일 한두 번씩 다방에 들러 마신 커피값이 전부 외상이었던 태민이었다. 뻔히 돈이 없는 줄 알고 있으면서도 박경자는 매몰차게 돌려보낼 순 없었다. 언젠가는 갚기야 하겠지만 현금이 돌지 않으니 박경자는 답답하기만 했다. 손님들이 장부에 달아 놓은 외상만 한 달에 이십오만 원이 넘었다.

태민은 왼손을 휘휘 저으며 다방으로 들어간다는 손짓을 했다.

돈이 마련됐다는 근순의 말을 믿어야 할지 말아야 할지 혼란이 왔지만, 태민은 믿는 쪽으로 가닥을 잡으며 만면에 희색이 돌았다. 오천만 원이라는 근순의 소리가 고혹한 속삭임으로 메아리져 왔다.

"돈 안 받고 싶은갑네. 양아치 같은 새끼. 돈 받고 싶으면 내일 저녁 여덟 시, 운일암 가는 길가에서 조금 들어오면, 우리 밭 알지? 그 쪽으로 나와라. 남들 눈도 있고 허니께. 이 돈 주고 니놈하고는 앞으로 마주치고 싶지도 않으니께. 영원히 쫑이다."
 근순은 모질고 억센 목소리를 내질렀다. 휴대전화 너머에 있는 양아치의 낯짝을 갈가리 찢어 놓고 싶은 마음이 불 일 듯 일었다.
 "물론이지. 너하고는 쫑이지. 그 돈 받고 난 이곳을 떠날 거다. 영원히 돌아오지 않을 거란 말이다. 그런 건 염려하지 않아도 됭께. 내일 저녁 여덟 시에 니네 밭으로 돈만 잘 가지고 나오셔. 차명희 죽인 건 없었던 일이다. 내일 보자. 흐 흐 흐."
 비열하고 음흉한 웃음을 흘리며 태민은 휴대전화를 끊고 다방 안으로 들어갔다.

 "아따, 나가 언제 외상값 떼 먹는 거 봤소. 조금만 기다리드라고. 나가 따불로 줄 텐게."
 다리를 꼰 태민은 담배를 꼬나물고 불을 댕겼다. 입을 벙긋거릴 때마다 도넛 모양의 담배연기가 천장에 가닿아 흐트러졌다. 담배연기가 동그라미를 짓고 있다는 건, 태민의 기분이 한껏 고무되었다는 징조였다.
 "김태민 씨! 요즘 뭔 좋은 일이라도 있는가? 얼굴이 화색이 도네."
 다방 주인 박경자가 마주 앉아 물었다.
 "그렇게 보이는가요? 좋은 일일 수도 있고, 안 좋은 일일 수도 있는디. 나한티는 좋은 일이구만요. 아무튼 그런게 있어요. 더 이상 야그 하기는 그렇고, 오늘 마신 커피도 외상 장부에 달아놓드라고요. 매칠 내로 나가 따불로 갚을 테니까요."
 태민은 다방을 나왔다.
 태민과 근순에게 오천만 원의 위력은 안락과 풍요가 넘치는 나라 '코케인(영국에서 낙원이라 이르는 나라)'과 살가죽을 벗겨 불구덩이에 집어넣는 '아비지옥'을 연상케 하며, 거센 기세로 눈앞에서 아른거렸다. 장차 오천만 원을 받을 수 있다는 기대감과 오천만 원을 줘야 한다는 부담감은 이렇듯 대척을 이루고 있었다.
"석범 엄마! 나, 나갔다 올라네."
양호가 방 쪽을 향해 말했지만 근순의 귀에 들려오는 건 괴기스러운 태민의 웃음 뿐이었다.
'크 크 크 흐 흐 흐.'

**

 양호가 들어온 뒤 근순은 애들과 함께 다른 날보다 일찍 저녁을 해치웠다. 땅거미가 지고 어둑해지자, 삽을 들고 운일암 가는 길가에서 50여 미터 들어가 있는 밭으로, 마땅히 해야 할 일을 하러가는 여인처럼 덤덤하게 걸어갔다. 4홉들이 소주 한 병을 꿰차고 스스럼없이 걸어갔다. 맨 정신에 소주를 들이켜야 억눌렸던 증오와 분노가 잉태되어 잔인한 기쁨으로 이어질 터였다. 강술을 들이켜고 삽질을 시작했다. 저편에서 숨통을 조이는 목줄을 벗겨주지 않는다면 이편에서 몸부림을 칠 수밖에 없었다. 자신이 살기위해 살인도 불사한 일이었다.
 태민의 무덤!
 산머리와 맞닿은 하늘은 검은 장막으로 갇히고, 사위가 적막 속으로 가라앉았다. 어둠속이라 할지라도 총총히 빛나는 근순의 눈을 가릴 수는 없었다. 어둠의 입자를 걷어낸 눈의 망막에는 수풀과 흙, 돌멩이가 고스란히 보였다. 이 시간이면 누구 하나 어슬렁거리는 사람은 없었다. 달리는 승용차가 헤드라이트를 비춘다 해도 근순을 발견하지는 못할 터. 교교한 달빛도 먹물을 흠씬 머금은 구름 속으로 숨어들어 검은 달로 변해갔다.
'푸우욱 퍽 푸우욱 퍽 퍽 퍽 퍽.'
 4홉들이 강술을 다 털어 마신 근순은 악의 뿌리를 깨내기라도 하듯 삽질이 빨라졌다. 파는 족족 한 삽 그득히 흙이 담겨져 나왔다. 한 시간 반쯤 삽질을 하고 안을 들여다보았다. 한 사람이 누워도 남을 만치 깊고 넓게 무덤이 만들어졌다. 태민을 만나기로 한 장소에는 한 손으로 들기 좋은 돌덩이를 풀섶에 숨겨두었다. 그러고도 근순은 혹시나 하여 무덤을 벗어난 100미터 이내를 살살이 눈으로 훑었다. 그닥 걸릴 것은 없었다. 마음만 굳게 먹으면 될 일이었다.

자신의 밭에다 양아치를 묻어버리는 일!

생각만 해도 오줌을 지릴 일인데도, 근순은 냉소적인 미소를 탐탐하게 지으며 사전준비를 하고 내일을 기다렸다.

근순의 전화를 받고난 후 태민은 꽃잎이 바람에 떨듯 들떠 있었다. 자신의 방에 엎드려 볼펜을 깔짝거리며 삶에 대한 계획이라는 것을 멋스럽게 세워보고 있었다.

'오천만 원이라, 그 오천만 원을 어떻게 쓸 거나.'

자신의 생애에 이렇듯 앞날에 대해 줄을 그어가며 진지하게 쉼과 질주를 생각해 본 적이 있었던가 싶었다. 삶이 지루함의 연속이라면 차라리 죽는 편이 낫지 않을까, 늘 생각을 해 왔던 태민이었다. 어둠이 내려 앉은 밤은 아무런 의미가 없었다. 밤은 날개를 펴지 못하기에 더욱 그랬다. 해가 중천에 떠서야 눈을 비비며 일어선 태민은 자애로운 공기를 들이쉬고 내쉬며 겨우 붙어 있는 목숨을 연명했다. 본능적으로 꾸역꾸역 뱃속으로 푸성귀를 집어넣었다.

소, 돼지와 마찬가지가 아니고 무엇이랴. 소, 돼지라면 잡아서 동네잔치라도 한다지만 인간의 탈을 쓴 소, 돼지를 삼강오륜이 바로 선 이 나라에서 어찌할 수 없는 법. 어찌한다 해도 보이지 않는 법의 그물들, 알 수 없는 법의 그물들이 도사리며 어느 순간 대문짝만하게 헤드라인 뉴스에 나오지 않겠는가. 치를 떨게 하는 차명희를 죽이고 싶었지만 법의 테두리가 어디까지 뻗쳐 있는지 몰라 하여 입술을 달싹이며 입에 담지 못할 욕지기와 힘밖에 남아 있지 않아 주먹질을 해댔었다.
 근데 말이다. 행운이랄까. 우연이랄까. 자신의 손을 거치지 않고 법이라는 그물이 자신을 벗어나 근순의 손에서 차명희는 죽음을 맞이했다.
 그 장면을 태민은 천마다행이랄까, 목격을 했던 것이다.
 '흐 흐 흐 캬 캬 캬.'
 '사람이 비루한 힘을 빌려 비굴해지면 고통 받는 삶, 죽고 싶은 삶의 틈새가 벌어질 수 있다.' 하지 않던가. 태민이 그 틈새를 노리고 있던 것이다. 죽음과 삶의 경계선에서 구름 사이로 잠시 비어져 나오는 햇볕처럼, 근순은 자신에게 빛무더기로 내려앉으리라 생각을 하고 있었던 것이다.
 먹잇감을 찾지 못해 정글을 헤매던 하이에나가 잔뜩 독이 오른 독사를 잡아먹으려 발길질을 하고 있다는 걸, 태민은 아는지 모르는지. 태민은 자신만을 생각하고 있었다.
 그런 줄도 모르고 태민은 방안을 이리 뒹굴 저리 뒹굴 뒤척이며 마치 실성한 사람 마냥 웃음을 뿜어냈다. 곰팡이가 슨 천장이 요상하리만치 비 온 뒤의 무지갯빛으로 보였다. 그 위의 푸른 하늘을 기웃거렸다. 푸른 하늘에 곰팡이가 무지개 피어나듯 펼쳐진들 어떠하리. 장대비 한번 쏴 하고 쏟아지면 말끔한 대지와 청명한 하늘은 비루한 그 시절을 잊고, '그런 때가 있었나!' 하며 한결같이 온 천지간을 깔아 놓을 터인데. '간악하고 얍삽하지만 이 또한 삶의 방식이 아닐까', 마음을 다잡았다.
 내일 저녁이면 태민의 삶은 철새가 제 살 길을 찾아가듯 먼 길을 떠날 수 있을까!
 죽음이 기다리고 있을 것인가!
 죽음은 어느 누구도 비껴 갈 수 없을 터.
 태곳적부터 숱한 사람들이 이 땅 위에 태어나면서 어찌됐건 삶을 누렸다. 보살핌을 받았건 무작정 방치되었건, 태어남에 환희를 만끽하며 가슴 저리는 삶을 살아 내었다. 길섶에 자라난 잡풀이라도 자라나는 순간, 사람들의 발길질에 생채기를 받았을지라도 그 상처가 아물면 제 삶을 또 다시 이어갔다. 하잘 것 없는 꽃이라도 이 땅 위에 피어난 꽃은 제가끔 제 역할을 하고 결국은 시들어갔다. 지나가는 나그네의 발길을 잠시 멎게 하고, 그 꽃은 나그네의 가슴에 지순한 사랑을 서리게 해 주었다. 무심하게 살아온 나그네의 삶을 되돌아보게 하며, 거친 비바람에 흐느적거리면서도 결코 꺾이지 않는 그 꽃.

그 꽃은 느닷없이 막막하게 땅을 박차고 솟아났을지라도, 세상사가 그러하듯 한순간 고삐가 풀려 올곧지 못한 비굴함에 머뭇거리지는 않았을 것이다.

하루를 산다 해도 시답잖게 살아가지는 않았을 것이니.

인간이 인간 같지 않을 적엔 옆에서 뒤치다꺼리를 하는 가족은 미치고 환장할 노릇이다. 법에 호소를 한다지만 허울 좋은 가족이라는 미명하에 도덕이 법을 앞서고 개과천선은 오리무중이다. 울분을 참지 못해 주먹이 앞서 나가다보면 가족은 원수보다 못한 저주의 더께에 휩싸여 헤어나지 못하게 될 것이었다. 이럴 땐 사람 같지 않은 사람들의 인권을 강조하는 문명사회를 되돌려 사람행세를 할 때만이 인권을 누릴 수 있는 그런 사회에 머물러도 괜찮지 않을까 싶었다. 그런데 그런 사회가 있기나 한 것일까. 사람행세의 판단기준이 무엇이란 말인가. 공자 맹자 순자 노자 장자의 사상을 들이댈 것인가, 소크라테스 플라톤 아리스토텔레스 피타코라스 파르메니데스의 사상을 들이댈 것인가.

사람은 잘 낫거나 못 낫거나 사람인 것이다.

천부적 인권을 박탈할 순 없는 법이었다.

**

쇼타가 나간 사이 레이카는 일본에 살고 있는 엄마와 통화를 했다. 신사를 갔다 온 뒤로 무엇을 해야 할지 갈피를 잡지 못했고, 머릿속이 뒤

죽박죽 혼란스러워 도저히 이대로는 흐르는 시간에 자신을 내맡길 수 없어서였다. 내리 쓸려왔던 지난 4년이 머릿속을 쑤셔대며 공허감을 안겨 주었다. 이대로는 더 이상 힘없이 바람에 날려가는 뿌연 먼지가 되고 싶지 않았다.

"엄마! 나를 이곳에 보낸 이유가 뭐예요?"
인사말도 없이 레이카의 목소리는 따지듯이 대한해협을 건넜다. 거센 폭풍우가 되어 레이카의 엄마 야마시타 미츠키(山下滿月)의 귀청을 후벼 팠다.
"왜 그러니, 레이카. 거기에서 무슨 일이라도 있는 거니?"
미츠키는 짐짓 목소리를 가라앉히며 레이카가 앞에라도 있는 듯 나직이 말을 건넸다.
"4년 전에 엄마가 이곳으로 쇼타와 함께 보낼 때 뭐라고 말했어요. 일본 전역이 지진과 화산폭발로 인해 안전한 곳이 없을 것 같으니, 한국으로 미리 이주를 해서 터를 잡는 게 어떻겠냐고 하지 않았어요."
레이카의 목소리가 격앙되어 갔다. 소장, 대장, 췌장을 비틀어 짜듯 수화기의 전홧줄을 손가락으로 배배 꼬며 울음이 튕겨져 나올 듯했다.
"그랬지. 너를 생각해서, 너의 앞날을 생각해서. 니 아빠와 상의를 해서 하나밖에 없는 딸이라도 좋은 환경에서 맘 편하게 살게 하는 게 어떻겠냐고 해서 보냈지. 근데 니 목소리가 왜 그러니? 무슨 일 있는 거니?"
미츠키 목소리의 톤이 한 옥타브 올라갔다. 딸의 애련하고 분기 있는 목소리에 미츠키 또한 홧홧하게 달아올랐다.
"하야시 료타(林良太)하고는 왜 이혼을 시켰어요? 내가 사랑했던 료타하고는 무슨 연유로 이혼을 시켰냐고요? 엄마! 이곳이 싫어졌어요. 쇼타를 비롯해서 이곳에 같이 온 사람들은 가슴 속에 시한폭탄을 안고 있는 그런 사람들이란 말예요. 엄마는 알고 있었지요? 나하고 같이 이곳에 온 사람들이 어떤 사람들이라는 것을요."

레이카는 울었다. 료타를 생각하면서 울었고, 엄마 아빠한테 속은 게 억울해서 울었다.

"레이카! 그게 무슨 말이니. 알아듣게 얘기를 해야 말을 할 거 아니니! 그리고 료타하고 이혼을 한 게, 엄마 아빠가 강제로 시킨 듯이 얘기를 하는구나. 그건 너도 원했고 엄마 아빠도 료타하고 이혼을 하는 게 나을 거 같아서 했잖니. 이제와서 니가 엄마한테 억울하다는 식으로 물으니 이 엄마도 서운하구나. 료타하고 결혼할 당시를 생각해 봐라. 엄마 아빠는 료타가 솔직히 탐탁지 않았어. 그런데 넌 다짜고짜 료타를 인사시키며 결혼을 해야겠다고 하질 않았니. 그 당시 너하고 료타가 다니던 회사는 거의 무너져가는 회사였잖니. 그런 회사를 다니고 있는 료타에게 엄마하고 아빠는 너를 보낼 수가 없었단 말이야. 그렇다고 료타의 집안이 가진 것이 있었니? 그것도 아니고, 남들 다 가지고 있다는 스펙이 있었니? 뭐가 있었니? 가진 거라곤 시쳇말로 달랑 불알 두 쪽밖에 없었잖니. 그런데도 너는 사랑하니까 결혼해야겠다고 울고불고 난리를 쳤잖니. 레이카! 너도 이제 결혼생활 수 년차니까 생각을 해 봐라. 어느 부모가 딸자식 결혼하는데 현실 감각을 모르고 사랑만 갖고 결혼을 시키겠니. 결혼하고 석 달인가 지나서 료타는 직장을 잃고 백수로 지낸 걸로 알고 있는데. 내가 잘못 알고 있는 거니? 생활비 쪼들려서 니가 이곳저곳을 뛰어다니며 아르바이트 한 걸로 알고 있는데. 료타는 취업 준비 한답시고 책속에 파묻혀 있고. 딸자식은 이리 뛰고 저리 뛰면서 고생고생 하는데, 남편이란 놈은 결혼 하고나서 취업준비를 한다는 게 말이나 되는 소리냐고. 엄마 아빠는 안 봐도 뻔한 너의 앞날을 보고만 있을 수 없었단다. 그래서 너하고 상의를 했던 거 아니었니. 이제와서 딴소리를 하면 어쩌자는 거니. 료타에 비해서 쇼타는 썩 괜찮은 청년이었잖니. 가진 재산 많겠다. 집안 괜찮겠다. 인물 반반하겠다. 뭐 하나 빠지는 게 없었잖니.

조금만 참아라, 레이카! 엄마 아빠도 여기 다 정리하고 그곳으로 갈 거란다."

 미츠키의 조단조단 알아듣게 하는 말에 레이카는 할 말을 잃고 훌쩍거리며 듣고만 있었다. 류헤이와 타케루가 신사에서 했던 말을 미츠키에게 하려다가 그만두었다. 해봤자 먹히지 않을 것 같은 생각이 문득 들었다. 단지 미츠키의 목소리만 봇물 터지듯 수화기에서 터져 나와 공기 중에 아련히 흩어졌다. 자꾸만 레이카의 눈에서 눈물이 만들어져 눈가를 적셨다. 방울방울 맺히는 눈물에 야속한 엄마 아빠의 얼굴이 허우적거리며 아롱거리다가 사라졌다.

 "알았어요."

 레이카는 그 말 이외는 할 말이 없었다. 그리고 수화기를 내려놓았다. 우주 공간에 미아가 된 듯 알 수 없는 저 먼 곳으로 지구를 벗어나고 싶었다. 광활한 우주 공간에 떠 있는 지구라는 행성에서 지금까지 살아왔던 레이카는 이젠 땅을 딛고 살아내기에 버거웠다. 이대로 우주를 떠돌며 공간을 사랑해야지 싶었다. 반겨 줄 이 없는 아무도 없는 공간이 그저 좋을 듯싶었다. 북적대며 사람 사는 곳이 싫어졌고 이곳도 싫어졌다. 어디로든 멀리 떠나고 싶었다.

 자신이 왜? 이곳에 있어야 하는지, 이유도 모른 체 지내야 하는 설움이 눈물이 되어 발등에 떨어졌다. 흐르는 눈물이 가련했다.

 "레이카! 집에 있는 거야? 나와서 같이 산책이나 하자. 날씨가 쾌청하다. 이런 날씨는 도쿄에선 보기 힘든데, 여긴 노상 푸른 하늘에 감질나게 하는 시원한 바람이야. 방 안에만 있기에는 아까워. 방에 있으면 나와 봐."

 인삼 밭에 갔던 쇼타가 집 안으로 들어와서 삽상한 바람과 날씨 타령이었다. 며칠 전만 해도 이곳이 싫다 하며 일본으로 가고 싶다고 안달하던 그가 아니었던가. 요사이 쇼타는 흙에 취해 매일 논으로 인삼밭으로 나다녔다.

이곳이 좋아졌고, 흙이 좋단다.
 집에 있으면 이제 갓 태어난 아기와 놀아주느라 시간 가는 줄도 모른단다.
 이곳 사람이 다 된 듯했다. 레이카가 외려 이곳에 사는 것에 난색을 하며 뾰로통하고 있다. 류헤이와 타케루가 신사에서 한 말을 듣고 나서부터 시작된 것이었다. 말수가 적어졌고 노상 웃던 얼굴이 땡감을 씹은 얼굴이었다. 이런 곳에서 일은 해서 뭐하나 싶은 허망감이 들쭉날쭉 밀려들면서 입이 굳게 다물어진 레이카였다. 쇼타는 우울증이라도 앓고 있는 듯하여 그런 레이카를 챙기기에 여념이 없었다.
 류헤이와 타케루는 속내를 숨기고, 마을 회관에서 술김에 가슴에 맺힌 한을 늘어놓은 춘배를 찾았다.
 "아저씨! 저희를 동생처럼 여기시고 저희랑 허물없이 지내왔었는데, 그날 아저씨께서 속에 담고 있는 응어리를 저희에게 말씀하실 때 얼굴이 화끈거려 쥐구멍이라도 숨고 싶은 심정이었습니다. 저희들은 일본이 대한민국을 지배하던 그런 구시대적인 사람들이 아닙니다. 한국 사람들과 같이 어우러져 살기 위해서 이곳으로 온 사람들입니다. 일본이라는 나라를 보세요. 살 곳이 못 되는 곳입니다. 화산에다 지진에다 하루하루 살아내기가 살얼음판을 디디는 꼴이에요. 거기에다 정부는 군사력 증강을 한다며 세상의 미움을 사고 있잖아요. 이는 옛날로 돌아가자는 식이예요. 그런 일본이 저희들은 싫어진 것입니다. 그래서 모든 걸 다 버리고 이곳으로 이주해 온 것입니다. 여기 계시는 분들이 저희들을 싫어하시면 저희들은 갈 곳이 없습니다. 세상을 떠도는 난민이 될 수밖에 없습니다. 그러니 아저씨! 저희들을 불쌍히 여기시고 여기서 살게 해 주십시오. 저희가 이곳 분들께 도움이 되었으면 되었지 절대 해코지를 하거나 살기 좋은 이런 마을을 팔짱만 끼고 있지는 않을 것입니다. 저희들이 무례한 짓을 했다면 너그러이 용서해 주시고요."
 류헤이와 타케루는 춘배네의 안방에서 무릎을 꿇고 머릴 조아리며 빌

다시피 했다. 춘배 또한 헛기침을 해대며 맘에도 없는 인심을 쓰며 말을 섞었다.
"알았네. 내가 그땐 미안하게 됐구만. 내가 술버릇이 약간 있어놔서 헛소리 한 걸로 치부하드라고. 앞으로는 그런 일이 없을 것이고만. 내 알아들었응께, 그만 나가보게. 자주 왕래하자고."
일어서서 안방 문을 열고 류헤이와 타케루는 마루를 내려왔다. 춘배는 뒤돌아서서 허리를 숙이는 둘을 마루까지 나와 배웅했다. 이로써 류헤이와 타케루는 마을 사람들의 앙금을 하나하나 벗겨 나가기 시작했다.
날아드는 예봉은 일단 피하고 봐야 하지 않나 싶었던 것이다.

**

"석범 아빠! 요 근래에 김태민이 그 자식 안 보이더만, 뭔 일 있다냐?"
짐짓 태연한 척 하며 물었다.
"글씨 모르것는디. 그 자식하고는 지 마누라 죽은 뒤로는 만난 적이 없어놔서, 나도 몰라. 호로자식 같으니라고. 팍 죽여버렸으면 시원허것고만."
태민을 생각하면 양호의 입에서 나오는 소리는 욕지거리뿐이었다. 양호의 말에 근순은 섬찟한 표정을 지었다.
태민이 주양리에 보이지 않은 지 삼일이 지났다. 삼일 동안 태민의 기척은 없었다. 태민에게 전화질을 했지만 신호는 가는데 받지는 않았다. 삼일의 기간이면 충전했던 밧데리가 방전이 돼야 했다. 그러나 태민의 휴대폰은 신호가 가고 있었다. 태민일 수도 있고, 누군가가 휴대폰을 충전하고 있는 게 분명했다. 근순은 공황장애를 일으킨 듯 손가락의 거스러미를 물어뜯으며 불안에 떨었다.

금산댁과 김용석은 손자 석진이와 손녀인 가영이를 학교에 보내고 고추밭에 나가봐야 했다. 벌겋게 익은 고추를 하루에 다 따지 못해 매일 소쿠리를 이고 왕래를 해야만 하는 두 노인에게는 힘겨운 일이었다. 마음도 몸도 늙어서인지 반나절 일을 하고나면 반나절은 쉬어야만 허리 통증이 멎었다.

오늘도 금산댁은 똬리를 얹은 머리에 소쿠리를 이고 앞섰다.
"영감, 잘 따라오쇼. 넘어지지 말고, 넘어졌다간 말라 비트러진 뼈가 아작 날틴게요."
김용석을 챙겨주는 사람은 아내인 금산댁뿐이었다.
"알았응께, 후딱 가기나 혀. 님자나 넘어지지 말고."
금산댁을 챙겨주는 사람 역시 남편인 김용석뿐이었다.
김용석은 금산댁을 뒤따랐다. 달력 한 장 넘겼는데도 날씨가 윗도리 한 겹은 걸쳐야 할 만큼 싸늘해졌다. 웬만하면 금산댁과 김용석이 삼일 전에 나가서 집에 들어오지 않은 태민을 걱정이라도 했건만, 늘 하는 짓이 외박을 하며 다방에서 죽치고 앉아 있거나, 가게에서 술이나 퍼마시며 쌈질이나 하니 아예 혈연(血緣)으로 맺어진 자식이 아니라, 제 부모 등골을 빼 먹는 후레자식으로 치부해 버렸다.
그런데 말이다.
나흘이 지나도록 태민은 집에 들어오지 않았다.
아무리 후레자식이라 해도 태민이 집을 비운 지 나흘이 지나다 보니, 금산댁과 김용석은 걱정이 등골을 타고 목덜미를 물고 늘어졌다. 양호를 찾아가서 물어도 보고, 같이 어울리던 동네 청년들한테 물어도 봤지만 나흘 전 이후로는 태민을 본 사람이 없다고 했다. 그 뒤로 일주일이 푸른 하늘 아래 구름 지나가듯 흔적 없이 지나갔다. 태민은 여전히 나타나질 않았다. 하늘로 솟았나, 땅으로 꺼졌나. 두 노인네는 집 안에서 손자 손녀를 쳐다보며 장탄식을 했다.
'태민아, 이놈아! 어디에 있는 거냐. 니 새끼들은 어쩌란 말이냐. 태민

아!'
 동네가 만가(輓歌)에 휩싸인듯 음음하게 드리워져 갔다.

 **

 대불삼거리에서 주자천을 따라가다 보면 대불리 외처사라는 마을이 나온다. 이곳 일대는 가을 초입보다는 늦가을의 정취가 그 어느 때보다도 가슴 저리게 한다. 한 폭의 산수화를 보듯 절경이 설렘과 매혹을 가슴에 눌어붙어 탄성을 절로 나게 만든다. 곳곳의 덩굴에 서너 개씩 매달려 있는 으름!
 밤송이가 쩍쩍 벌어져 밤톨이 떨어져 나오듯, 황토색으로 변하여 벌어진 틈새에서 보이는 새하얀 속살은 검은 씨들이 얄궂긴 하지만, 침샘을 자극하기에 충분했다. 흑자색으로 익어가는 머루 또한 포도송이처럼 꼭지를 뚝 따서 한 입 물면, 입안에서 터지며 씹혀지는 맛이 가히 신선만이 먹는다는 유하주를 목젖으로 넘기는 맛이었다.
 껍질째 먹는 다래를 보라. 조롱조롱 열린 모습이 귀엽기도 하거니와, 시큼하고 달콤한 맛이 산마루에 올라 마시는 공기의 그 맛과 흡사하다. 이렇듯 운장산 자락을 따라 널따랗게 펼쳐진 대불리는 외처사라는 마을부터 운일암반일암 쪽으로 이어져 있다.

 높이 1,126m인 운장산.
 노령산맥의 주봉으로, 이 일대는 800~1,000m의 고산지대를 이루며, 연석산·복두봉·옥녀봉·구봉산·부귀산 등과 함께 하나의 웅장한 산지를 형성하고 있다. 산체는 동봉·중봉·서봉의 3개 봉우리로 이루어져 있으며, 중봉이 최고봉을 이룬다. 산의 이름은 구름에 가리워진 시간이 길다 해서 운장산이라고 했다. 기반암은 중생대 백악기의 퇴적암과 화강암류이며, 산마루에는 암석이 곳곳에 드러나 있다. 사방으로 능선이 뻗어 있으며, 깊고 긴 계곡들이 형성되어 있다. 서쪽 사면에서 흐르는 계곡은 만경강 상류를 이루며 대아·동상 저수지 등의 집수역(集水域)이 되고 있다. 진안고원과 잇닿아 있는 사면에서는 금강 상류의 지류인 주자천·정자천 등이 발원하여 만경강과 금강의 분수령이 되고 있다. 남쪽과 북동쪽 사면에는 봉곡저수지와 학산제(學山堤) 등이 있다. 이 일대 지역은 소백산맥과 노령산맥의 지형적 영향으로 연평균 강수량 1,300㎜ 내외의 다우지역에 속한다.

　산의 북동쪽 주천면 대불리에서 주양리까지 12㎞에 이르는 주자천계곡(또는 대불천계곡·야마계곡)은 물이 맑고 암벽과 숲에 둘러싸여 있어 여름철 피서지가 되고 있다. 특히 계곡 입구인 운일암반일암 계곡은 좌우로 명도봉(863m)과 명덕봉(846m)이 가까이 있어 항상 한기가 서리고 겨울에는 1일 2시간 정도만 햇빛을 볼 수 있을 정도로 계곡이 깊다. 계곡마다 기암절경을 이루고 사계절의 경치가 뚜렷하며, 조릿대가 울창한 능선을 따라 이어지는 등산로가 유명하다. 대불리 학선동-삼거리-정상-갈트미재-내처사동-학선동, 봉학리-정수암-만항치-서봉-정상-갈트미재-봉학리 가리점으로 이어지는 등산로 등이 있다. 이 일대 지역은 충청남도 금산군과 가까워 인삼의 새로운 재배지가 되고 있으며, 산의 북쪽 사면에서는 인삼과 버섯이 많이 생산된다. 도토리묵·토종꿀 등의 특산물이 있으며, 주변에 마이산도립공원과 대둔산도립공원이 있다.

　운장산을 접하고 있는 외처사 마을 끄트머리에 청와대 민정수석 허민국과 일본 외무성 외무대신 스즈키 타이요우가 모종의 대화를 나누고 있다. 몇 발 짝 떨어진 곳에서는 류헤이와 타케루가 색색으로 달아오른 운장산의 늦가을 단풍을 눈망울이 터질듯이 담아내고 있다.

　"허 수석님! 이번에 2차로 이주해 오는 우리 일본인들 50명을 이곳 마을에 접해서 정착시키면 어떻겠습니까? 제가 봤을 때는 운장산 산세가 그만이고 절경 좋고 오염되지 않은 물과 토양이 안성맞춤인데요."

쥐어짜면 푸른 물이 주르륵 흘러내릴 것 같은 주천의 하늘! 조각조각 흩날리며 살갗을 파고들 것 같은 주천의 가을 햇볕! 타이요우는 하늘을 바라보며 온몸으로 햇볕을 받아들였다. '저 하늘이 바로 대한민국이구나!', 감정이 북받치는 듯 나지막이 입술을 달싹이더니 저 하늘, 이 햇볕, 이 공기, 밟고 있는 이 땅을 갖고 싶다는 생각이 불현듯 치밀어 올랐다.

"저도 그런 생각을 하고 있던 참입니다. 참으로 좋은 곳이지요. 외지 사람들의 손을 타지 않아서 그런지, 자연 그대로의 모습에 저 또한 10년 전의 모습으로 되돌아가는 기분입니다. 서울이나 도쿄의 탁한 공기와는 천양지차지요. 매캐한 공기를 늘 마셔오다가 이런 곳에서 한 사날 아무 생각 없이 지내다 보면 모든 시름이 한순간에 날아가 버릴 텐데요. 대신 님! 여기 오신 김에 며칠 머물다 가시지요. 제가 얘기해 놓겠습니다."

가슴이 터질 듯 들이마신 숨을 길게 내쉰 허민국은 산드러운 바람결이 볼과 목덜미를 훑고 지나가서인지 상쾌함을 맘껏 느꼈다. 자신도 일만 아니면 여기서 한 이틀 쉬었으면 하는 바람이지만, 그 바람을 타이요우에게 떠넘겼다.

"허 수석님 농도 잘하십니다. 제가 그럴 시간이나 있겠습니까. 시간만 된다면야 한 달이라도 머물고 싶지만 일복 많은 나같은 사람이 그런 호사스런 생활을 누릴 복이나 있겠습니까. 그리고 이번 일은 아무도 모르게 극비리에 해오지 않았습니까. 허 수석님하고 제가 추진하는 이 계획이 외부에 속속들이 알려지기라도 한다면 아마도 파장이 만만치 않을 겁니다. 물론 허 수석님께서 더 잘 알고 계시겠지만."

"아다마다요. 그런 염려는 하지 않으셔도 될 것입니다. 그럼 2차로 이주하는 50명은 이곳에 정착하는 걸로 추진하지요."

"그렇게 합시다. 일본으로 돌아가면 절차를 밟아서, 여기 터가 잡히는 대로 내년 10월쯤에 이주하는 걸로 재가를 올리겠습니다."

타이요우는 류헤이와 타케루에게 2차 이주 계획이 이곳으로 정해졌다는 얘기를 하고 무릉리 마을로 가자고 했다. 류헤이를 태운 타케루의 승용차가 앞서 나가고 뒤를 이어 타이요우를 태운 허민국의 낡은 승용차가 잇달았다.

무릉리 마을 어귀를 지나 일본인들이 거주하는 안쪽으로 두 대의 승용차가 매연을 내뿜으며 류헤이의 집으로 들어섰다. 정원을 서성거리던 레이카는 집 앞을 지나가는 두 대의 승용차를 보자 대문 밖까지 나와 누구인가를 보려고 눈알을 굴리며 치떴다. 뿌연 먼지를 일으키며 멈춘 승용차 두 대에서 류헤이와 타케루, 낯선 사람 두 사람이 내렸다. 뒤차에서 내린 두 사람은 반백의 머리칼에 점퍼 차림일지라도 어딘지 모르게 위압감을 주는 그런 부류의 사람들로 보였다. 낯선 사람들이 이곳을 방문하는 일이 흔한 일이 아닌지라 레이카는 류헤이의 집 울타리에 귀를 쫑긋 세우고 주시했다. 나오코가 집으로 들어서는 두 사람을 이미 알고 있었던지 반갑게 반겼다. 낯선 두 사람은 볼살을 실룩거리며 나오코에게 웃음 가득 지은 채 인사를 해 보였고, 나오코 또한 방긋이 웃어보였다. 토모미가 대문을 화들짝 열고 들어섰다. 토모미 또한 들어서자마자 이제나 저제나 기다렸던 손님을 맞이하듯 반겼다. 여섯 사람의 얼굴 표정은 징그럽게 앓아오던 만성 두통이 순식간에 사라졌다는 듯 해맑은 웃음을 지어보이고 방 안으로 들어갔다.

'류헤이 부부와 타케루 부부는 낯선 두 사람과 어떠한 사이길래 저렇게 반가운 표정을 지을까! 왜 여기 나머지 일본인들은 저 두 사람과 대면을 하지 않는 것일까! 아니 류헤이와 타케루가 다른 일본인들에게 두 사람이 이곳을 방문한 사실을 왜 알리지 않는 것일까! 여섯 사람은 방 안에서 무슨 얘기를 나누는 것일까!'

레이카의 머릿속은 왜? 왜? 왜? 라는, 듣지 못할 답의 물음만이 먼 바다로 나아가지 못하고 조류를 따라 휘도는 연안의 바닷물처럼 맴돌기만 했다. 류헤이 집 마루로 뛰어올라 방문에 귀를 대고 들어보려 하는 마음이 들불 같이 일었다.

레이카는 류헤이 집 뒤쪽으로 살금살금 걸어가 귀를 바짝 세웠다. 삼육회와 일본의 소국 얘기가 오고갔다.

**

민낯으로 뺨에 와 닿는 늦가을 햇볕이 따사롭게 느껴졌다. 울긋불긋한 색감을 뿌려놓은 산들은 어서 오라 손짓을 하며 산정으로 부르고 있다. 아! 미치도록 아름답다. 도취경에 빠져 있는 레이카는 진즉에 넋이 몸 밖으로 빠져나온 상태였다. 가을의 정취에 취해 무릉리를 휘돌던 레이카라는 껍데기는 어처구니없게도 넋을 따라 헛돌기만 했다. 무아경에 빠졌다고나 할까. 무릉리의 저물어가는 가을은 이처럼 육체와 넋을 분리시키는 묘한 매력이 있었다. 그 매력에 입과 맘이 근질근질 하던 레이카는 휴대전화를 꺼내 근순과 수다나 떨까하고 전파를 날렸다. 마음속에 늘 감치던 근순이었다. 로티플스카이의 '웃기네'가 가을 햇볕을 부숴버릴 듯 울려댔다.

♪정말 변하지 않는 건 이 세상엔 없어
이렇게 찾아봐도 없는 걸
웃기네 웃기는 소리 하네♪

"레이카! 웬일이냐. 이 시간에 전화를 다 주고."
몸뻬바지를 입고 배추밭에 물을 뿌리고 있던 근순은 조끼 주머니에서 휴대전화를 꺼내 레이카라는 걸 알고 흐벅지게 받았다. 분무기의 물줄기가 가늘어졌다.
"언니! 일하고 있는 거야? 언니하고 노닥거릴려고 전화했는데. 안 되겠구나."
풀이 죽은 레이카의 말끝이 흐려졌다. 적이 실망감이 얼굴빛에 묻어났다.
"아녀. 다 끝났어. 나도 오랜만에 너하고 얘기나 하고 싶었는데. 한 시간 후에 스쿠터 타고 나갈 거니까 운일암 커피숍에서 보자."
"알았어, 언니. 이따 봐."
이랑 하나 남은 배추밭의 물 살포를 마저 끝낸 근순은 집에서 얼굴만 대충 씻고 스쿠터에 올라탔다. 한적한 마을의 호젓함을 짓찢는 스쿠터 울어대는 소리가 가을의 화창함을 무색하게 했다. 갈바람을 가르고 달리는 근순의 얼굴이 생기가 돌았다. 적적함을 달래주는 유일한 알음알이 레이카를 만나러 가는 시간의 틈새가 이리 좋을 수가 없었다.

♪♪이번에는 널 용서할 수 없어
나와의 약속을 어겼어
자꾸 이런 식으로 속이면
내가 넘어갈 줄 알았지
웃기네 웃기는 소리 하네♪♪

커피숍에 다 와갈 즈음 휴대폰이 울었다. 달리는 스쿠터를 멈췄다. 액정화면엔 '양아치'가 떴다.
'양아치! 양아치라면 김태민인디. 뭐야, 이 새끼가 어디에서 전화질을 하고 있는 거여.'
"야잇, 머저리같은 새끼야. 너 지금 어디에서 전화질 하고 있는 거여? 돈 돌라고 미친놈처럼 난리를 치더니, 그날 저녁에 나오지도 않고. 너, 지금 어디여?"
"……."
"어디냐고? 개새끼야."
"뚜르릉."
휴대폰 종료 버튼을 누르는 소리가 밤중에 고양이 울음소리처럼 들려왔다. 순간 오싹했다.
 '이 새끼가 누굴 약올리는 거여 뭐여. 그나저나 이 자식이 어디에서 전화질이지? 나흘 동안 이 자식을 본 사람이 없다고 했는디 말여. 염통 터지것고만. 에잇 개같은 새끼, 그날 죽였어야 했는디.'
 레이카를 만난다는 들뜬 마음이 진창 속에 빠진 기분이었다.
 '기분 엿같네. 레이카나 만나러 가자. 에잇 개새끼, 나타나기만 하면 정말로 죽여버릴 거고만.'
 엑셀러레이터를 사납게 올렸다.
 '왜앵 왜앵 왜애 앵.'
 앞바퀴가 들리는가 싶더니 땅을 박차고 달려 나갔다.

 커피숍 주차장에는 레이카의 승용차가 덩그러니 네 발을 딛고 있었다. 근순은 스쿠터를 주차하고 커피숍 여닫이문을 열었다. 해사한 얼굴이 금세 근순의 눈에 띄었다.
 "레이카! 일찍 나왔구나. 씻고 오니라고 좀 늦어버렸네. 근디 얼굴이 반쪽이 돼버렸네. 그간 뭔 일 있던 거여. 살갗도 좀 까칠까칠한 거 같기도 허고. 뭔 일 있긴 있구나?"
 자신의 짐작을 90프로 사실로 받아들이며 레이카의 얼굴을 유심히 살폈다. 레이카는 근순의 말에 얼굴을 만지작거렸다. 아닌 게 아니라 해변의 모래알을 만지듯 까끌하기는 했다. 간밤에 남정네와 잠을 자고 속내를 들킨 과부처럼 옴씰했다.
 "일은 무슨 일. 아무 일도 없어. 괜히 이곳에 와서 가을 타는가 보지. 살고 있는 이곳이 정말 예쁘긴 예쁘다. 가을만 돌아오면 항상 느끼는 거지만, 매년 붉게 타오르는 단풍 마냥 가슴과 목이 타올라서 주체를 못하겠어. 언니라도 만나서 수다를 떨어야 가라앉을 거 같아서 전화 한 거야. 일본 도쿄에 있을 때는 이 정도는 아니었는데. 한국의 가을이 그만큼 아름답다는 거지."

아메리카노와 카페라떼 두 잔을 주문한 레이카는 여전히 해쓱한 얼굴에 수심이 가득 담긴 표정이었다. 사람 얼굴 표정이나 피부에 젬병인 근순도 레이카 얼굴에서는 여실히 뭔가를 느낄 수 있었다.

"언니! 언니 마을이나 우리 마을에 이상한 낌새 같은 거 느낀 거 없어? 요즘 이상하게 마음이 붕 떠버린 거 같아. 그 있잖아. 사람이 물에 빠져 죽어갈 때, 발길질하며 허우적거리는데 발끝이 어디에도 닿지 않고 계속 몸이 가라앉는 느낌. 그러고 나서 죽어버린 시체는 가라앉았다가 사나흘 후에 떠오르잖아. 내가 요사이 그런 기분이야. 삶과 죽음의 사이에서 오락가락하는 그런 느낌."

심사가 어리뻥뻥한 레이카는 이제껏 생각해 보지 않았던 죽음의 악귀가 머리를 할퀴듯 떠오르고, 저주스런 삶이 습한 가슴벽을 타올라 독버섯이 슬 듯 악취가 진동을 하고 있었다. 신물이 목구멍을 타고 부다듯이 치오르고 있는 날이 사흘돌이로 돋고 있었다. 전 날 진창으로 퍼마신 술로 인한 숙취로 머리가 깨질 것 같은 두통을 감내하느라, 머리를 감싸는 그런 날들의 연속이라 할까. 레이카는 며칠을 그렇게 지내 왔다. 그러니 얼굴이 반쪽이 될 수밖에.

"무슨 말을 하고 있는지 모르겠네. 이상한 낌새라니. 그리고 물에 빠지긴 누가 빠진다고 그런다냐! 오늘 요상한 얘기만 하네 그려."

카페라떼를 한 모금 마신 근순은 양손으로 턱을 괴었다. 도리머리를 흔들며 납득하지 못할 얘기를 늘어놓는 레이카의 말에 어리뜩한 표정을 지을 뿐이었다.

"언니! 이건 가정인데. 만약 언니가 살고 있는 주천면에 일본인들이 난민 들이닥치듯 몇 천, 아니 몇 만 명이 정착해서 살면 어떨 거 같은가. 어쩌면 더 들어올 수도 있을 테고. 그러다보면 허허벌판이었던 이곳에 학교도 세워지고 주택에 빌딩에 도로, 상전벽해가 따로 없을 거 같은데."

레이카도 아메리카노를 한 모금 마셨다. 씁쓸한 맛에 코끝을 실룩거렸다. 근순의 생각을 기다렸다.
"오늘 레이카 요상한디. 그저 그런 얘기나 헐려고 왔는디, 뜬금없이 주천에 일본인들이 들이닥친다는 얘기나 햇샷고, 빌딩이 세워져서 상전벽해가 된다느니. 워찌 내 머리로는 이해가 가지 않는 쓰잘데기 없는 얘기들 뿐이구만. 근디 니 말대로라면 여기 주천이 사람들이 모여들면서 도시로 변해간다는 얘기 같은디, 아무려면 어떠냐. 살기 좋아지는 거 아닌갑네. 땅값도 하늘 높은 줄 모르고 오를 것이고. 땅 많이 가진 족속들이 두 손을 들고 환영할 일이구만."
나른한 수다나 떨까하고 나왔는데, 경천동지할 레이카의 말에 근순은 처량한 듯한 한숨을 길게 흘렸다. 레이카의 말 같지 않은 말일지언정 땅떼기라야 겨우 입에 풀칠할 정도밖에 없는 자신을 책망해서일 것이다. 레이카의 말대로라면 아랫마을 이 노인과 강 노인은 대박을 꿰찰게 뻔했다. 듣기로는 주천 여기저기에 땅덩이가 50마지기 남짓은 있다고 들었다. 평야지대도 아닌 산간 마을에 50마지기면 갑부로 통했다. 두 노인의 자식들은 가만히 앉아 있으면서 돈벼락을 맞을 게 뻔한 이치였다. 장애인인 광진이 또한 돈이 저절로 굴러 들어올 터였다. 괜스레 그들이 부러웠고 샘이 났다. 자신의 빈티가 흐르는 현실이 처량했다.
"옛날에 조선이 망하고 일본이 36년 동안 이 땅을 지배했었잖아."
"그려. 그랬지. 자세히는 모르지만 대충 알고는 있지. 근디 그게 어쨌다는 건디."
밑도 끝도 없이 옛날 일을 꺼내는 레이카를 멀거니 쳐다보았다. 깡마른 몸인 레이카의 얼굴이 더욱 초췌해 보였다. 이마의 한 가운데에서는 핏발이 불뚝불뚝 솟았다.
"그 당시에 내가 알기로는 아무리 한국을 지배하는 국가라지만 일본인들이 얼마나 악랄했어. 물론 내가 직접 본 것은 아니지만 책을 통해서나 그 때의 일들을 목격한 사람들의 증언으로 들은 바에 의하면 한국인들이 짐승만도 못한 취급을 받았다고 하잖아. 일본인들은 그랬다 쳐도 한국인들 중엔 일본의 한국에 대한 영구적인 지배를 기정사실로 받아들이면서 같은 한국인들에게 핍박을 했던 친일파들이 다수 있었고. 그런 꼴갗잖은 인간들을 대한민국이 해방이 된 후에 싸리비로 쓸어버리듯 완전한 척결을 했어야 했는데, 정권을 잡은 위정자들이 법만 제정을 했지, 실제적으로는 하는 시늉만 했었잖아. 역사를 논할 때 '만약'이라는 상투어를 터부시한다지만, 만약 대한민국이 해방되고 나서 친일파만 청산했더라면 대한민국이 지금에 와서 난마와도 같은 역사의 굴레를 두고두고 곱씹지는 않았을 텐데. 그러지를 못하고 어물쩍 넘어가 버렸으니 두고두고 한스럽고, 여전히 대한민국의 판을 좌지우지 하는 친일파의 후손들이 득시글거리고 있다고 봐야 할 듯싶어."

레이카는 머릿속에서 요동치는 감정의 격분을 감당하기 어려웠는지 분기 어린 눈빛이 번개불처럼 번득였다.

근순은 팔짱을 끼고 곰곰이 생각을 했다.

'레이카는 일본인이지 않은가. 말을 들어보면 레이카가 일본인인지, 대한민국 사람인지 분간을 할 수가 없구만. 대한민국의 대변인이라 할 수 있는 말을 늘어놓는 레이카로 치자면 진정 대한민국을 걱정하고 대한민국의 앞날을 뼈저리게 애통해 하는 일본인이라 할 수 있을 거 같네.'

대한민국에서 태어나고 대한민국 품에 안겨 살아낸 자신은 무엇 하는 사람이란 말인가. 사람이 조악한 순간을 한 꺼풀 벗겨내고 한 치 앞을 건너 조금만 더 내다볼 수 있는 안목을 던져 본다면, 자신만을 생각하는 치졸함은 수그러들지 않을까 싶었다.

촌구석에서 태어나 촌구석에서 자란 근순의 배경이 조악한지라 입치다꺼리에 급급했다. 자식들, 남편 뒤치다꺼리에 절절했기에 머릿속의 생각은 노상 치다꺼리 생각 밖에 없었다.

이젠 자신을 돌아보려 했다. 아니 자신을 돌아봐야 할 때가 되었던 것이다. 근순은 괄약근을 올차게 조였다. 레이카를 앞에 두고, 가끔 헤까

닥 나가버리는 정신을 가다듬고 불같은 감정을 삭이려 했다. 생각지 않았던 생각을 해 보려니 머릿속이 공명이 되어 '우우웅 우우웅.' 울려대기만 했다. 복잡한 생각에 맞닥트리니 그럴 만도 했다.

　자신에 대한 '사회적 자아성찰!'.

　태생적 자아가 거친 환경을 헤쳐 오느라 굴곡 돼버린 그 자아를 내팽개칠 만도 하다만 뇌수를 뒤집어 보려했다.

　이근순의 성찰이라!

　언강생심이고, 자다가 남의 정강이를 긁어 벌겋게 상처를 내는 격이었다. 지나가는 똥개도 웃을 일이었다.

　이근순!

　촌구석에서 태어난 이근순이 살아오면서 형성된 자아를 성찰하며 다시 태어나려 한단다. 기가 막히고 귀가 막힐 일이다. 허허, 헛웃음에 땅을 치며 뒤로 벌러덩 나자빠질 헛된 짓이었다. 그러한다 쳐도 본연의 성찰이 아닌 길러진 자아성찰이라도 하지 않으면, 앞에 앉아있는 레이카가 왈칵 다가서며 귀싸대기라도 갈겨버릴 것 같았다.

　'일본인인 나도 이렇듯 억울하고 분기탱천 하는데, 대한민국에서 태어난 너라는 인간은 도대체 무엇하는 사람이냐?

　힘없이 살아온 너희들의 조상들을 한 번이라도 생각해 본 적이 있냐?

　강대국의 정의에 짓밟힌 조상들을 생각하며 그 정의를 다시 세워 볼 생각은 없었냐? 한 서린 너희들의 조상들은 구천을 떠돌면서 후손들을 위해 지금도 전전긍긍 하고 있건만, 너희들은 그 혼령을 잠재워 줄 아무런 행동도 취하지 않은 채 덤덤하게 있지 않느냐. 기억의 저항이 누그러지길 바라면서 말이다.

　이근순! 무엇이 정의인가! 생각해 보라.

　이근순! 무엇이 삶인지, 되뇌어 보라. 어떻게 죽어야 하는지, 고뇌해 보라.'

앞에 있는 레이카가 근순을 바라보며 그렇게 곱씹고 있는 듯했다.
"언니! 무슨 생각을 그렇게 골똘히 하는 거야. 커피 다 식겠다. 커피 마셔!"
귓등을 헤매는 레이카의 말이 환청으로 들려왔다.
'언니! 언니가 흘린 피야. 식기 전에 빨리 마셔.'
윤기가 바랜 머릿결을 만지작거리며 근순은 머그잔을 들고 후르륵 마셨다. 온기가 아직 남아있었다. 커피인지 자신의 피인지 혓바닥에서 느끼는 맛이 밍밍했다.
"머리가 쬐끔 지끈거린께 지랄맞은 생각을 했는갑다. 커피맛이 숭늉 맛이네."
관자놀이를 양손 엄지로 지그시 눌렀다.

"레이카! 넌 지금 우리나라를 어떻게 보고 있는 거냐? 그리고 너하고 무릉리 마을에 거주하고 있는 일본인들을 어떻게 보고 있는 거여? 나가 볼 땐 무릉리에 거주하고 있는 일본인들이 농사만 짓고 거기에서 눌러 앉아 살지는 않을 것 같은디 말여. 나가 농사를 지어 봐서 알지만 농사라는 게 말여. 오로지 자신은 농사를 짓기 위해 태어난 사람으로 여기며, 그 일을 천직으로 알고 묵묵히 자연과 친해져야 하는 것이라고! 이곳 태생인 난 줄곧 농사만 짓고 살아왔는디도 지겨울 때가 가끔 있당께. 어디로든지 도망가고 싶은 마음이 화산처럼 폭발하려고 하는 때도 많았고. 그 때는 처녀 때였지만 말여. 지금은 그렇게 하고 싶어도 할 수가 없어. 자식도 있고 남편도 있다보니께, 내 맘대로 할 수 있는 게 그다지 없다 할 수 있지. 난 이곳에서 살다가 늙어가고 죽을 거여. 이곳이 내 무덤이거든. 레이카는 아이가 이제 하나라고 했쟈?"
저녁 무렵이 다가오고 있었다. 비껴 비치는 태양이 유리창을 뚫고 머그잔에 잠기더니 근순의 얼굴을 핥았다. 저물어 가는 가을 햇볕이 가슴에 안은 어린아이 마냥 포슬포슬하게 느껴졌다.

"응, 언니. 이제 갓 돌 지났어. 어찌나 귀여운지 아빠를 쏙 빼닮았어. 애 아빠가 자주 봐주는 편이지. 난 거의 옆에서 지켜보고 있는 편이고. 그리고 난 일본인이지만 대한민국을 누구보다도 사랑해. 내 할아버지 할머니가 한국 사람이었거든. 부끄러운 얘기지만 일본이 한국을 지배했을 당시에 그 분들은 한국인들을 철저히 핍박한 친일파였어. 대한민국이 해방이 되고 나서 그분들은 일본으로 건너갔고 아빠는 그분들에게 친일파의 가르침을 받았지. 거기에서 난 태어났어. 언니는 일본인들이 이곳으로 왜 왔다고 생각해?"

레이카가 근순에게 물었다. 류헤이와 타케루의 속내를 혹시라도 알고나 있는지 물어보는 것일 게다. 그럴 리야 없겠지만 말이다.

"난 그저 일본보다는 여기가 살기가 좋으니까, 그 뭐시냐, 한적하고 자연 풍경이 그 어디보다도 아름다워서 이곳에 정착한 걸로 알고 있는디. 그게 아녀!"

근순이 반문했다. 설마하니 다른 이유가 있을까마는 근순의 반문이 가시가 살짝 돋친, 이제 갓 올라온 장미 덤불 같았다.

"누구나 다 그렇게 알고 있을 테지."

"그럼, 그런 이유가 아니고 다른 이유가 있다는 거여?"

"응, 나도 처음엔 언니 같은 이유로 여기로 온 것인 줄 알았지. 그런데 우연히, 그런 이유가 아니고 다른 이유가 있다는 걸 알게 되었어."

"뭔디?"

근순은 그 다른 이유를 알고 싶어 닦달하듯 물었다. 레이카 앞으로 얼굴을 쑥 내밀더니 양 팔꿈치를 탁자에 올리고 깍지를 끼었다.

"그게 말이야. 다른 어느 나라도 힘의 논리가 강하게 작용하는데, 특히나 일본은 그 강도가 아주 크다 할 수 있지. 쉽게 말하면 일본이 한국을 지배하던 시절, 그 시절을 거세하지 못하고 악머구리 끓듯 울어대면서 기회를 보고 있던 거야. 기회가 그러니까 요즈음이라고 생각하고 있는 가봐. 우리 44명이 이곳에 정착한 이유가 그런 이유의 시초라고 보면 될 거야. '환경이주'라는 미명하에 음흉한 속내가 숨어 있었던 거지. 주천면 일대를 일본의 소국으로 몇 년 내에 이루고자 하는 그런 속내. 철저히 극비리에 진행시키고 있을 거야.

옛날 750년 신라 경덕왕 9년 이후 당나라와 신라의 교역이 활발해지면서 많은 신라인들이 중국 산둥반도 남쪽의 해안 일대와 화이허 강 하류에 이르는 지역에 신라인 촌락을 형성하여 살았었잖아. 이 가운데 상공업에 종사했던 사람들은 주로 추저우와 롄수이 등의 도시에 모여 살았는데, 당에서는 그들이 거주하던 지역을 '신라방'이라 하여 자치를 허용해 주었다고 알고 있는데.

어쩌면 그런 비슷한 상황이 될 수도 있는데, 내가 생각하기에는 그 신라방보다 한 단계 진일보한 측면으로 보면 될 거야. 즉 대한민국 내의 일본이라고 보면 맞을 거야. 그런 후에 점점 다른 곳으로 야금야금 잠식해 들어가는 전술이라고 할까. 내가 처음 이 사실을 알았을 때에는 당장 여기를 떠나고 싶었어. 그리고 발버둥을 쳐봤는데, 우린 희생양이었어. 여기서 뿌리를 내리며 살아가야 할 처지에 놓여 있어야 할 운명으로 맞닥트린 거지."

커피숍 천장을 올려다 본 레이카는 '휴 우', 흐느낌인 듯 길게 한숨을 늘어트렸다. 한숨이 천장에 가닿지 못하고 내려와 탁자 위에 물안개처럼 깔렸다. 레이카의 얘기는 설상가상이었다.

"무릉리에 정착하고 있는 일본 사람들은 삼육회 회원들이었어."

"삼육회? 삼육회가 뭐디?"

"살과 뼈가 일본을 숭배하는 사람들의 모임이야. 대한민국과 일본의 요소요소에 그런 사람들을 심어놓았는가 보더라고. 일본이 조선을 삼키고 지배했던 36년간의 그 시절을 되찾겠다는 일념으로 삼육회라는 모임을 만들었어. 무릉리가 그 시발점이 된다는 거지. 무릉리를 거점으로 해서 주천면 일대를 일본의 소국으로 만들고, 급기야는 진안을 삼육회에서 삼켜버릴지도 모를 일이야."

레이카의 말을 들은 근순은 믿을 수 없었다. 아무리 촌구석에 있으면서 세상 일을 모른다고 하지만, 있을 수 없는 일이었다. 일어나서는 아니 될 일이었다. 진안을 일본인들이 삼켜버린다는 말에 부아가 치밀었다.

"그럼, 어쩌자는 거여. 옛날 같이 우리나라를 뺏아버리것다는 거여. 그게 말이나 되는 소리여. 지금이 어느 땐데, 그럴 수가 있다냐. 우리나라가 힘이 없는 것도 아니고, 어리숙한 것도 아니고, 가만히 서서 보고만 있는 허수아비도 아닐 텐디 말여.
그리고 레이카! 이런 사실이 지금 바로 바깥으로 알려지기라도 하면 대한민국 국민이 가만히 있지는 않을 텐디. 아마도 너희 나라를 싫어하는 감정이 엄청나게 일어날 거여. 니 말을 듣고 나니께 어쩐지 두렵고 무섭다."

말을 하는 중에 근순의 몸이 반응을 하며 속을 끓였다. 당장이라도 탱크를 몰고 대한해협을 건널 기세였다.

"언니! 당분간은 내가 말한 얘기를 누구한테도 발설하지 말고 조용히 있다. 내가 조치를 취해보고 나서 그래도 안 되면 차후에 생각하기로 하고. 알았지?"

"어, 그려."

얼떨결에 근순은 고개를 끄덕이며 대답을 했다. 가위에 눌린 꿈을 꾸고 일어난 듯 얼굴 근육이 잔뜩 얼어 있다. 근순의 고향. 근순이 태어나고 자란 이곳이 일본인들의 땅으로, 일본인들의 지배 아래 있어야 한다는 자체가 참을 수 없었다. 울혈이 되어 심장 박동이 멈춘 듯하더니, 불길한 직감이 악취처럼 달려들어 온몸을 푸르르 떨었다.

운일암반일암 계곡의 늦가을 어둠살이 살얼음처럼 얇게 깔렸다.

의자에서 일어나자마자 휴대폰에서 문자가 왔다고 울었다. 양아치였다.

'너는 나를 죽였다. 니가 파 놓은 무덤에 나는 묻혀 있다. 차명희를 죽였고 나를 죽였단 말이다.'

3부
바줄 수 없다

주검

　서울동부지방검찰청에서 내리 3년을 강력부 검사로 근무한 아고라는 2011년 12월 1일자로 전주지방검찰청 강력부 부장검사로 발령을 받았다. 30대 후반의 여성 검사라지만 낯빛에서 드러나는 아우라가 여느 여성 검사와는 확연하게 강단졌다.
　아고라는 검사 생활 10년차였다.
　그간 잔챙이 잡범들뿐만 아니라 굵직굵직한 연쇄살인 사건, 조직폭력배 사건, 마약 사건을 '걸리면 죽는다.'는 소리를 들을 만큼, 난마와 같이 얽힌 사건을 쾌도난마처럼 전례 없는 성과를 거두었다. 검사들 사이에서는 아고라 검사를 '물면 놓아주질 않는다. 살점이 너덜너덜 뜯겨진다.'는 말이 은연중 입에 오르내렸다. 길게 늘어진 생머리에 갸름한 턱선, 쭉 빠진 콧날. 쌍꺼풀 진 눈매는 앤 해서웨이를 연상케 했다. 몸매 또한 중키에 날렵하니 어느 옷을 걸쳐도 자태가 섹시하게 드러날 듯했다.

　전주지방검찰청으로 발령을 받은 지 일주일이 지났다.
　"수사관님! 관할 경찰서에 연락해서 묵은 미제사건들 가지고, 오늘 오후 두 시까지 오시라고 해주세요."
　아고라 검사는 안국진 수사관을 불러 지시했고 의욕의 눈빛이 감돌았다. 발생한 사건은 공소시효를 넘기기 전에 어떻게든지 범인을 잡아야 한다는 게 검사의 철칙으로 삼고 있었다.

오후 2시 즈음.
4명의 형사들이 두툼한 기록 뭉치를 들고 아고라 검사실로 들어섰다. 그중 진안경찰서 송승규 팀장이 끼어 있었다. 그들은 소파에 앉아 안국진 수사관과 얘기를 나누었다. 잠시 후에 아고라 검사가 들어왔다. 그들은 소파에서 일어섰다.
"안녕하십니까. 이번 인사발령으로 전주로 오게 된 아고라 검사입니다. 바쁘신데 오시라 해서 죄송합니다만, 제 일이 형사님들의 협조를 구하는 일이라 이렇게 들르시라 했습니다. 잘 부탁드립니다."
소파 가운데에 선 아고라는 형사들과 악수를 나누고 그들과 함께 앉았다. 안국진 수사관은 끝진 곳에 앉았다.
"관내 관할사건을 보니까, 오래 묵힌 사건이 세 건 정도 되고, 최근에 한 건이 무죄로 확정이 되어 곁돌고 있는 걸로 알고 있습니다. 그 세 건은 전임 검사도 머리를 싸매고 해결을 모색해 봤으나, 결국 실마리를 찾지 못했다고 들었습니다. 일단 그 세 건에 대해서 번거롭지만 구체적인 현황을 들어봅시다."
형사들과 인사를 나눈 아고라는 곧장 본론으로 들어갔다.
관내 경찰서에서 온 미해결 담당 형사들은 기록 뭉치를 넘겨가며 사건 발생 경위와 수사 상황 등을 장장 두 시간에 걸쳐 아고라에게 보고했다. 납치로 인한 유아 살인사건, 여고생 실종사건, 새벽에 술 취한 노인을 길거리에서 살해한 사건, 모두가 타인의 생명을 앗아간 사건들이었다. 뚜렷한 증거나 목격자가 없어 진범을 잡을 수 없는 사건들이었다.

이어서 송승규 팀장이 기록을 아고라 검사 앞에 놓고 설명을 해 나갔다.
"이 사건은 1심에서 피고인에 대해 무죄를 선고하고 검찰에서 항소를 했으나 역시 무죄를 선고한 사건입니다. 살해된 차명희의 자궁에서 정신지체2급장애인인 이광진의 정액이 검출 되었으나, 피고인이 심신상실의 상태고 유죄를 인정할 만한 합리적인 증명력이 없다 해서 내린 판결입니다. 중요한건 전임 검사님과 이 사건에 대해서 판결문을 토대로 복기를 해 본 결과 차명희 남편 김태민을 일단 참고인으로 불러서 조사를 해보려 했으나 갑자기 자취를 감췄습니다. 지금까지 어디에도 나타나지 않고 있습니다. 증인신문조서를 읽어보면 차명희가 살해된 시각에 김태민이 사건 현장으로, 확실하지는 않지만 자전거를 타고 갔다는 증언이 나옵니다. 이 부분을 착안해서 김태민을 불러 조사를 해보려 했으나, 그의 부모님이 집에 안 들어온 지 20일이 넘었다는 겁니다. 어디로 간다는 말도 없이 사라졌다는 거예요."

송승규는 김태민을 놓친 게 아쉽다는 듯 서류를 넘기던 손에 주먹을 움켜쥐고 기록 뭉치를 내려쳤다. 김태민을 찾아야 한다는 과격한 행동이었다.

"그럼, 송 형사님은 김태민이 차명희를 살해한 유력한 용의자로 보고 있다는 겁니까?"

호수 수면 위의 물보라가 눈보라처럼 일렁이는 송승규 눈망울을 바라보며 아고라 검사가 물었다.

"지금으로선 그만한 용의자가 없습니다. 일단 그를 조사해 봐야 무엇이라도 나올 듯합니다."

"송 형사님 뜻대로 그럼 김태민을 수색해 주세요. 나타나면 바로 뒷덜미를 잡아끌고 오시고요. 반항하면 원투 스트레이트, 양 훅, 아시죠?"

주먹을 쥔 아고라는 스트레이트와 훅을 허공으로 날렸다.

"죄 지은 년놈들은 바로바로 잡아서 죗값을 치르게 하는 것이 우리들이 할 일 아닙니까. 나머지 사건도 마냥 묵혀 둘 게 아니라 고민 좀 해봅시다. 피해자 가족들이 얼마나 고통을 겪고 있겠습니까? 우리가 그런 고통을 조금이라도 덜어준다는 심정으로 범인 색출에 매진합시다. 그리고 언제 날 잡아서 관할 형사님들하고 저녁 식사나 합시다. 제가 한 턱 내겠습니다. 제가 곧 연락드리지요."

갸름한 턱을 쭉 내민 그녀의 모습은 죄 지은 연놈들에게 왼손에 저울을 들고선 오른손에 움켜쥔 칼로 그들, 그녀들의 심장을 노릴 듯 자못 온몸에 전율이 일었다.

진안경찰서로 돌아온 송승규 형사는 책상에 앉아 턱을 괴고 사념에 잠겼다.
'김태민이 돌연 사라진 이유가 무엇일까?
김태민이 차명희를 과연 살해한 것일까?
이딴 식으로 사라진다면 경찰의 의심을 받을 게 뻔할 터. 바보천치가 아닌 이상 이와 같은 짓을 왜 한 것일까?
김태민이 사라진 지 20일이 넘어서고 있다. 이 정도면 분명 숨어 지낸다거나 아니면 실종! 그래 실종됐을 지도 모를 일이다.'

다음 날. 태양이 고개를 숙이려 드는 오후였다. 송승규 형사는 주천파출소를 찾았다.
"소장님! 안녕하십니까? 들판이 휑하니 을씨년스럽네요. 겨울 초입이라 그런지 마을이 어째 으스스하고요. 경운기 소리도 안 들리고요."
파출소 안에는 고석찬 소장과 박찬근 경위, 김종국 경사가 근무를 서고 있었다. 시골 파출소가 이맘때쯤이면 한가하다고 할 수 있었지만 차명희 살해사건 이후로는 그렇지가 않았다. 시시때때로 상황보고가 만만치 않았다. 난데없이 순찰을 돌아야 하고 사무실을 비울 수 없었다. 그런 와중에 오늘 같이 송승규 팀장이 방문하기도 했다.
"어서오세요. 팀장님! 이맘때쯤이면 시골이 다 그렇죠. 가을걷이도 다 끝나고, 마땅한 겨울철 농사가 없으니까요. 김 경사, 여기 커피 좀."
예전 같으면 한가한 틈을 타, 관사에 눌러 앉고선 책깨나 읽으며 퇴직 이후의 삶을 구상하고 있을 터였다. 조직 생활이라는 게 노상 뜻대로만 다가오지는 않았다. 자신의 의지대로 움직이는 조직이 아니라는 얘기다. 경찰 조직으로 들어왔던 20대 후반엔, 대한민국이라는 땅에서 죄를 지은 연놈들은 죄다 잡아 콩밥을 먹일 듯 혈기왕성하였다. 좌고우면이나 진퇴양난은 경찰에 들어서면서 뒤통수를 넘어버리고, 오로지 좌충우돌로 임전무퇴를 하며 진격할 뿐이었다. 40대 이전까지 고 소장은 고스란히 조직을 위해 몸을 받쳐왔다. 아니 대한민국을 위해 몸을 아끼지 않았다고 해야 되지 않나 싶었다. 그런 와중에 조직 내에서 너무 튄다고, 모난 돌이 정 맞듯 따돌림을 당하기도 하였고, 경찰의 신분에서 피의자 신분으로 바뀌기도 했다. 사람이 조직 내에서 주눅이 들기 시작하면 의지가 꺾이는 법. 고석찬 소장이 그랬다. 머릿속에서 지워졌던 좌고우면과 진퇴양난이 50을 넘기면서 가슴에 드리워졌다. 상사의 눈치를 보기 위해 눈꼬리 올라갈 때가 많았고, 후배들 입방아에 자신이 오르내리지 않기 위해 몸조심 입조심에 신경이 쓰였다. 그냥저냥 아무 사고 없이 정년 때까지 조직에 몸담았다가 그만둘 요량으로 이곳 주천파출소로 지원을 한 이유도 그 때문이었다.

김 경사가 종이컵에 믹스 커피 두 잔을 내왔다.
"요즘은 겨울철 농사도 만만치가 않다고 들었는데요. 무슨무슨 특용작물이다 하면서 바쁘게 지내기도 하고. 여기는 아직 그렇지가 않은가 보네요. 저도 이 즈음이면 조금 한가한 편인데 그렇지가 않네요. 이런 때에 해결되지 않은 사건 뒤치다꺼리 하느라 돌아다니고 있습니다. 소장님도 짐작하시겠지만 차명희 살해사건 때문에 방문했습니다. 소장님! 김태민 소식 아직도 모릅니까?"
종이컵을 들고 호호 불며 한 모금 목젖으로 넘겼다. 매일 서너 잔은 마시고 있는 믹스 커피였다. 달짝지근하니 송승규 입맛에 딱 맞았다. 담배 한 개비를 손가락 사이에 끼고 빨고 싶은 마음이 간절했다. 끊었던 담배를 이광진이 무죄가 선고되고 나서부터 다시 피우기 시작했던 것이다. 실내다 보니 피울 수 없다는 게 송승규의 욕구를 짓눌렀다.

"글쎄요. 김태민 부모님이나 주민들을 만날 때마다 물어봐도 소식을 모르겠다는 거예요. 벌써 20일이 훌쩍 넘었습니다. 11월 중순쯤 보고 못 봤으니까요. 내년 구정이나 돼야 나타날는지. 지금까지는 코빼기도 못 봤습니다. 참내, 그 자식도 어디를 간다 하면 집에다 말이나 하고 갈 것이지, 일언반구도 없이 사라지면 어쩌자는 것인지. 정말 싸가지 없는 발간 상놈여요."

밖은 바람이 부는지 잔가지에서 떨어져 나온 낙엽들이 쓸려가고 있었다. 소장이나 송승규나 연탄난로 생각이 퍼뜩 떠올랐다. 난로 위에 고구마를 굽거나 라면을 구워 먹는 맛이 일품이었는데. 같은 생각을 하고 있는 둘은 입안에 침이 고이면서 입맛을 다셨다.

"그리고 소장님! 무릉리 마을에 사는 일본인들 있잖아요. 이상한 낌새는 없지요? 낯선 사람들이 들락거리고 있다는 소문은 들었습니다만."

"별다른 낌새는 없습니다. 지들끼리 조용히 살고 있는 걸로 알고 있는데요. 낯선 사람들이 왔었다는 건 금시초문입니다만."

고갤 갸웃 하며 말꼬리가 한 여름의 불알처럼 죽 쳐졌다.

아닙니다. 그런 소문이 있다는 얘기지요. 그럼, 이만 돌아가 보겠습니다. 김태민이 나타나면 바로 연락주시고요."

송승규는 일어나서 파출소를 나왔다. 담배 한 개비를 잇새에 끼고 폐부 깊숙이 빨아들이고 내쉬었다.

'후 우 바로 이 맛이야!'

**

사무실 형광빛은 오후 9시가 넘어서면서 어둠을 베어먹고 있다. 살인사건 피고인으로 법정에 섰던 정신지체장애인 이광진에 대해 무죄 선고를 받아낸 이후로 변설 변호사의 변론이 언론을 타, 사건이 두 배는 늘어났다. 의자에 앉을 때마다 바늘방석이었던 오정훈 사무장은 연일 일에 파묻혀 야근을 하는 날이 많아졌다. 변설 변호사의 눈치를 보는 일도 말끔히 사라졌다. 보수 좀 올려줬으면 하는 생각이 노동의 대가만큼 머릿속을 맴돌았다.

주로 억울하다며 호소하는 피고인들 사건들이 주를 이루었다. 변설 변호사는 재판 참석차 법원에 들어가서 몇 시에 사무실로 들어올지 직원들도 알 수 없었다. 오전부터 형사사건 한 건, 가사사건 한 건의 재판이 있었고, 오후엔 증인신문이 있는 형사사건이 군산법원에서 있었다. 전주로 와서 민사사건 한 건을 변론해야 하는, 줄줄이 시간을 타고 매달려 있기 때문이었다.

오정훈 사무장은 오늘도 점심참이었지만 식사를 거른 채 상담실에서 의뢰인과 상담을 했다. 30대 초반으로 보이는 매초롬한 여인이 울상을 하고 변설 변호사 사무실을 찾아온 것이다. 오 사무장이 상담실로 안내를 하고 상담한 내용을 변설 변호사에게 바로 올릴 거라며 한 시간 반을 할애했다.

중매로 만나 결혼한 피부과 의사인 그와 초등학교 교사인 그녀.
신혼 초엔 나름대로 그렇듯이, 이들도 살을 맞대고 새살거리며 꿈속을 헤매듯 지냈단다. 석 달이 지나고부터 그의 본색이 드러나기 시작하는데, 낮에는 마초적 기질을 드러내는가 하면, 밤에는 변태성욕자로 돌변한다는 것이었더랬다. 사디스트로 변한다거나, 관음증 환자처럼 그녀를 발가벗겨 놓고, 그녀 앞에서 자위행위를 하는 그런 짓. 그의 그런 행동을 차마 입에 담을 수 없었다. 누구한테도 상의를 해 본 적도 없었고, 밤마다 두려워 밖을 서성이다가 그가 잠이 들면 들어가곤 했단다. 그한테 맞은 등허리의 상처자국을 보여주기도 했다. 채찍으로 맞은 듯, 상처마다 벌겋게 십자 모양으로 길게 자국이 남아 있었다. 오정훈 사무장은 증거로 삼기 위해 그녀의 등짝을 휴대전화로 찍어놓았다. 주로 혁대를 들고 후려쳤단다. 직접 손으로 때린 적은 없었고 항상 매개체를 들고 자신의 몸 구석구석을 휘갈겼단다. 낭창낭창한 나뭇가지를 들고 와서 때린 적도 있었단다.

 그것도 이젠 성이 차지 않아 이상한 성기구를 가지고 와서 괴롭힌다든지, 그의 온몸에 잼을 발라 놓고 핥으라는 것이었다. 그는 정신병자처럼 그녀의 괴로워하는 모습을 보면서, 악귀처럼 '흐 흐 흐.' 옅은 미소를 지으며 희열을 느꼈단다. 그녀는 그런 그를 보면서 몸과 마음이 떨려와 도망갈 기회만을 노렸단다. 그녀는 그에게서 아무것도 바라는 건 없고 이혼만 바라는 것이었다.

 "진즉 이혼을 하지 않은 이유라도 있습니까?"
 "그 그게 저도 사실은 약간 즐기긴 했습니다."
 "예? 아 예!"
 "이젠 힘듭니다. 혼자 있고 싶어요."
 오정훈 사무장은 헷갈렸다.
 학교에서 애들을 마주칠 때면, 그녀 자신이 굴왕신같아 몸이 저절로 움츠러들어 가르칠 수가 없다고 했다. 결국은 두 눈에서 눈물깨나 흘리고 사무실을 나갔다. 하루라도 빨리 이혼을 바라면서 나갔다.

 다음날.
 변설 변호사가 출근하자마자, 오정훈 사무장은 어제 상담한 여인의 이혼 상담 건을 보고하고 변호사 사무실을 나오려 했다.
 "사무장님! 어제 저녁 늦게 이광진 아버지 이 노인으로부터 전화를 받았는데요. 살해된 차명희의 남편 김태민 알지요?"
 "예, 알지요. 망나니 같은 자식."
 "그 김태민이 주천에서 안 보인 지가 20일이 넘었다고 하더라고요. 지레 겁을 먹고 어디론가 도망을 치고 숨어 지내고 있을 것 같다고 하면서요. 그런데 내 생각은 과연 바보가 아닌 이상 그렇게까지 할 생각을 할까 싶습니다. 그렇게 도망쳐버리면 경찰의 표적이 될 게 뻔할 텐데 말예요."

"그러게 말입니다. 아직 진범이 밝혀진 것도 아니고, 단지 용의자 선상에 올라 있을 뿐인데. 알다가도 모를 일이네요. 근데 그 사건은 변호사님 손에서 떠났잖아요. 확정도 됐고요. 무슨 일로 이 노인께서 전화를 다 주셨답니까?"

소파에 앉은 오 사무장은 심상한 표정을 지었다. 어제 상담 건에 대한 소장 접수가 더 급하지 않나 싶었으나, '변설 변호사의 머릿속에서는 차명희 살해사건이 떠나질 않는가.'하고 심사가 꼬여갔다. 오 사무장이 나가고 변설은 상체를 잦바듬히 젖히고 생각의 바다에 풍덩 빠졌다.

'김태민이 사라졌다. 이광진이 항소심에서 무죄가 선고된 뒤라고 했다. 이광진이 진범이 아니라면 유력한 용의자가 김태민이 될 터인데. 지금으로 봐선 몸을 숨겼다고 밖에 볼 수 없을 터. 그렇다 치기엔 이상했다. 검찰에서 피의자로 소환을 할 경우에도 얼마든지 몸을 숨길 기회는 많지 않은가. 해외로 빠져나가지 않는 이상은.

지금이나 그때나 밀항으로 밖에 해외로 토낄 상황이겠지만. 밀항이 아닌 이상은 출입국관리 사무소에 죄다 기록이 남을 테니.

5월 20일로 돌아가 보자.

차명희가 살해된 시각은 21시에서 22시 사이로 추정한다고 했다. 법정에서 박찬근 경위의 증언에 의하면 21시 이후에 김태민인 듯한 사람이 자전거를 타고 회다리 쪽으로 급히 가고 있었던 게 목격되었다. 이광진이 진범이 아니라고 가정한다면 차명희를 살해한 사람은 김태민으로 추정할 수 있을 터.

근데 말이다.

김양호가 증언하기를.

회다리에서 1,500미터 떨어진 술집에서 친구들하고 술을 마실 당시 김태민은 오랜 시간 화장실을 갔다 왔다고 증언했다. 술집에서 회다리까지는 걸어서 오가는데 40분, 자전거를 타고 갔다 온다면 10분 안짝일 테고. 역시 김양호의 증언에서, '너는 오줌을 니네 집에 가서 싸고 오냐?'라고 했다는 건, 술집에서 김태민의 집이 멀어야 500미터인데, 시간상으로 넉넉잡아 20분 안팎으로 걸어서 오고가고 했을 터고, 자전거로는 5분 정도 걸렸을 것이다. 김태민은 아마도 오줌을 싸고 오는데 20분 이상 걸렸다고 가정을 해보자. 김태민은 자전거를 타고 갔다. 회다리까지 갔다 오는데 10분이고 나머지 10분 동안에 차명희를 회다리 난간에서 돌로 내리쳤다는 추리가 성립이 될 터. 10분 동안에 이광진이 사정하는 기회를 노리고 차명희의 정수리에 정확히 돌로 내리칠 수 있을까. 사실이라고 하기에는 석연치가 않았다. 김태민이 오줌을 싸고 오는데 40분 이상이 걸렸다고 가정을 해보자. 가고 오는데 10분, 30분 동안에 차명희를 살해할 시간은 충분하다.'

변설은 생각의 꼬리를 물어갈수록 의문의 방점이 군데군데 찍히기만 했다.

'만약에, 이광진이나 김태민이 차명희를 살해하지 않았다고 가정하면, 다른 누군가가 살해했다는 건데.

이광진은 차명희하고 정사를 하고 있었고, 그 누군가가 회다리 난간에서 차명희를 살해하기 위해 기회를 엿보고 있었다. 김태민은 차명희를 살해하기 위해 자전거를 타고 갔으나, 이미 누군가가 차명희를 살해하는 장면을 목격하고 돌아왔다.

그럼, 얼추 시간상으로는 아귀가 맞아갔다.

최악의 상황을 가정해 보자.

차명희를 죽인 누군가가 김태민의 목격한 장면을 알았다고 그림을 그려 보자. 가만히 있지는 않을 터. 또 다른 살인을 저지르고 태연함을 가장하고 있을 것이다.'

의당 그럴 수 있으리라 변설은 추정했다.

잠겨있던 생각의 바다에서 빠져나온 변설은 배시시 웃음을 머금었다. 터무니없이 앞서가지 않았나 하는 오지랖 때문이었다.

**

레이카의 자지러지는 웃음을 이제는 볼 수 없었다. 앞으로도 얽혀있는 실타래가 제대로 풀리지 않는 이상은, 그 웃음은 쓰디쓴 웃음으로 마냥 입꼬리에 달고 다닐 것이었다. 겨울을 몰고 오는 바람에 쓸려가는 가을은 무릉리의 너른 들판을 움츠러들게 하기에 충분했다.

벼를 수확하고 남겨진 그루터기가 가지런히 흙심에 꿋꿋하게 박혀있다. 벼를 베고 남은 짚은 흰 페인트 깡통처럼 논 이곳저곳에 널브러져 있다. 저물어가는 가을 끝자락이 나풀나풀 떨어지는 낙엽에 덩달아 스산하고 울울했다. 뼈대 없이 쌓아 놓은 모래성이 속절없이 무너지듯, 레이카의 마음은 알 수 없는 암연으로 빠져들어 감성이 이성의 혼탁함에 정실함을 잃어갔다. 무릉리의 시리도록 푸른 하늘은 좀처럼 구름을 불러들이지 않았다. 홀로 독야청청 푸르고 싶다는 똥고집이 배어있어서일까. 눈길만 줘도 쨍 갈라질 듯 푸른 하늘이었다. 레이카는 허공을 딛고 저 하늘에 고요히 빠져버리고 싶다는 생각이 문득 들었다. 빨갛고 노란 낙엽에 둘러싸여 보이지 않던 나뭇가지들이 떨어지는 잎새에 앙상하게 뼈대를 보이며 바야흐로 겨울의 문턱에 바특하게 다가서고 있다.

'저 푸른 하늘을 어이 할꼬!'

레이카는 나르키소스(Narcissus)를 생각해 본다.
미모의 청년이었던 나르키소스!
그는 숲속의 고요한 연못에 비친 자신의 그림자를 사랑한 나머지 그 연못을 떠나지 못하고 죽고 말았다. 그가 죽은 후 님프들은 그의 시신을 찾아 화장하려 했으나, 시신을 발견할 수 없었다. 한데 시신이 있던 곳에서 새롭고 사랑스러운 꽃이 피어났다. 꽃 속은 자줏빛이고 하얀 잎으로 둘러싸여 있었다. 그리고 그들은 그것을 나르키소스의 이름을 따서 '나르키소스(수선화)'라고 불렀다.

레이카가 올려다본 푸른 하늘은, 연못에 나르키소스가 비치듯 자신의 얼굴이 보이는 듯도 했다. 답 없는 푸른 하늘일지라도 자신의 가슴에 품고 있는 응어리를 맘껏 외쳐대고 싶었다. 저 하늘은 그런 자신을 받아줄 것만 같았다.
'하늘이여 하늘이여, 제 마음을 어찌해야 합니까? 제발 알려주세요.'
남쪽으로 기울어지며 올라오는 아침볕은, 마루턱에 앉아 있는 레이카의 가슴을 타고 파도처럼 일렁였다. 그 볕이 비감에 휘감긴 얼굴에 꿈결처럼 이마에서 볼을 타고 흘렀다. 마음 둘 데 없는 설분을 풀어헤치고 싶었다. 태양에서 쏟아내는 볕은 더없이 레이카를 나른하게 만들었다. 저 앞에 보이는 산마루가, 속절없고 하염없이 흔들리는 레이카의 마음처럼 비트적거리며 하늘로 치솟는 느낌이었다. 떨어져가는 낙엽들이 살근거리며 산마루를 밀쳐내는 듯도 했다.

육중한 산이, 그 산이 황토색을 띠고 자신의 앞으로 몰아쳐 오고 있다. 온 마을을 덮칠 듯 밀려왔다. 실오라기 하나 걸치지 않은 나목은 산을 터잡아 꼬빡거리며 자신의 발치로 내려오고 있단 말이다. 무슨 연유로 성큼성큼 마을로 내려오려는지 알 수 없는 노릇이었지만 산은 내려오고 있었다. 하늘거리는 잔가지들 사이로 내리비치는 햇살은 레이카의 눈두덩에 순식간에 총알같이 쏟아대며 샛눈을 뜨게 만들었다. 눈꺼풀을 내린 듯도 했지만 레이카의 검은자위는 확연히 치뜨고 눈앞으로 내려오는 산을 똑바로 응시했다.
'저 산이! 저 산이 왜? 메기처럼 팔딱거리고 달려드는 거야!'
앙상한 뼈만 남은 나목들은 나팔소리를 울려대며 산의 진군을 독려하고 있었다. 기겁을 하고 머릿속에서 우악스럽게 뇌까렸지만 놀란 입술은 닫혀 있기만 했다. 창황한 레이카는 움찔했다. 섬돌을 딛고 있는 발을 들어 달달 떨기까지 했다.
'오지마! 오지마! 제발, 오지말라고!'

벙긋벙긋 웃으며 뒤에서 밀치는 태양은, 푸른 하늘에 비친 레이카의 얼굴을 품어 안았다. 걱정에 떨고 있는 레이카의 눈자위에 별의 입자를 물수제비뜨듯 던져주었다. 얼굴이 화끈거렸고 가슴이 홧홧해졌다. 레이카는 마루턱에서 벌떡 일어섰다. 댓돌에 널브러져 있는 신발을 꿰신고 잔디와 잡초가 우거진 마당으로 나왔다. 푸른빛이 쏟아지는 하늘에 먹구름이 덮쳐 오고 있다. 그러할지라도 푸른빛을 띤 하늘은 벅차도록 아름답게 보였다. 저 구름 위로 올라가 사푼사푼 걷고 싶은 마음이 간절했다. 손오공이 타고 다녔다던 근두운을 불러들여 푸른 하늘에 입맞춤을 하고 싶었다. 꿈길을 걷고 있는 듯 몽환에 빨려들었다.

여전히 산은 움직임을 멈추지 않고 있다. 꾸무럭거리며 육덕 좋은 몸을 이끌고 한 걸음 한 걸음 건너오고 있다. 먹구름은 태양과 하늘을 가렸고 대지에 닿을 듯 두텁게 층을 이루었다. 마을을 덮칠 듯하던 산은 마침내 멈췄고, 푸른 하늘을 가린 먹구름은 비를 몰아오고 있다. '후드득', 마당을 때리는 소리가 간헐적으로 들리더니 급기야는 휘모리장단으로 몰아쳤다. 싸릿대 같은 비는 앞을 분간할 수 없을 만치 내리쏟았다. 레이카의 눈앞으로 내달리던 산은 틈새 없는 빗줄기로 보이지 않았다. 마당 가운데에 선 레이카는 양팔을 벌려 영혼을 씻어줄 듯 내리는 빗줄기를 온몸으로 맞아들였다. 마당은 급작스레 내린 비로 황톳빛 물막으로 뒤덮였다.
'비여! 쏟아져라! 마을이 빗물에 실려 갈 수 있도록. 억장이 무너지도록 억수로 쏟아져라!'

레이카는 빗발을 고스란히 맞받아치며 뒷산을 오르기 시작했다. 신사로 가려 할 참이다. 마을 사람들 누구도 레이카를 보는 사람은 없었다. 아니 볼 수가 없었다. 빗속에 묻혀버렸으니 말이다. 황톳물에 미끄러져 무릎이 깨지고 솟아오른 돌부리에 넘어져 발목이 접질렸다. 절뚝거리며 양손으로 무릎을 짚어가며 기신기신 산을 올랐다. 호수만큼이나 비를 안고 부풀어오른 먹구름이 바위를 굴리며 달려들 듯했다. 산정이 보였다. 산길에 돋아난 나무뿌리를 양손으로 잡아가면서 헐떡거리며 겨우 올랐다. 왼쪽에 신사가 보였다. 산마루의 비는 더욱 거세찼다. 빗소리는 깎아지른 듯한 낭떠러지에서 내리꽂는 폭포수 마냥, 온 산에서 사자의 울음소리처럼 울어댔다. 산이 무너질 듯했다.

신사로 통하는 문은 자물통으로 굳게 닫혀 있었다. 양손으로 돌덩이를 주워 자물통을 내리쳤다. 꿈쩍도 하지 않았다. 옆의 돌쩌귀를 내리쳐 보기도 했지만 돌만 튕겨져 나올 뿐이었다.

레이카는 자신이 꿈을 꾸는 듯했다. 허벅지를 꼬집어 가며 돌덩이를 다시 들었다. 내리쳤다. 연거푸 돌덩이를 들어 내리쳤다. 손바닥은 돌날에 찢기어 벌건 피가 빗물에 씻겨나갔다. 뚝 뚝, 떨어지는 핏물은 이내 황톳물에 섞여 경사진 산길로 흘러내려갔다. 서너 번을 더 내리치자, 이윽고 신사의 문이 활짝 열렸다. 안으로 들어선 레이카는 어두컴컴한 곳에서 한동안 서 있었다. 향내가 자욱했다. 기진맥진하여 허우적거리더니 주저앉고 말았다.

왜? 자신이 여기까지 오게 됐는지 모를 일이었다. 의식은 그러했지만 무의식의 무엇인가가 레이카를 여기까지 오게 했을 것이었다. 고갤 들었다. 3단으로 배열되어 있는 영정이 보였다. 밑에는 제단과 모래 속에 향이 꽂혀 있는 향로가 있었고, 양 옆의 촛대에는 서너 가닥의 촛농 줄기들이 초의 기둥으로 흘러 굳어 있었다. 레이카는 왼손으로 바닥을 짚고 일어섰다. 촛대를 들었다. 어깨에서부터 손끝까지 힘이 잔뜩 들어갔다.

"이런 게 다 뭐란 말야! 뭐냐고! 미련퉁이 같은 것들!"
 못마땅함이 가득 찬 레이카는 촛대를 마구 휘둘렀다. 영정을 담은 액자가 산산조각이 나고 향로가 엎어졌다. 제단을 뒤엎었다. 액자 유리 파편이 레이카의 얼굴에 튀어 칼자국처럼 긁혔다. 피가 이슬처럼 맺혔다. 그러기를 40여 분.
 신사는 그야말로 엉망진창이 되었다. 골조만 남기고 성한 곳이 없었다. 누가 보면 미친년이 미친 지랄했지 않나 싶었다. 허기가 졌다. 허기진 몸을 이끌고 밖으로 나왔다. 빗줄기는 어느새 가늘어져 있었다. 산을 집어 삼킬 듯하던 빗줄기는 푹 파인 웅덩이에 천 년의 애달픔을 고스란히 채워놓고 파문을 일으키고 있었다. 가지 끝에서 떨어지는 빗방울은 푹 파인 황토에 저만의 흔적을 남겨 놓고 사라졌다. 비를 피해 있던 새 떼가 레이카 발소리에 파르르 날갯짓을 하며 새로운 둥지를 찾아 저 멀리 날아갔다. 먹구름은 서서히 물러가고 레이카 또한 깊었던 숨소리가 갓 피어난 꽃잎처럼 얇아졌다. 남쪽으로 기운 태양이 구름 사이로 빛을 내쏟았다. 그 빛은 호수 위의 윤슬처럼 반짝였다.

 산에서 내려온 레이카는 집으로 들어와 속옷까지 다 벗은 채 물기를 닦아냈다.
 "당신 어디 가서 뭘 했길래, 얼굴이나 손이 상처투성이야?"
 소름이 돋은 레이카의 살들에 눈길이 가며 쇼타는 물었다.
 "병원 가봐야 되는 거 아닌가?"
 "⋯⋯."
 그녀의 얼굴은 음영이 짙어 있었다. 어혈이 진 하얀 속살이 파르르 떨고 있다. 옷을 갈아입고 쇼타의 야릇한 눈초리에도 아랑곳없이, 만수위까지 그득히 차오른 저수지 물이 수문을 통해 순식간에 빠져나가듯, 솜이불을 덮고 깊은 잠에 빠져들었다. 구름이 빠져나간 하늘은 태양을 악물고 본연의 모습인 푸름을 대지에 쏟아냈다.

세 시간을 내리 잠들었던 레이카는 스르르 눈을 떴다. 신열이 올라왔다. 온몸이 욱신거리며 무릎이 아렸고 손바닥과 얼굴이 칼로 저민 듯 쓰렸다. 상체를 일으키려 했지만, 제 몸이 아닌 듯 말을 들어먹질 안 했다.

"여보! 여보! 어딨어요?"

이불 끝단을 턱선까지 잡아당기며 밭은기침 소리와 함께 쇼타를 불렀다. 으슬으슬 온몸이 떨려오는 징조가 몸살감기에 걸린 듯했다. 건넌방에서 잠든 아기를 보고 있던 쇼타가 안방 문을 열고 들어왔다.

"당신 오전에 어디를 갔다 왔길래 온몸이 상처투성이고 정신이 나간 사람 같이 횡설수설 하고 그래. 하도 곤하게 자길래 깨우지는 않았지만, 당신 몸살 걸린 거 아닌가?"

장롱에서 두터운 이불을 꺼내 들고 솜이불 위에 덮어준 쇼타는 레이카의 이마를 짚었다. 홍조를 띠고 있는 레이카의 이마는 그다지 뜨겁지는 않았지만 따끈했다.

"여보! 그건 나중에 얘기하고 약방에 가서 약 좀 사오지 그래요. 몸살에 기침감기가 심하다고 하면서요. 목도 좀 부은 거 같고요. "후 후 캘룩 캘룩!"

거친 숨소리에 걸걸하는 기침 소리가 방안을 휘저었다.

"알았네. 소재지에 가서 약 사올 테니, 조금만 참고 기다리라고. 그리고 당신 점심도 안 먹었잖아. 죽이라도 끓여올까?"

"죽은 됐어요. 이따 저녁에 한 술 뜨지요. 우선 약부터 사가지고 와요. 목이 많이 부은 거 같아서 칼칼하네요."

"알았네."

쇼타는 건넌방을 들여다본 뒤 승용차를 운전하고 내달렸다. 비가 내린 뒤라 서늘한 기운이 덜미를 잡아당겼지만 사위는 청정했다. 쇼타는 면소재지의 약방에서 약봉지를 들고 나왔다. 패딩 조끼를 걸치고 검은 비닐봉지를 털레털레 흔들며 마트에서 나오는 근순에게 눈길이 갔다.

근순은 얼굴에 불안감이 섞여있는 표정이었다. 얼굴살이 푸스스해 보였다.
"이근순 씨! 안녕하십니까? 저, 레이카 남편 쇼타예요."
왼쪽 옆을 보니 쇼타가 약봉지를 들고 서 있었다.
"누가 아픈가요? 약봉지를 들고 있게. 아기가 아픈가 보네요! 여기는 병원이라야 보건소 뿐인디. 아기가 있는 집은 항시 해열제 같은 약은 가지고 있어야 하는디."
근순은 어린아기를 길러본 덕에, 일장 알은체를 늘어놓았다.
"아니요. 아기가 아픈 게 아니라, 레이카가 몸살감기 기운이 있어가지고 약방에 들렀습니다. 점심도 거르고 솜이불을 덮어쓰고 누워 있습니다."
"예! 레이카가요? 무슨 일이래요. 접때 만났을 때엔 몸이 많이 마르긴 했어도 병이 날 정도는 아닌 것 같드만. 감기몸살이 심한가 보네요. 점심은요?"
숨도 안 쉬고 말을 한 움큼이나 흘려놓았다.
"점심도 안 먹고 누워만 있어요. 아침도 먹는 둥 마는 둥 했는데."
"그래요! 간장을 쳐서 미음이라도 먹어야 할 텐디."
레이카가 몸져누워 있다는 쇼타의 말에 시름없는 표정을 지으며 한숨을 내쉬었다. 친자매처럼 지내자고 서로 입다짐을 하지 않았던가. 레이카는 근순을 언니로, 근순은 레이카를 동생으로. 아픔과 슬픔, 고뇌와 고통, 통쾌와 기쁨을 함께 나누자고 굳게 약속을 했었지 않은가 말이다. 동생이 아프다는데, 근순의 마음은 밑바닥을 호미로 긁어대듯 아려왔다.
"가만 있어봐요. 내가 이것만 집에 갔다 놓고 같이 가십시다. 아무래도 내가 미음이라도 끓여주고 와야 마음이 놓이겠구만 그려요."
쇼타의 대답은 의당 그러리라 생각했고 근순은 엉덩이를 뒤로 빼고 둥싯둥싯 바삐 걸어갔다. 쇼타는 승용차의 시동을 켜고 근순을 기다렸다. 달려오는 근순의 폼이 힘겨운 시골 일에 닳고 닳아 허리가 구부정하니 애틋하게 보였다.
"빨리 갑시다. 우리 서로 언니 동생하기로 맹서를 했걸랑요. 동생이 아프다는디 이 언니가 가만있으면 도리가 아니잖은가 보네요. 거 있잖아요. 복숭아나무 아래에서 세 명이 서로 의형제를 맺자고 맹서를 했다는디. 태어난 건 달라도 죽을 땐 같이 뒈지자고. 어쩌면 그런 맹서일 수도 있당게요. 여자라고 그런 맹서 하지 말라는 법은 없잖아요."

'푸', 쇼타는 자신도 모르게 웃음이 튀어나왔다. 맹서라! 요즘도 그런 맹서를 하는가 싶었다. 그것도 여자들끼리. 한국으로 건너와서 지내다 보니 아무래도 외로움을 견딜 수 없어 죽이 맞는, 옆에 앉아 있는 아줌마하고 언니 동생하자고 급조된 군짓을 하지 않았나 생각했다. 겹겹이 둘러싸여 있는 산골인지라 어스름이 저녁 무렵 전에 깔리기 시작했다. 반쯤 열어놓은 차창 밖에선 계곡물 흐르는 소리가 경쾌하게 들려오고 있었다.

'골골골 돌돌돌.'

이 소리를 근순은 태어날 때부터 지금까지 듣고 자랐다. 학교를 다닐 땐 책을 싸맨 보자기를 엇메고 뛰다시피 오고가고 했다. 갈증을 느낄 땐 흐르는 계곡물에 손을 모아 퍼 마시기도 했다. 그 맛이 달큰하니 동치미 국물 같아 가슴을 적시고 온몸을 휘돌았다. 지금이야 사람들이 싸질러 놓은 똥과 오줌, 먹고 남은 쓰레기에 토양이 오염되고 물이 썩어가며 공기가 혼탁해져, 먹고 마시는 즉시 다시 똥, 오줌을 내지르기 일쑤지만 말이다. 인생이 돌고 돈다지만 사람들이 버려 놓은 오염물도 돌고 돌아 제 입으로 들어가고 있으니, 한 치 앞만 내다보고 사는 우리네들이 안타까울 뿐이다.

쇼타 집에 도착한 근순은 제 집 마냥 마당을 뛰어 넘어 레이카가 누워 있는 안방으로 들어갔다. 이마에 오종종하게 땀방울이 맺혀 있는 레이카는 눈을 끔벅거리며 방 안으로 들어오는 근순을 퀭한 눈으로 처다보고 방긋 웃었다.

"언니가 웬일이야. 이 시간에 여길 다 오고. 콸룩 콸룩."

목울대를 울릴 때마다 기침이 멎지 않았고 까끌까끌했다. 가래가 목젖에 걸렸는지 그르렁댔다. 뒤따라 쇼타가 들어와 근순 옆에 앉았다.

"약방 근처에서 쇼타 씨를 만났어. 니 소식을 듣고 이 언니가 부랴부랴 왔지. 근데 얼굴에 난 상처는 뭐냐? 무엇에 할퀸 상처 같은디. 지금 말할 기운도 없을 테니까 나중에 듣기로 허고, 조금만 있어봐. 점심도 안 먹었다면서, 내가 금방 미음 끓여 올게. 미음 먹고 약 먹어야지."

레이카의 이마를 만져보며 밖으로 나갔다.

"언니! 고마워!"

근순의 귓바퀴에 맴돌 뿐인 소리를 나직하게 내뱉었다. 부엌에 들어간 근순은 여기저기 뒤적거리며 쌀을 안치고 된장찌개를 끓이며 미음을 만들었다. 40여 분을 분주하게 부엌살림을 만지작거리더니 밥상을 들고 안방으로 들어왔다.

"쇼타 씨 같이 들어봐요. 나름대로 음식을 허긴 헸는디 입맛에 맞을란가 모르것네요. 아기는 자나요?"

"깰 때가 됐을 겁니다. 분유 먹이고 내가 보면 되니까 아기 걱정은 하지 마세요. 아무튼 이렇게까지 신경 써 주셔서 고맙습니다. 잘 먹겠습니다. 레이카! 일어나서 미음 좀 먹자. 이근순 씨도 같이 드시지요."

"아니, 저는 됐어요. 집에 가서 애들하고 같이 먹어야 하니께요. 먼저 드세요."

쇼타는 수저를 들고 밥 한 숟갈을 떴다. 레이카도 상체를 일으키더니 미음이 담긴 국그릇 앞으로 다가와 한 수저를 뜨고 입안으로 넣었다. 우물거리며 칼칼한 목구멍으로 미음을 넘겼다. 오른쪽 눈에서 눈물이 눈두덩에 멎더니 주체를 못하고 뺨으로 흘러내렸다. 내처 왼쪽 눈에서도 주르륵 눈물이 내려왔다. 근순의 연민에 감읍하여 흘리는 눈물일 게다.

"언니, 언니! 고마워!"

근순의 고마움에 가슴이 미어져 무슨 할 말이 또 있으랴. 미음에 떨어지는 눈물들! 레이카의 가슴에 빗물처럼 떨어졌다. 근순의 눈망울에 레이카의 야윈 얼굴이 어렴풋이 비쳤다. 레이카의 마음을 알기라도 하듯, 근순은 그 눈물에 살갗이 베어왔다. 아기 울음소리에 밥을 먹다 말고 쇼타는 건넌방으로 잰걸음을 치며 총총히 걸어갔다.

**

그날, 어두운 밤이었다.
근순의 휴대폰에 태민의 문자가 온 뒤로 '오천만 원을 마련하라', 라는 문자가 한 번 더 왔다. 근순은 그 문자를 흘려보낼 수 없었다. 칠흑 같은 어둠살을 헤치며 삽을 쥔 근순은 태민의 무덤을 팠다가 메꿔 놓은 밭으로 갔다.

'너는 나를 죽였다. 니가 파 놓은 무덤에 나는 묻혀 있다. 차명희를 죽였고 나를 죽였단 말이다.'

첫 번째 왔던 문자가 사실인지 확인을 해야 했다. 주위는 음침했고 반달과 별빛만이 근순을 비추고 있었다. 밭둑인지 밭인지 구별할 수 없는 어둠이 깔려 있었지만 근순의 몸은 기억하고 있었다. 한기를 느끼며 천천히 파나갔다. 삽질을 할수록 한기는 사라졌고, 50여 분을 파나가자 삽 끝에 걸리는 게 있었다. 소름이 돋았다.

'휴대폰에 뜬 문자가 사실이란 말인가.'

덜컥 겁이 났지만 삽질은 빨라졌다. 옷을 입고 있는 사람의 형체가 서서히 드러났다. 흙을 흠뻑 뒤집어쓰고 있었다. 두려움은 없었고 놀람과 의문이 교차하면서 얼굴에 쌓인 흙을 치워냈다. 얼굴을 보고 사람의 시신이라는 걸 알 수 있었지만 태민인지는 뚜렷하지 않았다. 얼굴은 부패해가고 있었다. 눈알이 없었고 코가 짓눌렸고 이빨이 드러나 있었다. 몸통과 다리부분에 쌓인 흙을 치웠다. 베이지색 점퍼와 청바지를 입고 있었다. 시신의 형체는 태민과 비슷했다. 앞코가 떨어져나간 검은색 운동화는 태민의 것이 확실했다. 근순은 누워있는 시신이 태민이라 확신했다. 그날, 그러니까 태민을 죽이려고 기다린 그날. 김태민을 한 시간 반 가량을 기다렸지만, 오지 않아 파놓은 무덤을 도로 메꿔놓았었다. 분명했다.
그런데.
태민이 시신으로 묻혀있다. 무슨 조화란 말인가. 근순의 심장이 빠르게 펌프질을 해댔고, 발작을 일으키는 사람처럼 다리가 후들후들 떨려왔다. 느껴지지 않았던 두려움이 여름을 붙잡는 매미소리처럼 우렁차게 몸을 파고들었다. 근순은 신경질적으로 몸을 흔들어 두려움을 떨쳐내려 했지만, 눈앞에 있는 시신을 두고 냉정을 찾지 못했다. 희미한 달빛을 받은 시신은 당장이라도 근순의 머리끄덩이를 잡고 일어설 것만 같았다. 주춤하며 뒤로 물러났다. 누가 태민을 죽였단 말인가.
'태민의 휴대폰을 가지고 있는 놈이 태민을 죽였다.'
근순은 그렇게 생각했다. 달리 생각할 틈이 없었다. 그놈을 찾아야 했다.

♪♪이번에는 널 용서할 수 없어
나와의 약속을 어겼어
자꾸 이런 식으로 속이면
내가 넘어갈 줄 알았지
웃기네 웃기는 소리 하네♪♪

휴대폰이 울렸다. 양아치였다. 아니 김태민을 죽인 놈이었다.

"여 여보세요."
평소의 목소리보다 근순은 톤을 낮췄다.
"너너, 누 누구여? 누구냐고. 니 니가 김태민을 죽였지?"
자신도 모르게 톤이 올라갔다.
"……"
'뚜르릉.'
휴대폰은 끊겼다. 문자 들어오는 소리가 울렸다.
'넌 차명희와 김태민을 죽였어. 오천만 원을 준비해라. 썩은 책들 말고 현금으로 준비해라.'
근순은 털썩 주저앉았다. 문자를 보낸 놈은 태민을 죽이고 오천만 원을 요구하고 있다. 태민을 죽인 사실을 근순에게 덮어씌우고 있는 것이었다. 차명희를 죽인 사실도 알고 있었다.
'도 도 도대체 어 어떤 자식여.'
잇새를 뚫고 나오지 못하는 말을 더듬으며, 아무리 머리를 굴려 봐도 떠오르는 사람은 없었다.
'오천만 원을 어떻게 준비하란 말이냐.'
달을 보고 별을 보며 근순은 울분을 터트렸다. 짙은 어둠속에 박혀있는 달과 별은 유난히 빛을 밝히고 있었다.

**

12월 셋째 주 금요일.
은은한 눈꽃 위로 눈부신 햇살이 탱글탱글 반짝이고 있는 아침 무렵이었다. 산골 무릉리는 해마다 겨울이 일찍 찾아왔다. 산으로 겹겹이 둘러싸인 마을이라 여름은 시원하다지만 겨울나기가 버거웠다. 첫 눈도 진즉에 온 탓에 산과 들은 눈으로 하얗게 뒤덮여 있다. 이곳이 겨울을 감내해야 할 눈과 얼음의 겨울 왕국이었다. 아침 일찍 일어나 산정을 오르다보면, 나무나 풀에 내려앉은 상고대와 눈꽃이 햇빛을 받아 눈이 멀 듯 빛나는 절경이 그참 아름다웠다. 동네 꼬마 애들은 아침을 냉큼 먹어 치우고 지층까지 얼어버린 논으로 썰매를 들고 나왔다. 벼 밑동이 삐죽삐죽 올라섰지만 애들에게는 별반 방해될 게 아니었다. 무릎을 꿇고 썰매를 타는 아이들. 서서 타는 아이들. 가부좌를 틀고 타는 아이들. 가지 각색의 자세를 취하고 겨울의 한파를 그들 방식대로 즐겨 나갔다.

류헤이와 타케루 그리고 일행들은 털바지에 파카를 걸친 몸에, 아이젠을 착용한 방한화를 신고 신사를 가기 위해 산정을 오르기 시작했다. 류헤이와 타케루가 앞서 나갔고 나머지 일행들은 발길을 따라 천천히 산길을 올랐다. 레이카는 몸이 아프다는 핑계로 집에 남아 있었다. 집에 있으면서도 가슴은 널을 뛰듯 팔딱거렸다. 류헤이와 타케루가 폐가가 되다시피 한 신사를 보고 어떤 반응을 보일지 눈앞에 선연하였기 때문이었다. 일행들은 허연 콧김과 입김을 겨울 왕국에 뿜어내며 느릿느릿 올랐다. 신사에 다다른 일행들은 문이 활짝 열려 있는 것을 보자 당황했다. 열려 있을 리가 없는 문이 하얀 눈을 잔뜩 품어 안은 채 한파를 빨아들이고 있었다. 일행들은 부리나케 달려가 안을 들여다보았다. 열린 문으로 몰아친 눈발은 켜켜이 쌓여 있었다. 시야에 밟히듯 올라 있는 하얀 눈빛으로 인해, 안은 그다지 어둑하지 않았다. 일순간 류헤이와 타케루는 할 말을 잃었다. 3단으로 배열해 놓은 영정들과 액자들이 깨지고 엎어지고 찢어지고 이런 난리가 없었다. 제단은 온데간데없었고 향로와 촛대는 귀퉁이에 쑤셔 박혀 있었다.

"빠가야로!"

류헤이의 입에서는 욕이 튀어나왔다.

"어느 놈이 이런 짓을!"

타케루의 말은 '어느 놈'을 죽여버리겠다는 의지가 다분했다. 일본인들에게는 무덤을 파헤친 거나 매한가지였다. 아연실색하며 신사를 정리

했다. 다들 겨울 한파에 심사가 사나워졌고 신사의 망가짐에 살기를 머금었다. 머리칼이 벼린 칼처럼 솟았다.
"어떤 개자식이 이런 짓을. 내 반드시 찾아서 죽여 버릴 것이야. 반드시!"
류헤이는 으드득 이빨을 갈며 장갑을 낀 주먹에 불끈 힘을 주었다. 이빨을 가는 소리가 눈을 밟아가며 나는 뽀드득 소리보다 크면 컸지, 그보다 작게 나는 소리는 아니었다. 개자식이 아니고 개년일 테지만. 개년인 개자식을 찾기 위해 류헤이와 타케루 그리고 일행들은 뛰듯이 산정을 내려갔다. 몇몇이 미끄러져 엎어졌지만 돌아볼 틈이 없었다.

레이카가 몸살감기로 앓아누워 약을 먹고 곤하게 잠들고 난 이튿날. 약기운으로 한결 몸이 가뿐해진 레이카는 쇼타에게 신사에 갔던 일을 얘기했다. 또한 전화상으로 근순에게도 얘기를 했다. 태민의 일로 시무룩했던 근순은 박장대소를 하며 '그것참 쌤통이다.', 깔깔 댔고, 쇼타는 얼굴이 푸르뎅뎅해지며 눈동자에 경련이 일었다. 놀라움과 두려움에 뒤로 까무러질 뻔 했다. 쇼타는 레이카가 염려되었다. 류헤이와 타케루가 이 일을 알면 가만히 있지는 않을 터. 반드시 보복을 할 것이라 의심치 않았다. 레이카는 쇼타에게 말했다. 아기를 데리고 도망갈 것이라고 했다. 어디로든 갈 것이라고 했다.

그날.
레이카와 근순은 운일암 커피숍에서 만났다.
"레이카! 신사가 뭔가, 니가 때려 부쉈다며. 괜찮은 거여?"
레이카가 조상의 묘를 파헤치고, 시취를 맡아가면서 살을 발라내고 뼈를 흐트러뜨린 줄 안 근순은 깔깔대던 웃음이 조바심 속으로 녹아들어 레이카를 걱정했다. 등골이 오싹했다. 근순과는 달리 레이카는 주검을 딛고 휘이휘이 날아가려는 한 마리 새처럼 중력에 반발하며 입을 놀렸다.

"글쎄, 모르겠어. 이 사실을 알면 류헤이하고 타케루가 길길이 날뛰며 나를 죽이려 들 텐데. 나를 조상들의 무덤을 파헤친 발총죄로 엮어들게 분명해. 신사라는 게 일본에서 황실의 조상이나 나라에 공이 큰 사람을 신으로 모셔 놓고 제사를 지내는 곳이거든. 신사에 참배함으로써 조직의 결속을 다지거나 조직의 뜻을 일원들에게 세뇌시켜 목적을 관철하려는 그런 효과를 노리는 곳이야. 어찌보면 개개인의 정신이나 육체가 조직의 목적에 달려있다 할 수 있지. 조직이 광기를 부리면 걷잡을 수 없는 파국으로 치달을 수도 있어. 류헤이하고 타케루가 현재 무슨 생각을 하고 있는 지가 관건인데. 아마도 내가 보기에는 순수한 인간의 이성과 감성의 선을 넘어서고 있을 것 같은 생각이 들어."

근순은 무슨 사이비 종교 얘기를 듣고 있는 듯했다. 가끔 신사 참배라는 말을 티브이에서 들어 보긴 했어도, 레이카가 말하는 그런 얘기는 들어보지를 못했다. 아니 자신과 아무 상관도 없는 신사라는 얼토당토 않는 단어에 신경 쓸 겨를이 없었다. 알고서 머리 아플 이유도 없었거니와, 남의 나라 일에 독립투사처럼 '감 놔라 배 놔라.' 할 하등의 이유가 없었다. 태민의 일로 심사가 뒤틀어져 있는 근순이었다.

그런데.
지금 레이카의 얘기를 듣고 보니, 이전에 들었던 일본인들이 주천 땅에서 일본의 소국을 세운다는, 어쩌고저쩌고 하는 얘기를 들을 때와는 사뭇 달랐다. 광기를 보이며 무슨 일을 저지를지 모를 일이라는데, 아무리 못 배우고 사리분별을 못하는 자신이라지만 일본인들에게 주천 땅을 내 줄 수는 없었다. 어떻게든지 막아야만 했다.

"그 두 명이 니가 한 일을 알기 전에 무슨 조치를 취해야 할 거 아녀. 그냥 가만히 앉아서 당하고만 있을 거여! 죽이려 든다는디. 레이카! 그러지 말고 우리집에 있으면 어떨까. 방이야 마련하면 될 것이고. 겨울에 일도 없어서 적적헌디, 나하고 말상대나 하면서. 어쩐가?"
 근순은 레이카의 의중을 떠보았다. 그렇잖아도 말대가리 같은 남편 양호와 하루 종일 삼시세끼 챙겨주고 지내려니 복창이 터질 일이었고, 태민의 일로 머리가 으깨질 참이었다. 레이카라도 옆에 있으면 숨통이 트일 것만 같았다. 레이카가 양식을 축내봤자 밭뙈기를 팔아 먹겄어, 논뙈기를 팔아 먹겄어. 자신보다 많이 배우고, 배운 만큼 아는 게 많은 레이카를 곁에 두고 머릿속에 기름칠 좀 하면 좋을 듯도 했다.
 "나도 그렇게 해 보려고 하는 중이었어. 언니가 먼저 말을 꺼내줘서 고맙긴 한데, 아직은 아닌 것 같아. 주변 정리도 해야 하고. 무릉리에 살고 있는 일본인들이 셋째 주에 신사에 가서 참배를 할 거야. 그때가 되면 알게 될 테지. 그 이전에 아기하고 함께 언니 집으로 갈게. 괜찮겠어."
 "아무렴, 괜찮고말고. 아기도 데리고 온다니, 더 좋은 거 있지. 이 나이에 간난쟁이를 보면 얼마나 귀여울까. 아무튼 몸조심 하고, 혹시라도 그 전에라도 류헤이하고 타케루가 알아버리면 어떻게 할려고 그려. 오줌 싸버리것네."
 "그럴 리는 없을 거야. 지난 4년 동안 신사참배를 항상 모두 갔으니까. 개별적으로 간 적은 한 번도 없었어. 아무리 류헤이나 타케루가 우리들의 리더격이라지만 개인 행동을 하지 않았거든. 그런 걸 볼 때면 모종의 뭔가가 있는 거 같기도 하고. 왜 있잖아, 몸통을 흔들어대면 꼬리가 출렁이잖아. 그런 식인 거 같아."
 "니 말대로라면 류헤이나 타케루를 움직이는 또 다른 누군가가 있다는 거잖아. 맞아?"
 "아직은 모르겠어. 실체가 없으니까. 그냥 내 추측일 뿐이야."
 "야, 무섭다. 옛날 거 뭐시냐. 일본 순사의 망령이 살아 돌아오는 것 같은 그런 무시무시한 장면."
 근순은 몸을 떨며 움츠렸다. 다디단 커피를 쭉 들이켰다.

"언니, 그럼 그때 갈게. 일어나자. 쇼타가 기다리겠어."
"그려. 넌 좋것다. 기다리는 사람도 있고. 난 마누라가 나가서 죽었는지 살았는지, 들어오는지 나가는지, 신경도 안 써. 말대가리 같으니라고. 일어나자!"
커피숍을 나와 레이카는 승용차를 타고 무릉리로 돌아갔고, 근순은 스쿠터를 타고 뉘엿뉘엿 떨어지는 해를 뒤로하고 양지 마을로 달려갔다.

**

집에 다 와갈 즈음, 휴대폰에서 문자가 왔다고 알렸다.
'내년 1월 말까지 오천만 원을 준비해라. 오천만 원을 넘겨주면 차명희와 김태민을 죽인 일은 없던 걸로 한다.'
기가 막혔다. 김태민을 죽이지도 않았는데 죽였다고 덤터기를 씌우고 있었다.
'야잇 씨발놈아, 니가 김태민을 죽여 놓고 누구한테 덤탱이를 씌울려고 하는 거여. 니가 누군지는 모르겠지만 걸리기만 하면 죽여버릴게, 앞으로 문자질 하지마. 개같은 놈아. 개새끼 씨발놈아, 내가 만만하게 보이냐?'
문자를 날렸다. 욕이라도 실컷 했더니 속이 뻥 뚫리는 듯했다.
'흐 흐 흐 죽고 싶어 환장을 했구나.'
태민이 휴대폰을 쥐고 있는 사람은 기가 죽지 않았다. 근순의 속을 더욱 긁어댔다.
'그려 씨발놈아, 죽고 싶어 환장을 했다. 맘대로 혀 씨발놈아. 죽이든 살리든.'
근순의 성깔이 고분고분 받아줄 리 없었다. 성질대로 되받아쳐야 저편에서 기가 죽을 것 같았다.

'이년아, 너 혼자면 니가 죽든 말든 상관없겠지. 니 남편하고 애들은 생각 안 하냐? 내년 1월 말까지다. 오천만 원.'
근순은 속이 뒤집어졌다. 남편하고 애들을 걸고 들어오는 통에 명치 아래에서 쓴 물이 올라왔다.
'컥 컥 우욱 우욱.'
토악질까지 해댔다.

**

쇼타는 류헤이와 타케루의 성깔을 익히 알고 있는지라 불안과 당혹스러움이 뒤섞인 표정을 지었다. 신사를 엉망으로 만들어 놓은 일! 그 짓을 레이카가 한 짓이라는 것을 알기라도 한다면, 죽음을 각오해야 할 터였다. 말릴 사안도 아니었고 말릴 방안도 없었다. 이 일을 어찌 대처해야 할지 황망하기만 했다. 아기를 데리고 레이카와 함께 도망치고 싶은 생각밖에 없었다. 비트적거리며 산을 내려오는 내내 레이카의 신변이 걱정이 되어 머릿속에서 떠나질 않았다.
'부 우 우 엉 부 우 우 엉.'
계곡 쪽에서 올빼미의 울음소리가 꿈결처럼 망각처럼 깊고 공허하게 울려왔다. 밤에만 우는 줄 알았던 올빼미였것만, 낮에 울어대는 올빼미 소리에 불안감은 더욱 고조되었다. 류헤이와 타케루는 씩씩거리며 황소가 내달리듯 산을 내려갔다. 입에서 내품는 김이 불풍나게 들락거렸다. 류헤이와 타케루는 김춘배 집으로 쳐들어갔다. 감도는 기운이 삭막하다 못해 살벌했다. 눈꼬리를 치켜 올리며 뱀눈을 뜨고 방문을 응시했다. 삽짝 밖에는 일본인들이 떼를 지어 눈을 부라렸다. 당장이라도 김춘배 집 마당을 아수라장으로 만들어 버릴 기세였다.
"아저씨, 계십니까. 저희들 왔습니다. 류헤이하고 타케루가 왔다고요."

절절 끓는 아랫목에서 담배를 꼬나 몰고 엉덩이를 지지고 있던 춘배는, 장초를 재떨이에 짓이기고 마루로 나왔다. 마당에는 류헤이와 타케루가 이맛살을 구긴 채 앞발을 쳐들고 북극곰처럼 서 있었다. 류헤이와 타케루를 보자 춘배는 왜놈들의 곤조를 보는 듯하여, 선뜻 방안으로 들어오라는 소리가 혀끝에서 맴돌 뿐이었다.

"아니, 이 시간에 웬일들인가. 무슨 일이라도 있는 건가. 어여 들어오게, 바깥이 오사라지게 춥고만 그려."

그러할지라도 찾아온 손님이었기에 애써 치밀어 오르는 역겨운 기운을 꾹 누르고 들어오라 했다. 류헤이와 타케루는 선 자리에서 꿈쩍도 하지 않았다.

'산골의 추위에 얼기라도 했나. 요놈의 자식들이 무슨 지랄로 우리 집을 쳐들어온겨. 오늘 재수가 옴 붙었고만.'

"아저씨, 저희들이 여기에 온 이유는, 딱 한 가지입니다."

이빨을 앙다물고 얘기하는 류헤이의 목소리가 겨울왕국을 울렸다.

"뭔디 그렇게 사람을 뻘쭘하게 쳐다보면서 얘기를 하는겨. 들어오라고 해도 들어오지도 않고. 나한티 뭔 서운한 것이 있는가 본디, 전번에 다 풀지 않았는가. 참내 뒷끝이 뱀 꼬랭지맹키로 길기도 허네 그려."

뒷짐을 지고 마루에 선 춘배는 류헤이와 타케루가 아니꼬와 고갤 홱 돌려버렸다. 둘의 상판대기가 영 맘에 들지 않아서였다.

"저희들이 뒷산 정상에 지어 놓은 신사라는 산막을 본 적이 있지요. 한 달에 한 번씩 저희들은 그곳에 가서 참배를 드리곤 하는 곳입니다. 그곳이 폐허가 되다시피 부서져 버렸어요. 아저씨는 그런 사실을 알고 있지요?"

윽박지르듯 타케루가 춘배를 노려보며 다그쳤다. 시물거리며 춘배를 바라보던 류헤이는 눈알을 뒤룩거렸다. 도끼로 찍어낼듯 끝장을 볼 형국이었다.

"이 사람들 지금 무슨 말을 하는 거여. 신사가 뭐고 폐허가 됐다는 건 또 무슨 말여. 뒷산 꼭대기에 뭔 집을 지었다는 것도 처음 들어보고. 그곳에서 뭔 참배를 지낸다는 것도 처음 들어보는 건디 말여. 자네들이 나가 저번에 술 취해서 한 소리 갖고 지금 억하심정이 있어서 하는 소리 같은디. 이 사람들아! 나 그렇게 불순하게 외지 사람들 홀대하는 그런 사람 아녀. 뭘 잘못 알고 온 거 같은디. 들어올려면 들어오고, 난 일 없응게 안 들어올려면 퍼뜩 가드라고. 발도 시립고 얼굴이 찢어질 거 같고만 그려. 근디 나가 몰라서 묻는 것인디. 신사가 뭐단가?"
 춘배는 진정 신사가 알고 싶어 물었다.
 "아닙니다, 아저씨. 저희들이 잘못 짚었나 봅니다. 다음에 또 뵙겠습니다."
 "그려, 어여 가보게. 잘들 가게나."
 춘배는 손을 흔들어 보이고 방안으로 설레발을 떨며 들어갔다.

 삽짝 밖으로 나온 류헤이와 타케루는 춘배 말고는 딱히 짚이는 사람이 없었다. 일단 일행들을 이끌고 이주촌으로 발길을 옮겼다. 류헤이의 집으로 몰려들었다. 이곳에 자신들의 이주를 방해하는 사람이 곳곳에 도사리고 있다는 걸 확연히 알게 된 셈이었다. 그렇다 하더라도 자신들의 결연한 의지를 꺾을 수는 없으리라 머리에 새겼다. 일본 외무성에서 지원하고, 한국 고위층이 자발적으로 나서고 있는 마당에 일개 마을 주민들이 막아설 수는 없는 법. 이주촌에 거주하는 일본인들은 단지 자신들의 이주 대책에 반대하는 주민들을 찾아내어 척결하는 방안을 모색하고 있었을 뿐이었다. 아니 반드시 본때를 보여주리라 가슴팍을 쳐댔다.
 움츠러들며 뒤쳐져서 어슬렁어슬렁 걸음을 옮기는 쇼타는 추예했던 모습이 더욱 처참하게 변해 있었다. 류헤이와 타케루의 눈치를 보기에 바빴다. 저들의 촉수가 어디로 뻗칠지 애간장을 녹였다. 차라리 레이카가 한 짓이라고 선수를 쳐 버릴까도 생각했다. 얼떨결에 한 짓이라고. 레이카의 무릎이라도 꿇리면서 읍소를 할까도 싶었다. 그러하면 '사적 처벌은 면하지 않을까.' 하는 생각이 움츠러들었던 가슴을 부풀렸다.
 사적 처벌이라!
 메이지 유신 전의 봉건체제도 아닌 지금의 상황에서 있을 수 없는, 있어서도 안 될 일들이 가끔은 일어났다. 류헤이와 타케루가 이끌고 있는 일본인들이 모여 사는 이곳이 그런 곳이었다. 알게 모르게 체벌이 가해지고 감금을 했다. 아랫마을에서는 알 수 없는 일들이 여봐란 듯이 자행되고 있는 것이었다.
 작년 이맘때쯤 한 집 건너 옆집에 사는 마츠모토 히토미(松本仁美)와 마츠모토 다이치(松本大地) 부부가 류헤이와 타케루에게 알리지도 않고 도쿄를 갔다 왔었다. 이를 안 두 사람은 인민재판을 하듯, 일본인들이 모두 모인 가운데에서 논의를 했었다. 마츠모토 부부를 어떻게 했으면 좋겠냐고. 결론은 조리돌림을 하자는 것이었다. 집집마다 돌아다니면서 개별행동을 하지 않겠다는 맹세를 받아내면서. 일제강점기의 한국 땅에서 친일파로 전향하겠다는 암약을 받아내듯 그렇게 당했었다.
 레이카가 한 짓을 일행들이 아는 날에는 어떠한 사적 처벌이 가해질지는 모를 일이었다. 마츠모토 부부가 당했던 그 이상의 처벌이 가해질 것이라는 추측이었다. 똥 싼 놈이 성 낸다고, 쇼타가 되레 나서서 신사를 부순 사람을 짐짓 찾아 나설 수도 없었고, 심상이 가녀린 쇼타가 그런 식으로 나올 리는 만무했다.
 방법이 있기는 했다.
 일본인들이 알기 전에 불어버리는 것이었다. 그러면 조금이라도 처벌의 강도가 약해질 듯싶었다. 다시는 그런 일은 없을 거라며 빌어 보는 수밖에 없었다.

 "저기, 할 말이 있네."
 주저주저하며 입을 뗐다. 일순 마루에 앉아 있고 마당에 서 있는 일행들은 쇼타의 입을 주시했다.

"이번 일은 내 아내 레이카가 한 짓이네. 레이카가 어머니하고 통화를 하고 나서 몸과 마음이 울컥하여 자기도 모르게 한 짓이라고 나에게 얘기를 했었네. 그 짓을 하고 다음날 바로 말하려 했으나 겁이 나서 할 수 없었다고 하면서, 대신 용서를 빌어달라고 하더라고. 내가 대신 이렇게 무릎을 꿇고 용서를 비네. 용서해 주게나."

얼음을 먹은 미끈한 땅바닥에 무릎을 꿇으며 쇼타는 고개를 조아렸다. 류헤이의 집안은 주검이 찾아온 듯 적막감만이 휘돌았다. 누구 하나 눈동자를 돌리는 사람도 없었다. 일제히 쇼타만을 바라보고 한동안 숨이 멎은 듯 정지돼 있을 따름이었다. 류헤이가 손가락을 꼼지락거렸다. 오른손 검지 두 번째 마디에서 '뚜둑', 뼈 어긋나는 소리가 들렸다. 왼손 주먹을 쥐자 '으드득', 뼈 부러지는 소리가 적막을 깨트렸다.

"타케루! 레이카의 집으로 가보자! 오늘 레이카는 참석을 안 했잖아. 빨리 가보자고."

마루에 앉아 있던 류헤이가 벌떡 일어나 방한화를 꿰신고 앞서 달렸다. 그 뒤를 일행들이 떼를 지어 달려갔다. 쇼타는 꿇었던 무릎을 꼿꼿이 펴고 일어섰다. 달려가는 그들을 넋을 놓은 채 쳐다보았다. 제발 집에 없기를 바랐다. 아기와 함께 이근순 집으로 가 있기를 바랐다. 눈자위에 눈물이 차올랐다.

**

류헤이 일행이 신사를 향해 산을 오르던 시각.

레이카는 근순이 타고 온 택시 뒷자리에 올라탔다. 아기를 안고 있는 채였다. 택시 운전사에게는 이런 사실을 누구에게도 얘기하지 말라고 단단히 약조를 한 상태였다. 아기는 레이카의 가슴에 찰싹 안겨 겨울왕국의 틈새에서 쌔근쌔근 잠들어 있었다. 운전석 옆에 앉은 근순은 눈꺼풀이 눈썹에 맞닿을 듯 치올리고 사방을 살폈다. 추위에 턱까지 걸쳐 입은 파카에서는 뒤척이는 몸짓에 살근살근 소리를 내었다. 택시는 빠르게 달렸다. 한갓진 길을 따라 내처 달렸다. 쫓기는 신세가 아니라면 차창 밖의 겨울왕국에 몸을 내맡기며 호위무사를 하나 만들어 보고도 싶었을 텐데. 겨울왕국의 왕자를 만나 '나 잡아 봐라.' 하며 유치찬란한 장난질도 했을 텐데.

어찌하랴. 눈에 뵈는 건 겨울왕국이 아니라 삼지창을 들고 덜미를 찍으려는 야차들 뿐인 걸. 이곳을 하여튼 벗어나야만 했다. 택시기사는 근순의 성화에 총알 같이 달렸다. 운일암 지나기가 순식간이었다. 근순의 집으로 오는 내내 레이카는 바위에 압사당하는 듯한 두려움을 느꼈다.

레이카의 방은 대청마루를 사이에 두고 왼쪽이 근순의 안방이고, 창고로 쓰고 있던 맞은 편 방을 어설프게 손을 보고 레이카에게 내주었다. 도배는 새로 하였기에 밥풀 냄새가 가시질 않았다. 장판은 예전 것으로 걸레질만 수십 번을 했음직 싶었다. 보일러는 잘 돌아가 뜨끈뜨끈 했다. 아기가 지내기에는 걱정이 없었다. 그 방에 레이카는 짐을 풀고 한 숨을 돌렸다. 쇼타에게 근순 언니 집에 가 있겠다고 한 말이 다소 마음에 걸리긴 했지만, 혹여 그 얘기를 하지 않는 이상은 여기까지 쫓아오지는 않을 듯싶었다. 더군다나 여기는 면소재지가 아니던가. 일본인들에게는 치외법권 지역이나 마찬가지 아니던가 말이다. 또한 억세고 굳센 이근순이 떡 버티고 있으니 안심이 되긴 했다. 눈을 뜨고 엎드려서 둘레둘레 두리번거리는 아기를 안더니 분유를 타서 아기 입에 꼭지를 물렸다.

"레이카! 아기가 쇼타를 닮아서 너무 귀엽다. 이런 늦둥이 하나 낳고 싶은 마음이 꿀떡 같은디. 하늘을 봐야 별을 따지. 하늘이 시커먼 구름으로 덮여 보이지가 아녀. 그 하늘 본 지도 오래됐고만."

농지거리를 하며 근순과 레이카는 빙긋 웃었다. 아기 천사를 앞에 두고 둘은 다소 마음의 여유가 들어찼다. 근순은 분유를 빨고 있는 아기의 배내옷을 자애로운 어머니 손길로 여며주었다.

"내 정신 좀 보게. 급히 오느라 아침도 굶었잖은 갑네. 곧 있으면 점심 참이고. 레이카! 배고프것다. 조금만 기다려. 내 얼른 밥상 챙겨 올 텐게. 말대가리라지만 하늘인 애들 아빠 밥도 챙겨야 하니께. 애들도 이제 방학이라 집에 있거든. 애들이 간난쟁이를 보면 엄청 좋아하것다."

부엌으로 들어선 근순은 달그락거리며 부산을 떨었다. 점심은 얼큰한 동태찌개를 해 볼 작정이었다. 날도 춥고하니 뜨끈한 국물에 밥 한 숟갈 물고, 겨울왕국의 가녘인 이곳의 하루를 넘기는 것도 괜찮지 않나 싶었다. 말대가리인 남편은 놈팡이들의 아지트인 다방에서 밥때가 되면 기어들어올 것이었고, 애들은 눈밭에서 뒹굴다가 들어올 터였다. 끼니때만 되면 부산을 떨지 않을 수 없었다. 오늘부터는 레이카와 한 집에서 지내게 되니, 삼시 세끼 챙기기에 더욱 신경을 써야 할 판이었다. 말대가리가 들어오고 애들이 언 손을 쎄가 빠지게 비벼대며 들어왔다. 보일러가 돌아가고 군불을 지펴 놓은 안방으로 들어간 세 명은 서로 아랫목을 차지하려 아귀다툼을 하듯 했다.

"애들아! 오늘부터 같이 지내야 할 손님이 오셨단다. 나와봐라. 석범 아빠도 나와봐."

양호와 애들이 마루로 나오자, 부엌에서 나온 근순은 창고로 쓰던 방으로 데리고 들어갔다. 아기는 분유병의 바닥을 보이면서 꼭지를 밀어내고 있었다. 아기배가 볼록하니 올챙이배와 얼핏 비슷한 모양새였다. 애들은 무릎을 꿇고 앉아 신기한 듯 아기의 얼굴에 손을 뻗치려했다.

"야들아! 니들 손도 안 씻었잖아. 아기를 만질 때는 손을 깨끗이 씻고 만져야 돼. 아기한테 병균 옮기면 큰일 난단 말야. 알았지!"

근순은 애들한테 아기를 대할 때의 구두 지침을 꼼꼼하게 명했다. 양호에게 일방적으로 인사를 시켰다.

"오늘부터 우리 집에서 같이 지내게 될 레이카라는 일본 사람여. 한국 말도 잘 햐. 무릉리에서 지내다가 사정이 있어놔서 우리 집으로 오게 된 거니께. 그리고 석범 아빠하고 너희들에게 꼭 부탁혀야 것는디, 밖에 나가서 절대 우리 집에 손님이 왔다는 얘기를 하면 안 되야. 알것지!"
 근순은 다짐을 받듯 '알것지!',를 세 번이나 반복했다. 양호가 아기만 바라보고 대답을 하지 않자, '알것냐고!', 새된 소리를 지르며 윽박질렀다. 양호는 마지못해 '알았어!', 했다.
 "안녕하세요. 이렇게 신세를 지게 돼서 죄송합니다. 좀 사정이 있어서."
 '죄송', 이라는 말이 입밖으로 나올 땐 겨울왕국의 공주 마냥 홍조를 띤 얼굴이 한층 붉어졌다. 염치가 없어서인지 레이카는 말끝을 흐리고 고갤 숙였다. 부엌 식탁에서는 얼큰한 동태찌개 냄새가 한기 어린 실내 공기를 몰아내고 있었다.

**

 류헤이가 레이카의 집에 들렀지만 집은 텅 비어 있었다.
 "빠가야로!"
 류헤이의 심기는 경악과 격분, 증오, 분노가 무시무시하게 한데 섞이고 응고되어 씩씩거렸다. 레이카는 이미 달아나고 없었던 것이다. 흉곽을 비집고 새어나온 소름이 금세 얼어붙어 눈밭에 떨어지는 듯했지만, 쇼타는 모든 사실을 알고 있으리라 예견했다. 류헤이는 자신의 집으로 발길을 돌렸다.
 쇼타는 일어선 채 마당에 쌓인 애먼 눈만 신발 끝으로 퍽퍽 파헤치고 있었다. 레이카와 아기를 데리고 일본으로 돌아가고 싶은 마음이 간절했다.

 첫 번째 결혼에 실패한 레이카를 만나던 날, 11월 추운 날이었다.
 쇼타는 기쁨이라는 감정이 가슴팍에 흩날리고 있었다. 외모로만 봤을 때는 바로 자신이 원했던 이상형이었기 때문이다. 등허리까지 늘어진 생머리에 볼살이 더부룩하니 올라와 있는 계란형의 얼굴, 이목구비 뚜렷하고 크지도 작지도 않은 알맞은 키, 나올 곳은 나오고 들어갈 곳은 들어간 자태였다. 가슴이 특히 손안에 쥘 만큼 도드라지게 솟아 있었다. 단지 수심이 서린 듯한 얼굴 표정이 흠이라면 흠이었다. 쇼타는 웬 횡재냐 싶어 온갖 감정이라는 감정은 다 쏟아내어 레이카 마음속에 들어앉고 싶어 안달을 했다. 쇼타와는 다르게 레이카는 '예', '아니요'라는 말만 되풀이 했다. 그도 그럴 것이 나가고 싶지 않은 자리에 부모가 떠밀다시피 해서 나온 자리였기 때문이다. 사실 레이카는 료타하고 갈라지고 나서 아무런 생각이 없던 차였고 부모만 원망하고 있었다. 그랬었는데, 쇼타의 완강한 사랑 고백에, 이 사람하고 재혼을 하고 어디론가 떠나고 싶다는 생각이 왈칵 치밀어 올랐다. 그 생각이 현실로 다가왔다. 부모님이 한국으로 가면 일본보다는 나을 것 같다는 꼬드김을 핑계로 '얼씨구나!' 하고 비행기에 올라탔다. 쇼타 또한 한국으로 가자는 레이카의 말에 이것저것 생각할 겨를도 없이 무조건 따라 나섰다. 한국으로 가야 한다는 쇼타의 의지는 이미 정해진 지 오래였다. 그런 중에 레이카의 말은 질펀한 들판에 봄바람이 어느 순간 흘러들어오듯 따스함만이 온몸을 휘감았다. 오지에 있어도 레이카만 있으면 어떠한 고난이 닥쳐와도 살아남을 것 같았다.

그런데, 그런데 말이다.
레이카가 엇나가고 있었다. 몸부림을 치고 있었다. 속내를 자신에게 털어놓지도 않으면서, 혼자 끙끙 앓고 있었다. 급기야는 하지 말아야 할 짓을 저질렀다.

"쇼타!"
류헤이는 쇼타 앞에 바짝 섰다. 쇼타의 머릿속을 스캔하려는 눈빛이 역력했다.

'레이카가 이미 집에서 도망을 쳤구나!'
 안도의 숨이 하얀 김으로 새어 나온 쇼타는, 레이카가 부디 발각되지 말고 꼭꼭 숨어 있기를 간절히 바랐다.
 "레이카가 어디로 간거야. 쇼타는 알고 있는 거 아닌가. 그래도 부분데. 모를 리가 없을 텐데."
 빨리 이실직고 얘기하라는 듯 주먹 하나의 틈을 두고 얼굴을 들이밀었다. 류헤이의 눈동자는 살쾡이 눈으로 변해 있었고, 이맛살에 몽씬 힘을 주었는지 밭이랑처럼 두 개의 살덩이가 불쑥 튀어나왔다.
 "류헤이! 레이카가 신사를 부순 일만 알고 있지 그 이외에는 아무것도 모른다네. 어디로 간다고도 얘기를 한 적이 없고. 정말이네. 다만 레이카가 받을 죄라면 내가 대신 받겠네. 나에게 린치를 가하든 죽이든 맘대로 하게."
 체념을 했는지 쇼타는 한 발 물러서며 애원하듯 말했다. 입술이 추위에 떨리는 것인지, 다가올 두려움에 떨리는 것인지, 알 수는 없었지만 살갗이 사르르 떨려오고 있었다. 이미 체념을 했다지만 가슴 밑층에 서려있는 두려움까지 떨쳐버릴 순 없었다.
 "레이카하고 자네가 아무리 부부라지만 쇼타 자네는 아무런 죄가 없네. 우린 레이카에게 변명이라도 듣고, 그만한 대가를 치르려고 하는 것뿐이네. 레이카가 이곳을 벗어났다지만 며칠 내로 잡힐 것은 자네도 잘 알고 있지 않은가. 혹시라도 레이카가 있는 곳을 알고 있으면 알려주고, 그것도 아니라면 지금이라도 연락을 해서 돌아오라고 하게. 돌아와서 우리들에게 용서를 빌고 우리의 뜻을 상기시킬 수 있는 계기가 되길 바라네. 부탁하네."
 류헤이는 뒤돌아서 저벅저벅 걸어갔다. 두고 보자는 표정을 뒤로하고 쇼타에게 바통을 넘기듯 하고 가버렸다. 뇌수까지 얼어버릴 것 같은 쇼타는 머릿속에서 소름이 송골송골 돋아났다.

**

여명이 밝아오면서 무릉리 마을은 새해를 맞이했다. 한 해의 겨울왕국답게 두루 추웠다. 동이 튼 후 신사에 도착한 류헤이 일행은 재정비된 신사에서 참배를 지내고 떠오르는 해를 바라보았다. 동쪽 하늘과 맞닿은 산마루에서 떠오르는 해가 참으로 곱게 빛나고 있음을 일행들은 마음마다에 쇠뿔을 박아놓을 듯 담았다.
 이곳에 정착한 지 햇수로 5년이 돼가고 있었다.
 올 가을이면 2차 후발대가 대불리 이주촌에 정착을 한다고 류헤이는 말했다. 서로 왕래를 하며 신천지를 개척할 수 있을 것이라고 또한 말했다. 일행들은 류헤이의 말을 되새기며, 하늘벽을 타고 오르는 새빨간 해를 바라볼라치면 가슴이 풍선처럼 벅차올랐다. 산정을 내려온 일행들은 류헤이의 집에 모여 메밀국수를 끓여먹으며 덕담도 함께 건넸다. 허민국과 타이요우 또한 일행들을 찬사하는 금일봉과 서한을 보내왔다. 올해는 덜 적적할 것이라 했다. 2차 후발대 모집은 끝났고 가을이면 이곳으로 올 것이라 했다. 꿋꿋이 이곳에서 생활하고 있는 당신들이 애국자라며, 옹골찬 격려가 서한에 담겨 있었다.
 무릉리 땅의 감각을 서서히 깨우치게 된 일본인들에게 올해는 바쁜 해이기도 했다. 집집마다 그동안 애써 가꿔온 인삼밭의 인삼이 3년을 잘 견뎌왔기에 수확을 하는 해이기 때문이었다.(2년이 지난 모종을 심었음). 무릉리 이장 정달승의 가르침을 받아가면서 키워낸 인삼이 지금은 겨울잠을 자고 있지만서도 꽃피는 3월이 오면 잎을 내고 빨간 씨가 올라오기를 줄곧 바랐던 참이다.
 여전히 류헤이와 타케루는 레이카 찾는 일을 잊지 않고 늘 머릿속에 감치고 있었다. 그 일이 헐거워져서 빠져나갈 듯싶으면 뇌주름을 바짝 쥐고는 억패듯 닦달했다. 레이카가 쥐새끼처럼 숨어 있는 곳을, 심증은 가는데 물증이 없어 쳐들어가질 못하고 있는 실정이었다. 주양리 양지

마을 근순의 집에서 레이카와 아기가 지내고 있다는 걸, 본 사람이 류헤이에게 귀띔을 해 주었다. 류헤이와 타케루는 얌전한 고양이처럼 레이카를 낚아채기 위해 기회만 엿보고 있었다.

류헤이와 타케루, 이들을 충신처럼 따르는 나카시마 다이스케(中島大輔) 세 명은 2012년 1월 19일, 그믐달이 뜨는 그 날을 레이카를 낚아채기 위한 날로 모의를 하였다. 세 명은 레이카를 데리고 와야 한다는 결의를 다졌다. 자신들 조직의 일부인 레이카를 한국인 집에서 허송한 세월을 보내게 할 수는 없었던 것이다. 여권은 류헤이가 가지고 있었기에 일본으로 나갈 수 없었다. 아직까지는 근순의 집에서 머물고 있으리라 생각했다.

새해가 오고 나서 '올 1월 안으로 오천만 원을 마련해라', 문자가 근순의 휴대폰에 찍힌 이후로, 죽은 김태민이 보내는 문자는 없었다.

한편 일본 외무성 외무대신 스즈키 타이요우는 한국 정부를 공식 방문하여 대통령을 예방하고 있었다. 외교부 장관 박일도와 민정수석 허민국이 수행을 하였다. '과거사에 얽매이지 말고 미래로 나아가자.'를 모토로 대한민국과의 우호적인 관계를 추구하자는 명목 하에 대한민국을 방문하였다고는 하지만 속내는 따로 있었다.

일본 속내를 발랑 까보자.
타이요우 외무대신은 어린아이가 아무런 탈 없이 도담도담 자라나갈 수 있듯이, 일본인들이 한국인들의 아무런 저항이나 눈치를 보지 않고 한국땅에 정착할 수 있는 법안 마련을 위해 방문을 한 것이었다. 거기에 허민국은 쌍수를 들고 환영을 표했다. 타이요우는 성가실 정도로 허민국에게 전화를 하여 법안 마련이 가능하겠냐며 타진을 해 왔다. 그때마다 허민국은 하늘을 도리질 치듯, 자신의 권력과 뒷배를 믿고 전혀 문제

될 게 없다면서 권세를 과시했다.

이미 '일본인의 대한민국 정착에 관한 법률'에 대해 20인의 국회의원이 찬성을 하여 법제사법위원회에 제출을 했다고 말했다. '산 진 거북이요 돌 진 가재라(산을 등진 거북이요 돌을 등진 가재라는 의미로, 의지하거나 근거할 힘이 든든함을 이르는 말)', 허민국이 딱 그 짝이었다.

이에 따라 타이요우는 큰 얼개속의 작은 뼈대 하나를 챙기기 위해 국회 내의 법제사법위원회의 위원장을 만나 독대를 하였다. 입질을 한 것이었다. 한국을 방문하여 전방위적으로 활개를 치고 다니는 타이요우였다. 일본을 위하여, 가히 머슴 역할을 서슴지 않는 그가 일본인들의 한국땅을 제집 드나들 듯 할 수 있게끔 발판을 만들어 놓으려는 수작이었다.

스즈키 타이요우는 2박 3일의 일정을 마치고 대한해협을 건넜다.

그의 땅으로 날아갔다. 훠이 훠이.

**

1월 20일, 새벽녘에 일어난 근순은 부엌으로 들어가 아침상 차리기에 바빴다. 근순은 불은 미역을 양지살 국거리용과 함께 달아오른 프라이팬에 볶았다. 대청마루 양쪽 방을 사이에 두고 마루에서 근순의 방 뒤쪽으로 가다보면 입식으로 개조한 부엌이 있었다. 여느 때 같으면 전기밥솥이 김을 품어 낼 즈음, 레이카가 부엌으로 나와 아침 준비를 거들어 주었다. 한데 오늘은 아무런 기척이 없었다. 아기가 칭얼대는 바람에 늦게까지 잠을 설쳤으리라 생각했다. 자신도 애들을 키울 때는 그러했었다. 아침밥을 먹을 때나 깨워야겠다며 코끝이 찡하니 울려왔다. 농한기인 한겨울이라 해도 삼시 세끼는 제 시간에 꼬박꼬박 챙겨 먹어야 하는 법. 그래야 시골살이의 농번기 때에 제대로 힘을 쓸 수 있을 것이리라. 시골에서 하는 일 없이 빈둥빈둥 노닥거린다고 함부로 말할 처지가 아님을 어느 누구도 명심을 해야 할 것이었다.
 근순은 식탁에 밥과 찌개, 찬을 내어 놓았다. 그리 풍족한 차림은 아닐지라도 그렇다고 소찬도 아니었다. 근순의 정성이 알뜰하게 담겨진 아침상이었다. 식탁에 수저 다섯 벌을 가지런히 얹어 놓고 레이카의 방문을 열었다.
 이불이 개켜지지 않은 채 레이카와 아기가 보이지 않았다. 아니 없어졌다. 레이카가 즐겨 입는 지오다노 오리털 파카가 옷걸이에 그대로 걸려 있고, 아기의 겨울옷이 이불 옆에 그대로 놓여 있다. 그러니까 잠잘 때 입었던 옷 그대로 없어졌다는 얘기다. 영하 15도를 밑도는 날씨에 더군다나 아기를 데리고 밖으로 나갈 수는 없을 터였다.
 "석범 아빠! 빨리 나와 봐! 레이카하고 아기가 없어졌어. 간밤에 사라졌다고. 이거이거 보통 일이 아닌 것 같은디. 후딱 파출소에 알려야 쓰것고만."

 몸 안팎의 세포들이 불길함 속에 아우성을 쳐댔다. 히스테릭하게 몸짓이 변한 근순은 널처럼 뛰는 심박동의 반발력에 문을 박차고 나와 안방문을 열어젖혔다. 이불을 개켜놓고 어기적거리며 일어나고 있는 양호를, 얼음칼 같은 눈매를 하고 근순은 시근거렸다.
 "그럴 리가? 어제 열 시 넘어서까지도 안 자고 있었자녀! 밥이나 먹자고. 오늘 동네 사람들이 멧돼지 잡으러 가자고 했구만. 멧돼지 잡으면 뒷다리 하나 가져올 텐게, 기다리드라고. 저기 레이카도 먹이고. 얼굴이 희끄무리하니 뭔 병이라도 생긴 여자 같드만."
 양호는 멧돼지 잡을 생각에 어깨에 힘을 잔뜩 주었다.
 "이 말대가리야! 그런게 아니란게. 잠자던 옷차림으로 없어졌단 말여. 아기도 없어졌고. 그런 차림으로 어떻게 밖으로 나가. 무슨 변이 생긴 게 틀림없단께. 내 예감이 맞을 거고만. 빨리 옷 입고 나와봐."
 하루의 시작인 아침밥을 먹어야 한다는 실낱같은 생각이 부지불식간에 망각된 채, 근순은 파카를 걸치고 마당으로 나왔다. 마음이 급했다. 무릉리에 살고 있는 일본인들의 광기가 창궐했지 않나, 가시 돋친 의심이 들었다.

"말대가리야! 빨리 나와 봐. 으휴. 느무적거리기는 굼뱅이가 따로 없단께. 석범아! 지은이하고 아침밥 먹고 있어. 아빠랑 갔다 올 디가 있은께."

말눈깔에 눈곱이 주렁주렁 매달려 있고 머리가 헝클어진 양호는, 담배 한 개비를 꼬나물고 신발 뒤축을 잡아당기며 꿰신었다. 종주먹을 쥐고 을러대는 근순의 타박에 주눅이 들어 마른 침을 겨우 삼켰다.

"석범 아빠! 여기 봐봐. 대문 걸쇠도 풀어져 있자녀. 예삿일이 아니고만."

양호는 대문으로 다가서서 걸쇠가 풀어져 있는 것을 눈으로 확인하고 근순의 말에 토를 달 명분이 없었다.

근순과 양호는 일단 파출소에 들렀다. 고석찬 소장과 김종국 경사, 박찬근 경위는 티브이 뉴스를 보고 있었다.

【진안군 부귀면 모래재 고개에서 오전 두 시 이후로 추정되는 추락사고가 있었습니다. 엄마와 아기는 자동차에서 튕겨져 나와 사망한 상태고, 자동차는 불길에 휩싸여 형체를 알 수 없이 뼈대만 남아 있습니다. 화면에서 보시는 바와 같이 자동차는 모래재 고개 난간에서 100여 미터 되는 급경사를 굴러 들판에 멈춰 섰습니다. 엄마는 안전벨트를 매지 않았고 아기는 뒷좌석 카시트에 있었으나 자동차가 구르면서 튕겨져 나갔습니다. 이른 아침에 엄마와 아기를 발견한 최초의 목격자에 의하면 피투성이가 되어 숨져있었다고 합니다. 진안경찰서 사건 담당자는 코너링이 심한 고개였고 어두운 상태였기에, 운전 미숙으로 추락사한 게 아니겠느냐는 추정에 무게를 두고 조사를 하고 있습니다.】

뉴스에서는 사망한 엄마와 아기를 흰 천으로 가려놓았기 때문에 누구인지 구별을 할 수 없었다.

근순은 레이카와 아기가 간밤에 없어졌다는 사실을 신고했다. 그리고 그간의 자초지종을 고석찬 소장에게 얘기했다.
"소장님! 빨랑 무릉리로 가보잔께요. 그 놈들이 레이카를 어떻게 할지도 모를 일인디. 혹시 다리몽댕이를 작신 분질러버릴 지도 모를 일이고. 정말 귀신이 곡할 노릇이고만. 간밤에 어떻게 데리고 갔다냐."
잠귀 밝은 자신이 간밤의 일을 몰랐다는 데에 허방을 맞은 듯 기가 차기만 했다. 레이카 뿐만 아니라 자신도 노렸다면, 어떻게 됐을까를 생각하니 뜨겁고 사나운 칼날이 양쪽 젖가슴을 도려내듯 쑤셔왔다.
"그래요. 같이 가봅시다. 박 경위님! 가보자고요."
박찬근 경위가 경찰차에 올라타고 고 소장이 옆좌석, 근순과 양호가 뒷자리에 올라탔다. 박 경위가 차의 히터를 틀었지만 엔진의 열이 오르기는 아직 이른지 찬바람만 숭숭 휘날릴 뿐이었다.
"양호! 태민이 소식은 아직인가? 진안경찰서에서 태민의 소식을 가끔 물어오는데. 둘이 친구 사이잖아. 혹시 전화통화라도 했는가 해서 물어 보는 것이네."
고 소장의 입에서 태민이가 흘러나오는 바람에 근순은 헛구역질을 할 뻔 했다.
'법원에 와서 대통령 나오라고 하는 것도 아니고, 이런 와중에 왜? 태민이가 불쑥 튀어나오는겨. 재수 없게.'
고 소장의 입을 재봉틀로 들들들 박아버리고 싶었다. 레이카 일로 느닷없이 막막하고 놀란 기분인데, 태민이 소식이라니, 기가 찼다.
"그 자식, 어디로 튀었는지 일체 누구한테도 연락도 없고 해서 이제는 궁금하지도 않구만요. 때가 되면 나타나겠지요. 지가 가면 어디 가겠습니까?"

담배 냄새와 뒤섞인 역겨운 입냄새를 뱉어내며 양호는 멧돼지 잡는 흥밋거리보다도 못하다는 듯, 어조에 실린 입심이 파리 날개만치도 되지 않았다.
"혹시라도 연락이 닿으면 바로 나한테 알려주게."
코끝을 쥐며 고 소장은 뒷눈질로 양호에게 말했다.
'연락은 무슨! 백 년을 기다려 봐라. 그 자식이 연락을 하는가.'
근순은 콧방귀를 쿵쿵 껴댔다.

근순과 고 소장은 쇼타의 집으로 향했다.
쇼타는 레이카가 집을 나간 이후로 마당을 매만지는 시간이 갈수록 길어졌다. 아마도 홀로 적적한 방안에 있기에는 청승스럽지 않나 싶었을 게다. 밥을 거르는 경우도 종종 있었고 삶의 의욕이 시나브로 꺼져가고 있었다. 쇼타의 삶은 허무와 절망 그 자체였다. 일본으로 가고 싶어도 레이카와 아기를 이곳에 두고 무릉리를 떠날 수 없었다. 극단적인 방법을 택하고 싶은 유혹에 시달리기도 했다. '산정에 올라 굴러버릴까?' '목을 맬까?' '수면제를 먹고 조용히 끝낼까? 죽음이라는 충동에 시달릴 때마다 아기가 떠올랐고 레이카가 떠올랐다. '이대로는 죽을 수 없다.' 생각했다. 가슴을 짓누르며 절망의 구렁텅이에서 기어오르려 애를 썼다.
근순이 레이카 집을 들르자 쇼타는 역시 마당을 다지고 있었다. 오목하게 꺼진 마당을 볼록한 곳의 흙을 삽으로 떠서 메꿔 주고 있었다. 레이카가 없는 삶을 쇼타는 흙에 애착을 가지고 있는 듯했다. 흙의 정직함에 마음을 두고 있는 듯, 근심 어린 얼굴이 추연하게 보이기까지 했다.
"쇼타 씨! 안녕하세요? 저 이근순예요. 집에 있었네요!"
오른손에 쥐고 있던 삽을 왼손으로 바꿔 쥔 쇼타는 마당으로 들어서는 두 명을 머쓱하니 쳐다봤다. 뒤에 들어오는 경찰을 보고는 얼굴살이 출렁거렸다.

"이근순 씨! 웬 일이세요. 이렇게 아침부터. 경찰은 또 무슨 일로."
 쇼타의 머릿속을 바람처럼 지나치는 고유명사는 '사토 레이카'였다. 레이카의 신변에 무슨 일이 있을 것이라는 직감이 서슬처럼 쇼타의 횡경막을 뚫고 들어와서 눈알을 뒤룩거리게 했다.
 "혹시 오늘 새벽에 레이카가 여기로 오지 않았나 해서 들렀는디요. 간밤에 레이카하고 아기가 사라졌어요. 혹시 어떤 놈이 저희집 담을 넘어 들어와서 납치를 해간 건 아닌지 해서요. 짐작이야 쬐끔 가지만. 거 뭐시냐, 확실한 거시기가 없으니까요. 혹시나 해서 왔습니다."
 확실한 것이 아무것도 없으니, 근순은 '혹시'라는 단어가 난무했다. 화들짝 놀란 쇼타는 삽을 내팽개치고 근순의 발치로 다가왔다. 레이카 부모가 걱정할까 봐 전화는 안 했지만서도 근순네 집에서 잘 지내리라 물안개 같은 생각을 했었는데. 기회를 봐서 레이카하고 아기를 데리고 일본으로 돌아가리라 물보라 같은 생각을 했었는데. 하여 섬뜩섬뜩 놀란 가슴이 펄쩍 뛰기는 했을 지라도, 가슴 졸이는 안심이 쪼그려 앉아 있던 터였다. 한데 간밤에 납치를 당했다니, 어느 놈이 납치를 했단 말인가. 설마 류헤이가 납치를 했다면 이곳으로 데리고 와서 자신에게 알리기라도 했을 텐데. 그런 낌새는 전혀 없었다. 마을은 조용했다. 알다가도 모를 일이 지금 벌어지고 있었다. 근순의 말대로라면 레이카는 어디에 있단 말인가. 겨울왕국이 절정에 이르는 들녘에 방치되었다면 얼어 죽기에 딱일 터인데. 왜? 하필이면 이런 날씨에 그런 짓을.
 아니, 이런 날씨였기에 그런 짓을 할 수 있을 것이었다.
 '설마 아니겠지!'를 뒤집어 보면 '그럴 수도 있겠다!'가 될 터이고, '왜? 하필이면!'을 까보면 '당연하니까!'가 될 수도 있었다.

 "그게 무슨 말입니까. 납치라니요. 레이카는 집을 나간 이후로 코빼기도 못 봤는데요. 저는 레이카가 이근순 씨 집에서 잘 지내는 줄 알았습니다. 그런데 납치를 당했다는 건 납득이 가지 않을뿐더러, 어떤 놈이 그런 짓을 했답니까."

도통 이해할 수 없다는 듯, 쇼타의 몸은 어처구니없이 떨리고 있었다. 어쩔 줄을 몰라하며 아랫입술을 이빨로 짓뜯었다.

"쇼타 씨! 류헤이 씨의 집이 어딥니까. 이곳 사람들이 류헤이 씨를 전적으로 따른다고 들었습니다. 혹시 류헤이 씨는 알지도 모르니까 그분한테 물어봅시다."

고 소장은 쇼타 집에서 실마리가 나올 것 같지 않자, 류헤이에게 한 쌍의 더듬이를 길게 뻗치려 들었다. 쇼타도 류헤이에게 가볼 참이었던지 흔쾌히 앞장을 섰다.

"이곳 이주촌 가운데에 류헤이 집이 있습니다. 그 옆집은 타케루의 집이고요. 무슨 일이 있을 때마다 항상 류헤이의 집에 모여 의논을 하곤 했지요. 레이카가 신사를 부쉈을 때에도 류헤이 집에 모여 신사를 부순 대가를 치러야 한다고 가닥을 잡았지요. 레이카가 도망을 가서 대가를 면하긴 했지만. 아마도 큰일을 치렀을 겁니다."

"큰일이라면 어느 정도 입니까?"

박 경위는 자못 궁금하다는 듯 앞서가는 쇼타의 옆에 진드기처럼 들러붙어 물어보았다.

"글쎄요. 죽음 직전의 고통이겠지요. 신사는 우리들에게 그 정도로 중요한 거니까요."

가당치도 않다는 듯 쇼타의 말에 박 경위는 혀를 내둘렀다. 대한민국 땅에 엄연히 공권력이 존재하고 있는 마당에, 조선시대에나 횡행했음 직한 사적 징벌을 이곳에서 버젓이 자행할 수 있다니. 드세고 실팍하게 살아가고 있는 일본인들이 대한민국의 공권력을 얕보고 있지는 않나, 울화통이 일었다. 볼록 나온 배가 한 뼘은 들어가는 듯했다.

"아니, 어떻게 그럴 수가 있습니까? 대한민국 경찰이 그렇게 하찮게 보입니까? 다수의 개인들이 한 사람의 개인에게 보복을 하다니요. 이건 조폭이나 사이비 종교에서나 볼 수 있는 게 아니고 무엇이겠습니까."

박 경위는 화가 턱까지 치밀어 올랐다. 어조가 산을 울리고 메아리가 되어 돌아왔다.

"이해가 안 될 겁니다. 그런데 우리가 여기를 오게 된 목적을 알게 되면 '그럴 수도 있겠구나.' 하고 수긍을 할 것입니다. 그것은 차차 알게 될 것입니다."

네 명은 쇼타가 말하는 '목적'이라는 게 도대체 무엇인지 궁금하여 물었으나, 쇼타는 묵묵부답으로 일관했다. 류헤이 집에 다다랐다.

"류헤이! 집에 있는가? 나 쇼타네."

방문을 열고 류헤이가 나왔다. 게슴츠레하게 눈을 뜨고 마당을 바라보았다.

"무슨 일인가 쇼타! 그리고 저 분들은 누구시고?"

마루에서 마당으로 내려온 류헤이는, 쇼타를 뒤따라온 네 명에게 고개를 찔끔 숙이며 다다미방으로 안내를 했다. 쇼타는 류헤이에게 네 명을 인사시켰다. 류헤이도 인사를 했다.

"여보! 여기 손님 오셨는데 차 좀 내오지."

네 명에게 고개를 숙여 보인 나오코는 휴대전화를 만지다 말고 부엌으로 들어갔다. 여섯 명은 둥그렇게 방석을 깔고 앉아 멀뚱멀뚱 천장을 올려다보았다. 보일러를 켜고 있었는지 바닥에서 따뜻한 기운이 방석을 데치고 엉덩이까지 기어 올라왔다. 겉보기에는 다다미방이었지만 추위 탓에 보일러를 설치한 방이었다. 어색한 침묵이 나오코가 차를 내오면서 무너졌다.

"날도 추운데 저희 집까지 오신 연유가 있을 듯 한데요. 차좀 드시면서 얘기를 들어봅시다."

류헤이의 행동이나 말본새가 어느 하나 흐트러짐이 없었다. 네 명을 응시하는 두 눈엔 요동조차 없었다. 마치 굶주린 개구리가 파리를 노리고 있는 것처럼 보였다.

'조직의 앞날을 위해서라면 개인은 한낱 파리 목숨보다도 못할 수도

있다.'

류헤이의 표정엔 그렇게 쓰여 있었다.

"레이카가 이곳을 나와서 그간 여기 있는 이분의 집에서 지냈습니다. 그런데 간밤에 납치를 당했어요. 누구 짓인지는 모르고요. 혹시 류헤이 씨는 알고 있는가 해서 이렇게 찾아왔습니다."

고 소장이 나서서 류헤이에게 말을 건넸다. 근순의 얼굴은 붉으락푸르락 했다.

"레이카요! 레이카가 납치되다니요. 저희는 레이카를 잊은 지 오래됐습니다. 일본으로 간 줄 알았는데, 바로 옆에 있었군요. 그런 줄 알았으면 모든 걸 용서하고 이곳에서 예전대로 지내자고 할 걸, 저희가 미처 몰랐네요. 그리고 납치를 해도 저희가 납치를 했으면 했지, 어느 누가 레이카를 납치한단 말입니까? 잘못 알고 오신 건 아닌지."

류헤이는 방안의 사람들을 훑어보곤 도라지차 두 모금을 연거푸 목젖으로 넘겼다.

"도라지차 좀 드셔보세요. 저는 아내와 매일 서너 잔은 마시고 있습니다. 기관지 호흡기, 항암에 탁월한 효능이 있다잖아요. 특히 겨울철 감기 예방에도 좋고요."

'도라지 타령 하고 자빠졌네!'

류헤이 속을 빤히 들여다보고 있는 근순은 도라지 찻잔을 들어 얼굴에 들이붓고 싶은 심정이었다. 사람을 죽여 본 사람만이 느낄 수 있는 아우라가 류헤이의 얼굴에 묻어나고 있었다. 짐짓 태연한 척 하고는 있지만 류헤이의 늑골 사이를 비집고 나오는 레이카의 숨결을 감출 수는 없음이었다. 방안의 다섯 사람은 도라지차를 한 모금 마시고, 자리에서 일어나 마당으로 나왔다. 쌍수에 물음표를 들고 류헤이 눈앞에 들이대 봤자, 아무것도 나올 게 없었는지 고 소장은 헛바람만 들이쉬었다. 맑은 하늘에서 내리지르는 차가운 햇볕이 마당에 가득 찼다. 산을 타고 불어오는 겨울바람이 더욱 얼굴살을 아리게 했다.

"이만 가보겠습니다. 실례가 많았습니다."

류헤이 집을 뒤로하고 네 사람은 발길을 돌리는데, 근순만은 멈칫하고 류헤이에게로 다가섰다.

"류헤이 씨! 류헤이 씨 얼굴에는 레이카의 어두운 그림자가 남아있는 것 같은디요. 다른 사람은 속일지 몰라도 나는 속이지 못할 것이구만요. 내가 사람을 죽여봐서 아는디, 류헤이 씨의 몸에서는 레이카의 시신 썩어가는 냄새하고 아기의 분유 냄새가 현기증을 일으킬 정도예요. 본인은 느끼지 못하겠지만, 내 코가 틀림없고만요. 간밤에 레이카를 납치하는 것을 이 두 눈으로 똑똑히 봤단 말예요. 어디서 꺼면 오리발을 내밀고 그럽니까. 레이카가 있는 곳을 나한테 알려주지 않을 시에는 내 가만 안 있을 텐게, 그리 알드라고요. 레이카를 죽였으면 매장한 곳이라도 알려 주든가. 전화로 연락 드릴 테니까, 머리 좀 쑤셔가면서 정리 좀 하시는게 좋을 겁니다."

비록 불법이라 해도 경험은 때론 머릿속에 오래도록 각인되어 상대방의 표정과 몸짓에서 데자뷰를 불러일으켰다. 하여 근순은 류헤이에게 밑밥을 덩어리 채 덜컥 던져버렸다.

"이근순 씨라고 했던가요. 착각은 자유라고 한다지만 이런 터무니없는 착각은 아무런 도움이 되질 않습니다. 간밤에 누굴 봤으며 누가 누굴 죽였다는 건지 저로서는 전혀 헛소리로 밖에 들리지 않습니다. 그런데 이근순 씨는 사람을 죽이고도 이렇게 돌아다니는 걸 보면 대한민국 경찰들이 허술한가 봅니다. 뻔히 살인범이 곁에 있는데도 잡질 못하니. 이만 들어가 보겠습니다. 살펴가세요."

알지 못할 일본말을 토해내며 류헤이는 허릿장을 지른 채 눈밭을 조심조심 밟아나가더니 마루로 올라갔다. 근순은 헛물을 켜는 건 아닌지 적잖이 가슴이 울렁거렸다. 자신이 차명희를 죽이고도 이렇게 아무렇지도 않은데, 저런 놈이야, 몇 십 명을 죽이고도 눈하나 꿈쩍 안 할 그런 놈으로 보였다. 눈빛이 그러고도 남을 위인으로 사악했다. 자신이 잘못 짚은 건 절대 아니라고 확신을 했다.
 류헤이가 레이카와 아기를 죽였을 것이라는 확신.

 레이카가 수십 번을 자신에게 말하지 않았던가.
 류헤이가 어떻게든 자신을 찾아서 죽일 수도 있을 것이라고. 그런 탓에 밤잠을 설치는 나날이 하루 이틀이 아니었던가. 설마 했는데 류헤이는 레이카를 죽인 것이다. 발뺌을 하고는 있지만 레이카를 납치할 사람은 류헤이 밖에 없다 할 것이었다. 근순은 다짐을 했다. 경찰이 레이카의 주검을 찾지 못한다 하더라도 자신이 그대로 갚아 줄 것이라고. 근순은 류헤이의 집을 흘기고 돌아섰다.
 "석범 엄마! 빨리 와. 뭘 그렇게 꾸물대는 거야. 혹시 레이카가 돌아왔을지도 모르니까 빨리 집으로 가보자고."
 양호는 멧돼지 잡으러 갈 생각에 레이카를 끌어들였다.
 "알았어. 간다고."
 '아나 쑥떡! 레이카가 집으로 돌아왔다면 내가 양 젖가슴에 장을 지진다.'
 "이근순 씨! 저도 같이 가요. 잠깐만 기다려봐요."
 쇼타는 제 집으로 가서 경찰차 뒤를 따르려는지 승용차를 운전하고 나왔다. 휴대폰이 울렸다. 모르는 전화번호였다.
 "여보세요. 쇼타입니다."
 레버를 P에서 D로 옮기려다 그대로 두었다.

 **

 "쇼타 씨 되십니까. 진안경찰서 송승규 형사입니다. 지금 부귀면 모래재로 올 수 있습니까? 터널 지나서 내려오다 보면 저희가 보일 겁니다. 지금 바로 오십시오."

"무슨 일로 그러시는데요?"

"레이카라는 분이 아내 되시지요?"

"네."

"사토 레이카라는 분하고 아기가 모래재 난간에서 자동차가 추락하여 사망하였습니다. 신원조회를 해보니 쇼타라는 분이 남편으로 돼 있더라고요. 그래서 연락드렸습니다. 아내분이 맞는지 확인을 해야 하니까 이곳으로 오셨으면 합니다."

휴대폰을 쥐고 있는 오른손이 북풍한설에 흔들리는 댓잎처럼 떨려왔고 힘을 잃었다. 머릿속은 순간 하얗게 변해버렸고 휴대폰은 손아귀를 벗어났다.

"여보세요, 여보세요, 쇼타 씨, 쇼타 씨."

전화는 끊겼다. 쇼타는 하얀 머릿속에서 붉은 글씨를 보았다.

'레이카와 아기가 죽었다.'

자동차 바닥에 떨어진 휴대폰을 쥐고 밖으로 나왔다.

"그 그 근순 씨! 근순 씨! 저 저 저기 모래재로 갑시다. 거 거기에 레이카하고 아기가 있대요. 빠 빨리요."

근순이 쇼타 앞으로 달려왔다.

"무슨 말 하는 거예요? 레이카하고 아기가 모래재에 있다니."

고석찬 소장과 박찬근 경위, 김양호도 쇼타 앞으로 달려왔다.

"자세히 얘기를 해 보세요. 레이카하고 아기가 왜 모래재에 있다는 거예요?"

쇼타의 벌개진 눈자위에서 흘러내리는 눈물은 턱끝에서 방울져 뚝 뚝 떨어졌다. 고석찬 소장은 그런 쇼타를 보면서 물었다.

"모 모 모래재에서 자동차가 추락해서."

쇼타의 울음은 그칠 줄을 몰랐다. 콧물까지 범벅이 되어 바닥으로 떨어졌다.

"추락해서 어쨌다는 겁니까?"

"레 레 레이카 하고 아기가 죽었……."
쇼타는 더 이상 말을 잇지 못했다.
"저기 일단 차에 올라타세요. 모래재로 가봅시다. 빨리요."
박찬근 경위가 경찰차 운전대를 잡고 모래재로 달렸다.

모래재 사고 현장에는 경찰차 네 대와 구급차 두 대, 소방차 두 대, 형사들, 일반 사람들이 뒤섞여 북적였다. 고석찬 소장은 송승규 형사를 찾았다. 그는 도로 난간에서 밑을 내려다보고 있었다.
"팀장님! 어떻게 된 겁니까?"
쇼타가 고석찬 소장을 바짝 따라붙었다.
"쇼타 씨라는 분은 오셨습니까?"
"제 제가 쇼타입니다. 레 레이카하고 아 아기는 어디에 있습니까?"
쇼타는 울먹이는 목소리로 레이카하고 아기를 찾았다.
"이쪽으로 오시지요."
송승규 팀장은 구급차 쪽으로 쇼타를 데리고 갔다. 구급차 안에는 흰 천으로 덮어놓은 시신이 두 구 있었다. 송승규 팀장은 시신 두 구의 얼굴을 벗겨내고 쇼타에게 보여주었다. 살이 찢겨지고 피로 범벅이 되어 있었지만 레이카하고 아기라는 건 확연히 알 수 있었다.
"레이카! 레이카! 왜 여기 누워있는 거야. 일어나봐. 눈을 떠 보라고. 아가야! 아가야! 아가야."
레이카와 아기를 부둥켜안은 쇼타는 울부짖었다. 쇼타의 울부짖음은 주위의 산을 울렸다. 근순은 쇼타 어깨너머로 레이카와 아기의 얼굴을 보았다. 사람의 얼굴 형체라고 하기에는 상처가 너무 심했지만 레이카와 아기가 확실했다. 근순의 가슴이 찢어질 듯 아파왔고 눈물이 봇물처럼 쏟아져 아스팔트 바닥에 흩어졌다.
"팀장님! 어떻게 된 일입니까?"
고석찬 소장은 송승규 형사에게 다가가 다시 물었다.

"오늘 오전 다섯 시에 밑에 사시는 마을 사람이 신고를 해서 와보니, 이미 여자 분과 아기는 사망한 상태고 자동차는 다 타버리고 뼈대만 남아있었습니다. 타살인지 운전미숙인지 자살인지는 조사를 해봐야 알 것 같고요. 지금으로써는 뭐라고 단정할 수 없습니다. 시신 두 구는 부검을 해야 할 것 같고, 자동차는 전소된 상태라 단서가 될 만한 게 나올 것 같지는 않습니다. 그런데 왜? 그 시간에 레이카라는 분은 아기를 데리고 여기를 지나갔을까요? 그게 의문입니다."

"……."

"그리고 주양리 김태민은 아직도 나타나지 않았습니까?"

"깜깜무소식이네요. 그 자식도 참."

고석찬 소장과 송승규 형사는 낙담한 표정을 지었다. 송승규 형사는 쇼타를 따로 불러 수사 절차를 알려주고 돌려보냈다.

집으로 돌아온 근순은 레이카의 방부터 열어젖혔다. 젖가슴에 장을 지질 일은 일어나지 않았다. 젖가슴에 장이라도 지지면서 레이카의 얼굴을 봤으면 좋으련만, 하늘 아래 레이카의 웃는 모습을 이제는 볼 수 없었다. 레이카의 방안은 아침 그대로였다. 아기가 먹던 분유통이 윗목에 덩그러니 놓여 있었다. 눈물이 왈칵 솟구쳤다. 레이카의 파카와 아기의 겨울옷을 움켜쥐고 꺼억꺼억 소리내어 울었다. 돌아올 수 없는 먼 곳으로 갔다는 현실이 믿겨지지 않았다. 양호와 애들은 근순을 애처롭게 바라보기만 했다. 무뚝뚝한 양호도 손등을 눈가로 올려 눈물을 훔쳐냈다. 눈자위가 붉게 타올랐다. 더욱이 쇼타가 흘리는 눈물은 개울을 이루어 놓듯 했다. 아기와 레이카의 옷들을 하나하나 개켜 가방에 넣는 쇼타의 손길이 처연하게 보였다. 뺨을 타고 흘러내리는 눈물은 여러 갈래의 눈물줄기가 되어 바닥에 하염없이 떨어졌다. 우박처럼 떨어지는 눈물은 피를 흩뿌리는 처절한 애달픔이었다.

"쇼타 씨! 뭐라 할말이 없구만요. 내 집에서 이런 일이 일어날 줄은 몰랐는디요. 어쩐데요."

어찌할 바를 모르는 근순은 쇼타의 처분을 기다리는 듯했다. 귀싸대기를 갈길라치면 그저 대주고 싶었다. 지게작대기로 후려치고 싶다면 달려가서 쇼타의 손에 쥐어주고 싶었다. 그렇게라도 해야 자신이 레이카와 아기를 지키지 못한 죄를 조금이나마 용서를 받을 것 같았기 때문이다.

"석범 엄마! 그만 진정허더라고. 워떻게 이런 일이 일어났는지 참말로 모르것고만. '휴 우.'"

양호는 깊은 한숨을 뱉어냈다.

"석범 엄마! 난 밖에 좀 나갔다 올 틴게. 그라고 애기 아버지 되는 분한테는 정말로 죄송하고만요."

양호는 밖으로 나갔고, 쇼타는 큰 가방 두 개를 승용차 트렁크에 싣고 무릉리로 향했다.

**

3일 후면 설이다.

레이카가 있었으면 대한민국 시골에서의 설 준비와 '설달 그믐날 밤에 잠을 자면 눈썹이 희어진다.' 하고 밤새도록 애깃거리를 찾아 수다를 떨 생각이었다.

하여 가래떡, 한과, 식혜, 두부를 집에서 만들기 위해선 어떻게 해야 되는지를 조곤조곤 설명을 하던 차였고, 레이카는 우리네 전통 음식을 만드는 데에 여간 관심을 보인 게 아니었다. 직접 자신이 만들어서 근순네 가족들에게 먹이고 싶었던지 열심이었다.

그런데 말이다.

설을 앞두고 레이카가 떠났다. 다시는 근순 곁으로 돌아오지 못할 곳으로 떠났단 말이다. 애통하고 절통했다. 비록 국적은 다르지만 언니, 동생하면서 친자매처럼 새살거리면서, 말대가리하고 있을 때와는 '라이프 스타일'이랄까, 그런 것이 확 바뀌어 버렸었는데.
　레이카가 없어진 지금은 예전의 지겹고 밋밋한 비루한 삶으로 돌아갔다. 희망과 의욕이 사라진 기분이랄까. 레이카의 빈자리가 이다지도 컸을까, 싶을 정도로 근순에게는 가슴이 뻥 뚫려 의미 없는 찬바람만 스쳐 지나갔다. '제발 돌아와 주었으면.' 하고 간절히 간원했지만 헛된 망상이었다. 근순의 가슴에서 레이카가 고무락거리는가 싶더니 눈자위가 짓무른 듯 충혈되어 벌게졌다.

　근순의 처녀시절은 외롭게 살아왔던 시절이었다. 어머니는 아버지의 주색과 도박에 빠져있는 꼴을 보고 참다못해 어린 것들을 놔두고 훌쩍 떠나버렸다. 아버지는 아버지대로 오빠 둘과 자신을 부양하지도 않고, 알아서 커 나가라는 식으로 방치해 버렸다. 배곯기가 밥 먹듯 했고, 한겨울이면 손등이 여름 가뭄에 논바닥 갈라지듯 터져 피고름이 흘러나왔다. 한파에 몸을 가눌 곳이 없어 누런 콧물이 옷마다 덕지덕지 눌어붙어 있었다. 오빠 둘은 아버지의 삶이 역겹고 지겨워 그들의 삶을 찾아 고등학교를 졸업하자마자 집을 나가버렸다. 근순이 혼자 아버지하고 결혼 전까지 살아내었다. 근순이 또한 어디론가 훌쩍 떠나버리고 싶었지만 차마 그럴 수는 없었다. 급기야는 아버지가 세상을 떠날 때까지 병구완을 도맡아서 감내해야만 했다. 눈물샘에서 건져 올린 두레박만 해도 몇 십 두레박은 될 듯싶었다.
　그런 와중에 옆마을에 살고 있는 양호와 눈이 맞아 살을 맞대고 살게 되었다. 신혼은 누구나 그러하듯 사랑과 희망이라는 잔가지가 부러지지 않고 쭉쭉 뻗어 나갔다. 한데 시골살이가 그렇듯 어둑새벽에 일어나서 밥을 지어 새끼들과 남편 입에 끼니를 챙겨 주어야 했고, 논일에 밭일에 여자로서의 시골은 쉴 틈이 없었다. 어느 순간부터 사랑이라는 잔가지 하나가 우지끈 부러지더니, 흐르는 세월에 자신을 무작정 맡겨버리는 생활이 되어버렸다. 희망이라는 잔가지 또한 세찬 비바람을 견디지 못하고 뚝 부러지더니, 덧없이 흘러가는 세월에 애정을 쏟기에는 아무런 관심이 없어져 버렸다. 절망이라는 것도 그때 알았고, 죽음이라는 것도 그때 알았다. 자신에게는 사랑도 없었고, 희망도 없었다. 오로지 세월이 흐르면 떠나는 인생으로 막연히 삶을 낭자했다. 봄이면 분분히 흩날리는 꽃잎을 바라보며 자신의 마음은 그저 적막하기만 했다.

그즈음 레이카가 가슴에 들어왔다. 이곳에서 레이카의 삶이 자신과 비슷한 처지였기에 자신이 옆에 있으면서 보호해 줄 수 있다는 포만감을 느꼈고, 레이카가 애틋하다는 감정을 느꼈다. 봄볕에 새순이 겉흙을 올리고 고물거리며 고개를 내밀 듯, 근순의 가슴에서 희망이라는 것이 다시 돌아났다.

'그래 나에게도 희망은 살아있음이야! 희망의 실오라기 끝이라도 잡고 놓지 말아야 되는 것이야!'

그렇게 희망은 근순에게 손을 내밀었다. 희망이 없던 삶! 희망을 찾았던 것이다.

그러나 근순의 삶은 예전의 그 삶으로 돌아갔다. 그 삶은 그저 무작정 흘러가는 세월에 절망을 얹고 인생의 끝을 치닫는 그런 삶이었다. 삶을 되돌아보는 관조의 인생도 아니었고, 앞으로의 삶을 내다보며 열락하려는 자애로운 삶도 아니었다. 그다지 사람이 사는 삶이 아니라 동물적인 본능으로 살아가는 인생이었다.

결기가 가득차면 스스로 참지 못하고 뱉어버리는 몰가치한 인생.

배따시고 등따시면 내일은 나몰라라 하고 현재만을 살아가는 하루살이 인생.

고스란히 자신만을 생각하고 남이야 죽든 말든 집착과 욕망에 빠져버린 인생.

삶은 더불어 살아가는 인생이 아니던가.

앞서가던 사람이 넘어지면 팔을 붙잡고 일으켜 주기도 해야 할 것이고, 뒤처지는 사람이 있으면 어깨를 겯고 함께 동행을 해야 되지 않겠는가.

우리네 인생이 태생부터 이렇게 태어났거늘, 왜? 머리통이 커지면서 아기똥하게 변해가는지 모르겠다. 삶이란 참으로 간사하고 변화무쌍하다 할 것이었다. 삶이 어떻게 변할지 자신도 모르는 게 또한 삶이었다. 삶에 대한 물음이 멈추는 날, 컴퓨터 모니터 스위치가 OFF로 되듯 우리네 삶도 꺼질 것이었다.

근순은 복잡한 심정을 떨쳐버리고 이불을 발치로 걷어내며 일어섰다.

'인생 뭐 있간디. 맘이 이끄는 대로 살다보면 그게 내 인생 아니던가벼.'

그동안 살아왔던 자신의 삶을 버릴 순 없었다. 뼛속까지 스며든 삶이었다. 현재는 과거를 끌어들이고 미래는 현재를 이끌고 갈 것이리라. 근순의 삶은 이렇게 살아갈 것이리라.

서까래에 매달려 있는 알전구가 눈부셨다. 어둑어둑해진 마당엔 레이카가 대문을 열고 들어서며 '언니! 나야, 레이카!' 하며 들이칠 것만 같았다.

가버린 레이카! 너의 운명은 여기까지인가 보다.

대문을 열고 누군가가 들어오긴 했다. 거나하게 취한 말대가리가 고기 한 덩어리를 어깨에 짊어지고 들어오고 있다. 근순의 뒤웅박 팔자 같은 '라이프 스타일'이 다시 시작되었다. 뒤웅박이 굴러다니다 평평한 들판에 머무르면 그 인생은 평탄한 삶이 될 것이고, 시궁창에 박혀버리면 그 삶은 고난의 나날이 될 것이었다. 근순의 팔자가 어찌 뒤웅박 팔자가 아니겠는가.

"이 말대가리야! 그건 뭐하러 들고 와. 누가 그 냄새나는 고기를 먹는다고 들고오냔 말여."

멧돼지 고기를 들고 오는 양호를 보고 핀잔을 주었다. 레이카라도 있었으면 '석범 아빠! 그 고기 잘 가지고 왔네. 그렇잖아도 레이카가 대코챙이 같은디 그거라도 삶아서 먹여야 것고만.' 했을 텐데. '라이프 스타일'이 바뀌다보니 기분이 팍 상했다. 양호를 보자마자 지청구가 단전에서부터 끓어올라왔다.

"뭐하러 들고오긴, 석범 엄마하고 애들 그리고 레이카도 먹일려고 가져왔지. 쬐끔 주는 것을 어깃장을 놓아가며 한 덩이 더 가져왔고만 그려. 뼈는 푹 고와서 우러난 국물을 마시면 되고."

고기와 뒷다리 뼈를 마루에 내려놓은 양호는 술기에 기우뚱거리며 말했다.

"으이구, 말대가리하고는. 레이카가 어디 있다고 먹인다는 거여. 레이카는 죽어버렸구만. 죽었다고!"

근순의 내지르는 말소리가 옆집을 건너 먹고개까지 닿을 듯했다. 마루에 놓인 멧돼지 고기를 발끝으로 걸레를 치우듯 차버렸다. 고기는 엎어지며 섬돌 위에서 핏물이 흘러내렸다. 그제서야 양호는 레이카가 죽었다는 걸 알아차렸다. 근순의 성마른 성격이 다시 도지는가 싶어 양호는 엎어진 고기를 얼른 들고 부엌으로 들어갔다. 검은 비닐봉지에 싸서 냉동실에 넣어두었다. 가져온 고기를 먹기는 아예 글렀다고 생각했다.

"레이카하고 아기가 죽었지, 죽었어."

"애들 데리고 나가서 짜장면이나 먹이고 와. 이제 일어났더니 아무 일도 하기가 싫고만."

"알았고만. 내 후딱 씻고 나올께."

양호는 근순을 흘깃 바라보고 화장실로 들어갔다. 레이카를 삼켜버린 어둠은 더욱 짙어만 갔다. 마음이 텅 빈 것처럼 허전하고 서운한 감정을 근순은 둘 데 없어 어둠만을 응시했다.

♪정말 변하지 않는 건 이 세상엔 없어

이렇게 찾아봐도 없는 걸
　　웃기네 웃기는 소리 하네♪

　휴대폰이 울리고 바로 끊겼다. 이어서 문자가 왔다고 울어댔다.
　'이근순! 며칠 안 남았다. 오천만 원을 마련해라. 너는 차명희와 김태민을 죽였어.'
　문자는 근순의 내장을 후벼 팠다.

　'내 처지에 그런 엄청난 돈은 마련할 수 없다. 너는 나를 잘 아는 것 같은디 말여. 좋다. 나는 차명희를 죽였고, 너는 김태민을 죽였어. 내 말이 틀리지는 않을거고만. 너나 나나 서로 상황이 틀리지 않은 거 같은디 말여. 내 앞에 나타나서 우리 협상이라는 걸 해 보자. 떳떳하게 말여. 니가 요구하는 오천만 원은 차라리 내가 죽고 말지, 내 처지에 나올 수 없는 돈인게, 알아서 허드라고.'
　근순은 죽음에 연연하지 않고 배 째라는 식으로 문자를 넣었다.

　'크 크 크 크. 정말 죽고 싶은 게로구나.'
　죽음을 언급하는 문자가 들어왔다.

　'지지고 볶든 니 맘대로 혀라. 엿같은 새끼.'
　거짐 자포자기를 한 근순은 태민의 휴대폰에서 오는 문자를 흘려보냈다. 없는 걸 내놓으라고 하니 그럴 만도 했다. '차라리 목숨을 내놓으면 놓았지, 그럴 순 없다.', 생각하고 있던 터였다.

**

　설 준비로 무릉리는 집집마다 풍기는 음식 냄새로 후각세포를 흥분시

컸고 귀밑샘을 끊임없이 자극하였다. 10년 전만해도 명절이 되면 집집마다 굴뚝에서 먼저 연기가 피어오르며 축제의 팡파르를 울렸건만, 지금은 가스레인지나 전기 프라이팬을 사용해서 음식을 하는 지라 굴뚝은 열 개 안짝밖에 되질 않았다.

이장인 정달승 집은 설 준비로 분주했다. 김춘배 집 또한 두부를 집에서 직접 만드느라 바빴다. 저녁은 비지찌개를 해 먹을 요량으로 비지를 큰 냄비에 담아 놓았다. 윗마을은 조용했다. 일본인들이 음력설을 지내는 경우는 없었기 때문이다.

일본의 양대 명절하면 대한민국의 양력설과 같은 '오쇼가츠(お正月)'와 추석과 같은 '오봉(お盆)'이 있다. 비슷한 시기에 있지만서도 일본의 명절 분위기는 대한민국과는 사뭇 달랐다. 가장 큰 명절인 '오쇼가츠(お正月)'의 경우 일본 주부들은 대청소, 오세치(おせち, 일본의 설음식)준비 등으로 대한민국 주부들과 마찬가지로 바빴지만 가족과 즐기는 여유를 더 중요하게 생각했다. 제야의 종소리를 듣고 '토시코시소바(年越しそば)'라고 하는 뜨거운 메밀국수를 먹으며 지냈다.

대한민국의 추석과 같은 음력 8월 15일은 '오쯔키미(お月見)'라는 날인데 공식적인 휴일은 아니었다. 단지 '당고(団子)'라는 떡 등 간단한 음식을 차려놓고 보름달을 즐기는 정도였다. 오히려 양력 8월 15일을 전후한 '오봉(お盆)'이 일본에서는 더 큰 의미가 있어, 이날이 대한민국의 추석과 같았다. '오쇼가츠(お正月)'와 마찬가지로 공식적인 휴일은 아니었지만, 대부분 이 시기에 맞추어 여름휴가를 받아 귀성을 하거나 여행을 즐겼다. 도시 사람들의 경우, 이 시기에 해외여행을 떠나는데 이때쯤 서울의 거리가 일본인들로 북적이곤 했다.

일본 명절이 이렇다 하더라도 이곳은 엄연히 한국땅인지라, '로마에 가면 로마법을 따르라.'는 말이 있듯, 한국에 왔으니 한국의 전통 명절을 익히는 게 인지상정이 아니던가. 일본인들은 설 아침에 떡국을 해 먹기 위해 떡 방앗간을 찾아 가래떡을 뽑았다. 21일 저녁 주부들과 몇몇 남편들은 류헤이의 집에서 떡을 썰기 위해 모였다. 쇼타는 레이카와 아기가 사망한 뒤로 방안에서 나올 줄을 몰라 했다. 시신이 오면 화장을 하고 일본으로 들어갈 참이었다. 가끔 일행들이 들러 '나와 봐라.' 해도 '혼자 있게 해줘.' 라는 말 뿐이었다. 류헤이와 타케루, 다이스케는 건넌방에서 격한 감정으로 이야기를 나누고 있다. 형광빛이 세 명의 이마에 흔들리며 밝게 빛나고 있다.

"어제 오전에 경찰 두 명과 이근순이라는 여자하고 그 여자 남편이 우리집을 다녀갔어. 다른 사람은 모르겠는데, 이근순이라는 여자가 뭔가 낌새를 채고 있는 눈치더라고. 내가 딱 잡아떼기는 했는데, 날 잡아먹으려는 눈빛이더라고. 그리고 그 여자가 사람을 죽여 봐서 안다고 하면서 나한테서 시신 썩는 냄새가 난다나 어쨌다나, 아무튼 섬찟하더라고. 조만간에 나한테 전화를 한다고는 했는데, 지가 뭘 알아서 전화를 한다는 것인지. 잘 마무리가 된 것 같은데 그 여자가 앓는 이처럼 걸리는구만. 에잇, 메스부타(雌豚, 일본에서 여성을 비하하는 욕. 암퇘지) 같으니라구."

류헤이의 어조가 고르질 못하고, 아주 느리게 가더니만 빠르게 치받다가 아주 빠르게 끝을 맺었다. 음정 또한 들쭉날쭉하여 낮은 도에서 시작하더니 미로 옮겨가 솔에서 멈췄다. 근순과의 대화에서는 그렇게도 천연덕스럽더니만 동료들과의 면전에서는 분울한 마음을 감추지 못하고 말투와 표정으로 고스란히 격앙을 드러냈다.

"그럼 그 여자가 우리의 일을 다 알고 있다는 건가? 소리 소문 없이 해치운 일을 그 여자가 어떻게 알 수 있다는 건지 알다가도 모를 일이구만. 그 여자의 눈은 천리안이라도 된다는 것인지. 내가 생각하기엔 그 여자의 단수가 높은 거 같은데. 즉 류헤이의 속을 떠보려고 수를 쓰는 거 같기도 하고."

근순이라는 여자가 절대 자신들이 레이카를 해치운 일을 알 리 없다는 듯 단호하게 타케루는 말했다. 더불어 근순이 권총을 들고 협박을 해

올 시에는 이쪽에선 K1자동 소총을 들고 응사를 해야 한다고 잘라 말했다. 다이스케도 타케루의 말에 동조를 하고 나섰다. 세 명이서 복마전인 듯한 방안에서 쥐도 새도 모르는 얘기를 나누는 새에 방문을 두드리는 소리가 들렸다. 류헤이의 '들어오라',는 소리에 나오코는 쟁반에 조청과 가래떡을 담아 방바닥에 내려놓았다. 가래떡은 직접 한 것이고 조청은 이장 정달승이 가져 온 것이라 했다. 세 명은 가래떡을 조청에 찍어 한 입 가득 물고 오물오물 씹었다.

"이거 참, 맛이 죽여주는구만! 쫄깃쫄깃한 가래떡 맛도 그만이지만 이 조청 맛이 그 뭐랄까, 한국말로 '둘이 먹다 하나가 죽어도 모른다.'는 그 맛이구만."

가래떡을 집은 류헤이의 손이 '성질 급한 낚시꾼이 찌를 수시로 들어 올리듯' 조청을 마구 찍어 먹었다. 타케루와 다이스케도 근순의 얘기는 까마득히 잊은 채 가래떡과 조청에 정신이 팔려 먹기에 바빴다.

쟁반의 접시를 다 비운 세 명은 눈치 없는 근순이 레이카를 두둔하며 맹포하게 접근을 한다치면 레이카 곁으로 갈 수밖에 없을 것이라며 아퀴를 지었다. 근순의 죽음이 박두하고 있다는 얘기였다.

주천파출소의 고석찬 소장은 태민의 집을 시시각각 주시하고 있었다. 괜스레 자전거를 타고 할 일 없이 태민의 집 근처를 왔다 갔다 하기도 했다. 설 명절이기에 태민이 양지 마을에 나타날 것이라 생각했던 것이다. 작년 5월 20일 차명희가 살해된 이후로 주천파출소의 전화기는 손때가 묻어 변색이 될 정도로 울려댔다. 주로 진안경찰서에서 긴급 상황 보고를 해 달라는 전화였으나, 지역 신문 기자들의 전화, 이따금 이름깨나 알려진 신문 기자들이 전화를 하기도 했다. 하여 주천파출소는 매일 긴급 상황체제로 가동을 하고 있었다. 주간 근무 세 명, 야간 근무 두 명 체제로 매뉴얼을 만들어 수시로 순찰을 돌고 사무실을 지켰다.

내일부터 설 연휴가 시작되기는 하지만 고 소장은 집에 갈 엄두도 못내고 관사에 남아 있었다. 차만 타면 코 닿을 곳인 전주에서 해마다 명절을 보냈건만, 올 설은 동료들하고 지내야만 했다. 어둠이 깊어진 9시가 넘어선 시각인데도 떡 방앗간에서 기계 돌아가는 소리가 끊이질 않았다. 그 덕에 시골인심이 아직은 살아있는지라 시루떡에 가래떡, 한과를 파출소 직원들을 생각해서 들고 오는 아낙들이 왕왕 있었다. 방금 만들어낸 시루떡을 양손으로 갈라서 입에 넣으면, 씹히는 팥도 팥이려니와 갓 쪄낸 떡의 쫀득함이 가히 탄성을 지르기에 충분했다. 그 맛에 빠져들다 보면 이곳 주양리 주민들을 살벌하게 했던 차명희 살인사건은 의외였다. 저녁 전에는 태민이 어머니가 김치전을 가져오기도 했다. 고 소장은 그 틈을 타 태민이 소식을 물어보았다.

"아주머니! 태민이가 이번 설에 온다는 소식은 없습니까? 자식! 기다리고 있는 애들이나 부모님들 생각도 해야지. 혼자 그렇게 말도 없이 사라지면 어쩌라는 건지. 아주머니 속이 많이 상하셨겠습니다. 저도 이렇게 맘이 안 좋은데."

젓가락으로 김치전 반을 찢어 입으로 가져갔다. 짭조름하니 밥 한 숟갈 생각이 나기도 했다. 김종국 경사도 한 입 베어 물었다.

"그러게 말입니다요. 천하에 후레자식 같으니라고. 지 새끼들을 짐승같이 낳아 놓기만 했지 키울 줄을 모르니, 이런 놈이 짐승이 아니고 뭐겠습니까요. 지 에미 애비는 안중에도 없고, 효도라는 것은 아예 바라지 않은지 오래전 얘기고, 속이라도 썩히지 말아야지요. 눈만 뜨면 지 부모 오장육부를 갈기갈기 찢어 놓으니 이런 개차반도 세상천지에 없을 것입니다요. 자식이 셋이라지만 딸자식은 넘의 자식 된 지 오래고, 큰놈은 교통사고로 뒈져버리고, 시상에 나같은 팔자도 없을 것입니다요. 저승사자는 뭐하는지 모르것어요. 나같은 년 빨랑 데려가질 않고."

금산댁은 고 소장에게 하소연을 쏟아내며 가슴에 맺힌 응어리를 뜯어냈다. 이렇게라도 해야 죽음을 건너 삶의 안개 속으로 들어갈 수 있을 것이었다.

"아주머니, 그런 말씀 마세요. 누구나 다 좋은 시절만 있을 수는 없잖아요. 살다보면 힘든 날도 있고 간혹 즐거운 날도 있잖아요. 즐거운 때를 생각하면서 살아가는 것도 한 방법이기는 한데. 아무튼 태민이 그 자식이 설에라도 왔으면 좋겠구만."

바특하게 마음을 졸이며 살아온 금산댁에게도 어느 순간 즐거운 나날들이 다가올 수 있을 것이라는 말을 에둘러 말을 하긴 했지만, 고 소장의 마음 한 구석에 께적지근한 더께를 발라낼 수는 없었다.

"에구, 내 팔자야! 전생에 무슨 못할 짓을 그렇게 했길래, 이승에서 이리 속을 썩는지. 팔자가 사나워도 엔간치 사나워야지. 소장님! 갈랍니다."

비워진 쟁반을 들고 나온 금산댁은 활짝 핀 달빛을 바라보며 '한오백년'을 쓸쓸하게 불러본다.

♪ 한 많은 이 세상 야속한 님아
정을 두고 몸만 가니 눈물이 나네
아무렴 그렇지 그렇구 말고
한 오백년 사자는데 웬 성화요 ♪

듣고 있는 고 소장의 가슴으로 찬바람만 스산하게 불어쳤다. 금산댁이 살아온 시간의 결들이 저리도 가슴을 쑤셨을까, 생각하니 시신경이 꾸무럭거리며 발끈 성을 내었다. 어떤 이들에게는 삶이 참으로 죽음만도 못하다는 생각이 문득 들었다.

희망을 간수하지 못하고 떠나보낸, 아니 강탈당한 근순은 누워서 우두망찰 천장만 바라보고 있다. 육신의 근육들이 무엇을 해야겠다는 기력이 없이 흐물흐물 흐무러지고 있었다. 근 50일간을 레이카와 같이 지냈건만, 레이카의 빈자리가 근순의 마음에 이렇듯 크나큰 공허감으로 자리잡을 줄은 몰랐던 것이다. 레이카를 사랑했다 할 수 있을까? 근순은 자신의 마음에 의문의 꼬리를 길게 던졌다. 정에 굶주렸던 자신이 희망을 본 순간, 사랑을 옴팡 쏟아내야겠다고 다짐했을 것이었다. 레이카가 희망이었다. 희망을 품고 줄곧 레이카가 좋아서, 레이카가 사랑스러워서 살갑고 알뜰하게 챙겨주었다. 무엇인가를 해주고, 무엇인가를 주는 것이 그저 좋았다. 레이카에게 바라는 건 아무것도 없었다. 남편과 자식에 대한 사랑과는 또 다른 사랑이었다. 육체적인 사랑도 아니었고 아가페적인 사랑도 아니었다. 그저 사람이 사람을 감싸주는 그런 사랑이었고, 그 사랑을 레이카에게 쏟아주었다. 가슴에서 사랑이 빠져나올수록 희망은 허기진 가슴을 채워주었다. 그렇게 희망은 부풀어 있었건만 이젠 절망만이 근순의 가슴에 더께처럼 쌓여 있다.

잃어버린 희망을, 강탈해간 사랑을, 가슴속에 담아두면 둘수록 근순의 대뇌는 오합지졸을 넘어 착잡함으로 차올랐다. 눈물샘이 오지랖 넓게도 터지려 했다. 억척스런 자신에게도 흘릴 눈물이 있던가 싶었다.

과거는 그렇다 쳐도 근근이 남아 있는 힘으로 현재를 버텨가는 근순은, 희망과 절망의 경계선을 서성이며 저 너머 미지의 세계로 눈길을 던졌다. 알 길이 없고, 보이지 않고, 잡히지 않는 미지의 세계! 그 세계는 근순의 가슴에 정처 없이 떠돌아야만 하는 서글픈 세계로 다가오더니 급작스레 눈물이 핑 돌았다. 이내 영롱한 이슬을 머금은 듯한 눈물이, 눈꼬리를 타고 방바닥에 뚝 뚝 떨어졌다. 그 눈물은, 그 소리는, 저 먼 밑바닥으로 흘러들어 대지의 혼을 일깨웠다. 눈자위가 금세 새빨개졌다. 귀청에서 맴도는 소리는 레이카의 소중한 사랑이 담긴 '언니!', 하며 자신을 부르는 소리였다.

벌떡 일어섰다.
마냥 누워있을 수만은 없었다. 희망을 찾아와야 하고, 사랑을 도로 빼

앗아 와야 했다. 내 사랑을! 나보다 소중했던 내 사랑을 어떻게든 찾아내야 했다.
근순은 휴대전화를 들었다. 그리고 연락처에서 류헤이를 찾아 통화버튼을 눌렀다. 신호가 떨어졌다. 통화음이 두 번 울리고 나서 발성이 분명한 음성이 들려왔다.
"여보세요. 류헤이입니다."
"이근순입니다. 제가 연락드린다고 했었지요. 레이카를 왜 죽였어요? 경찰서에 가서 사실대로 말하고 자수를 하세요. 2월 2일까지입니다. 그렇지 않으면 제가 무슨 짓을 할지 모릅니다. 2월 2일까지예요."
류헤이의 '여보세'까지 듣고 종료버튼을 눌렀다. 2월 3일이 레이카의 생일이었다. 살아있었다면 자신의 집에서 성대하게 생일 파티를 해 줄 요량이었다. 레이카가 사망했으니 아무런 소용이 없게 되었다. 레이카가 없는 세상, 어떻게 변할지 자신도 모를 일이었다. 수틀리면 머리통이 화들짝 돌아버리는 근순이었다.

"석범 아빠! 가래떡 뽑으러 가야지."
방문을 열고 나오는 근순을, 양호는 기가 막힌다는 듯 시큰둥하게 쳐다보았다. 말이 가장이지 남편의 체면이 말이 아니었다. 어쩌다가 저 여자한테 잡혀 살게 되었는지 자신이 한심스러웠다. 골머리가 들쑤셨다. 마음 같아선 지게작대기가 작신 부러지도록 갈기고 싶었지만, 근순의 성격을 아는지라 꾹 참았다. 그냥 하늘에 구름 지나가듯 그럭저럭 살아가기로 작정을 했던 탓도 있을 게다. 살아가는 게 대순가. 살다보면 바람 불고, 해 뜨고, 비 오고, 눈 오는 세월에 장단을 맞춰가면서 살아가는 게 또한 삶이 아니던가. 양호는 그렇게 생각했다.
"이제 일어난겨. 잠만 자길래, 우린 설 안 지내는 줄 알았지. 쌀은 불려놨드만. 떡 방앗간 갔다 올까?"
양호는 근순의 하명을 기다렸다. 마치 마당쇠가 마님의 명을 받잡기 위해 머리를 조아리고 있는 것처럼.

"그려 그럼. 석범 아빠가 떡 방앗간 가서 가래떡 좀 빼오고, 난 이것저것 음식 좀 장만할란게."

근순은 부엌으로 들어가 부산을 떨었다. 양호는 근순을 멍하고 둔탁한 표정으로 쳐다보았다. '저 여자가 갑자기 미쳤나!' 갈피를 잡을 수 없었다. 불렸던 쌀을 고무다라에 옮겨 떡 방앗간으로 갔다. 주책없이 쾌활하다가도 대책없이 우울해지는 근순이었기에 그러려니 넘어갔다.

명절이라고는 하지만 근순과 양호는 갈 데도 없고 올 사람도 없었다. 둘 다 혈혈단신이니 그럴 수밖에. 애들은 명절이면 나가 놀기 바빴고, 양호는 오후부터 친구들 만나 술독에 빠져 해가 뜨는지 달이 뜨는지 세월아 네월아 했다. 근순은 집에 홀로 방안에 들어앉아 티브이 밖에 볼 게 없었다. 이번 설은 레이카와 아기하고 오순도순 얘기를 나눠가며 장만한 음식을 먹어볼 참이었는데, 틀어져버렸다.

그 생각을 하니 울화통이 펑펑 터졌다.

**

설 연휴가 지나갔다. 기대했던 태민은 오지 않았고 금산댁은 파출소에 실종신고를 했다. 진안경찰서 송승규 팀장은 레이카와 아기 사망사건에 대해 육신과 정신이 기민해진 상태였고, 실종신고가 접수된 김태민에 대해 수사에 이르렀다. 이로써 주천에는 세 건의 사건이 해결되지 않은 채 진안경찰서 캐비닛에 들어앉게 되었다.

1월 27일 자정 무렵.

류헤이와 타케루, 다이스케는 근순의 권총 사격에 K1자동 소총으로 응사하기 위해 근순의 집으로 잠입하였다. 레이카를 납치하던 수법과 같은 방식이었다. 여차하면 양호의 목숨도 따야하는 사태로 치달을 수 있는 상황이었다. 류헤이는 서풋서풋 마루에 올라 왼쪽 방문의 미닫이 문 손잡이 틈에 손가락을 집어넣고 오른쪽으로 슬몃 밀었다. 밀리지 않았다. 다시 손에 힘을 주고 밀었으나 역시 걸쇠 소리만 나직이 날 뿐 열리지는 않았다. 안에서 빗장을 지른 것이었다.

근순의 예상이 적중하였다. 류헤이와 타케루는 손사래를 치며 마루를 내려왔다. 그리고 담을 넘어 무릉리로 건너갔다. 근순의 살해는 어찌할 수 없는 미수였다.

한편, 근순은 눈을 똥그랗게 뜨고 미닫이문 밀치는 힘을 어둠 속에서 지켜보고 있었다. 두 번 시도를 하다 안에서 잠근 것을 알고 뒤돌아가는 류헤이와 타케루를 문틈으로 낱낱이 보고 있었던 것이다. 이불 속에는 부엌칼을 꼭 쥐고 있었다.

'역시 레이카와 아기를 납치해서 죽인 건 저놈들 짓이었어. 그런데도 발뺌을 했구먼. 내 가만 안 있을 것이야. 반드시 레이카의 죽음에 대한 응징을 할 것이고만. 그것도 몇 십 배로. 두고 보라지!'

근순의 심장은 동이 틀 때까지 널을 뛰다시피 하여 잠을 이룰 수 없었다. 겨우 잠든 시간이 한 시간도 채 되지 않았다. 부스스한 얼굴을 하고 부엌으로 나왔다. 그놈들이 레이카를 교통사고로 위장을 해서 죽였다는 생각을 하니 태민의 얼굴이 떠올랐다. 이제 좀 망각의 늪으로 들어가서 잊혔으면 하는데도 비슷한 상황이나 생각에 맞닥트리면 태민이 떠올라, 해결되지 않는 고민으로 골머리가 터질듯하여 두통에 시달렸다. 하지만 어찌하랴! '죄 지은 연놈은 발 뻗고 제대로 잠도 못 이룬다 하고, 오줌도 속곳에다 지린다.' 하지 않던가.

근순은 부엌 귀퉁이에 청승맞게 쪼그려 앉아 삶과 죽음을 생각했다. 저놈들이 자신을 죽이려는 짓을 포기했을 리는 만무했다. 언제든 다시 자신의 목줄을 따기 위해 담을 넘을 것이었다. 죽음을 두려워하며 매일 밤잠을 설칠 수는 없을 터였다. 자신은 죄인이었다. 차명희를 살해한 살인범. 그 놈들이나 자신이나 다를 이유가 없었다. 다만 밝혀지지 않았을 뿐. 완전 범죄는 없다고 하지 않던가. 시간이 다소 걸리겠지만 언젠가는 진실이 밝혀지고 말 것이었다. 그 전에 저놈들을 없애버려야 했다.

1월 말까지 오천만 원을 마련하라는 태민의 휴대폰을 쥐고 있는 사람은 연락이 없었다. 근순의 배 째라는 식의 협박이 통했는지도 모를 일이었다.

D- Day는 2월 2일이었다. 저놈들이 그 전날까지 레이카를 죽였다고 실토를 하지 않는 이상은 자신의 광기가 어떻게 튀어 오를지는, 그때 가봐야 실체가 명백히 드러날 것이었다. 정신이 온전한 지금의 자신이 할 수 있는 것이라곤 아무것도 없었다. 2월 2일까지 기다리는 수밖에.

구정이 끝나자, 운장산 끝자락의 대불리 외처사로 덤프트럭들이 줄지어 들어가고 있다. 끝에 들어가는 덤프트럭 위에는 포클레인이 실려 있다. 뿌연 먼지가 청정한 운일암 계곡을 들끓게 하였고, 간혹 들려오던 기계음이 내내 산과 들을 괴롭혔다. 일본인들의 2차 이주민들을 위한 주택을 짓기 위해 터파기 작업을 하고 있는 것이었다. 올 가을에 입주가 완료될 계획이니 지금부터 작업을 하면 얼추 초가을까지는 마칠 수 있었다. 2차가 끝나면, 3차, 4차 이주민들이 끊임없이 주천 바다으로 들어올 것은 자명한 사실. 그때쯤이면 주천은 일본인들의 세상이 될 게 뻔한 일이었다. 근순은 레이카에게 들은 바가 있어서인지 덤프트럭의 행렬에 연신 못마땅한 표정을 지었다. 가래를 목젖에서 끌어올려 불어오는 먼지에 질색을 하며 퉤 뱉어냈다. 일본인들이 이곳에 이주를 할 수 있었던 건 한국 정부와 일본 정부의 입김이 작용했을 것이라고 레이카는 말했다. 그렇지 않고서는 이곳에 철퍼덕 주저앉아 있을 하등의 이유가 없다 했다. 일본인들의 합법적인 이주를 통해 주천을 도시권으로 변모시켜, 일본의 소국으로 만들자는 게 어쩌면 그들의 1차적인 목적일 것이라고 레이카는 또한 말했다. 아마도 위락시설이 즐비한 사행성을 조장하는 도시로 만들 것이라 했다.

근시안적으로 생각해 본다면 나쁠 게 없다지만, 멀리 내다볼라치면 이 행태는 대한민국의 땅을 일본인들에게 내주는 꼴이나 다름없는 짓이었다. 그들만의 소국을 만들어 자치령을 가질 수 있다면, 대한민국 공권력이 미치지 못하는 사태까지 발생할 수 있음이었다. 또한 헌법이 천명하고 있는 대한민국 내의 주권에 공백이 생길 수도 있을 것이었다.

막말로 '내 집에서 자란 호박에 말뚝을 박아버린 파렴치한 처사.'가 아니고 무엇이란 말인가. 정신 바짝 차리지 않으면 코를 베어가도 모를 일이었다.

**

변설 변호사는 2월 1일 오전, 진안경찰서 송승규 팀장을 만나고 있었다. 휴게실에 마주앉은 두 사람은 믹스 커피를 앞에 두고 얘기를 나누었다.

"변호사님이 선임한 이광진은 무죄로 확정되어 끝난 걸로 알고 있는데요. 다른 또 무슨 볼일이 있으신지."

송승규는 변설 변호사가 진안경찰서에 계류 중인 사건 중에 선임 할 만한 사건이 있는지 가늠해 보았다. 사건들이 죄다 참고인 조사를 앞두고 있는 사건들이고, 피의자로 소환하거나 피고인으로 기소된 사건은 아직까지는 없었다. 굳이 자신을 찾아 올 이유가 없는 데도 여기까지 온 걸 보면 다른 이유가 있어서 일 것이라고 지레짐작을 했다. 송승규 형사는 차명희 살해사건과 김태민 실종사건, 레이카와 아기 사망사건으로 골머리를 앓고 있었다.

"이광진이 무죄로 확정된 건 맞습니다만, 직업이 직업인지라 진범에 대한 궁금증이 가시질 않아서 이렇게 찾아왔습니다. 제가 생각해 둔 바도 있고 해서요. 팀장님은 차명희 살해 사건을 어떻게 보십니까? 일단 이광진이 진범이 아니라는 전제하에 말씀드리는 것입니다."

송승규의 강인한 턱선이 피의자를 취조하기라도 한다면, 꽤나 가슴을 서늘하게 할 듯싶었다. 검은색 슈트는 여전히 몸매에 잘 어울렸다.

"글쎄요. 현재 그 사건에 대해서 검찰에서도 주시를 하고 있고, 저 또한 내내 예의주시 중입니다. 김태민을 유력한 용의자로 보고 조사를 하려 했는데, 설 연휴기간에도 나타나지 않아서 실종신고가 들어와 있습니다. 김태민을 조사해 봐야 뭔가가 나올 듯도 한데, 실종이 돼 버렸으니 잠시 그 사건은 손을 놓고 있는 상태입니다. 거기다가 무릉리 이주촌에 살다가 사망한 레이카와 아기의 사망 사건이 잇달아서 골치가 아픕니다."

관자놀이를 엄지로 지끈 누르며 심술 사납게 입매를 실그러뜨린 송 팀장은 종이컵으로 손길이 갔다. 커피를 반쯤 들이켰다. 이광진을 진범으로 확신하고 주변의 신병을 확보하지 못한 탓에, 차명희 살해사건은 송팀장의 애를 태우고 있었다.

"팀장님! 김태민이 살해되지 않았을까요? 제가 법정에서 변론할 때에도 한 얘기지만 차명희가 이광진하고 정사하는 기회를 노리고 다리 난간에서 돌덩이를 떨어트려 차명희를 죽인 범인은 따로 있다는 거지요. 그 범인이 누구인지는 모르겠지만 김양호, 김태민, 이근순, 박찬근 경위의 증언을 토대로 추론을 해 보자면, 김태민이 차명희를 죽이지는 않은 것 같습니다. 즉 말하자면 다른 제3자가 차명희를 죽이고 김태민이 이 사실을 알자, 김태민의 입을 막을려고 살해했다는 추론에 도달할 수 있습니다. 이상은 제 사견이지만 시간대 별로 면밀히 따져보면 그러한 결론에 도달할 수 있습니다."

"……."

송승규는 아무 말이 없었다. 수사를 하면서 '가정'과 '만약'을 등한시한 결과가 또 다른 살인을 낳았다는 자책을 하고 있었다. 사건의 초동수사가 그만큼 중요하다는 방증이었다.

"김태민이 살해됐다."

송승규 팀장은 팔짱을 끼고 그럴 수도 있겠다 싶었다. 수사를 하자면 어떠한 말도 허투루 들어서는 아니 될 일이었다. 더구나 상대방은 차명희 살해사건 피고인의 대리인인 변호사였다.

"변호사님 추론에 일리가 있습니다. 변호사님의 추론대로라며 김태민이 어딘가에 매장되어 있고 차명희를 살해한 진범이 주양리 어딘가에 있다는 거 아닙니까?"

송승규는 변설 변호사의 추론이 맞기라도 한 듯 '어딘가'를 입에 오르내렸다. 변설 변호사의 추론이 사실이라면 '어딘가'를 밝혀내는 게 자신의 임무라는 걸 여실히 알고 있었다.

"그리고 주천면 무릉리라는 마을에 일본인들이 정착해서 살고 있는데, 그 중에 사토 레이카라는 여자가 사망한 것도 알고 있지요?"

"뉴스에 크게 난 사건 아닙니까? 당연히 알고 있지요. 사토 레이카라고 했나요?"

"예."

"팀장님! 제 생각입니다만 '차명희, 김태민, 사토 레이카 세 사건은 서로 연관이 있지 않을까', 라는 생각입니다만."

"……."

송승규 팀장은 변설 변호사가 말하는 틈에 끼어들지 않았다.

"살인사건은 어쩌다 한 번씩 일어날 수 있는 사건입니다. 그런데 조용한 마을에서 1년도 안 되는 새에 아기까지 합해서 네 명이 죽어나갔습니다. 물론 레이카의 죽음이 타살인지 여부는 아직 명확하지 않지만, 아무튼 시간상으로 볼 때 이는 분명 어떠한 고리가 연결되어 있지 않나 하는 저의 생각입니다. 즉 차명희를 살해한 사람을 찾으면 나머지 범인도 찾을 수 있다는 거지요."

송승규 형사는 변설 변호사의 말을 귀담아들었다. 팔짱을 끼면서 말이다. 그럴 수 있겠다 싶었다.

　송승규와 변설은 휴게실에서 나왔다. 인사를 한 뒤 각자 복잡한 머릿속을 정리하며 사무실로, 전주로 갔다. 엿가락처럼 꼬여버린 타인들의 인생사를 반듯하게 풀어헤치기 위해, 구름 사이로 볕줄기가 새어나오듯 달렸다.

　사무실로 들어온 송승규는 캐비닛에서 차명희 살해사건 기록을 꺼내 놓고 한 장 한 장 넘겨가며 그 당시로 되돌아갔다.
　이광진, 김태민이 범인이 아니라며, 금산댁과 김양호, 이근순 세 사람이 유력한 용의자가 될 터였다. 한데 그 당시 금산댁과 이근순은 저녁 9시에서 10시 사이에 집에서 티브이를 보고 있었다 했다. 금산댁 남편 김용석과 이근순 아들 딸의 말이었다. 김양호는 김태민과 아랫마을 가게에서 술을 마시고 있었다. 김태민이 9시 즈음에 자전거를 타고 주천파출소를 지나쳤다고 박찬근 경위가 확신에 못 미친 증언을 했다.
　김태민이 차명희를 죽이지 않았다면……
　송승규는 양손으로 머리칼을 헤집고 박박 긁었다. 풀리지 않는 난제였다. 담뱃갑을 들고 밖으로 나와 담배 한 개비를 입에 물고 라이터를 당겼다. 단전까지 빨아들인 새하얀 연기가 내쉬는 숨을 따라 입술에서부터 꽃잎처럼 흩어져 공기 속으로 빨려들었다. 사건의 해결은 정황만 가지고는 범인을 잡을 수 없다. 빼도 박도 못할 명백한 증거가 있어야 했다.
　차명희 살해사건에 대해 되돌림을 해 본 결과 심증은 가지만 물증이 없었다. 불러다 조사를 해본들 모른다고 뭉개고, 다른 일을 하고 있었다고 뻗댈 것이다. 그렇다고 민주경찰이 윽박지를 수도 없고, 자백을 하라고 고문을 할 수도 없다.
　이럴 때면 송승규는 미치고 환장할 노릇이었다.

레이카와 아기의 부검결과가 나왔다.
마취제를 흡입했다는 부검결과였다. 마취된 상태에서 자동차 운전을 할 순 없었다. 명백한 타살이었다.

'살인사건은 어쩌다 한 번씩 일어날 수 있는 사건입니다. 그런데 조용한 마을에서 1년도 안 되는 새에 아기까지 합해서 네 명이 죽어나갔습니다. 물론 레이카의 죽음이 타살인지 여부는 아직 명확하지 않지만, 아무튼 시간상으로 볼 때 이는 분명 어떠한 고리가 연결되어 있지 않나 하는 저의 생각입니다. 즉 차명희를 살해한 사람을 찾으면 나머지 범인도 찾을 수 있다는 거지요.'

변설 변호사의 말이 뇌리를 강하게 훑고 지나갔다.

"팀장님! 팀장님!"
이철규 형사가 다급하게 불렀다.
"!!!!!!"
송승규 형사는 눈을 뒤룩거리며 흡떴다.
"제보가 들어왔는데요. 주양리 차명희 살인사건 있잖아요. 이근순이 죽였다고 합니다. 그리고 김태민도 그 여자가 죽였고. 김태민 시신은 이근순 밭에 매장했다고 말을 하고는 바로 전화를 끊었습니다. 여자였고 전화번호가 공중전화 번호였습니다."

의자에서 벌떡 일어섰다.
"뭐라고! 이근순이 차명희하고 김태민을 죽였다고? 제보자가 여자였어?"
"네, 제보만 그렇게 하고 바로 끊었습니다."
"김태민 시신을 이근순 밭에 매장했다고 그랬나?"
"네, 그렇게 말했습니다. 그 여자의 제보가 사실인지 여부를 떠나 이근순 밭을 파헤쳐 봐야 할 것 같은데요."

"그래, 그래야지. 그리고 그 제보 녹음됐지?"
"네."
"전화할 당시 위치추적 해봐?"
"바로 해보겠습니다."
송승규 형사는 뒷목을 잡고 사무실을 서성거렸다.

"대전인데요."
"대전이라고?"
"네!"
"의경들 소집해. 주양리로 가보자. 김 형사 어디갔어? 빨리!"
"네, 알겠습니다."
이철규 형사는 밖에 있는 김상두 형사에게 얘기를 하고 송승규 형사와 함께 주양리로 출발했다. 경찰차는 사이렌을 울리며 편도를 90킬로미터로 달렸다. 의경 20여 명을 태운 경찰버스가 뒤를 바짝 따랐다.

"자 자 자, 이 형사는 나하고 이근순 씨를 만나러 가고, 김 형사는 의경들을 이근순 씨 밭으로 데리고 가서 김태민 시신을 매장했는지 확인해봐."
주천파출소 앞에 경찰차를 주차해 놓고 지시했다. 박찬근 경위와 김종국 경사가 달려나왔다.
"네, 알겠습니다."
김상두 형사는 의경들을 데리고 이근순 밭으로 향했다.
"팀장님! 뭔 일 있습니까? 의경들까지 데리고 오고."
주천파출소 박찬근 경위가 물었다. 관사에 있던 고석찬 소장이 정복을 받쳐 입고 나와 박찬근 경위 뒤에 섰다.
"제보가 들어왔습니다. 자세한 건 나중에 얘기하고 경위님이 김 형사와 함께 의경들을 데리고 이근순 씨 밭에 가서 김태민 시신 수색 작업

좀 도와주십시오."
 '김태민 시신이라니.'
 박찬근 경위는 아닌 밤중에 홍두깨라더니 황당하기만 했다.
 "김태민 시신이라니요! 이근순 밭에 김태민을 매장했다는 얘긴가요?"
 "제보가 그렇게 들어왔습니다. 김 형사와 함께 수색을 해주십시오."
 "네, 알겠습니다. 김 형사님! 같이 갑시다. 소장님은 사무실에 계십시오."
 "알았네."
 후배들이 자신을 뒷방늙은이로 취급하는 것 같아 고석찬 소장은 미간을 잔뜩 찌푸렸다. 서쪽으로 기울어가는 해는 구름에 가려 주양리 마을을 더욱 음울하게 자아냈다.

 "계십니까?"
 대문은 열려있었다. 마당으로 들어갔다. 기척이 없었다.
 "계십니까?"
 안방에서 부스럭대는 소리가 여름하게 들려왔다. 안방 문을 열며 이근순이 파카를 걸치고 마루로 나왔다.
 "안녕하십니까? 진안경찰서 송승규 형삽니다."
 경찰 신분증을 보여주며 마루에 서 있는 이근순 앞으로 바짝 다가갔다.
 "무슨 일인가라? 날도 추운디, 형사님이 우리 집을 다 오고."
 짐짓 태연한 척 했지만 날 선 칼이 심장을 도려내는 듯했다.
 "제보가 들어와서 이근순 씨를 찾아왔습니다. 마루에 잠깐 앉겠습니다. 같이 앉으시지요. 몇 가지 물어볼 게 있습니다."
 송승규 팀장과 이철규 형사는 마루 끄트머리에 걸터앉았고, 이근순은 마루 안쪽에 앉았다.
 "제보요? 나를 두고 제보가 들어왔다는 건가요?"

긴장했던 몸은 추위와 뒤섞여 내장까지 떨려왔다.
"두 시간 전에 대전에서 제보가 들어왔습니다. 여자 목소리인 전화였습니다."
이근순은 김태민 휴대폰을 가지고 있는 사람을 생각했다.
'남자가 아니라 여자였단 말인가. 대전에서 제보를 했다고. 생각지도 않은 곳인데. 아니야, 차명희! 차명희가 대전이 고향이지. 맞다, 차명희.'
"여자요?"
"네."
"뭐라고 하던가요?"
이근순은 밝혀질 일이라 생각했던지, 떨던 몸이 긴장감만 남은 채 송승규 형사 말을 기다렸다.
"차명희와 김태민을 이근순 씨가 살해했다고 했습니다. 그리고 김태민은 이근순 씨 밭에다 매장을 했다고 하고요. 지금 경찰들이 이근순 씨 밭을 수색하고 있습니다. 그 제보가 사실이라면 곧 밝혀지겠지요. 이근순 씨! 체포영장 발부받기 전에 하실 말씀 없습니까?"
송승규 형사는 이근순 의중을 떠보고 있었다.
"내가 차명희하고 김태민을 죽였다는 증거 있나요? 증거도 없으면서 나를 체포한다는 건가요? 나라법이 그렇게 돼 있는가요? 나는 할 말이 없응게요. 그 여자가 하는 말만 믿고 나를 차명희하고 김태민을 죽인 여자로 확신하고 있는 모양인디, 나는 그런 사실이 없구만요. 나하고는 아무런 상관이 없응께, 시간 허비허지 말고 얼른 가기나 허쇼. 난 들어갈랑게."
마루에서 일어난 근순은 방으로 들어갔다. 송승규와 이철규 형사는 방으로 들어가는 근순의 등짝만 쳐다볼 뿐이었다. 제보를 절대적으로 믿진 않았지만, 그래도 이근순의 입에서 뭐라도 건질 거라 생각했던 터였다.
"이 형사, 밭으로 가보자."

걸터앉은 마루에서 일어난 송승규 형사는 마당을 밟으며 말했다.
"네."
이철규 형사는 기대를 안고 왔지만 헛심이 팽겼다. 증거를 들이대는 통에 다가갈 수 없었다. 긴급체포는 40년 전의 암울한 시대나 할 수 있었다.

이근순 밭을 수색하던 의경들은 제보자가 말한 김태민 시신이 나오지 않자 삽을 밭에 꽂아놓고 한숨만 쉬었다. 김상두 형사 또한 흙을 파는 삽에 힘이 들어가지 않았다.
"이거, 장난질 전화 아닌가? 괜히 생고생만 하는 거 아녀."
삽을 내팽개친 김상두 형사의 말은 삽질을 멈춘 의경들 귀에 들어갔다. 의경들은 삽에 기대어 삐딱하게 서 있었다.
"김 형사! 제보자가 말한 대로 김태민 시신 찾았나?"
송승규 형사는 뛰다시피 걸어오며 물었다.
"찾기는요. 아무것도 없습니다. 장난질 전화 아닙니까?"
밭에 당도한 송승규 형사는 난감한 표정을 지었다. 밭은 깊게 파여 있었다.
"김 형사! 오늘은 늦은 거 같고 내일 포클레인으로 수색을 해보자. 장난질 전화일 수도 있지만, 만약 장난질 전화가 아니라고 가정을 하고 수색을 하잔 말야. 오늘은 철수하고, 내일 다시 오자고. 그리고 여기 밭을 외부인이 들어가지 못하도록 폴리스라인 쳐두고, 박 경위님은 내일 우리가 올 때까지 가끔 들러봐 주십시오. 혹시 모르니까요."
"네, 알겠습니다."
"자, 모두 철수."
의경들은 버스에 탔고 송승규 형사는 경찰차에 올라타 진안경찰서로 앞서 갔다.

**

 진안경찰서로 돌아온 송승규 형사는 저녁을 먹고 내내 사무실에 있었다. 퇴근할 마음이 없었다. 차명희와 김태민 사건, 사토 레이카의 사건이 머릿속에 들어앉아 허우적거리고 있었다. 헛도는 머릿속을 하나하나 맞춰봐야 할 듯싶었다.
 한데 말이다. 90먹은 노인네가 일어서다 절퍼덕 주저앉듯, 뒷심 없는 한숨이 호르르 날리다 발치에 뚝 떨어지는 연유는 왜? 일까. 변설 변호사의 추론에 의하면 김태민이 살해 되었을 지도 모른다 했다. 제보자는 김태민 시신이 이근순 밭에 매장되어 있다고 했다.
 누가? 왜?
 의문만 뇌의 언저리에서 헛돌 뿐, 명쾌한 답이 중심부로 들어오질 않았다. 무릉리 이주촌에 살고 있던 일본인들 중, 사토 레이카라는 여인은 마취된 상태에서 누군가가 교통사고로 위장을 하고 살해를 했다. 세 명의 사망사건에, 아니 네 명의 사망사건에 이근순이 직접적이든 간접적이든 관여되어 있다는 건 확실한 듯했다.
 이근순을 붙잡고 잡도리를 할 수도 없고. 어찌됐든 이근순의 말을 들어봐야 했지만 아무 말이 없었다.

 변설 변호사는 사무실에 도착하자마자 오정훈 사무장을 불러 놓고, 무릉리 이주촌에 사는 사토 레이카에 대해서 알아보라 했다. 보이지 않는 안테나를 높이 올려 진안경찰서, 주천파출소, 진안군청, 무릉리 마을이장 등으로 전화를 해댔다. 전화상으로 들어오는 정보들은 이미 알고 있는 사실들이었고, 새로운 사실은 구정이 지나고 대불리 외처사에서 일본인들을 위한 주택을 짓고 있다는 사실이었다.
 변설은 점심을 대충 때운 뒤, 테이크아웃 한 아메리카노 커피를 마셔가며 대불리 외처사로 승용차를 몰았다. 대불리로 들어서는 입구에는 덤프트럭의 교차 질주로 안개처럼 먼지가 가득하였다. 포클레인이 들어가 있는 자리는 민낯의 황토를 드러내면서, 경사진 면을 평평하게 다지고 있었다. 들끓는 엔진 소리가 날 적마다 시커먼 매연이 맑은 하늘에 난도질을 해댔다. 변설은 마을의 이장과 마을 사람들을 만나 토지 매도 과정이나, 어떤 사람들이 왔다 갔는지 생선살 발라내듯 꼼꼼히 수첩에 메모를 해 나갔다. 토지를 매도한 노인들을 만나 계약서를 보기도 했다. 14장 토지매매계약서의 매도인 난에 마을 노인들이 기재되어 있었고 매수인은 '스즈키 타이요우'라는 일본인으로 되어 있었다.

'스즈키 타이요우? 스즈키 타이요우가 누굴까?'

의문의 꼬리를 입에 물고 진안군청에 들러 무릉리에 거주하는 일본인 이주촌의 지적도를 떼었다. 진안등기소에 들러 부동산등기부등본을 발급했다. 등본에도 소유자는 모두 '스즈키 타이요우'로 되어 있었다.

'스즈키 타이요우라? 스즈키 타이요우가 모든 토지의 소유자로 되어 있구만.'

무릉리로 달렸다. 변설이 승용차 트렁크에 싣고 다니는 라프로익 19년산 위스키를 정달승 이장에게 안겨주었다. 일본인들에게 '스즈키 타이요우'가 누구인지 알아봐 달라고 정중히 부탁을 하였다. 정달승 이장은 총총걸음을 치며 류헤이 집으로 가서 '스즈키 타이요우'라고 혹시 아냐고 물어보았다.

"스즈키 타이요우요?"

류헤이는 안색이 연푸른 색깔을 띠며 변하더니 하얗게 질렸다. 삽시에 본연의 안색으로 돌아왔다. 순간 류헤이의 포커페이스 관리에 허점이 보였다. 정달승 이장은 그럴 눈치 채지 못했다.

"어떤 변호사님이 스즈키 타이요우가 누군지 알아봐 달라고 부탁을 하네요. 처음 보는 분인데."

"변호사요!"

놀란 기색이 본능적으로 불쑥 튀어나오려 했지만, 류헤이는 인간적인 이성으로 맹악하게 밟아버렸다. 태연을 가장했다.

"스즈키 타이요우라는 이름은 이곳의 우리들 중에는 없는데요. 변호사가 무슨 일로 그런 사람을 찾아 나설까요? 제가 만나 봐도 될까요?"

'타이요우를 찾는 사람이 변호사라니!'

거머리처럼 살갗에 들러붙을 것 같은 놀라움에 류헤이는 직접 변호사를 만나봐야겠다는 생각을 했다. 정달승 이장을 따라 나섰다. 머리를 이리저리 굴려 봐도 왜? 스즈키 타이요우를 변호사가 찾고 있는지 도통 납득이 가질 않았다. 일단 만나서 얘기라도 해봐야겠다는 직감이 앞섰다. 변설은 정달승 이장 집 마루에 걸터앉아 있었다. 정달승 이장과 낯선 사람 한 명이 오고 있는 걸 보고 마당으로 걸어 나왔다.

"처음 뵙겠습니다. 저는 저기 윗마을에 사는 일본인 요시다 류헤이입니다. 스즈키 타이요우라는 사람을 찾는다고 하길래, 무슨 일인가 해서 이장님을 따라 왔습니다."

류헤이는 변설의 아래 위를 훑어보고는 뭔가를 알아내려 하는 기운이 왈칵 풍기는 걸 느꼈다.

"처음 뵙겠습니다. 저는 변설 변호사라고 합니다. 대불리나 무릉리의 땅을 알아보려고 하는데 등기부등본에 스즈키 타이요우라는 이름으로 토지를 많이 소유하고 있더라고요. 이곳 윗마을도 그분의 소유로 되어 있던데요. 혹시 그분을 만나 볼 수 있을까 해서 이렇게 이장님을 찾아왔습니다. 아십니까?"

변죽을 울리며 변설은 류헤이의 속내를 떠보고 있었다. 포커페이스를 유지하고 있는 류헤이의 얼굴에는 '태연' 그 자체였다.

"그런 이름은 들어보지를 못했는데요. 우리가 살고 있는 땅이 스즈키 타이요우라는 사람의 소유인 것도 몰랐고요."

류헤이는 내장의 내용물이 부걱부걱 끓어올랐다. 조마조마 했다. 앞에 서 있는 변설이라는 사람이 머릿속을 거쳐 무슨 말을 미끈둥하게 엮어 낼지 몰라서였다.

"그렇군요. 저는 땅의 소유주를 알고 있는 줄 알았습니다. 이곳의 풍치가 좋아 보여 목돈이 있길래 땅을 사볼까 했는데. 그리고 진안경찰서에 아는 사람이 있어서 알게 된 사실인데, 사토 레이카 라고 하는 여자하고 아기가 교통사고로 사망했다고 하던데, 그건 알고 계신가요?"

'이 자식이! 역시 머릿속을 거쳐서 나오는 말이 예사롭지가 않고만. 여태껏 겪어왔던 사람들하고는 딴판이야. 땅을 산다고! 땅을 빌미로 뭔가를 알아내려는 속셈이군.'

공전을 하던 류헤이의 머리가 자전을 하며 돌아갔다.
"알고 있습니다. 작년까지 우리하고 같이 지냈었지요. 그런데 여기가 싫어졌는지 갑자기 아기하고 없어졌더라고요. 일본으로 돌아간 줄 알았는데, 면소재지의 이근순이라는 여자 집에서 지냈더라고요. 모래재에서 설 전에 교통사고로 사망한 걸로 알고 있습니다만. 이근순이라는 그 여자, 보기보다는 성깔이 보통이 아닌 것 같던데요. 저한테 협박도 하고."

'너만 머리가 돌아가는 줄 아냐. 내 머리도 돌아가고 있다고, 이 자식아!'

류헤이는 근순의 기질을 들먹였다. 머리를 굴리며 무릉리로 들어오려는 변설을 면소재지의 이근순 집 쪽으로 방향을 틀어버렸다.

"이근순 집에서 지내다가 사망했다고요! 그게 사실인가요?"

변설은 의외라는 듯 놀라 물었다.

"그렇다니까요. 직접 가서 물어보시던가요."

'흠, 이 자식의 머리가 이근순 쪽으로 틀어졌구나.'

류헤이는 쾌재를 불렀다.

"그리고 이근순이 무슨 협박을 했다는 건가요?"
 변설은 그물을 구석으로 서서히 몰아가며 단서를 찾으려 했다. 이제까지 몰랐던 무엇인가가 튀어나올 것만 같았다.
 "며칠 전에 저한테 와서는 그 여자가 사람을 죽여 봐서 아는데, 저한테서 시신 썩는 냄새가 난다고 하면서 사토 레이카를 찾아내라는 거예요. 황당하고 어이가 없더라고요. 눈빛이 사람 하나는 그냥 잡아먹을 눈빛이던데요."
 '그래 자꾸 물어봐라. 그 미친년에 대해서 뭐든지 얘기를 해 줄 테니까.'
 근순을 죽이지 못한 것이 못내 아쉬운 류헤이는 악담을 쏟아내고 있었다.
 "사람을 죽여봤다고 그 여자가 그러던가요?"
 "예, 그렇게 말했습니다."
 "구체적으로 어떻게 죽였다는 얘기는 하지 않던가요?"
 "그런 얘기는 없었습니다. 그리고 일방적으로 전화가 왔었어요. 2월 2일까지 레이카를 살해한 사실을 경찰서에 가서 자백하라고요. 그렇지 않으면 무슨 짓을 할지 모른다고 하면서, 어이가 없더라고요. 내일이네요."
 '이제 할 말은 다 했다. 판단은 니가 해라. 이근순을 잡아 죽이든지 살리든지.'
 류헤이는 변설 변호사 너머의 어스름한 산마루를 바라보며 괴이한 웃음을 지었다.
 '크 크 크 흐 흐 흐.'
 해가 뉘엿뉘엿 산을 넘으려 하고 있다. 땅거미가 일찍 찾아오는 이곳이었다. 류헤이에게 고개를 숙인 뒤 승용차에 올라 탄 변설은 난데없는 멀미 증상이 치밀었다. 생각지 않았던 일들이 마치 태풍을 안고 거룻배를 타고 있는 듯했기 때문이다. 태풍의 눈을 찾아야 했다.

'……'
이근순!
 이근순이 태풍의 눈이었다. 변설은 휘몰아치는 태풍을 응시했다. 멀미 증상은 멈추질 않았고 시척지근한 액체가 울컥울컥 올라왔다. 주천을 압도했던 원인 불명의 사실과 대상 모를 놀라움과 두려움이 구체적인 질감을 드러내고 있었다.

주검들

 2월 2일, 시침이 오전 9시를 조금 넘자 변설은 사무실에 도착했다. 직원들은 모두 출근한 상태였다. 오정훈 사무장을 불렀다.
 "사무장님! 오늘 바쁘십니까?"
 조급한 마음에 오줌까지 급하게 마려웠다. 화장실로 달려가 오줌발을 세우고 바지춤을 추키며 허리띠를 매었다.
 "바쁘세요?"
 부리나케 변호사실로 들어온 변설은 오 사무장에게 다시 물었다.
 "변호사님, 오늘 무슨 일 있으세요? 서두르시는 모습이 정신줄 놓으신 것 같아요."
 오 사무장은 너스레를 떨었다.
 "바쁘냐고요?"
 "어제 야·근·까지 하면서 바쁜 건 다 끝내놨는데요. 한가한 건 아니지만 그렇게 바쁜 것도 아닌데요."
 스타카토 식으로 야근에 힘을 준 오 사무장은 술에 물탄 듯 물에 술탄 듯 말이 말같지 않게 얼버무렸다.
 "안 바쁘면 저하고 주천이나 갑시다. 거기 가서 사건 하나 해결하자고요. 차명희 살해사건인데요. 어쩌면 실마리가 잡힐 것도 같은데. 일단은 가봐야 알겠지마는."
 "그 사건 이제는 변호사님하고 상관없는 사건이잖아요. 범인이야 경찰이나 검찰에서 잡을 테고, 뭐하러 돈도 안 되는 사건에 시간을 허비하세요. 변호사님! 혹시 공명심에 눈이 어두워진 거 아니십니까? 그리고 사토 레이칸가 일본 여자에 대해서는 여기 저기 전화를 해보고 찾아봐도 아는 게 없다고만 하는데, 태평양에서 산토끼 찾는 격이더라고요. 제 선에서는 어떻게 알아볼 수가 없을 거 같습니다."

 말이야 바른 말이지 싶다. 돈도 안 되는 사건이고 외려 돈을 써가면서 돌아다녀야 하는 수임되지 않은 사건이니 말이다. 돈이 들어와야 오 사무장의 월급이 빵빵할 텐데. 그렇다 할지라도 변설은 차명희 살해사건 진상을 확인하고 싶다는 유혹을 떨쳐버릴 수 없었다. 놀라움과 두려움은 강한 호기심을 불러일으켰다.

 "돈이 안 된다는 건 알고 있습니다. 근데 궁금하잖아요. 그리고 이젠 우리 사무실이 임대료 못 낼 정도도 아니잖아요. 이럴 때 공명심 한 번 가져보자고요. 레이카 실종은 주천에 가서 알아보면 될 거 같습니다."

 "알았습니다. 그럼, 제 이름도 빛나는 건가요?"

 "아무렴요. 빛나지요. 오정훈! 그이름도 휘황찬란한 오정훈 아닙니까!"

 둘은 볼살이 아늘아늘 흔들리며 흐뭇하게 웃어 보였다.

 양지 마을에 도착한 변설 변호사와 오정훈 사무장은 이근순 집에 들렀다. 동네 전체가 괴기스러울 정도로 고요했다.

 "계십니까?"

 불어오는 겨울바람이 춥다기보다는 서늘하게 느껴졌다. 겨울볕을 받은 지붕 위는 녹아내리는 눈으로 처마끝에서 눈물을 똥강똥강 떨어트렸다. 마당 또한 겨울의 끝을 알리려하는지 질척하여 다져진 흙을 밟아나 가야만 구두가 온전할 듯했다. 감나무의 잔가지가 후르르 떨고 있다. 얕은 바람에 흐느적거리는 그 가지가 위태위태하여 꺾여버릴 것만 같았다.

 "계십니까?"

 대답이 없자 이번엔 오 사무장이 '아무도 안 계십니까?' 했다. 안방에서 미닫이문이 열리며 '누구냐?'고 근순이 물어왔다. 앉은 채였다. 새치가 검은머리에 군데군데 섞인 머리는 산발이었고 눈두덩이 부어올라 있다. 내내 누워 있어서인지 매가리가 없어보였다. 밭은기침 소리에 감기라도 들었나 싶었다.

"전주에서 온 변설 변호사라고 합니다. 이쪽은 같은 사무실에 있는 오정훈 사무장이고요. 몇 가지 이근순 씨한테 물어본 게 있어서 염치불구하고 찾아왔습니다. 실례 좀 하겠습니다."

근순의 눈이 뱀눈처럼 가늘어졌다.

'별것들이 다 드나드네. 변호사가 여기까진 무슨 볼일이 있어서 온다냐. 사람 귀찮게.'

"저한테 무슨 볼 일이 있다고 요렇게들 찾아온다요. 어제는 형사들이 들이닥치더만, 오늘은 변호사가 들이닥치고. 참 내 별일이네. 방안이 누추해서 들어오라고 할 수도 없고. 괜찮으시면 들어오시고요."

별수 없이 일어난 근순은 마루까지 나와 귀찮은 두 사람을 맞이했다. 몸뻬바지에 어제도 입었던 파카를 걸치고 마루 가운데에 섰다. 변설과 오 사무장은 마루 앞에 서서 근순이 앉기만을 기다렸다.

"어제 형사들이 왔다갔다고요? 무슨 일 있었습니까?"

"무슨 일이라고 해봐야, 차명희 하고 김태민 사건이지요. 어떤 미친년이 내가 둘을 죽였다고 제보를 했다면서 '할 말 없냐?'고 하길래 '없다.'고 했지요. 그러더만 그냥 가더라고요."

근순은 변호사 앞이라 긴장감이랄까, 떨림은 없었다.

"그런 일이 있었고만요."

'지진의 징조가 있기 전의 두꺼비들의 엑소더스처럼 범인이 잡히기 전의 증후.'라 생각했다. 변설 변호사는 그렇게 생각했다.

"나한티 뭘 물어본다는 거요. 물어볼라면 빨랑 물어보고요. 날도 추운디."

근순은 양손을 파카 주머니에 집어넣고 가슴 쪽으로 바짝 조였다. 가

부좌를 틀고 앉았다.
"괜찮으시다면 여기 앉아서 물어보겠습니다."
변설 변호사와 오정훈 사무장은 마루끝에 걸터앉았다.
"그려도 괜찮을는지 모르겠네요, 그래도 손님인디."
"괜찮습니다. 사토 레이카라고 아시지요?"
'사토 레이카'라는 고유명사가 변설의 입에서 튀어나오자, 근순은 정신이 번쩍 들고 '밑빠진 독에서 물이 새듯.' 말이 줄줄 새어 나왔다.
"예. 알다마다요. 나하고 50여 일간 같이 지냈으니까요. 근디 죽었어요."
한숨 섞인 숨소리가 마루를 울릴 것만 같았다.
"교통사고로 사망했다고 들었는데요."
"교통사고로 죽었지요. 근디 교통사고로 위장만 했지, 레이카는 살해된 거요. 그 뭣이냐, 나 머릿속에는 그 놈이 누군지 알고 있는디, 당신네들이 입에 달고 사는 증거가 없응께 이러고 있고만요. 납치해서 죽인 거예요."
근순은 눈을 부라리며 양 주먹을 쥐었다.
"납치요? 무슨 말씀입니까?"
당혹과 어리둥절함과 분노가 섞인 이근순은 류헤이 일행이 자정에 담을 넘어 자신의 집에 들어왔던 일, 아마도 류헤이 일행이 레이카를 납치해서 죽이지 않았나 하는 생각, 레이카가 말했던 일본인들의 속내를 속속들이 변설에게 얘기를 했다. 일본인들이 무릉리에 이주하게 된 계기는 한국과 일본의 높은 사람들이 관련되어 있다는 얘기까지 늘어놓았다. 이근순의 장황한 말에 변설과 오정훈 역시 당혹과 어리둥절함과 분노가 스며들었다.
"혹시 스즈키 타이요우라는 이름은 들어봤나요?"
"그런 이름은 처음인디요. 레이카가 그런 이름은 꺼내지도 않았응께요. 단지, 그 뭐라고 하던디. 어 그려, 고관들인가 뭔가가 관련되어 있지 않나 의심을 했고만요. 삼육회라는 모임이 있다면서, 그 삼육흰가 뭔가가 우리나라와 일본을 흔드는 거물급들이라 하더라고요."

"삼육회요?"

변설과 오정훈은 서로의 얼굴을 바라볼 뿐이었다. 생각지도 않았었다. 시간이 거꾸로 흘러가는 듯했다. 1910년 그 시간대로.

"그럼, 무릉리에 거주하는 일본인들이 삼육회 회원들이라는 겁니까?"

변설이 물었다.

"그렇다고 하더라고요. 아무튼 레이카가 말허기를, 삼육회는 일본이 우리나라를 지배했던 36년을 따서 삼육회라고 했다는구만요. 여기 진안을 일본의 소국으로 만들어 일본인들을 이곳에 정착시킨다고 그러더라고요. 레이카 말을 듣고 저도 놀라긴 했습지요."

변설과 오정훈은 있을 수 없는 일이라며 놀라움을 감추지 못했다. 눈이 커지고 콧구멍이 벌름거렸다.

'삼육회라! 삼육회.'

근순이 말한 삼육회가 머릿속에서 떠나질 않고 머물렀다.

'과거에 집착하는 일본인들이 두렵다, 두려워. 삼육회라는 조직이 있을 줄이야.'

삼육회를 생각하면서 오정훈은 몸을 떨었다.

"김태민이 실종된 것도 알고 있습니까?"

근순의 눈망울을 흘깃 쳐다보며 변설이 난데없이 물었다. 근순은 흠칫했다.

"알고 있지요. 나가 알기로는 작년 11월 중순인가부터 안 보인 이후로 보지를 못했지라. 설 연휴 때도 안 왔다고 들었응께요. 근디 그건 뭣땜시 갑자기 물어본다요, 재수없게. 그 자식만 생각하면 피가 거꾸로 솟는 기분이구만요. 또 물어볼 거 있는가요. 추워서 들어가야 컷는디요. 방으로 들어오시던가."

몸서리를 치며 근순은 일어섰다. 더이상 할 얘기가 없다는 듯, 갈 테면 가고 방으로 들어올 거면 들어오라는 식이었다.
  "한 가지만 더 물어볼게요. 이근순 씨는 차명희를 김태민이 살해했다고 생각하시나요?"
  뜬금없는 물음에 근순은 얼쯤했다. 방으로 들어가려던 몸짓을 멈추고 뒤돌아섰다.
  "이 양반들이 지금 날 가지고 놀리는 거요 뭐요? 김태민을 살인자로 누명을 씌우려고 하는 거요? 아무리 내가 못 배운 년이라 하지만, 잘 난 양반들이 이런 촌구석에 와서 사람을 놀리면 안 되지라. 후딱 가기나 하쇼. 난 들어갈 테니까."
  김태민을 자꾸 언급하는 바람에 성이 발끈 난 근순은 방안으로 들어가더니 방문을 부서져라 닫아버렸다.
  집밖으로 나온 오 사무장은 근순의 성깔이 사람 잡아먹을 것 같다는 생각에 남편의 가련함을 생각했다. 변설 또한 근접한 생각에 뒷딜미를 얻어맞은 듯 휘우뚱거렸다.
  "변호사님! 저 여자 얘기를 들어보니 어찌 섬찟하네요. 주천을 일본의 소국으로 편입시켜 야금야금 먹어들어 온다는 게 가당키나 한지. 그것 자체가 황당하기만 합니다."
  "그러게 말입니다. 가끔은 황당무계가 현실이 될 수도 있긴 하잖아요. 삼육회라는 불순한 모임이 무릉리 일본인들과 관련되어 있다는 걸 간과해서는 절대 안 됩니다. 파헤쳐야 합니다. 그리고 이근순 씨가 차명희를 살해하고 김태민 또한 살해한 후 암매장을 한 것 같은데 물증이 없으니 난감합니다. 레이카는 류헤이 일행이 납치해서 살해한 거 같고. 이것 또한 물증이 없으니."
  변설은 범인을 알면서도 경찰에 말을 할 수 없는 답답함에 가슴이 갈고리에 뜯겨지듯 심하게 아려왔다.
  "스즈키 타이요우가 어떤 사람인지 일단 알아봐야 할 것 같습니다. 스즈키 타이요우를 찾으면 무릉리 일본인 이주촌에 대한 검은 베일이 벗겨질 듯도 한데. 삼육회도 밝혀질 거 같고."

아려오는 가슴을 부여잡으며 변설은 스즈키 타이요우를 되뇌었다.

"여기에 와서 차명희 살해사건에 대한 모든 것이 명명백백하게 드러날 줄 알았더니만, 어떻게 된 게 납치에, 실종에, 살인에, 무릉리 이주촌의 검은 속내에, 삼육회에, 얽히고설켜서 머릿속이 더 복잡하기만 합니다. 변호사님은 어떠세요?"

"저도 그래요. 그래서 더 파헤치고 싶은 욕구가 생깁니다. 끝이 어딘지 가봅시다."

아려오던 가슴이 이젠 터질 듯 부풀어 올랐다.

"오늘 아침 신문을 언뜻 보니까 '일본인의 대한민국 정착에 관한 법률'을 국회 본회의에 상정하려 한다는데, 그럼 이근순 씨가 말한 거하고 관련이 있다는 얘기네요?"

덤벙덤벙 신문을 보다가 선뜻 눈에 들어왔던 내용이었다.

"그런 법률이 상정이 된다고요? 오늘 신문 헤드라인만 봐서인지 내가 못 봤습니다. 톱니바퀴 돌아가듯 딱딱 맞아 들어가는 것 같은데. 대불리는 2차 이주민들을 위한 주택 공사가 진행 중이고, 국회에서는 이주민을 정착시키기 위해서 법안 마련에 착수를 하고. 소리 소문 없이 거대한 것이 꿈틀거리고 있는 것 같은데 실체가 없으니."

"변호사님! 일본 정부의 고관들 중에 스즈키 타이요우라고 있는지 확인을 해보면 잡힐 것도 같은데요."

"저도 그런 생각을 하고 있었습니다. 확인을 해 봅시다."

아스팔트길로 나온 두 사람은 허줄한 배를 채우기 위해 식당을 찾았다. 주천파출소에는 경찰차와 포클레인이 시동을 켜둔 채 정차되어 있었다. 둘은 주천파출소 쪽으로 향했다. 송승규 형사와 김상두 형사가 나왔고 이철규 형사가 뒤따라 나왔다. 송승규 형사는 해결되지 않은 사건으로 인해 낯빛이 허전함으로 가득 차 있었고, 애수에 젖어 있던 눈망울은 실망감으로 변해 있었다. 한편으론 기대감도 묻어나 있었다.

"송 팀장님! 무슨 일이십니까? 포클레인은 뭐고요?"

나목의 잔가지에 앉아있던 까치 한 마리가 어린 소년의 돌팔매질에 생명의 위협을 받듯, 자신을 부르는 소리에 뜨끔거린 송승규 형사는 고갤 들어 눈을 부릅떴다. 눈망울이 미망 속으로 빠져든 듯 애잔해 보였다.

"아니, 변설 변호사님 아니십니까? 변호사님은 어인 일로?"

둘은 의아한 듯 한동안 표정을 탐색했다. 접점을 찾은 듯 변설 변호사가 말을 꺼냈다.

"저는 김태민 실종사건과 사토 레이카의 사망사건을 알아보려고 이근순 씨를 만나고 나오는 길입니다. 팀장님은요?"

송승규 형사가 차명희의 살인사건과 김태민 실종사건을 알아보기 위해 주천면을 찾아온 걸 의당 알면서도 짐짓 물어보았다.

"어제 어떤 여자로부터 제보가 있어서 왔습니다. 김태민 시신이 이근순 씨 밭에 매장되어 있다는 제보였습니다. 그래서 포클레인으로 수색을 해보려고요."

"그래요?"

변설은 이근순에게 들었던 얘기들, 류헤이에게 들었던 얘기들을 송승규 형사에게 초나리 걸음을 치듯 늘어놓았다.

"차명희와 김태민, 이근순, 사토 레이카, 요시다 류헤이, 스즈키 타이요우. 이 사람들이 차명희 살해사건과 김태민 실종사건, 사토 레이카 사망사건에 연관이 있다는 얘기라는 거네요! 아, 사토 레이카 사망은 타살로 밝혀졌습니다. 누군가가 마취를 시키고 모래재 난간에서 자동차를 밀어버린 거지요."

"그래요! 그럼 이근순 말이 맞네요. 사토 레이카와 아기를 납치해서 모래재에서 교통사고로 위장을 해서 살해했다는 말이."

"이근순이 그런 말도 했습니까?"
"예, 이근순은 심증상 다 알고 있더라고요. 물증이 없어서 그렇지."
초라니 걸음에 장단을 맞추듯 송승규 형사의 발에 변설은 단도리를 치듯 말했다.
"제가 아는 한은 그렇다고 볼 수 있습니다. 죽음이 죽음으로 이어졌다고나 할까요! 그리고 더욱 놀라운 것은 무릉리 이주촌에 거주하는 일본인들입니다. 그들이 앞으로 어떠한 행동을 취할지는 그들이 아니라 모종의 암약을 일삼으며 마리오네트를 움직이고 있는 손끝이지요. 그 손끝이 누구의 것인가를 밝혀야 하는데, 아직 털끝도 찾지 못했습니다. 저는 주천면의 외진 곳에 이런 거대한 음모가 꿈틀거리고 있다는 자체가 놀라울 뿐입니다. 손 놓고 있으면 '설마설마 하다가 혹시나 했는데, 역시나가 돼 버릴 지도.' 모릅니다."
송승규 형사는 경박한 물욕이 자칫 과거로 회귀하는 건 아닌지, 악순환의 고리를 끊어내기는커녕 더욱 견고하게 고리를 둘러치는 건 아닌지, 조증환자들을 보는 듯했다. 몰랐던 사실들을 변설 변호사를 통해 알게 되었다는 자체가 괜스레 야코가 죽는 듯도 했다. 변설 변호사와 오정훈 사무장은 식당을 찾는다는 것도 까마득히 잊은 상태였다. 송승규에게 삼육회 조직에 대해서는 언급을 하지 않았다.

**

방에 누워있던 근순은 불편한 심기를 가눌 수 없었다. 진실은 밝혀질 수밖에 없었다. 근순은 그걸 알고 있었다. 살인범으로 자신의 이름이 세상에 드러나는 날, 주천 바닥에 발을 딛고 서 있을 수 없다는 걸 자신은 잘 알고 있었다. 꼬리를 무는 생각은 죽음과 삶의 경계선을 오갔다.
삶과 죽음이라! 영혼이 빠져나간 육신은 헛것일 것이리라!
살아 있는 육신은 손끝에 티끌 하나만 박혀도 아리다고 갖은 인상을 다 지을 것이지만, 죽은 육신은 썩어갈 뿐이었다.

그저 그렇게 태초의 자연으로 돌아갈 것이었다. 자연으로 돌아간 죽음은 돌고 돌고 휘돌아 땅으로 돌아갈 터. 과거를 후회하고 앞날을 걱정할 필요가 없었다.

죽음을 두려워할 이유가 없었다. 근순은 그렇게 생각했다.

"기사님! 우리를 따라오세요."

검은색 가죽장갑을 낀 송승규와 김상두 형사, 이철규 형사는 경찰차를 타고 이근순 밭으로 천천히 이동을 했고, 그 뒤를 포클레인 기사가 육중한 차체를 운전하며 따랐다. 경찰차는 도로가에 주차를 했고 포클레인은 세 형사의 걸음을 따라 왕복 2차선 도로에서 왼쪽 샛길로 들어갔다. 넘어질 듯 넘어질 듯 위태로웠다.

"기사님! 여기가 이근순 씨 밭이거든요. 이 밭을 샅샅이 파헤쳐야 됩니다."

"네, 알겠습니다."

송승규 형사는 파헤쳐야 할 밭을 검지로 원을 그리며 가리켰고, 포클레인 기사는 버켓을 자유자재로 움직이며 흙을 파내기 시작했다. 송승규 형사와 김상두 형사는 버켓 근처에서 흙을 퍼내는 족족 안을 살폈다. 이철규 형사는 파낸 흙을 살폈다. 언 땅을 파내느라 포클레인은 검은 매연을 공기 중에 흩뿌렸고 앞바퀴가 들썩거렸다.

한 시간 이상이 지났을 때였다. 포클레인 버켓에 찢어진 옷이 걸려 나왔다

"기사님! 잠깐만요."

송승규 형사는 가죽장갑을 낀 채 삽을 들고 깊게 파인 구덩이로 들어갔고, 김상두와 이철규 형사는 구덩이 언저리에서 이를 지켜보고 있었다. 삽과 손으로 유물을 발굴하듯 조심스럽게 흙덩이를 치워냈다. 영하의 추운 날씨인데도 불구하고 몸 전체가 부패해 가고 있는 사람의 형체

가 드러났다.
"김 형사! 그 여자 제보가 사실이야. 이 시신은 김태민이 확실해. 다만 누가 살해하고 여기에다 매장을 했는가인데, 뚜렷한 증거가 없으니 그게 문제네. 제보자의 말만 듣고 이근순을 체포할 수도 없고."
시신 옆의 흙덩이를 떼어내면서 송승규 형사가 말했다.
"팀장님 말마따나 증거가 없으니 오리무중이네요. 시신을 밖으로 끄집어내지요."
"그래. 기사님! 시신을 밖으로 끄집어냅시다. 시신을 천으로 둘러싸서 밧줄로 묶어야 할 텐데요."
포클레인 기사는 운전석에서 내려왔다.
"형사님! 조금만 기다려보세요. 전화 좀 하고요."
기사는 어디론가 전화를 하더니 안 쓰는 담요와 단단한 끈을 가져오라 했다. 10분도 안 되어 기사가 전화했던 사람이 자동차를 타고 도착했다. 사람을 두를 수 있는 담요와 끈이 넉넉하게 손에 쥐어져 있었다. 송승규 형사와 김상두 형사는 담요로 시신을 감싸기 전에 시신의 몸과 옷을 샅샅이 훑었다. 한겨울이라 시취는 심하지 않았다. 지갑이 나왔고 담배와 라이터가 발견되었다. 지갑에는 만 원짜리 한 장과 천 원짜리 세 장, 주민등록증과 운전면허증, 신용카드가 있었다. 김태민이었다. 담배는 추깃물로 인해 얼어있었고 라이터의 겉에는 글자가 알아볼 수 없을 정도로 지워져 있었지만 별다방이라고 쓰인 부분은 어렴풋하게 읽을 수 있었다. 시신을 담요로 감싸고 끈으로 묶었다. 50일 가까이 차디차고 어두운 땅속에서 부패하고 있던 시신은 밖으로 나왔다.
"이 형사! 주천파출소 직원들을 통해서 김태민 소식을 부모님들께 알리고 부검 영장 신청해."
"네, 그렇게 하겠습니다."
20여 분이 지났을까. 금산댁과 김용석은 발바닥 각질이 벗겨지듯 달려왔고 고석찬 소장과 박찬근 경위는 경찰모가 벗겨지면서 달려왔다.

"아이고, 이놈아. 어딨는가 했더니 죽어서 여그에 묻혀있었냐, 이놈아. 형사님! 이것 좀 풀어주시게라. 이놈 얼굴 좀 봐야쓰것소."

금산댁은 묶여있는 끈을 쥐어뜯었다.

"김태민 어머니! 시신이 부패해서 알아볼 수 없는데요. 저희가 찾은 거라곤 지갑하고 담배, 라이터뿐이었습니다."

송승규 형사는 지갑을 금산댁에게 돌려주었고 끈을 풀어 시신을 보여주었다. 역시나 김태민인지 알아볼 수 없었지만, 어찌 부모가 자식을 몰라볼 수 있으랴. 금산댁과 김용석은 시신을 어루만지며 하염없이 눈물을 쏟아냈다.

"태민아, 이놈아! 뭣 땜시 여기에 있는겨? 이놈아! 말 좀 해봐. 지지리도 못나빠진 놈 같으니라고. 니 새끼 버려두고 죽어번지면 어쩐다냐, 이놈아! 아이고, 내 팔짜야. 영감, 나도 여그서 팍 죽어뻔질라네."

금산댁은 포클레인이 판 구덩이로 뛰어들 기세였다. 송승규 형사와 김용석은 금산댁의 팔뚝을 잡으며 온몸으로 앞을 막아섰다.

"영감, 이 손 놓드라고요. 이런 시상 살아서 뭐한다요. 죽어서 백골이 되는 신세가 지금보단 나을 거고만요. 자식새끼 건사하지도 못하는 년이 살아서 뭐한다요. 이놈하고 같이 저승으로 가는 게 나을 거고만요. 아이고, 내 팔짜야. 맘대로 죽지도 못하는 이 시상 어떡할거냐. 염병할 시상."

금산댁은 죽지 못하는 자신을 한탄했고 고된 삶을 살아가야 하는 세상에 울화가 치밀었다.

"근디, 형사 양반! 이놈을 누가 죽이고 여그다 파묻었당가요? 돌로 쳐 죽여도 쉬원찮을 놈 같으니라고."

턱에 맺힌 눈물을 손등으로 훔친 금산댁은 송승규 형사를 빤히 바라보며 말했다.

"그게 말입니다. 저희들도 김태민 시신을 지금 발견한 상태라 조사를 해봐야 알 것 같습니다. 범인은 반드시 잡겠습니다. 상심이 크시겠지만 저희를 믿고 기다려 주십시오. 일단 시신은 부검 절차를 밟을 것입니다. 모든 조사가 끝나면 김태민 시신은 가족에게 인계가 될 것이고요."
 냉기가 이는 땅바닥에 주저앉아 일어날 줄 몰라 하는 금산댁과 서 있는 김용석을 번갈아 바라보며 '반드시'에 힘을 주며 말했다. 운구차에 실린 시신은 전북대병원 영안실로 들어가 부검을 기다렸다.

 송승규 형사는 라이터를 만지작거렸다.
 '별다방이라. 별다방.'
 "소장님! 혹시 별다방이라고 아십니까?"
 앞서가는 고석찬 소장을 부르며 말했다.
 "별다방요? 별다방은 저기 면사무소에서 조금만 내려가면 있는데요."
 "그래요?"
 "별다방은 무슨 일로 찾으십니까?"
 "김태민 시신을 찾은 구덩이에서 라이터를 발견했는데 별다방이라고 쓰여 있더라고요. 거기 다방 주인을 아십니까?"
 "잘은 모르지만 자주 가니까 안면만 있다 뿐이지요. 그 다방 주인이 사망한 차명희하고 잘 지낸 걸로 알고 있는데요."
 "……."
 송승규 형사는 사실과 진실을 찾기 위해 생각들을 알알이 쏟아냈다.

 '차명희를 살해한 사람은 김태민이 아니라 다른 사람일 것이다. 김태민은 이렇게 죽어있지 않은가. 김태민을 살해한 사람은 차명희를 죽인 사람이라고 잘못 짚을 수도 있겠지만 제3자일 가능성이 농후하다. 제보자가 의심스러웠다. 그리고 사토 레이카와 아기를 살해한 사람은 무릉리 이주촌에 살고 있는 일본인 중에 있다.'
 차명희와 김태민 살해사건, 레이카와 아기 살해사건에 대한 수사는 퍼즐 조각들이 들어맞아가며 그림이 나오고 있었다. 김태민을 살해한

범인을 추적하면 차명희를 살해한 범인의 얼굴이 드러날 것이라 송승규 형사는 확신했다
 그럴까……!!!!!!.

 변 변호사와 오 사무장은 진안에서 송승규 형사와 얘기를 나누고 전주 사무실로 들어섰다. 의자에 앉은 오 사무장은 인터넷 검색창에 스즈키 타이요우를 입력했다. 소설가, 야구 선수, 기업인, 외무성 외무대신이 떴다. 변설은 외무성 외무대신에 주목을 했다. 부동산등기부등본의 나이와 인터넷 상의 나이를 비교해보니 맞아떨어졌다. 스즈키 타이요우는 일본 외무성 외무대신이었던 것이다. 이근순이 말한 대로 일본 정부의 입김이 작용하고 있었다. 그러하다면 대한민국 정부도 관여하고 있다는 얘기가 사실일 터. '일본인의 대한민국 정착에 관한 법률'은 의도적인 법안 상정이었다.
 대불리에 스즈키 타이요우와 같이 왔던 대한민국 고위 관료가 누군가를 알아봐야 그들의 분명한 저의를 알 수 있었다. 그런 후 '일본인의 대한민국 정착에 관한 법률'을 발의한 국회의원들의 과거를 들추어 봐야 했다.

 변설은 대불리 외처사 이장에게 전화를 걸어 스즈키 타이요우와 같이 왔던 또 한 사람의 인상착의를 물어 보았다.
 "정확히 기억나지는 않지만 흰머리가 듬성듬성 나 있었고, 얼굴은 둥근 편이고 코는 멋대가리가 없었고, 그 이외는 기억이 없는디요."
 "특이한 점은 없었나요?"
 "특이한 점이라! 키도 고만고만해서 뭔 특이한 점이 없었던 거 같은디.
 '이봐, 작년 11월인가에 땅 보러 왔다면서, 이 근처를 왔다 갔다한 두 사람 있었잖여. 그 사람들 기억나는가?'

'아, 거시기. 땅 사러 온 사람들 말하는 건가요? 기억나지요. 한 사람은 고약하게 생겼고, 또 한 사람은 추접하게 생겨가지고 오른쪽인가 왼쪽인가에 눈사마귀 하나가 크게 있더만요. 마을 사람들이 그 사람들한테 괜히 땅을 팔은 거 같은디. 내 생각에는 말여.'

'이 사람아! 누가 자네 생각을 물어봤어. 그 사람들 생김새를 불어봤지.'

여보세요! 안사람이 그러는디 오른쪽인가 왼쪽인가에 눈사마귀 하나가 크게 있다고 그러네요. 난 못 본거 같은디."

"아, 예. 정말 고맙습니다. 제가 이장님 한 번 찾아뵙겠습니다. 감사합니다."

눈사마귀가 있단다. 대한민국 국민 중에 눈사마귀를 달고 다니는 사람들이 한두 사람이 아닐 터였다. 일반 국민들은 일단 제외하고 정부 고위 관료들 중에 눈사마귀 있는 사람을 찾는다면 그리 어려운 일은 아닐 것이라 변설은 판단했다. 일일이 검색을 해 볼 수도 없고, 검색을 한다 해도 사진만 갖고는 찾기가 힘들 것이었다. 포토샵을 했을 가능성도 있고. 친구들의 도움을 받을 수밖에. 행정고시 출신들을 상기시켰다. 대한민국 행정에 깊숙이 관여하고 있는 친구들을 추려보았다. 서너 명 되었다. '일본인의 대한민국 정착에 관한 법률'을 발의한 국회의원들도 알 수 있으면 알아봐 달라 요청을 했다.

저녁 9시쯤 결과가 나왔다. 휴대폰을 한 시간여는 붙잡고 있었다. 스즈키 타이요우와 동행한 사람은 청와대 민정수석 허민국이었다. 변설이 퇴근을 하지 않으니, 오 사무장도 사무실에서 민사사건 워드 작업을 하고 있었다.

"오 사무장님! 스즈키 타이요우 외무성 외무대신과 동행한 사람이 청와대 민정수석 허민국이네요."

놀란 표정을 지은 변설은 변호사실 문을 열고 나오며 말했다. 오 사무장은 변설의 '허민국'이라는 소리를 듣자마자 인터넷 검색창에 입력을 했다.

허민국.
1963년 김제 출생.
서울대 법학과 졸업.
1988년 사법시험 합격.
현 청와대 민정수석.

"수박 겉은 밝혀졌고, 수박 속을 들여다봐야 할 거 같은데. 허민국과 법안 발의를 한 국회의원들."

법안 발의를 한 20명의 국회의원 중 15명의 명단을 손에 쥐고 있는 변설은 의기양양한 안색을 띠고 자신의 머리가 어느 곳, 어느 때의 생각에 머물러야 할지 눈알을 빠르게 굴렸다.

**

2월 3일 오전 세 시였다.

무릉리 일본인 이주촌 마을이 세상을 집어삼킬 듯한 불길에 휩싸였다. 무간지옥 속의 아비규환을 방불케 하는 이주촌 윗마을은, '살려달라'고 외치는 사람들이 불길 속에 갇혀 있었다. 집 밖으로 나오려 했지만 여의치가 않았다. 호흡이 거칠어지면서 입술 사이로 거품이 피어났다. 벌건 불길은 악마의 형상을 띠고 있었다. 아랫마을 사람들은 불길을 잡아보려 바가지, 양동이를 들고 물을 뿌려 보았지만 사마귀가 앞다리를 들고 수레를 멈추려 하는 것이나 별반 다를 게 없었다. 마을 불길은 20미터를 치솟았다.

"불이야!"를 외쳐대며 집안의 사람들을 구해 내려고 발을 동동 굴렸지만 불길 속으로 뛰어들 용기가 나질 않았다. 이런 상황에서 불길 속으로 뛰어든다면 그건 용기가 아니라 같이 죽자는 객기로밖에 볼 수 없었다. 마을 사람들은 윗마을 불길도 잡기 힘든 마당에 마을 뒤편에서 산불까지 엎친 데 덮치고 퍼붓는 격으로 폭풍우를 몰고 오는 꺼먼 구름처럼 밀려드니 엄두를 내지 못하고 기가 질리기만 했다. 끝을 알 수 없이 치솟는 산불은 마을을 순식간에 덮칠 것만 같았다.

20분이 지나 소방차 두 대가 도착하고, 30분이 지나 소방차 열세 대와 구급차 열 대가 도착했다. 그와 동시에 헬기 한 대가 지둥 치듯 산불 위로 떠올랐다. 서치라이트를 비추며 산불을 진압하려 했지만 어찌해 볼 도리가 없었다. 겨울왕국으로 휘몰아치는 바람을 따라 화마가 춤을 추고 산세가 험한 어두운 밤이라 불길 근처로 다가갈 수 없어서였다. 날이 밝기를 기다려야만 했다. 무릉리 새벽이 광란의 축제를 방불케 했다. 망자가 저승으로 가면서 건너야 하는 불의 강, 플레게톤(그리스 신화에서 저승을 감싸고 흐르는 불의 강)이 이렇지 않나 싶었다.

"불이야, 불! 불!"
"도와주세요!"
"살려주세요!"
"저기 사람이 불에 타고 있어요!"
"어, 저 사람 불길 속으로 들어가면 안 돼야, 가서 말리자고 저건 자살 행위야!"
"불길이 어디서부터 시작된 거냐고!"
"저 위를 봐봐, 불길이 마을을 덮쳐 오고 있잖아!"
"짐 싸들고 피난을 가야 할 것 같은디!"
"이게 무슨 난리다냐!"
"아랫마을을 지켜야 돼, 아랫마을에 물을 뿌리라고!"
"윗마을 사람들 다 죽게 생겼어! 어떡한다냐! 어떻게 혀!"

윗마을 여자들이 울부짖었고 남자들은 공황 상태에 빠져 타오르는 불길 속에서 이러지도 저러지도 못하면서 구조의 손길을 기다릴 뿐이었다. 숨을 뱉어내는 어린아이들의 울음이 잠깐 들리다가 이내 사라졌다. 아랫마을은 그나마 불길이 쳐들어오지 않아 천만다행이었다. '난리도 이런 난리가 없다.' 하며 아랫마을 사람들은 짐을 싸들고 나와 마을 어귀를 빠져나왔다.
　휘발유 냄새가 자욱한 윗마을과 산정상은 쉬이 불길이 잡히질 않았다. 소방대원들과 경찰들, 면사무소 직원들, 주민들은 새벽어둠의 입자를 맞받아치며 불길을 잡느라 이마에 땀방울이 송골송골 맺혔다. 뿌연 연기 사이로 희멀건 여명이 숨 가쁘게 뻗치자 헬기 두 대가 용담댐 저수지 물을 공수하여 숱하게 산마루에 물을 뿌려댔지만 불길이 번져 나가는 지름길을 막을 수는 없었다. 산 너머 용덕리까지 덮칠 기세였다.

　개코쥐코 떠들어대기 좋아하는 사람들은 무릉리 화재로 얼굴이 상기되어 있었다.
　"무릉리 마을이 완전 초토화 됐다는디. 새벽에 불이 나번져서 해가 떠오를 쯤에 큰불이 간신히 잡혀다나벼. 사람도 꽤 죽었다는디. 몇 명이나 죽었는가는 아직 파악이 안 됐는가벼. 윗마을이 거짐 다 타버리고 아랫마을 사람들은 피난을 갔나벼."
　"산불도 났다며. 겁나게 타번졌댜. 헬리콥터가 와서 날이 밝을 쯤에 물을 퍼붓기 시작했다는디 이제사 불길이 가라앉았는가벼. 아적도 헬리콥터 소리가 나는구만. 근디 느닷없이 그 마을에 웬 불이 났다냐. 조용하던 마을이 말여."
　수염이 덥수룩한 초로의 중년이 무심한 기색이면서도 숙변이 빠져나가는 듯 말을 이었다
　"불이 난 곳이 일본인들이 살던 윗마을이라면서. 내 언젠가는 이런 사단이 일어날 줄 알았고만. 그놈들이 왜놈들 아닌가벼. 옛날부터 남의 나

라에 와서 노략질을 했던 그 왜놈들. 우리 조상들이 그놈들한테 주구장창 당한 걸 생각하면 피가 꺼꿀로 솟는 단께. 잘 됐지 뭐. 이참에 아예 지들 나라로 가버렸으면 좋것고만."

옆에 있던 백발 어르신이 중년의 팔뚝을 툭 치며 말을 건넸다.

"야, 이사람아. 말 조심혀. 지금 사람이 죽어나가고 있는 마당에 그런 소리가 나오는가. 그때는 그때고 지금 상황이 많이 안 좋다는구만. 죽은 시신들 앞에서 곡은 못해줄망정 막말을 해대면 어쩌자는 거여."

중년은 명치께가 뜨끔해지며 입을 삐죽이 내밀었다. 삽시에 모여든 사람들은 무릉리로 가보자며 경운기에 올라탔다. 경운기 네 대가 무릉리로 내달렸다.

듣고 있던 근순은 '레이카를 죽이더니 자업자득이야.', 덤덤해하며 집으로 향했다. 죽음에 대한 감각이 무뎌진 탓일까. 삶에 대한 애착을 죽음을 딛고 일어서려 함일까. 자신의 삶에 타인의 죽음을 덧대어 희망을 보려 함일까. 이도저도 아닌 삶이 무료하여 죽음을 으깨어버리는 것일까.

무릉리 일본인들이 떼죽음을 당했다는데 전혀 동요하는 기색이 없었다. 당연히 누군가 저질러야 할 평범한 일상의 연속인 것처럼 냉담했다. 거친 격정이 끼쳐오는 것도 아닌, 외려 한밤중에 떨어지는 빗소리를 들으며 마음이 쫙 깔아 앉는 기분이지 않나 싶었다. '북풍한설에 내몰린 나목이라 할지라도 꽃봉오리를 틔우고 급기야는 꽃을 버려야만 열매를 맺는다 했다.' '강 또한 천만 군사가 쏘아대는 화살같은 비를 온몸으로 받아들이며 강물의 몸피를 둑이 터질 듯 불려 놓을지라도 결국엔 강을 버려야만 바다로 나아갈 수 있다.'고 하지 않던가.

꼬챙이로 쑤셔대는 듯 아파오던 머리통이 확 가라앉는 기분이었다. 주천 땅에 때 아닌 열매를 가지들마다에 주저리주저리 매달아 놓고 따 먹을 날만 기다리던 무릉리 이주촌 일본인들이 뜨거운 불에 타죽었다는 사실에 통쾌와 통증이 뒤엉키어 나라졌다.

근순은 방으로 들어갔다.

김종국 경사가 줄곧 티브이를 주시했던바 정규 방송을 중단하고 속보가 튕겨 올랐다.
오전 일곱 시 반이었다.

【전라북도 진안군 주천면 무릉리 마을 새벽 화재.
6시간여 동안 마을과 산을 태운 불길을 오전 8시경 진화.
현재도 잔불을 잡느라 소방대원들 기진맥진 함.
마을 22세대가 전소되고 마을 뒷산 7헥타르를 태움.
현재 잠정 집계로는 일본인 사망 44명, 중상 9명, 경상 4명으로 추정.
시신과 환자는 전북대병원과 인근 병원 영안실과 병실로 이동 중.
재산 피해는 현재 집계 중.
경찰에 의하면, 정확한 원인은 감식반의 결과가 나와 봐야 알겠지만 방화로 보인다며 조사 중】

속보는 1시간 동안 이어졌다. 지방신문 기자들은 물론이고 중앙신문 기자들, 방송 기자들이 앞다투어 무릉리로 찾아들었다.
1914년 주천면으로 명명된 이래 이 같은 참사는 없던 터였다.

그 시각, 쇼타는 일본 도쿄에서 무릉리 화재사건 속보를 보고 있었다. 티브이에서 타오르는 불길을 보면서 자신의 가슴이 시커멓게 타는 듯했다. 맥없이 두 눈에서 눈물이 흘러내렸다. 공허하고 참담했다.

무릉리 화재 사건을 듣자마자 전주지방검찰청 아고라 검사가 사건 현장을 찾았다. 아랫마을은 꺼멓게 그을리기만 하고 온전하였으나 윗마을은 적군의 백만 대군이 휩쓸고 간 황폐된 마을이었다. 뒷산 또한 그랬다.
감식반들은 아고라에게 보고 하기를, 휘발유 냄새와 불쏘시개 흔적으로 보아 방화가 확실하며, 자연 발화로 이렇게까지 불이 일어날 수는 없다고 했다. 과실도 아닌 계획적인 방화로 보았다. 아고라는 송곳 같은 눈빛으로 주위를 훑어보며 범인 수색에 총력을 기울이라고 경찰들에게 을러댔다. 전주지방검찰청의 사활을 걸어야 할 판이었다. 44명의 사망이라는 대형 참사였다. 그것도 사망한 사람들이 모두 일본인이었다. 환경이주로 무릉리에 정착하게 된 순수한 일본인들을 방화로 인하여 목숨을 앗아간 것이었다. 이는 빠른 시일 내에 처리하여야 할 긴박한 상황이었다. 자칫했다간 외교적인 문제로 비화될 가능성도 배제할 수 없기 때문이었다. 검사장도 아고라에게 이르기를 그렇게 말했다. 총력을 기울여 수사 지휘를 하라고 했다. 아고라는 사건 현장을 보고는 아연실색 했다. 숱한 사건을 보아왔지만 이런 참극은 처음이었다. 젖먹이 아기들 13명은 모두 질식으로 숨이 끊어졌다. 아기들을 포함하여 사망한 44명이 타죽어 가면서 고통을 어찌 버텼을지 상상하기에는, 살아있는 사람으로서는 닿을 수 없는 고통이었을 것이다.

허민국은 비서관으로부터 이른 아침 무릉리 사건 보고를 받았다. 비서관은 두 번이나 보고를 해야 했다. 그만큼 허민국은 무릉리 사건을 믿을 수가 없었다. 꿈속을 헤매고 있는 듯했고, 하늘이 무너지는 듯했다.
'이럴 수는 없어. 이건 꿈일 거야. 꿈이라고!'
바로 대통령에게 보고를 하고, 타이요우 외무대신에게 전화를 했다. 타이요우 외무대신도 믿을 수 없다고 했다. '무릉리 사건 현장을 직접 봐야 한다.' 하며 곧장 무릉리로 가겠다고 했다. 허민국은 공항에서 대기했다.

오후 세 시.
무릉리에 도착한 허민국과 타이요우는 새카맣게 타버린 마을처럼 가슴이 황량했다. 참사도 이런 참사는 없었다. 그간 차질 없이 진행해 왔던 계획들이 무산될 위기에 처해 있었다.
"허 수석님! 이를 어찌해야 합니까. 모든 것이 잿더미로 변해버리게 됐어요. 2차 이주민들이나 법안 마련이나, 모든 것이요. 이것 참 난감합니다. 그리고 기자들이 우리 계획을 알게 되면 후폭풍이 만만치 않을 텐데요. 죽은 사람들은 죽은 사람들이고 만일의 사태를 대비해서, 이 사건을 빨리 덮어버려야 할 것 같은데요. 허 수석님! 어떻게 생각하세요?"
똥줄이 탄 타이요우는 머리 좋은 허민국에게 혜안을 내 놓으라 시근벌떡거렸다. 급조된 대안이라도 내놓으라는 듯했다. 허민국 오른쪽 눈 밑에 도드라진 눈사마귀가 발끈하며 튀어나올 듯했다.
"일단 부상자들이 입원한 병원에 들렀다가 서울로 올라가서 해결책을 찾아봅시다. 여기서 이럴 게 아니라, 서로 머리를 맞대고 논의 해보는 게 현명하리라 봅니다. 좋은 해결책이 나올 듯도 하고요."
마을 사람들을 의식한 허민국은 '이곳을 떠나서 생각해 보자.' 하며 타이요우의 허리를 감싼 채 승용차에 태웠다.

서울 고급 일식집에 마주 앉은 허민국과 타이요우는 따뜻하게 데워진 정종 한 잔씩을 단숨에 목구멍에 털어 넣은 뒤, 풀이 죽은 채 이야기를 나누었다.
"대신님! 이렇게 해 보는 게 어떻습니까. 제 생각입니다만. 이 사건은 돌이킬 수 없는 크나큰 참사입니다. 외부에서는 순수한 일본인들에게 적의를 품은 개인이 저지른 방화 사건으로 몰아가고 있습니다. 범인이 잡혀야 알겠지만 그럴 가능성이 농후합니다. 지금까지는 우리의 계획을 누구도 모르고 있는 실정입니다. 대신님도 아시다시피 대한민국에는 반일 감정을 가슴에 품고 있는 사람들이 많이 있습니다. 이번 사건도 그런 사람들 중에서 계획적으로 저지른 사건이라 볼 수 있지요. 문제는 이번 사건을 경찰에게만 맡길 수는 없다는 겁니다. 경찰이 수사 진행 중에 주천을 일본의 소국으로 만들려는 우리의 계획을 알아낼 수 없다는 보장은 없으니까요. 만일 그러한 사실이 언론에 드러나면 국민들은 들불처럼 일어설 것입니다. 외교적 문제는 더욱 꼬이게 될 게 불 보듯 뻔하고요. 잘못하다가는 한일관계의 위기가 닥칠 수도 있습니다. 지금도 과거사 문제나 독도 문제로 실타래 꼬이듯 잔뜩 꼬여 있는데, 이 문제까지 국민들이 들고 일어서면 외교적 문제나 경제적인 여파가 어디까지 꼬여갈지는 장담을 할 수 없습니다. 더군다나 국제적인 이슈가 될 수도 있고요. 또한 삼육회 실체가 드러날 수도 있습니다."

잠시 숨을 돌린 허민국은 따라 놓은 정종 한 잔을 쭉 들이켰다. 뒤집힌 속에서 불길이 붉은 혀를 길쭉하게 내밀었다.

"제 말이 그 말입니다. 지금 무릉리에서 일어난 사건은 단순 방화사건이 아닙니다. 어찌보면 대한민국과 일본의 자긍심이 걸린 문제라 할 수 있습니다. 사람이 상대방의 자존감을 건드리다보면 주먹을 들다가도 칼을 들고 달려들지 않습니까. 하면 허 수석님의 생각은 무엇입니까?"

타이요우는 허민국이 상황을 정확히 짚어가고 있다는 생각을 하면서 대안이 나올 듯 물었다.

"부상자들이 13명입니다. 그들의 입막음을 한 뒤, 자체 내의 방화로 위장을 하는 것입니다. 뭔가 석연치 않은 것이 있긴 하지만, 반일 감정이 팽배한 대한민국 국민들에게 먹히지 않을까 싶습니다. 막말로 자국민들도 아니고 일본인들이 이주촌에서 살다가 광기를 부려 방화를 했다는데, 일본 국민들이 들고 일어나지 않는 이상 시끌하다가 잠잠해 질 것입니다. 대신 양국에서 유족들에게 위로금을 입이 떡, 벌어질 만큼 손에 쥐어줘야 할 것입니다. 그래야 말이 없습니다. 대신님은 어떠십니까?"

자국민을 보호해야 할 위치에 있는 타이요우는 떨떠름한 표정을 지으며, 대를 위해서는 소가 희생해야 한다는 당치 않은 변을 갖다 붙이며 생각에 잠겼다. '목숨을 가지고 소(小)니 대(大)니 하는 자체가 어불성설이고 똥개가 스테이크를 먹겠다고 달려드는 격.'이 아니고 무엇이겠는가. 허민국과 타이요우 두 사람은 죽은 자를 팔아먹는 악귀가 아니고 뭐란 말이던가.
"경찰 수사는 어떻게, 막을 방법이 있습니까?"
타이요우가 몰라도 한참 모르고 있다는 듯 허민국은 귓불을 만지작거리며 말했다.
"그건 걱정마세요. 검찰을 쥐어짜면 될 것입니다. 경찰이 수사에서 손을 떼게 하고 암암리에 검찰에게 수사를 진행시켜 범인을 잡고 무마시키면 될 것입니다. 제가 말한 방향으로 추진해도 되겠습니까?"
타이요우는 정종 잔을 움켜쥐고 입안으로 털어버렸다. 회 한 가닥을 혀에 올린 뒤 질겅질겅 씹어 넘겼다.
"그렇게 해 봅시다. 뒤탈은 없겠지요?"
"예, 전혀 없을 겁니다. 걱정마세요. 이번 사건이 뜻밖의 지뢰지만 국민들의 머릿속에서 잊혀지면 우리 계획을 다시 추진해 봅시다."
"그럽시다. 역시 허 수석님은 머리가 비상하단 말예요."
둘은 잔을 채우고 '닛뽄노 다메니!(일본을 위하여!)' 건배를 했다.

**

변설은 무릉리 방화 사건에 대한 속보를 보고 놀람과 당혹감이 일었다. 리히터 규모 9.3의 지진으로 주위의 모든 건물이 땅 속으로 폭삭 꺼져가는 줄 알았다. 저럴 수는 없다 생각했다. 도대체 누가 저런 짓을 했단 말인가. 발칙한 허민국과 국회의원들에 대한 자료를 수집하러 전북대학교 도서관으로 가려던 차였다.
사망 44명이라니!
죽은 자들은 류헤이를 비롯한 일본인들이었다. 자료를 찾고 무릉리를 들러볼 생각이었다. 도서관으로 향했다. 변설은 점심도 건너뛰며 자료 찾기에 여념이 없었다. 허민국에 대한 자료는 나올 건 다 나온 듯한데, 나머지 국회의원들에 대한 자료가 직계로 올라갈수록 뭉텅뭉텅 빠져 있었다. 친일파 인명사전을 뒤져보면 선조들의 이름이 곁가지로 올라 있을 뿐, 구체적인 행적의 기록은 없었다. 유일하게 국회의원 15명 중 3명의 선조들이 일제강점기에 작위를 받고 일본의 대동아전쟁 당시에 재산을 헌납한 기록이 있었다. 허민국의 선친은 허일도, 조부는 허만득, 악랄한 친일파로 악명이 하늘을 찌를 듯 했다고 나와 있다. 허민국 또한 뼈와 살과 피가 친일로 무장되었던 그였다.

'일본인의 대한민국 정착에 관한 법률'을 발의하였던 국회의원들도 선조들이 친일파였던 게 명백하고 그들은 여태껏 기득권에 빌붙어 막무가내로 권세깨나 행사하였을 게 뻔하였을 터다. 이근순이 말하였던 주천 땅에 일본인들의 정착촌을 만들어 일본의 소국을 만들려는 의도가 적나라하게 드러난 셈이었다. 이들이 삼육회 회원이었다. 이는 대한민국에 대한 반역행위였다. 형법상 '외환의 죄'에 해당할 수도 있는 중차대한 범죄행위이기도 했다. 악의 근원은 뿌리째 뽑아 태워버려야 하거늘, 여태까지 뭉그적거렸으니 말로만 과거사를 정리했다지만 근원은 항상 밑바닥에서 도사리고 있었다.

다음 날 변설은 근순의 자살 소식을 접했다.
'결국 모든 죄를 안고 가버렸구나!'
변설은 부아가 치밀며 숨이 턱 막혔다. 걸걸한 욕지거리를 사방에 마구 내뱉고 싶었다.
차명희 살해, 무릉리 윗마을 방화로 인한 44명 살해.
삼육회라는 조직은 수면 밑으로 가라앉았다.

열흘 후.
수사는 일본인들 간의 불화로 인한 방화로 종결됐다.
'일본인 이주촌의 리더격인 류헤이와 타케루의 불화로 인한 타케루의 방화' 라는 웃지 못 할 신파극을 버젓이 언론에 흘려보냈다. 아고라 검사는 검사장실에서 '수사 중단이라니 수긍할 수 없다.'며 우겨댔지만 '검사 생활 계속하고 싶으면 이에 따르라.'는 말만 듣고 나왔다. 더 이상 논의의 가치가 없다는 투의 검사장 말이었다.

권력에 대항하지 못하고 권력을 지향하는 검찰의 한계였다. 아고라 검사는 검사장실을 나오면서 여실히 느꼈다. 사춘기 소녀처럼 검사장 앞에서 떼를 쓰며 반항하고 싶었지만, 그녀도 제도권 권력에 익숙해져 있던 터라 검사직을 그만둘 생각은 없었다. 단지 앙탈을 부려본 것에 불과했다. 대한민국 검사들은 한 몸이라는 '검사동일체의 원칙'에 따라 군(軍) 다음으로 절대적인 상명하복의 관계인 '검찰청법'이 떡 하니 버티고 있었다. 아고라는 머리를 조아리고 검사장실을 나올 수밖에 없었다.

권력을 쥔 자들에게 구정물처럼 역겨운 속내가 있는 사건이고, 그 사건의 진실이 드러날 경우 국가의 국격이 손상될 경우에 해당한다면, 국민들을 현혹시키고 으레 들고 나오는 추태가 수사 막판에 수사 종결이라는 외압이었다. 검사의 막강한 권력은 수사권과 기소권에 있지만, 기소를 하는 것과 하지 않는 것은 현격한 차이가 있었다. 기소를 한다치면 사건은 법원으로 넘어올 것이고, 당사자들의 공방을 거쳐 마지막 보루인 법원의 판단을 받을 수 있다지만, 기소를 하지 않으면 구린내 나는 사건은 진실을 밝히지 못하고 영영 검찰청 창고에 처박혀 미스터리 서클로 남게 될 터였다. 과거의 행태를 들여다보면 그러한 사건들이 비일비재했다.

송승규, 김상두, 이철규 형사 세 명은 2월 13일 오후 여덟 시에 진안경찰서에서 주천 별다방으로 향했다. 바람결이 사나웠고 한기가 섞인 어둠은 범상치 않은 파동을 일으키고 있었다. 이철규 형사가 별다방 문을 열었다.

"박경자 씨 계십니까?"

티브이를 보고 있던 청년 서너 명의 시선이 문 쪽으로 향했다. 주방에 앉아있던 박경자는 눈꺼풀을 올리며 다방 문을 응시했다.
"제가 박경잔데요. 무슨 일로."
의자에서 일어난 박경자는 문 앞에 서 있는 남자 세 명을 보고 말을 잇지 못했다. 세 명의 눈빛을 보고 그녀는 가슴속까지 찢어질 듯한 격렬한 전율을 느꼈다.
"김태민 씨를 살해한 혐의로 박경자 씨를 체포합니다. 박경자 씨는 묵비권을 행사할 수 있고, 박경자 씨가 하는 말은 박경자 씨에게 불리한 증거가 될 수 있으며, 박경자 씨는 변호사를 선임할 권리가 있습니다."
김상두 형사는 체포영장을 보여주고 박경자의 양 팔에 수갑을 채웠다. 젊은 사람들은 모두 일어나 놀란 가슴을 주체할 수 없었다. 사근사근하던 박경자가 김태민을 살해하다니, 말도 안 된다는 표정만 짓고 있었다. 박경자는 전율을 느꼈지만 안으로 삭히고 있었다.
"내가 김태민을 살해했다고 누가 그럽디까? 애먼 사람 잡아다가 가두는 게 경찰이 할 일입니까? 그렇게 할 일이 없어요. 내가 김태민을 살해했다는 증거라도 있습니까?"
박경자는 죄 없는 생사람을 잡아간다며 악을 쓰며 저항을 했다. 완강하게 저항하는 그녀의 목소리는 불안하게 흔들렸다.
"박경자 씨! 경찰서 가서 얘기합시다. 경찰서 가서 명백한 증거를 보여 줄 테니까, 여기서 시끄럽게 하지 마시고 조용히 갑시다."
이철규 형사와 김상두 형사는 박경자를 다방 밖으로 데리고 나왔다.
"언니! 언니가 없으면 여기 다방 어떻게 해요?"
다방에서 일을 하고 있는 김지혜가 사지를 떨며 물었다.
"지혜야! 나 금방 갔다올 테니까, 다방 계속 열고 있어. 문 닫지 말고."
"아 알았어요. 어 어 언니."
청년들은 경찰차가 진안 방향으로 달려가는 걸 보고 집으로 들어갔다. 그날 저녁 박경자가 형사들에게 잡혀갔다는 사실은 삽시에 퍼져나갔다.

진안경찰서 조사실에는 김상두 형사와 박경자가 책상을 사이에 두고 마주앉았다. 김상두 형사 앞에는 노트북이 있었고 박경자 앞에는 생수와 종이컵이 있었다.

　"박경자 씨! 2012년 2월 1일에 대전에 갔었지요? 종업원 김지혜 씨한테 물어보니까, 그날 혼자 일했다고 하던데요. 아닙니까?"

　박경자는 그날을 더듬었다.

　"그날 대전에 갔었지요. 대전에 계시는 엄마가 아프다기에 잠깐 들렀습니다. 대전에 갔다온 게 뭐 잘못된 거라도 있습니까?"

　자신의 비용을 들여서 자신의 발로 갔다오는 대전인데, 뭐가 잘못이냐며 박경자는 할개눈을 하고 김상두 형사를 쳐다보았다.

　"아무런 잘못이 없습니다. 그런 걸 잘못이라고 하면 우리나라가 민주공화국이 아니지요. 경찰에서는 박경자 씨의 사실관계를 물어보고자 합니다. 대전 고속터미널 근처에 있는 공중전화로 진안경찰서에 전화한 적이 있지요?"

　박경자는 심박동이 빨라졌다.

　"무 무슨 전화를 했다는 거예요? 휴대폰이 있는데, 공중전화는 또 뭐고요? 공중전화를 사용해 본 적이 언제 적인지 모르겠네. 나를 이런 곳으로 데리고 와서 아무 잘못도 없는 사람을 엮어서 감옥에 넣으려고 하는 것 같은데, 경찰이 이래도 되는 건가요? 여기 경찰서장 좀 불러주세요. 나 이런 식으로는 아무런 대답도 할 수 없습니다."

　팔짱을 낀 박경자는 입을 앙다물었다. 김상두 형사가 기를 쓰고 물어봐도 일체의 대답을 하지 않으리라, 작심을 한 상태였다.

　"박경자 씨! 경찰서장은 조사가 다 끝난 다음에 서장실로 모시고 가겠습니다."

　김상두 형사는 노트북을 만지작거리더니 마우스로 재생을 클릭했다.

【-여보세요. 거기 진안경찰서지요?

-네, 그렇습니다.
-제보할 것이 있어서 전화 드렸습니다.
-무슨 제봅니까?
-주천면 주양리에서 있었던 차명희 살인사건 아시지요?
-네, 알고 있습니다.
-그 살인사건 범인은 주양리에 살고 있는 이근순이라는 여잡니다. 조사를 해보면 알 것입니다. 그리고 김태민이라는 남자도 그 여자가 죽이고 운일암 가는 쪽 이근순 밭에다 파묻었습니다. 그 밭을 파보면 김태민 시신이 나올 거예요.
- 딸깍.
- 여보세요, 여보세요.】

"이 목소리 박경자 씨 목소리 맞지요? 손으로 입을 가리면서 제보를 한 거 같은데요."
"……"
박경자는 묵묵부답이었다.
"박경자 씨가 한 제보는 사실로 드러났습니다. 박경자 씨가 알려준 밭에서 김태민 시신을 찾아냈으니까요. 경찰이 박경자 씨한테 고맙다고 해야 되지요. 진안경찰서는 그렇게 생각하고 있었습니다. 그런데 그 이후가 문제더라고요. 자살한 이근순 씨 휴대폰을 압수해서 보니까, 죽은 김태민으로부터 문자가 많이 와 있더라고요. 김태민 휴대폰을 누군가가 사용하고 있다는 얘기지요. 그 번호를 추적해 보니까 주천면 주양리에서 보낸 문자였습니다. 그것도 별다방에서요."
김상두 형사는 박경자의 표정을 살폈다. 팔짱을 낀 채 태연한 척 하고 있었지만 얼굴살이 미세하게 경련을 일으켰고 두근거리는 가슴으로 어깨가 들썩였다.
"박경자 씨! 담배 피우시지요?"

김상두 형사는 노트북 모니터를 박경자 쪽으로 돌려 사진 한 장을 보여줬다.

"박경자 씨가 보는 작은 병에는 담뱃진이 섞인 사람의 가래를 담아 놓은 병입니다. 그 가래는 김태민 시신을 구덩이에서 들어내는 와중에 발견했습니다."

사진 한 장을 더 보여주었다.

"김태민 시신입니다. 보시면 이마가 함몰되어 있지요? 이는 돌로 쳐서 죽인 것입니다. 그것도 세 번이나 쳤습니다. 병 속에 들어있는 가래는 박경자 씨가 뱉어낸 타액과 백 프로 똑같은 DNA구조였습니다. 김태민을 죽이고 밭에다 매장하면서 본인도 모르게 습관적으로 뱉어낸 가래였을 것입니다. 그리고 이근순 씨는 모든 걸 다 써놓은 뒤 자살했습니다. 차명희는 자신이 다리 난간에서 돌덩이를 떨어트려 죽였고, 그걸 목격한 김태민이 오천만 원을 요구하길래 죽이려 했다고요. 이근순 씨가 김태민을 죽이려고 맘을 먹은 날, 그날이 2011년 11월 16일이었지요. 20시부터 한 시간 반가량을 기다렸지만, 김태민은 나오지 않았습니다. 이근순 씨는 파 놓은 구덩이를 메꾸고 집으로 돌아갔습니다. 그 이후로 김태민은 주양리 마을에서 사라졌습니다. 김태민은 2011년 11월 16일 22시에서 자정 사이에 이근순 씨가 파 놓고 메꿔 놓은 구덩이를 다시 파서 누군가가 매장시켰지요. 그 누군가가 누구일까요?"

박경자는 팔짱을 풀었다. 묵비권을 행사해봤자 빼도 박도 못하는 명백한 증거 앞에 속수무책이었다. 눈을 한동안 감았다 떴다.

"형사님! 담배 있나요?"

김상두 형사는 주머니에서 담뱃갑과 라이터를 꺼내 책상 위에 놓았다. 박경자는 담뱃갑에서 담배 한 개비를 빼어들어 입에 물고 불을 댕겼다. 담배 연기를 깊게 들이마시고 흐릿한 백열등으로 뱉어냈다.

"김태민은 내가 죽였습니다."

박경자는 자백을 시작했다.

"명희는 대전에서부터 나와 절친한 동생이었어요. 어렵게 자라온 동생이라서 가엽기도 하고 해서 내가 많이 도움을 줬고 그래서 그런지 나를 많이 따랐지요. 그런데 죽었습니다. 나를 찾아와서 내 곁에 있고 싶어 다방에서 일을 하던 명희가 죽었다고요. 김태민 그 자식이 죽인 거나 다름없습니다."

필터 가까이 빨아대던 담배를 재떨이에 비벼 끈 박경자는 담뱃갑에서 담배 한 개비를 더 꺼내 라이터를 켰다. 담배는 벌겋게 달아오르며 타들어갔고 하얀 연기는 박경자의 폐에서 머물다 잿빛이 되어 빠져나왔다. 김상두 형사 역시 담배를 꼬나물었다. 두 사람이 뱉어낸 담배 연기는 환풍기를 찾아 시위를 벗어난 화살처럼 빠르게 빠져나갔다.

"김태민 그놈은 죽어 마땅한 놈입니다. 명희를 죽인 이근순에게 오천만 원을 뜯어내려고 갖은 협박을 했지요. 참다못한 이근순이 김태민을 죽이려 드는 걸 내가 먼저 가로채서 죽였습니다. 형사님! 이젠 법대로 하십시오."

박경자는 타들어가는 담배를 재떨이에 짓이겨 껐다. 모든 걸 다 자백하고 나니 홀가분한 상태였다. 그동안 포말을 신고 밀려오는 파도처럼 습관으로 배어버린 악몽과 줄담배, 먼산바라기, 체증, 의심의 눈초리, 괜한 놀람이 저 멀리 달아났다.

**

"변호사님! 재앙과 분노라니요? 판도라의 상자는 또 뭐예요! 가슴에 불만 댕기고 내빼버리면 어쩌자는 겁니까!"

아고라는 앞서가는 변설을 따라잡으려 걸음을 재개 놀렸다. 변설의 앞을 막아섰다. 변설의 턱 끝에 닿은 눈길은 눈동자를 응시하기 위해 눈꺼풀을 올려야 했다.

"이러지 마시고 이 근처 커피숍에 들어가서 하던 얘기 마저 끝내고 갑시다. 이대로는 보낼 수 없습니다. 궁금하기도 하고 검사로서 해결 못한 자책감도 있고, 또한 얄팍한 사명감도 있고요."

네온사인이 눈망울에 설핏 잠긴 아고라의 눈빛은 초롱초롱 빛났다. 오똑한 콧날과 갸름한 턱선의 얼굴형이 변설의 마음을 흔들기에 충분했다. 간원하는 듯한 표정이 남정네의 꽁지를 붙잡고 사랑을 애원하는 듯한 여인으로 보여 변설의 등골을 유쾌하게 쓸어내렸다. 여차하면 와락 달려들어 아고라를 끌어안고 싶은 생각이 늑골 새를 비집고 들어왔다. 변설 변호사가 형법 제298조를 모르고 있지는 않을 터였다.

'강제추행죄.'

"제가 이 사건에 대한 속내를 다 얘기하고 나면 아마도 검사님은 월요일 출근하자마자 검사장실로 들이닥칠 것입니다. 왜냐고요? 검사님의 가슴이 부글부글 끓어올라 머리 뚜껑이 덜그럭거리며 위로 솟구칠 거니까요. 그 위가 바로 검사장입니다. 저도 처음엔 여기저기 진정을 내보고 왜곡된 사건을 바로잡으려 친구들이나 선배들의 조언을 구했지요. 그런데 말입니다. 저한테 돌아오는 말은 뭔지 아십니까. 괜한 의협심이나 공명심 버리고 변호사 일이나 열심히 하라는 말이었어요. 잘못 건드렸다간 변호사 일도 못 해 먹을 것이라고 하면서요. 이 소리를 듣고 이 나라가 얼마나 썩었는지 화도 나고 슬프기도 하고 해서, 밤마다 끓어오르는 감정을 독한 술로 삭일 수밖에 없었습니다.

검사님! 그래도 이 사건의 진실을 아셔야겠습니까?"

아고라의 눈빛을 다시 바라봤다. 눈빛이 사위어가기는커녕 새벽녘의 샛별처럼 더욱 빛을 발하고 있었다. 이대로 돌아갈 듯한 눈빛이 아니었다. 아고라의 눈빛은 분명 활활 타오르는 화톳불이었다.

"예, 꼭 알아야겠습니다. 변호사님이 얘기를 하지 않으면 체포영장을 청구해서라도 이 사건에 대한 진실을 들어야겠습니다."

"그럼, 저기 커피숍으로 들어가지요."

둘은 도로 건너 커피숍으로 들어가 마주 앉았다. 한동안 침묵이 흘렀지만 커피 두 잔이 나오고부터는 변설의 이야기가 한 시간 반 동안 이어졌다. 자살한 이근순이 차명희를 살해하고 무릉리 일본인 이주촌에 방화를 한 사실을 말했다. 레이카와 아기는 일본인들이 교통사고를 위장해 죽였고, 김태민은 별다방 주인 박경자가 죽였다는 사실도 말했다. 사족으로 이근순이 일본인 이주촌에 방화를 할 수밖에 없었던 개인적인 의견을 피력하기도 했다.

머그잔을 쥐고 있던 아고라의 손이 부르르 떨렸다. 이제 막 피어오르는 배꽃 마냥 안색이 하얗게 질려가고 있었다. 오버페이스를 한 아고라의 격정을 피돌기가 따라잡지 못하고 주저앉아서 거친 숨을 내뱉었다. 머그잔을 두 손으로 들고 커피를 한 모금 마신 아고라는 잔을 탁자에 내려놓았다. 울분을 가까스로 가라앉혔다. 혈색이 제 색깔로 돌아왔. 사랑싸움에 여인의 감정을 북받치게 한 듯 착각한 종업원이 변설을 힐끗힐끗 쳐다보았다.

"제가 알고 있는 진실은 모두 얘기했습니다. 아니 진실이라기보다는 사실입니다. 사실 속의 진실은 검사님이 파헤쳐 보십시오. 판단은 검사님이 하시고 행동 또한 검사님이 알아서 이 사건을 파헤치든지 아니면 그대로 덮든지 알아서 하십시오. 한낱 변호사인 저는 이 사건에 대해서 알기만 했지, 힘을 쓸 수 있는 아무런 권한도 없고 밀어붙일 뒷배도 없습니다. 검사님은 권한도 있고 뒷배도 있잖습니까. 그만 일어나시지요."

변설은 의자를 뒤로 밀치고 일어났다. 아고라는 일어날 생각을 하지 않았다. 멀거니 머그잔만 바라보고 있다. 머그잔 속의 휘도는 태풍이 빠지직 잔을 깨부수기라도 하듯 아고라는 머그잔에서 눈을 떼지 않았.

'이 여자가 충격을 받았나! 대한민국 검사라는 자부심에 불을 댕기고 있는 것인가! 아니면 끝난 사건을 괜히 건드려 부스럼이나 만들지 않나 하고 고민 중인가!'

이렁저렁 아고라를 방치하고 변설은 커피숍 문을 열고 나왔다. 그래도 저 여자는 한 치의 정의감은 있지 않나 싶었다. 고민이라도 하고 있으니 말이다. 상가의 네온사인은 하나 둘 꺼져갔고, 가등의 연노란 불빛이 도시를 휘감았다. 도시는 어둠에 파묻혀 날것의 욕망을 감출 줄 모르는 겨울과 봄의 경계선으로 악착같이 내달렸다.

**

 2월 2일의 태양이 서쪽으로 기울어가고 있지만 류헤이 쪽에서는 전화 한 통 없었다. 근순의 머리통이 돌아버릴밖에. 저물어가는 태양에서 쏟아내는 별은 따사로움을 훌쩍 넘어 얼음을 머금은 은빛가루를 마당에 뿌려대고 있다. 근순은 애들에게 저녁밥을 지어준 뒤, 산마루로 막 넘어가려는 태양의 요요한 별을 맞받아치며 마당으로 나왔다. 칠흑 같은 어둠의 절망 속으로 빠져들기에는 빛이 너무 부셨다. 절망에는 또 다른 희망이 차오른다는데.
 죽을 수 있다는 희망. 전신을 쥐어짜듯 고뇌하며 자신을 되돌아볼 수 있는 기회인 희망. 근순은 전자를 택하고 싶었다. 그러고 보면 자신은 행복한 편이었다. 죽을 수 있다는 희망이라도 있으니 말이다. 죽고 싶어도 죽을 수 없는 절대적인 절망은 생각하기도 싫었다.
 오전에 자신의 집에 들렀던 변설 변호사가 찜찜하기는 했다. 자신의 희망을 앗아갈 것만 같았다. 자신이 태민을 죽인 줄 알고 에둘러서 말하는 꼴이 당장이라도 요설을 뱉어낼 것만 같았다. 류헤이로부터 전화는 오지 않을 것이다. 이미 예감은 했던 터였지만 일말의 기대는 하고 있던 근순이었다. 기대가 여지없이 무너지는 순간, 자신의 삶은 사막 한가운데에서 뼈만 앙상하게 남은 살쾡이였다.
 삶이 이리도 고달플까. 갱년기에 접어든 탓을 하기에는 너무나도 무력감이 밀려들었다. 자신에게도 인생을 되돌아보며 회오할 수 있는 애정과 증오의 틈바귀가 있었나 싶었다. 자신에게도 삶이란 것에 대해 곱씹을 만한 변곡점이 있었나 싶었다.
　근순은 먹통이 되어버린 시계추가 연득없이 좌우를 때리듯 머리를 흔들어댔다. 굽이굽이 흘러가는 인생이 어느 순간엔 돌머리에 치일 수도 있을 것이고, 우연을 가장한 욕망이 솟구칠 수도 있을 터인데, 자신의 인생은 밑바닥에서 소리 없이 흘러가기만 했다. 삶을 담아낸 세상이 원망스러웠다.
　근순은 절망과 희망의 틈새에서 준비를 해야겠다고 바투 생각을 잡았다. 자신의 고향 주천은 삶을 안겨 주었던 터전이었다. 그 삶에서 고통과 환희, 사랑과 증오를 가슴에 품고 살아내었다. 자신에게 주어진 삶의 끄트머리는 절망과 희망의 웅덩이에 양 발을 집어넣고 서 있을 뿐이었다.

　빛의 속살이 서슬 퍼런 날에 벗겨지고 말랑말랑한 어둠의 속살이 얇게 깔리고 있다. 머리에 털모자, 양손에 목장갑을 끼고 양 발에 털장화를 신었다. 내복을 꿰어 입고 겨울 몸뻬바지에 낡은 스웨터를 걸치고 펑퍼짐한 핫옷을 걸쳐 입었다. 시베리아의 추위에도 거뜬할 듯했다. 스쿠터 뒷자리에 리어카 손잡이를 야무지게 매었다. 양호는 다방에서 퍼질러 앉아 헛소리나 싸지를 게 뻔할 테고, 애들은 안방에서 티브이에 넋이 빠져있을 것이었다. 헛간에 쟁여 놓았던 20리터 휘발유 세 통과 10리터 휘발유 다섯 통, 막대기에 솜을 뭉쳐 얽어맨 불쏘시개 22개, 분무기 1대를 리어카에 싣고 고무밴드로 단단히 묶었다. 손전등도 챙겼다. 어둠살이 깊고 두텁게 깔린 11시 즈음에 스쿠터를 몰고 무릉리로 출발했다. 스쿠터 엔진 소리는 고체처럼 굳어진 어둠의 속살을 분분히 부서뜨렸다. 무릉리 마을 어귀에서 100미터 떨어진 길섶에 리어카 손잡이를 풀고 스쿠터를 넘어트려 놓았다. 거기서부터는 손수 리어카를 끌고 일본인들의 이주촌인 윗마을까지 걸어갈 참이다. 2킬로미터가 넘는 거리였다. 추위에 얼어붙은 외등만이 연노란 입김을 품어내며 꾸벅꾸벅 졸고 있다. 자신의 거동에 놀라 겹겹이 깔린 어둠을 쫓아낼까봐 근순은 외등 밑을 지나칠 때면 허리를 깊숙이 숙이고 겁에 질린 듯 서풋서풋 리어카를 끌며 걸어갔다. 헐떡대며 윗마을에 다가섰다. 휴대전화 액정화면에는 12시 30분이라는 숫자가 펄떡펄떡 뛰고 있었다. 다리쉼을 잠깐 하고 윗마을까지 리어카를 끌고 갔다. 이윽고 목적지에 이르렀다.

하늘엔 검은 달이 빛을 내지 못했고, 별들만이 총총히 빛나고 있다. 처녀 때에는 은하수를 바라보며 별스런 꿈도 많이 꾸었었는데. 아버지가 죽으면 바로 도시로 나가 돈을 벌겠다는 꿈. 돈 많은 남자를 만나 도시로 나가 살고 싶다는 꿈. 오빠들이나 어머니를 만나고 싶다는 꿈이 언뜻 들기는 했으나 이내 사라졌음직한 그런 때가 있었는데. 그때를 생각하니 근순의 얼굴에 엷은 미소가 흘렀다.

'푸. 갑자기 뭔 지랄한다고 그런 생각을 한다냐.'

그때가 그리웠었지 싶다. 서글픈 마음, 허전한 마음, 개운한 마음, 미안한 마음, 마음 마음이 엉켜 붙어 별들에 닿아 산화되었다.

오전 1시가 넘어서고 있다. 문틈으로 비어져 나오던 방안의 불빛들이 죄다 꺼진 고즈넉한 밤이었다.

'올해가 마흔세 살이던가. 세월이 참으로 더디게 흘러왔구나. 오십은 살아낸 줄 알았더만.'

한 겹 한 겹 쌓여만 왔던 세월의 지층이 이젠 한 순간에 무너지려 하고 있다. 사람으로서 누려야 할 감정을 삭이지 못하고, 숫제 쏟아내며 살아온 보잘 것 없는 인생. 근순은 마음이 견딜 수 없을 만큼 괴로워 통제 불능 상태로 치달은 때가 한두 번이 아니었다. 천성이 그런지라 가슴에 안고 부대낄 수가 없었던 탓이리라. 분노가 치밀면 악을 써가며 주위 사람들을 격분하게 했고, 증오가 폭발하면 상대가 어떻게 되든 말든 내치지 않고서는 제 정신으로 돌아오지 않았다. 슬픔으로 몸을 가눌 수 없을 땐, 몇 날 며칠을 누워서 죽음의 끝자락까지 이르렀던 그런 때도 있었다.

근순에게 즐거운 날들이란, 없었던 것인지 가슴이 기억을 못하는 것인지, 어째 머리 속에 희로애락(喜怒哀樂) 중에 로애(怒哀)만 잔뜩 들어차 있고 희락(喜樂)은 가물가물하기만 했다. 있기는 있었지 싶다. 레이카와 같이 지냈던 나날들. 그때는 과거의 근순이 아니었다. 애들에겐 자상한 어머니였고, 남편에겐 나긋나긋한 아내였다. 이웃들에겐 산드러운 아낙이었다.

한때였다. 레이카가 실종된 이튿날부터 삭이지 못하는 감정이 도지기 시작했다. 50일 전의 근순으로 되돌아간 것이었다.

오전 한 시 반이 지나려는 이 시각의 근순은, 예전의 근순은 근순이되 희망을 앗아간 사람들의 응징과 희망을 지키지 못한 회한, 고향을 저들에게 내 줄 수 없다는 사명감이 얽혀 있었다고나 할까. 그 감정들이 근순의 내장에서 화학반응을 일으켜 이곳까지 오게 된 것이었다.

근순은 분무기에 휘발유를 가득 넣었다. 노즐을 휘발유 줄기가 굵게 나오도록 느슨하게 돌려놓았다. 분무기를 어깨에 메고 다붓다붓 늘어선 스물두 세대의 울타리와 마루 미닫이문, 장작, 서까래, 불에 타오를 수 있는 물체에 분무기의 손잡이를 움켜쥐고 휘저으며 뿌려댔다. 20리터 휘발유 세 통과 10리터 휘발유 네 통이 동이 났다. 나머지 10리터 휘발유 한 통은 산정에 지어 놓은 신사에 뿌릴 작정이었다. 휘발유 냄새가 구수하게 코끝을 건드렸다. 역겨운 냄새로 돌아버리기 전에 불을 댕겨야 했다.

휘발유를 잔뜩 묻힌 불쏘시개에 불을 댕기자 우중충한 하늘에서 날벼락을 치듯 타올랐다. 스물두 세대를 바삐 돌면서 울타리 먼저 불을 댕기고 마루 미닫이문에 던져버렸다. 마을은 순식간에 불바다로 변해 불길은 산마루처럼 너울거렸다. 겨울왕국의 겨울바람이 사납게 불어와 불길에 힘을 보탰다. 두루두루 이주촌 마을이 대낮처럼 불길속으로 빠져들었고, 타닥거리며 튕겨져 나오는 불똥은 휘발유에 엉겨붙어 닥치는 대로 삼켰다. 내 집이 아니기에 이만한 불구경도 아마 생전에 보기 힘들지 않나 싶을 정도였다.

근순은 리어카와 휘발유 통들을 불길 속으로 던져버리고 손전등을 들고 산정을 올랐다. 오른손엔 10리터 휘발유 한 통이 들려 있다. 산정에 다다른 근순은 돌덩이로 신사의 문을 부수고 휘발유를 뿌렸다. 밖을 나와 불쏘시개를 안으로 던졌다. 바다 끝에서 떠오르는 태양이 하늘과 바다를 간극 없이 태워버리듯 휘발유를 머금은 신사는 시뻘겋게 타올랐다. 타오른 불길은 마른 나무를 태우며 천지간을 한낮으로 만들어 놓았다. 윗마을과 그 위의 산들은 망망대해의 맹포한 파도처럼 불길이 여유를 주지 않고 타들어갔다. 번져가는 불길을 보면서도 근순은 전혀 동요가 없었다. 정신 나간 년이 모든 산을 삼켜버린 불을 보며 웃어보이듯, 입꼬리를 올리고 타오르는 불길을 눈에 담고 있었다.

신사에 불을 댕긴 근순은 어둠의 쾌락을 느끼며 산등성이를 따라 내려왔다. 냇내가 낭자했고 어둠에 가려져 있던 나무들이 유령처럼 커다랗고 희미하게 불쑥불쑥 나타났다. 그것뿐이었다. 번져가는 불길과 자신과는 상관이 없다는 표정이 역력했고, 사람들이 타 죽어도 전혀 아랑곳 하지 않았다. 마을을 들어오는 입구 멀리에 뉘여 놓은 스쿠터를 타고 무릉리를 빠져나왔다.

안방으로 태연하게 들어서자 시계는 오전 다섯 시를 가리키고 있었다. 눈을 붙이려 이불 속으로 들었지만 눈은 멀뚱멀뚱 떠졌고 정신은 맑게 깨어났다. 뜬눈으로 시간을 보내고 부엌으로 들어갔다. 아침을 준비하려 할 참이다. 무릉리 마을에 불을 댕겼던 일은 까마득히 잊은 듯했다. 큼직한 무 하나를 도마에 얹고 가로 세로로 잘라냈다. 다진 양념과 함께 볶은 쇠고기를 물이 끓고 있는 냄비에 넣고 무를 넣었다. 쇠고깃국을 해먹을 요량이다.
오전 여섯 시 반.
아침을 차리고 양호와 애들을 깨웠다. 눈가에 눌어붙어 있는 눈곱을 떼면서 나온 양호와 애들은, 하품을 거나하게 해가며 밥과 국을 입 안으로 욱여넣었다. 근순도 깨지락거리며 몇 술 떴다. 설거지는 양호한테 맡기고 밖으로 나왔다.
대문을 열고 아스팔트 도로로 느적느적 걸음을 옮기는 근순.
윗길의 주천파출소에는 동네 사람들이 박신박신거리며 두런대고 있었다. 집이란 집에서는 사람들이 죄다 나와 모여 있었다. 파출소 안에는 경찰 한 명만이 사무실 안을 팽이 돌아가듯 팽그르르 돌고 있었다.
몇 분이나 흘렀을까, 하는 사이. 경찰 차량들이 사이렌을 간담 서늘하게 울려가며 운일암 쪽으로 달려갔다. 뒤를 이어 감식반 차량, 구급차들이 쉴 새 없이 무릉리를 향해 들이쳤다. 헬리콥터 소리는 끊이질 않았다.

뉴스를 본 근순은 할 일을 했다는 듯 혼자 있는 방안이 더없이 유적했다. 미욱함보다는 당금같다는 생각에 사로잡혔다.
'끄윽 끄윽, 흐 흐.'
웃기고 슬픈 현실에 흐느껴 울다가 자학하며 존재감을 드러낸 자신에게 자조 섞인 웃음을 지어보였다.
어둠은 어김없이 찾아오는 법. 어둠이 빛을 이길 수 없다지만 어둠이 없다면 그 빛이 찬란하게 빛을 발할 수 있던가? 어둠을 묵인한 채 홀로 선 빛은 어느 곳에도 존재하지 않을 터. 빛과 어둠은 서로의 적이 아닌 서로를 감싸줘야 할 동료가 아니던가!
어둠 안에서 빛을 찾아 헤매는 한 여인! 이근순! 이젠 유일한 희망을 찾아나서야 할 때이지 않나 싶었다.

다음 날 저녁, 장롱을 열어 누비한 옷들을 벗어 던지고 깔끔한 옷으로 갈아입었다. 5년 전에 산 옷이었지만 그런대로 입을만 했다. 거울에 비춰본 자신이 달덩이처럼 달보드레하게 보였다. 처녀 때는 더 고왔었는데.

신발장을 열고 뒷굽이 뭉텅한 구두를 빼내들었다. 나이만 몸에 들어앉은 줄 알았더니만 나이에 들러붙은 다리살 또한 부풀어 올라 있다. 발의 뒤꿈치는 다닥다닥 붙은 각질로 거칠기가 수세미 같았다. 손바닥으로 훑으면 베어질 것만 같았다. 발바닥 폭은 펑퍼짐하니 퍼져 신발에 꿰어질지 저어했다. 바닥에 내려놓은 신발에 발을 꿰었다. 우격다짐으로 발이 들어가긴 했다. 마당을 지나 대문을 열었다. 뒤를 돌아보고 이젠 오지 못할 자신의 집에 눈길을 한껏 던져주었다. 애들과 남편에게 무언의 축복을 내려놓고 아스팔트길로 나섰다. 회다리 쪽으로 한 걸음 한 걸음 옮겼다. 동네의 가등빛이 희끄무레하게 멀어지며 근순의 모습은 옅은 어둠 속에 묻혔다. 구름에 가려진 하늘은 달빛도 별빛도 내려앉질 않았다. 홀로 걷는 이 길이 외롭지만은 않았다. 외려 옅은 어둠의 동행에 의지가 되었다. 떠나가려는 막바지 겨울바람이 덜미를 훑고 지나갔다. 산드럽고 푼더분하였다. 바람이라도 불어오니 말이다. 모든 것이 사랑스럽기만 했다. 걷고 있는 이 길도, 어둠도, 구름도, 검은빛에 착색된 나목과 산도, 자신도, 검은 달도 사랑스러웠다. 이렇듯 세상으로 나와서 사랑을 느껴본 적이 있었던가 싶었다.

회다리 난간에 팔을 짚었다. 한기가 어린 시멘트 골조는 차갑기만 했다. 난간에서 내려다본 다리 밑은 옅은 어둠이 깔려서인지 가깝게 느껴졌다. 모든 것을 사랑하고 떠나는 자신이 대견스럽기만 했다. 다리 난간에 올라섰다. 그리고 뇌었다.

'죽음은 자신에게 또 다른 희망이라고.'

낯선 행동이라도 한 번이 힘들고 두렵지, 두 번째부터는 문제가 될 만

큰 위험한 행동이라는 생각이 희석되어지고 익숙해져간다. 마치 바퀴벌레 한 마리도 죽이지 못하는 여인이 날이 샌 줄도 모르고 울지 않는 수탉의 목을 가슴 떨리며 비틀어 숨을 끊어 놓곤, 이윽고 그 반복은 아무런 두려움이나 죄책감을 느끼지 않는 것처럼.

근순이 그랬다.

근순은 회다리의 싸늘함을 손끝으로 느끼며 세상과 자신을 생각했다.

세상이 살맛나서 살아왔던 게 아니라, 세상이 자신을 죽일 수 없었기에 살아갈 수밖에 없었다고. 단지 실오라기 같은 맹목적 의지로 삶을 버텨냈다고. 근순은 이젠 세상에 기댈 수 없다 생각했다. 세상은 자신을 필요로 하는 창조물이 아닌 악을 잉태하는 사악한 피조물이라 생각했다. 또 다른 악을 낳기 전에 자신이 자신을 없애야겠다는 생각밖에 없었다. 더 이상의 악은 이 주천 바다에 있어서는 아니 되었다. 죽음이 두려워 안달하지도 않았다. 그저 죽음은 지금 이 순간 자신과 마주해야만 하는 필연으로 생각했다. 죽음 뒤에 내세가 있다면 산과 바다 위를 훠이훠이 날아다니는 새가 되고 싶었다. 새가 아니더라도 구름, 구름이 아니더라도 먼지라도 되고 싶었다.

죽음은 그녀에게 여틈하게 밝아오는 새벽으로 다가왔다. 새벽은 어둠을 걷어내고 빛이 차오르는 하루의 시작이 아니던가.

자신이 죽으면 세상 사람들은 의문을 가질 것이리라. 왜? 죽어야만 했는지! 주검 앞의 사실에 진실이라는 칼을 들이댈 것이다. 외부의 진실은 파헤칠 수 있을지는 몰라도, 내부의 진실은 아마도 짙은 어둠 속에 갇힐 것이었다. 영영 빛을 보지 못할 수도 있을 터였다. 아니 세상은 진실을 알려들지 않을 것이다. 주검은 그렇게 흐릿하게 말하고, 세상 사람들에게 막연하게 알아들을 정도만 남겨놓고 땅 속으로 묻힐 것이니 말이다. 지금까지 살아오면서 근순에게 삶의 원칙이나 조건들이 있었나 싶었다. 단지 주어진 환경의 원칙과 조건들에 내맡긴 채 살아온 삶이 아니던가. 그 환경을 넘어서질 못했고 넘어설 의지가 없었다. 이유 없이 자신을 에워싸고 있는 하늘과 산들을 이우고 그러려니 살아가는 막연한 삶이었다. 산 정상에 오르는 기쁨과 넓고 푸른 하늘이 들려주는 세상사를 알려들지 않았다.

지금은 삶을 떠난 죽음의 원칙과 조건이 무엇인지 알 것만 같았다. 죽어야만 살 수 있다는 깨침을 터득했다고나 할까. 수많은 사람들이 자신으로 인해 죽어갔다. 그 주검들은 자신을 죽일 수 있는 근거였고 원칙이자 조건이었다. 그 주검들의 원혼에 향을 살리고 재배를 올리고 싶지는 않았다. 죽어 마땅한 살인의 원칙과 조건이 유요했으니까.

자, 조건은 충족되었다. 뭘 더 바라겠는가.

근순에게 주어진 환경에서 살아왔던 삶을 벗어나는 유일한 방법이었다.

회다리 밑에서 한 여인의 목소리가 들리는 듯도 했다.

희망을 잃지 말라고. 죽음은 모든 것을 가능하게 할 수 있다고.

근순의 희망은 달빛 찬 서리에 붉게 떨어졌다.

그대로 다이빙 하듯 다리 난간에서 몸을 던졌다. '쿵', 머리와 바위가 부딪는 소리가 둔탁하게 울렸다. 근순의 머리가 빠개지더니 핏물을 왈칵 쏟아내며 경사진 곳으로 서너 바퀴를 굴러 멈췄다. 목뼈가 부러지고 머리에선 핏줄기가 울컥울컥 쏟아졌다. 옅은 어둠 속의 검은 하천으로 흘러든 핏줄기는 물줄기를 따라 짙검게 퍼져갔다. 선홍빛을 띤 근순의 피는 머리통이 부서지면서 검게 변해가는 어둠과 한통속이 되어 죽음으로 치달았다.

차명희가 죽은 그 자리에서 근순의 주검은 검은 하늘로 빨려들었다. 근순은 희망을 찾을 것이라 했다. 어둠과 주검이 하나가 되어 장황한 진혼곡이 태초의 검은 달에 가당을 듯 울려 퍼졌다. 바람처럼 싸늘하며 죽음을 불러오는 그 소리였다.

**

　2011년 11월 16일 밤, 일곱 시 오십 분이었다. 베이지색 점퍼와 청바지를 입은 태민이 앞코가 덜렁덜렁한 검은색 운동화를 짤짤 끌며 근순의 밭으로 가고 있었다. 점퍼 주머니에 양손을 집어넣고 배시시 웃음을 한 입 가득 베어 물며 걸어오는 행태는 영락없는 한량이었다. 만사 될 대로 되라는 식으로 살아온 그 김태민이었다.
　"태민 씨! 어디 가시는가?"
　별다방 주인 박경자가 어둠속에서 불쑥 나타나 태민 앞에 얼굴을 들이밀었다.
　"아, 씨발. 깜짝이야. 간 떨어질뻔 했자녀. 근디 아주머니가 여기는 뭔 일이당가요? 이 시간에 다방일 안 허고 여그서 볼일이라도 있는가요?"
　난데없이 나타난 박경자가 갈퀴로 목덜미를 잡아채어 어디론가 끌고 갈 것만 같았다.
　"저기 좀 갔다오다 태민 씨를 보니까 반가워서 불렀지. 어딜 가는 거야?"
　"가기나 혀요. 난 밤길 좀 걷다가 들어갈 거요."
　"밤길을 걷는다고, 밤길 좋지. 저기서 이근순이 기다리고 있는 거 아닌가?"
　태민은 가슴이 덜컹 내려앉았다.
　"근순이가 기다린다니, 개가 풀 뜯어먹는 소리 그만 허시고 가던 길이나 가더라고요. 난 바쁜게."
　태민은 박경자를 재치고 도로가를 걸었다. 옆길로 빠져야 하겠지만 박경자가 보고 있어 돌아서 갈 참이다. 박경자가 태민의 뒤를 바짝 따라 붙었다.
　"태민 씨! 옆길로 빠져야 하잖아. 쭉 가면 이근순이 안 나올 텐데."
　태민은 뒤를 돌아보았다. 그 순간 태민은 의식을 잃고 뒤로 나자빠졌다. 박경자는 들고 있던 돌덩이를 양손으로 어깨 위까지 들어올려 태연하게 눈썹 위 이마를 정확하게 내리쳤다. '퍽,' 도끼로 장작을 팰 때의 소리보다 여무진 바위 갈라지는 듯한 소리가 뇌를 울렸다. '퍽, 퍽', 박경자는 돌덩이를 들어 태민의 머리통을 두 번 더 내리쳤다. 한동안 태민은 누워 있고 박경자는 서 있었다. 한동안이 영원으로 치닫는 시간쯤으로 여겨졌다. 주위는 고요했다. 귀뚜라미 뛰어가는 소리라도 들릴 듯했다. 태민은 무너진 동상처럼 누워서 꿈쩍을 하지 않았다. 얼굴은 피범벅이 되었고 아스팔트 바닥은 흘러내린 피로 흥건하였다.

　태민의 인중에다 오른손 검지를 대어 보았다. 콧바람이 나오는 듯도 하고, 나오지 않는 듯도 하여 감지를 할 수 없었다. 가냘픈 바람이 불어오기 때문일 게다. 윗도리 주머니에서 검은 비닐봉지를 꺼내 들고 태민의 머리를 둘러 씌웠다. 태민의 몸이 두세 번 경련을 일으키다 멈추었다. 비닐봉지는 예닐곱 번을 잔잔하게 들썩이곤 늦가을 바람에 하느작거렸다. 5분을 더 기다렸다. 이윽고 비닐봉지를 벗겨냈다. 그 과정이 냉혈인간이 염습(殮襲)을 하듯 냉혹하고 침착했다. 왕복 2차선 도로에선 승용차 한 대가 하이빔을 켜고 질주했다. 방향을 조금만 틀어버리면 박경자가 보일 듯도 했다. 박경자는 전혀 개의치 않았다.

　박경자는 죽은 태민의 두 다리를 들고 길섶으로 끌고 갔고, 주머니를 뒤져 휴대폰을 빼냈다. 수풀 더미로 가리고 이근순이 지나가기를 기다렸다. 태민의 휴대폰이 울렸다. 액정화면에 '웃긴 년'이 떴다. 아마도 이근순이 틀림없으리라 여겼다. 받지 않았다. 두 번 더 울렸지만 역시 안 받았다. 문자가 왔다.
　'양아치 같은 새끼야, 어디여? 돈 안 받을 거여. 돈 가져가 개새끼야.'

　욕만 퍼부어대고 그 뒤로 태민을 찾지 않았다.
　어둠이 깊은 아홉 시였다. 여덟 시에 돈을 가지러 온다던 태민은 코빼기도 보이지 않았다.
'이 새끼가 지 무덤이 있다는 걸 알아버렸나?'
근순은 불안했다. 돈을 준다는데 오지 않을 태민이 아니었다. 기를 쓰고 와서 채갔으면 채갔지, 한 시간 이상을 지체할 리가 없었다. 근순을 가엽게 여길 태민이 아니었고, 개과천선을 할 태민이 아니었다. 알 길이 없었지만 아홉 시 반까지만 기다리고 집으로 들어가리라 가닥을 잡았다.
'씨발놈, 돈 달라고 득달을 해놓곤 나를 엿먹여. 개새끼도 이런 짓은 안 한다. 양아치 같은 놈.'
태민의 살인은 단지 예비 음모로 끝나려나 생각했다. 뒤끝이 껄쩍지근했다.

길섶에서 어둠을 지켜보던 박경자는 이근순이 털레털레 걸어가는 모습이 포착되었다.
'드디어 가는구나. 개같은 년 오래도 기다리네. 근데 손에 든 건 아무것도 없잖아. 오천만 원 돈 다발을 그냥 둘 리 없을 텐데.'
박경자는 의아했다. 이근순이 마을로 접어들자 시신을 질질 끌며 근순의 밭으로 들어갔다. 힘을 써본 지가 오래인 박경자는 가쁜 숨을 몰아쉬며 헐떡였다.
'이 새끼가 말라깽이인 줄 알았는데 왜 이리 무거워.'
시신 옆에 절푸덕 주저앉아 다리쉼을 했다.
"휴 우."
오종종하게 맺힌 이마의 땀을 손등으로 닦아내며 일어섰다. 근순이 파 놓은 무덤을 찾았지만 없었다.

'이년이 태민이가 안 나오니까 무덤을 메꿔놨구나!'
주위를 샅샅이 훑었다. 삽이 수풀 속에 숨겨져 있었고 가방이 있었다.

돈가방이라 생각한 박경자는 만면에 미소를 머금고 지퍼를 열었다.
 '이런 씨발년. 이건 돈이 아니라 헌 책들 뿐이잖아. 그러면 그렇지 니년이 오천만 원이 어디서 나오겟냐. 태민을 죽일 생각만 했겠지.'
 박경자의 얄팍한 희망은 사라졌고 시신을 처리해야만 했다. 삽을 쥐고 근순이 메꿔 놓은 무덤을 파기 시작했다. 한 번 팠던 땅이라 무덤은 금세 생겨났다.
 박경자는 두 손으로 태민의 발목을 움켜쥐고 무덤으로 이끌었다. 통나무 두 개를 잡아끌 듯 질질 끌었다. 태민이 누웠던 머리맡 잡풀에는 끈적끈적하니 응고된 검붉은 핏덩어리가 선지처럼 묻어 있었다.' 죽었을 때의 사람의 체중이 살았을 때의 체중보다 무겁긴 무거운가 보구나.', 하는 생각이 언뜻 스쳤다. 이마에 땀방울이 송골송골 맺혔다. 무덤에 다다라 태민의 머리와 발끝을 무덤의 폭에 맞추고 옆구리를 발끝으로 밀어 넣었다. 태민의 몸이 한 바퀴 돌더니 제자리를 잡아 누웠다. 얼굴은 피로 엉겁이 되어 있건만 몸뚱이는 편안한 듯 보였다. 박경자는 무덤 옆에 소보록하게 쌓여 있는 흙더미를 삽으로 퍼서 주검에 뿌렸다. 싸늘한 한기가 박경자의 주위를 맴돌지라도 온몸에는 땀이 진득하니 묻어났다. 흙이 습기를 머금었는지 뭉텅하니 삽에 엉겨 붙었다. 흙덩어리를 삽에 얹고는 무덤을 차분하고도 빠르게 메워 나갔다. 태민을 매장한 경자는 무덤가를 평평하게 다졌다. '비라도 와주면 더없이 좋을 텐데.', 하는 생각이 가슴을 타고 대뇌를 훑었다. 일단 혈흔이 묻어 있던 잡풀을 삽으로 대충 쓸어버리고 마무리를 했다. 됐다 싶었다.

 시신을 묻은 박경자는 근순이 눈치 채지 못하도록 무덤 주위를 아무 일 없었다는 듯 훑었으나 짙은 어둠뿐이었다. 시신을 끌고 오면서 생겼을 핏자국이나 쓸린 곳들은 내일 밝은 이른 아침에 없애야 했다. 가슴이 뛰었지만 돌이킬 수 없었다. 차명희의 죽음을 보고 한 짓이었고, 돈이 궁해서 한 짓이었지만, 십 원 한 장 건지지 못했고, 차명희는 돌아오지 않았다.
 '썩을 년놈이구만.'
 썩을 연놈과 똑같은 박경자였지만 자신은 그걸 몰랐다.
 다음날 동이 트기 전인 데도 박경자는, 태민을 돌로 쳤던 곳에서부터 시신을 매장했던 곳까지, 무엇 하나 이상한 낌새가 없도록 이 잡듯이 훑었다. 핏자국을 지웠고 시신을 끌고 가면서 생긴 자국을 그 이전으로 돌려놓았다. 무덤가에도 있을 자국들을 찾아 흠이 없도록 마무리를 했다. 밭에서 나올 땐 발자국을 지우면서 나왔다. 동이 트고 찬란한 햇볕은 무덤을 비추었고, 박경자의 눈을 시리게 했다. 태민을 매장한 자리는 꿈틀거림이 없었다. 단지 주검이 묻혀 있을 뿐이었다.

 박경자는 쓴 웃음을 지었다.
 '이근순 이년, 어디 두고 보자. 명희를 죽인 네년을 내 손으로 반드시 죽일 것이야. 물론 오천만 원도 받아낼 것이고.'
 태민과 근순의 동태를 살피며 알게 된 사실이었다. 이근순이 차명희를 죽였다는 사실 말이다.

 '크 크 크 캬 캬 캬.'
 사람의 웃음소리가 아니었다. 피를 갈구하는 웃음소리였다.

 **

 해가 진 뒤 어스름이 감돌더니, 하현달이 이지러졌다. 결결이 함몰되어 갔다. 2012년 1월 19일 밤하늘의 맑게 빛나는 별들은, 빛가루로 부서져 무릉리를 감싼 어둠 속을 싸락눈처럼 내리고 있다. 새벽녘이 되어서야 보이는 그믐달은 어둠의 저편에서 다리쉼을 하고 있을 게다. 코골이라도 하면서 말이다. 혹여 잠꼬대를 할지도 모르겠다. 그것도 아니라면 별안간 몽유병 환자처럼 자연의 순리를 거슬러 자정 전에 잠에서 깨어 나타날지도 모를 터였다. 별빛을 받아가며 동네 어귀에 모인 세 사람은 어둠이 만들어낸 사람 형상처럼 가물가물 보였다.

열한 시가 넘어서고 있다. 타케루와 다이스케가 먼저 나와 있고 류헤이가 곧이어 나왔다. 추위 탓에 세 명은 온몸을 감싸듯 중무장을 하고 나왔다. 눈만 빼꼼히 내놓고 있다.

"다 모였군. 가자! 오늘 어떤 일이 있어도 레이카를 처리해야 하네. 레이카가 한국인들에게 동화되어서는 안 돼. 레이카는 일본인이야. 일본인으로 생각해야 되고, 일본인으로 행동해야 되는 거야. 더군다나 우린 선택받은 천황의 선민들이야. 그런 우리가 제대로 건사하지 않는다면 후발대들은 어떻겠나. 앞선 조직이 와해되면 뒤따라오는 조직은 안 봐도 뻔할 터. 죽음을 감수하고서라도 우린 우리의 할 일을 해야만 돼. 타케루! 다이스케! 알아들었지!"

곤장을 치듯 하며, 류헤이의 말은 칼날이 되어 타케루와 다이스케에게 날아들었다. 세차게 불어오는 바람은 겹겹이 입은 옷을 뚫고 살갗에 닿았다. 한기가 얼음 조각처럼 살갗을 찔러 왔다. 헛도는 엔진에 히터를 틀어 놓은 승용차 안으로 들어가고 싶은 마음이 간절했다.

"류헤이! 차 안으로 들어가자. 날이 엄청 춥네. 다이스케도 들어가자. 서서히 출발하자고."

타케루가 운전석에 앉고 류헤이가 조수석, 다이스케가 운전석 뒷좌석에 앉았다. 타케루가 승용차의 브레이크를 밟고 있던 오른발을 액셀러레이터로 옮기자, 후광등이 고라니를 잡아먹을 듯 붉은 혀를 날름 내밀고 사라졌다. 승용차는 길을 따라 미끄러지듯 나아갔다. 동네를 벗어나자 타케루는 하이빔을 쏘았다. 서늘한 냉기가 안개처럼 내려와 도로에 깔려 있었다.

"첩첩산중이라 오니(おに, 일본 도깨비)라도 나올 듯 괴기스럽구만. 이곳 마을이 오염도 안 되고 아름답긴 한데, 너무 산속에 처박혀 있어서

불편한 게 한두 가지가 아니더라고."

　병원도 없고 편의점도 없고 목욕탕도 없고. 없는 게 천지니 의당 불편하기도 할 게다. 있는 것이라곤 자연이 주는 풍만함이랄까. 자연이 주는 사색과 아름다움이랄까. 뭐 그딴 거 이외는 물질적 혜택은 언강생심이었다. 아직도 도시의 그리움이 어려있는 다이스케는 불편을 호소했다. 따뜻한 온천물에 몸을 담그고 와인 한 잔 마셔가며 어제를 돌아보고 내일을 내다보는 그런 풍경. 한데 흐르는 시간 속에 삼투된 자신은 그리운 풍경들이 자꾸만 망각되어 갔다. 세월에 자신을 내맡길수록 편안함은 멀어져갔다. '레테의 강(그리스 신화에 나오는 망각의 강)'을 건너는 것처럼. 개척은 희생을 부른다고 하지 않던가. 선봉자는 불편을 감수해야 되고, 피를 부른다고 하지 않던가. 자신이 현재 그런 처지였다. 그러니 인내해야 했다.

　"오니가 정말 나왔으면 괜찮겠네. 방망이나 빼앗아서 내 뜻대로 다 해 보게."

　"푸." 타케루가 운전을 하며 헛웃음을 지었다. 옆에 앉은 류헤이도 빙그레 입꼬리를 올렸다. 히터에서 내뿜는 훈김이 온몸을 나른하게 했다. 눈꺼풀이 자꾸만 내려왔다. 앞에 주천파출소가 보였다. 슬며시 지나치며 차창너머로 사무실을 보았다. 정복을 입은 경찰 한 명이 졸고 있는지 머리통이 오르락내리락 하였다.

　승용차는 아랫마을 공터에 주차를 하고 류헤이 혼자 근순의 집을 염탐하기 위해 어둠 속으로 들어갔다. 둘은 차 안에 있었다. 승용차에서 근순의 집까지는 500미터쯤 되었다. 가등을 피해 큰 길을 따라 쭉 걸어가다 골목길로 접어들었다. 바로 직진하면 주천파출소가 나왔고, 골목길에서 50미터 앞에 교회탑이 불을 밝히고 있었다. 교회 앞, 한 집 아래가 근순의 집이었다. 주위를 살피고 벽에 달라붙어 고개를 숙이며 포복하듯 걸어갔다. 집들의 담은 낮아서 꼰지발로 꼿꼿이 서면 마당이 다 보이는 집들이었다. 교회에 이르기 전 근순의 집 대문 옆의 담에 이르렀다. 꼰지발을 딛고 안을 내려다보았다. 잠을 자고 있는지 불은 다 꺼져 있고 주위의 집들도 조용했다. 교회의 십자가 탑과 군데군데 가등만이 불을 밝히고 마을을 지키고 있다. 시골에서는 통상 집집마다 개를 한 마리 이상은 키우고 있었는데, 지금은 개를 키우고 있는 집은 거의 없다. 아마도 개가 개 행세를 하지 못해서 일게다.

류헤이는 휴대전화를 꺼내 겉옷으로 불빛을 가리고 타케루에게 문자를 보냈다.

'이근순 집으로 오게.'

타케루가 도착하고 본격적인 레이카 납치에 돌입했다.

미리 알아본 바에 의하면 대문에서 보아 마루에서 왼쪽이 근순의 방이고 오른쪽이 레이카가 거처하는 방으로 알고 있다. 둘은 담을 넘어 마당에 착지를 했다. 발소리가 날 법도 한데 전혀 소리가 나지 않았다. 웅크린 몸을 낮게 엎디어 레이카 방문으로 다가갔다. 왼쪽 방에서 남자 코고는 소리가 살풋 들렸다.

류헤이는 안쪽 주머니에서 비닐팩에 넣어 둔 두툼한 수건 두 장을 꺼내어 클로로포름을 뿌리고 한 장은 타케루에게 주었다. 류헤이가 방문을 조심스레 잡아당겼다. 분유 냄새가 물컥 풍겨왔다. 고른 숨소리만이 어둠을 흔들고 있다. 방안은 훈훈했다. 아랫목에서 레이카와 아기가 나란히 잠들어 있다. 류헤이는 레이카에게 다가서고 타케루는 곤하게 잠들어 있는 아기에게 다가갔다. 두툼한 손수건을 레이카와 아기가 숨을 내쉬는 코에 얹었다. 둘은 레이카의 파카 주머니와 가방을 뒤져 차 열쇠를 찾아 주머니에 넣었다. 1분을 기다렸다. 1분이 이다지도 길 줄이야, 영영 지나가지 않는 시간쯤으로 착각할 정도였다. 어쨌든 1분은 지나갔다. 둘은 됐다 싶었는지 레이카의 어깨를 들썩여 보았다. 아무런 기척도 없었다. 타케루는 다이스케에게 문자를 보냈다.

'승용차를 골목길 입구에 대기시켜.'

류헤이가 레이카를 들쳐 업고 타케루가 아기를 가슴에 안고 밖을 나왔다. 여전히 남자 코고는 소리가 들려오고 있었다. 대문 걸쇠를 풀고 골목길을 빠져나와 레이카가 타고 다니는 자동차에 올라타 시동을 걸었다. 뒷자리에 레이카와 아기를 뉘였다. 류헤이가 레이카 자동차를 운전하고 진안 쪽으로 달렸다. 뒤에서 다이스케와 타케루가 따라오고 있었다.

자동차 두 대는 1.6킬로미터의 부귀면 메타세쿼이아 길과 500미터의 터널을 지나 모래재 고개에 이르렀다. 700미터를 내려가 굽이가 심한 곳에 멈췄다. 오고가는 자동차는 없었다. 짙은 어둠만이 깔려 있었다. 세 명은 자동차에서 내렸다.
"타케루, 레이카를 운전석에 앉히고, 다이스케는 아기를 뒷좌석 시트에 앉히게."
류헤이가 장갑을 낀 양 손으로 귀를 감싸며 말했다.
"알았네."
"예."
둘은 마취에 빠진 레이카와 아기를 들어 운전석과 뒷좌석 시트에 앉혔고 안전벨트는 그대로 두었다. 시동은 켜진 상태였다. 레버를 D에 놓고 세 명은 자동차 뒤에서 고개 난간으로 힘껏 밀었다. 도로 난간에서 평평한 들판까지는 100미터는 됨직한 급경사였다. 자동차는 급경사의 바위에 보닛을 들이받고 구르기 시작했다.

'쾅 콰광 쾅 쿠르르르 쾅.'

자동차는 네 개의 바퀴가 빠져나가고 차창이 다 깨지고, 차체가 박살난 상태에서 뒤집어져 멈췄다. 스파크가 일어났는지 자동차는 불길이 일었고 이윽고 화염에 휩싸였다. 그 상태를 본 세 명은 모래재를 떠났다. 자정을 넘어 한 시 반이었다.

**

　변호사 사무실은 밤의 눅눅한 냄새와 허브향의 방향제가 뒤섞여 떠돌았다. 변설은 줄곧 생각에 잠겨 있다. 3월이 끝나가고 4월로 치닫는 깊은 밤이었다.
　창밖의 여백이 온통 짙은 먹물로 가득 차 있다. 봄이라지만 멋스러운 깊이나 마음에 와 닿는 울림의 감흥이 없이 일상의 시간처럼 그저 흘러갔다. 창을 통해 비치는 건물들과 꽃망울을 터트리고 있는 벚꽃나무는 거무튀튀하게 보일 뿐이다. 4월의 어귀에서 농밀한 공기 입자만이 틈입자처럼 창문 틈 사이로 드나들었다.
　주천의 풍치에 휘말린 탓일까.
　2011년 5월부터 2012년 2월 중순까지 주천은 죽기 위한 죽음이 아닌 살기 위한 죽음에 휘말렸다. 주천 주민들은 불길한 생각이 연기처럼 번져갔고, 괴기스러운 환청이 밤하늘을 수직으로 갈라놓았다. 팽팽한 긴장감이 차올랐고 차가운 전율이 등줄기를 훑고 지나갔다.

　이 봄!
　허무의 갈피를 가까스로 통과한 검게 그을린 꽃잎들이 처량하게 떨어진다. 마치 지옥 밑바닥에서 들려오는 듯, 창밖의 바람소리가 으스스한 여운이 깃들어 있다.

　세익스피어의 비극 작품인 '맥베스'가 뇌주름을 비집고 스멀스멀 기어 나온다.
　스코틀랜드 코더성의 영주로서 전쟁에 참여하여 승리한 맥베스.
　맥베스는 마녀들에게서 스코틀랜드의 왕이 될 것이라는 예언에 따라 왕이 된 그였지만, 신하 맥더프에게 죽임을 당한다. 왕좌를 지키기 위해 의심의 수렁에 빠져 헤어나질 못하고 또 다른 살인을 강행한 맥베스는 신하들에게 미움을 샀기 때문이다.

'맥베스는 거부할 수 없는 비극의 운명에 끼인 피해자였을까?'
'부질없는 욕망에 사로잡힌 악인이었을까?'
아무리 왕위에 앉아 절대 권력을 휘두를 수 있다 해도, 맥베스의 마음은 이미 악의 기운에 휘둘린 지 오래였다.

'맥베스가 저지른 죄가 예언 탓이었을까?', '그의 아내 탓이었을까?', '자신만이 가슴에 품고 있던 원칙과 조건에 따른 행동이었을까?'.
탓을 하기엔 궤설에 불과하였고, 스스로의 행동이라기엔 요령이 적고 분수가 없어 아둔한 판단일 수밖에 없었다. 맥베스의 행동은 결국 그 자신이 저지른 것이었고, 주변에서 누가 뭐라 하던지 결정은 그의 몫이었다. 운명은 존재하지 않는다. 자신의 미래는 스스로 개척해나가는 것이고, 어떠한 결과와 상황이 오더라도 책임 역시 본인의 몫이다.

'생각은 행동을 낳고, 행동은 습관을 낳고, 습관을 성격을 낳는다.', 하지 않던가. '성격은 운명으로 남게 된다.'고 하는데…….

운명이라…….

삶의 결과에 대해 사후적으로 판단하여 그것을 운명이라 말하기도 하지만, 한편으론 그것은 자신의 책임을 회피하는 단어로 교묘히 사용되기도 한다.
이근순이나 박경자, 류헤이나 맥베스나 어느 누구도 운명은 없었다. 스스로 저지른 업이었다. 그 업은 세상 사람들이 단죄할 죄업이었다. 자신들이 짊어져야 할 무게였다.
그러나…:

자신들이 짊어지기엔 너무 무거웠다.
차갑고 무거운 사무실 공기가 변설의 머리 위로 내려앉았다.

**

변설 변호사와 아고라 검사는 2층 바에서 위스키를 홀짝거리고 있다. 위스키 잔이 두 순배는 돌아갈 즈음 진안경찰서 송승규 팀장이 들어와 의자를 빼내들고 앉았다.
"안녕하십니까? 두 분 술자리에 저까지 이렇게 불러주셔서 영광입니다만, 어쩐지 불편할 거 같은데요."
송승규는 여전히 검은색 싱글 정장 차림이다. 진담 속에 농을 섞어가며 의자에 삐뚜름히 앉아 다가온 웨이터에게 변설과 같은 라프로익을 스트레이트로 시켰다. 내친 김에 말의 주도권을 이어가려 했다.
"검사님에게 주천의 주검들에 대해선 자세히 들었습니다. 저도 혹시나 하고 이근순을 주시하고는 있었지만, 현실로 직면하다보니 한 방 얻어맞은 듯 머릿속이 얼얼합니다."
살갗에서 종종걸음을 치던 봄햇살은 어느덧 사라지고 냉엄한 이성이 송승규의 두개골에 불현듯 스며들었다. 웨이터가 가져온 위스키를 단숨에 입안으로 털어 넣고 아고라의 눈망울을 훔쳤다. 뭐라도 얘기를 해보라는 송승규의 눈길이었다.
"변설 변호사님의 얘기를 듣고 아직도 혼미한 상태입니다. 멘탈이 붕괴된 상태라고나 할까요. 어디서부터 어떻게 진실을 파헤칠지 난감하기만 합니다. 일개 평검사가 철옹성 같은 검찰조직 문의 빗장을 풀 수 있을지 의문이고요. 제 성깔에 적당히 현실적이고 미적미적 넘어갈 수도 없고요."
아고라는 혓바닥이 바짝 말라오는지 온더록스 잔을 들고 얼음을 잘근잘근 씹어 넘겼다. 권력의 무게감을 절실히 느끼고 있는 듯했다. 자신의 처지가 훅 불면 날아갈 듯한 나약함에 이를 악물고 비통함을 목구멍에 걸쳤다.

"무릉리 주검들은 부정할 수 없는 명명백백한 살인입니다. 이근순이라는 한 개인이 저지른 살인이 아니라 권력을 움켜쥐고 있는 대한민국과 일본 정부 고위관료들의 부작위에 의한 살인이라 할 수 있지요. 이근순의 차명희 살인, 박경자의 김태민 살인은 개인적인 감정에 의해서 감행된 살인이라 할지라도, 류헤이·타케루의 레이카와 아기 살인과 이근순의 44명 살인은 개인을 넘어서 사회적 뿐만 아니라 국가적인 차원에서 진실을 밝혀내야 합니다. 그렇지 않고서는 이런 일이 또 재발되지 말란 법이 없으니까요. 아니 제가 볼 때는 후에 이 같은 일이 반드시 발생하리라 봅니다. 일본이라는 나라가 이 정도의 희생으로 주저앉지는 않을 테니까요. 또한 이근순과 차명희, 김태민, 레이카의 관계를 밝힐 필요도 있습니다. 잘못하다간 이근순을 살인마로 생각할 수도 있잖습니까. 이근순의 살인에 동정을 하자는 게 아닙니다. 그러기엔 피해자들의 죽음이 너무 억울하지요. 원인을 밝히자는 겁니다."

목적을 위해서라면 어떠한 희생을 감수하면서까지 이루고야 말리라는 일본 정부의 면면을 속속들이 알고 있는 듯 변설의 어조가 사뭇 단호했다. 변설은 진안에서 일어난 사건을 어물쩍 넘어가서는 안 된다는 결연함이 말마디에 다분히 배어 있었다. 살인자를 두둔할 수 없고 두둔해서는 안 되지만 원인을 밝혀야 한다는 정의감이 서려 있었다. 서걱거리며 바스러지는 울림이 아고라와 송승규의 귀청에 꽂혔다.

"그럼 어떻게 진실을 밝히자는 겁니까? 우리 세 사람이야 사건의 전말을 알고 있다손 치더라도 외부에서는 손바닥으로 태양을 가리는 격이 아닙니까!"

송승규는 답답하다는 듯 변설과 아고라의 눈빛을 좇으며 미간을 좁혔다. 눈썹 사이의 골이 두드러지게 깊어졌다. 세 잔째 위스키를 들이켜고 있는 아고라는 전혀 취기가 오르지 않았다. 진실과 거짓, 사실과 허위,

정의와 불의가 무엇인지 머릿속을 헤집고 있는 아고라는 외려 동트는 새벽처럼 정신이 맑아오고 있었다. 쓸쓸한 기운이 온몸을 휘감았다.

'나라는 존재는 검찰이라는 조직에서 하수인에 불과하단 말인가! 영혼의 숨결도 없이 열 손가락에 의해 움직이는 마리오네트였단 말인가! 무엇이 사실이고, 무엇이 진실이고, 무엇이 정의란 말인가!'

사실을 파헤쳐 진실을 밝혀내고 정의를 바로 세워야 할 아고라는 권력 앞에 무참히 으깨져버린 과거를 곱씹었다. 권력이 사실이고, 진실이고, 정의였던 그날들.

그 과거가 현재로 떠밀려 와서 더 이상 부유할 수는 없으리라. 현재가 과거의 양분을 바닥까지 빨아들이고 완전히 착근될 수는 없을 것이었다.

"계란으로 바위 치기겠지만 제가 일단 나서보지요. 바위가 쪼개질 리는 없지만 더럽힐 수는 있잖아요."

"어떻게 하려고 그럽니까?"

변설은 아고라에게 얼굴을 들이밀며 물었다.

"우선 검찰을 떠나야 한다는 것은 확실합니다. 그 전에 '차명희와 김태민, 레이카와 아기의 죽음의 원인, 무릉리 방화사건의 진실'을 만천하에 밝히려 합니다. 죽음으로 치달은 원인들, 허민국 민정수석과 스즈키 타이요우 외무대신의 계획 말입니다."

말을 끊은 아고라는 생각에 잠겼다. 살아있는 권력 앞에서 칼자루를 쥐고 칼날을 들이미는 자신을 생각했다.

"어떤 식으로 밝히려 합니까?"

독주를 비워버린 송승규가 강력한 구심력을 행사할 듯 물었다. 여차하면 아고라 검사의 비등하려는 신경줄에 화력을 덧대려 했다.

"어차피 저 혼자 짊어져야 할 일 아닙니까. 아직 구체적으로 세워진 건 없고 조만간에 밝혀야지요. 그리고 제가 검사직 그만두면 변설 변호사님하고 일할 생각입니다. 그 점은 알아 두십시오."

변설과 송승규는 여인이 아닌 검사로서의 아고라를 벼랑 끝에 선 정의의 여신 '디케'인 듯 쳐다봤다. 아고라는 위스키 잔을 움켜쥔 채 사방에서 아우성치며 밀려드는 생각들을 펼쳤다. 몇 백 개의 톱니바퀴가 이빨을 맞춰가며 움직이듯 재빠르게 머릿속의 생각들이 자리를 잡아나갔다.

진실 앞에 마주하길 꺼려하는 조직은 우선적으로 그걸 매장시키는 게 최선의 방책이라 여겼다. 한시라도 빨리 사람들의 뇌리에서 잊히길 바랐다. 그게 조직이 살아남을 수 있는 유일한 생존방식이라 자부했다. '무릉리 방화사건'도 이같은 생존방식에서 비껴갈 수 없었다. 진절머리가 일 정도로 그래왔던 것처럼 진실 뒤에는 거대한 조직이 웅크리며 숨어 있고, 거짓 앞에는 나약한 개인이 버젓이 서 있을 뿐이었다. 변설 변호사와 아고라 검사가 조직의 문턱을 넘어서는 순간부터 굳게 다짐한 바는, 조직의 불법과 부당 앞에 절대 굴하지 않으리라 입술이 시리도록 앙다물었다. 그러나 관습과 선례의 서릿발에 다짐이고 뭐고 간에 아무 소용이 없었다. 자신을 처절하게 희생시키지 않는 한 철갑을 두른 조직의 성벽을 무너트릴 수는 없었다. 개인도 무수한 생각으로 이루어진 조직이란 걸 다수의 몸뚱이로 생겨난 조직이 알기나 한 걸까.

나를 버리자. 그래야만 세상은 변하지 않겠는가.

2012년 5월 4일 아고라 검사는 전주 L호텔 프레스 센터에서 '무릉리 방화사건에 대한 진실'을 낱낱이 기자들에게 밝혔다. 대한민국은 여름이 다가오기도 전에 폭풍우를 동반한 태풍에 맞닥트려야 했다. 허민국은 국민들의 지탄을 받으며 민정수석에서 물러났고 스즈키 타이요우 또한 일본 외무성 외무대신에서 물러났다. '일본인의 대한민국 정착에 관한 법률'은 국회 본회의에 상정도 못한 채 폐기되었다. 대통령 퇴진을 요구하는 집회와 시위가 광화문 광장에서 연일 들끓었다.

아고라의 진실 게임으로 한국과 일본 정부는 결정타를 맞고 카운트를 하는 동안 과거와 미래에 대한 재정립(再正立)을 하기 위해 고위 관료들의 왕래가 빈번해졌다.

직박구리가 울어댔다. 재정립 전의 직박구리 울음소리와 정립 후의 직박구리 울음소리는 다를 바가 없었다.*

건들바람이 갈수록 거세지는 10월이 지나가고 있다. 금방이라도 부숴질듯 청자색 장막처럼 드리워진 차디찬 사기(沙器)같은 하늘 동편에서 태양이 찬란하게 떠오르고 있다. 출근길에 트렌치 코트깃을 바짝 여며야만 하는 스산한 날씨였다. 의지와는 무관하게 몸서리를 칠 수밖에 없었다.

"아고라 변호사님! 오늘 뉴스 봤어요?"

아홉 시 전에 출근한 오정훈 사무장은 변설 변호사와 아고라 변호사의 재판 일정을 꼼꼼히 챙기고 물었다.

"무슨 뉴스요?"

변설과 아고라는 뉴스를 놓칠 리가 없었다는 표정을 지으며 오 사무장을 동시에 바라봤다.

"주천면 주양리 회다리 근처의 논에서 신원이 확인되지 않은 육탈된 시신 두 구가 발견됐답니다."

"그래요!"

변설과 아고라는 덜미를 잡은 채 눈동자를 좌우로 돌리며 주천면을 훑었다. 주양리와 무릉리의 산과 들, 차명희, 김태민, 이근순, 사망한 44명의 일본인들이 떠올랐지만 확인되지 않은 변사체는 기억에 없었다.

주검은 말이 없다. 단지 세상에 사실을 남길 뿐이다. 산 자가 춤을 추는 말짓, 몸짓에 의해 사실이 거짓이 될 수 있고 진실이 될 수 있는 것이다. 죽음으로 정의가 바로 설 수 있다지만, 그 또한 산 자가 앞서 나가야만 죽음이 헛되지 않을 것이다. 산 자의 춤선이 어긋나지 않아야 죽음이

---

* 참새목의 직박구리과에 속한 조류로 대한민국의 대표적인 텃새 중 하나

바로 설 수 있다는 말이다.
 인간이 세상에 나면서부터 삶은 끊이지 않고 진화해 왔다. 죽음 또한 삶을 받쳐주며 진화해 왔다. 도덕과 법은 인간 주위를 서성이며 서로 공조하고 갈등을 초래하며 삶과 죽음을 가늠했다. 사람을 살리고 죽였다. 도덕적으로 비난을 받을지언정 법은 처벌을 원하지 않는 경우가 있었고 법은 처벌을 원했지만 도덕은 관용을 베푸는 경우가 있어 왔다.
 도덕과 법이 사실에 숨어 있는 진실을 밝힐 순 없다. 삶과 죽음의 진실은 결국 사람이 밝혀내야 함이다. 중요한 건 사람이다.
 진실을 밝히려는 사람들의 춤은 끝없이 진행 중이다.

 포털사이트 인터넷 뉴스엔 [진안군 주천면 주양리 회다리 근처 논에서 '암매장한 변사체 두 구 발견'], 속보가 내내 떠 있다.
 오른쪽 상단의 검색 순위에는 '암매장한 변사체'와 '김태민 살해', '무릉리 방화사건', '차명희 살해', '일본여성과 아기 살해'가 나란히 상위에 링크되어 있다.
 여직원이 속보를 클릭 했다.
 모니터엔 무릉리 산하가 화마로 인해 황폐해진 마을과 산을 적나라하게 보여주고 있다.

 【진안군 주천면 주양리 회다리 근처 논에서 발견된 변사체 두 구는 신원을 확인할 수 없는 여자와 남자로 밝혀졌습니다. 시신 상태로 보아 5년 전에 암매장한 것으로 보이며 범인 수색에 만전을 기하겠다고 경찰 관계자는 말했습니다.】

 사람은 죽기 마련이다. 죽음은 멀리 있는 게 아니라 늘 가까이 있다. 삶과 죽음은 눈과 안경처럼 둘인 듯 하면서도 하나로 스며든다. 혹은 둘이면서 혹은 하나다. 죽음에 진실이 파고들 때 둘은 하나가 될 것이다.

세상에는 두 부류의 사람들이 있다.
죽어 마땅한 사람들, 살아 마땅한 사람들.
또한 세상에는 세 부류의 사람들이 있다.
진실을 파헤치려는 사람들, 진실을 덮으려는 사람들, 진실을 관망하는 사람들.
어느 쪽인가?

김해수 장편소설

좋은 변호사 변설

인쇄 2022년 09월 20일
발행 2022년 09월 30일

지은이 김해수
발행인 서정환
펴낸곳 신아출판사
주소 서울시 종로구 삼일대로 32길 36(익선동 30-6 운현신화타워) 305호
전화 (02) 3675-3885, 010-3231-4002
팩스 (063) 274-3131
이메일 sina321@hanmail.net, munye888@naver.com
출판등록 제465-1984-000004호
인쇄·제본 신아출판사

저작권자 ⓒ 2022, 김해수
이 책의 저작권은 저자에게 있습니다. 서면에 의한 저자의 허락없이 내용의 일부를 인용하거나 발췌하는 것을 금합니다.
COPYRIGHT ⓒ 2022, by Kim HaeSoo
All rights reserved including the rights of reproduction in whole or in part in any form.
저자와 협의, 인지는 생략합니다.
잘못된 책은 바꿔 드립니다.

ISBN 979-11-92557-39-7   (03810)
값 15,000원

Printed in KOREA